U0943698

The Last Days Of Magic

（美）马克·汤普金斯　著

辛苒　译

漓江出版社

桂林

著作权合同登记号桂图登字:20-2016-237 号

图书在版编目(CIP)数据

末日魔法 /(美) 马克·汤普金斯(Mark L. Tompkins) 著; 辛苒译. —桂林:漓江出版社, 2017.7
书名原文:The Last Days of Magic
ISBN 978-7-5407-8067-8

Ⅰ. ①末… Ⅱ. ①马… ②辛… Ⅲ. ①长篇小说-美国-现代 Ⅳ. ①I712.45

中国版本图书馆 CIP 数据核字(2017)第 082046 号

策　　划:叶　子
责任编辑:叶　子
封面设计:何　萌
内文排版:姜政宏
责任营销:景迷霞

出版人:刘迪才
漓江出版社有限公司出版发行
广西桂林市南环路 22 号　邮政编码:541002
网址:http://www.lijiangbook.com
全国新华书店经销
销售热线:0773-2583322

北京汇瑞嘉合文化发展有限公司
(北京市经济技术开发区荣华南路 10 号院　邮政编码:100176)
开本:690mm×960mm　1/16
印张:23.5　字数:230 千字
2017 年 7 月第 1 版　2017 年 7 月第 1 次印刷
定价:39.80 元

如发现印装质量问题,影响阅读,请与承印单位联系调换。
(电话:010-67817768)

献给塞琳娜，

无以言表

1394年王室宗谱
爱尔兰：阿尔特大帝
梅斯：特洛国王
伦斯特：默查达国王
明斯特：格尔弗莱茨女王
康诺特：梅尔女王
阿尔斯特：尼尔国王
维京：麦恩迪尔国王
爱尔兰与中央王国
N
S
斯盖沙伊施·斯科尔
利亚姆的武士学校
邓克里洞穴
弗魔安大帝的居住地
药毒谷
德里
多尼戈尔
阿尔斯特
贝尔法斯特
阿玛
帕特里特教派的
主修道院所在地
梅斯王国
康诺特王国
博因宫
精灵的首都
特里姆
艾丝琳和安雅的
出生地
塔拉
爱尔兰的首都
Boyne R.
拉托斯
格罗姆希奥拉
斯基格树精的圣树
邓萨尼
戈尔韦
都柏林
维京的首都
基尔代尔
中央王国
一片隐匿的
平行大陆
伦斯特王国
明斯特王国
卡洛
Barrow R.
费尔纳
奴隶市场
利默里克
维京港口
凯袖宫
沃特福德
维京的要塞
韦克斯福德
维京港口
基拉尼澳
科克
维京港口
班诺湾
英格兰
米尔福德港
大斯凯
利格岛
囚徒之岛
塔拉的红色
牡鹿
本地图由劳拉·哈特曼大师绘制@2015

仅仅在几个世纪前，像本书这样描述魔法物种及其行为的文字才真正开始出现。

书里有关凯尔特精灵和弗魔安（深海巨人）的故事出自古老的传说。女神莫里甘取材于爱尔兰神话，而关于她的一种面目——艾丝琳的创意，来源于红色玛莉传奇。天使和恶魔可以追溯到《圣经》和其他古老的神话源头。女巫团中多数有姓名的女巫都取自历史上曾试图成为或被指控使用巫术的真实女性。

艾塞尼派信徒在库姆兰的圣经书库——其藏书一般被称为《死海古卷》——里有大量的《以诺书》和《禧年书》抄本，其中记述了很多天使与人结伴，又生下有神力的混血后代的故事。这些古卷历经数十年的整理才重见天日，其中有些篇章可能至今无人得见。亚当的第一位妻子莉莉丝的故事在现代《圣经》中已被删去，但是在巴黎圣母院前墙上的伊甸园浮雕（刻于1225年）里，我们仍能见到她。

本书关于凯尔特王阿尔特·麦克默罗的记述源于史载，同时也参考了英格兰理查二世的军事战略及其对爱尔兰岛的野心。关于为控制恶魔而使用的驱魔术，源自约公元前950年所罗门王及其魔法指环的故事。

中古时期爱尔兰的魔族谱系[1]

莫里甘（Morrígna）

女神，以三种迥异又相互关联的面目统治着凯尔特人和希族：

艾丝琳（Aisling）和安雅（Anya）——孪生姐妹，周期性地以人类肉体重生

安楠（Anann）——来自彼岸世界的魂灵，是双胞胎的力量之源

拿非利（Nephilim）

堕落天使与人类生下的混血后代，以下所有的魔族均属于拿非利的一支。

希族（Sidhe）

爱尔兰精灵，大多住在一个叫作中央王国的平行大陆上，那里经由精灵之丘的魔法入口才能进入。希族拥有完善的社会组织，并听命于莫里甘女神。以族群出现的先后为序，希族的成员有：

斯基格树精（Skeaghshee）——希族的树精灵，居住在中央王国之外

凯拉什（Kellach）——斯基格树精之王

1　以下关于魔族名称的翻译，大多参考了凯尔特神话传说，其中：希族、斯基格树精、格罗格力士、德瓦士、地精、死陆灵、皮皮精、火灵、橡木精、伟士力、爱精、埃利奥德、阴仆、班使、纳戈等15个名称为译者根据英文发音和魔族特性的自译。——译者注

辛纳德（Cinaed）——凯拉什的弟弟

鲁阿克（Ruarc）——凯拉什的儿子

艾德恒（Adhene）——学者，也是权力最大的魔族

费尔格哈尔（Fearghal）——希族大帝

罗斯温（Rhoswen）——费尔格哈尔的女儿，也是希族的一名女巫

格罗格力士（Grogoch）——凿石工与建筑工

埃尔丹（Eldan）——格罗格力士的一名贵族

德瓦士（Devas）——中央王国的执政者与官员

地精（Gnomes）——制造铁器与武器的精灵，技艺精湛

棕仙（Brownies）——驻凯尔特世界的使者

死陆灵（Sluaghs）——指引死者前往来世的引路人

皮皮精 （Pixies）——喜欢给人类捣乱的恶作剧精灵

火灵（Fire Sprites）——能够控制烈火的精灵，令人胆寒的战士

矮妖精（Leprechauns）——金银器工匠，珠宝商人

橡木精（Dryads）——住在橡树上的精灵，是斯基格树精的属民

伟士力（Wichtlein）——修建矿洞和隧道的精灵

爱精（Asrais）——贪图肉体欢愉的享乐主义者、姘居者

埃利奥德（Elioud）

独立生存的魔法生物，不可轻信。

弗魔安（Fomorians）——深海居民，凶狠残暴

阴仆（Imps）——恶魔的侍从

班使（Banshee）——死神的信使

其他曾在书中出现，但并不居住在爱尔兰的埃利奥德族：巨人、小妖精、巨怪、涅瑞伊德海神、沃加诺伊、塞壬女妖、纳戈、水妖。

妖精（Tylwyth Teg）

威尔士精灵，有时会造访爱尔兰。

奥伦（Oren）——一名英格兰的囚徒

凯尔特人（Celts）和其他人类

凯尔特人是爱尔兰本土居民。尽管他们并非魔族，但要注意，他们和其他一些人类也会使用魔法。

德鲁伊（Druids）——凯尔特德鲁伊教的祭司

驱魔师（Exorcists）——梵蒂冈的法师

巫师和术士——其他拥有法术的人

那时候有伟人在地上。后来神的儿子们和人的女子们交合生子，那就是上古英武有名的人。

——《创世记》6:4，《圣经》和合本[1]

我们在那里看见亚衲族人，就是伟人[2]，他们是伟人的后裔。据我们看自己就如蚱蜢一样，据他们看我们也是如此。

——《民数记》13:33，《圣经》和合本

1 本页中引言文字均出自《圣经》中文和合本。——译者注

2 伟人（Nephilim）一词，在凯尔特神话中多翻译为“拿非利”（参《凯尔特神话传说》，陕西师范大学出版社，2013年），且“伟人”在当代中文语境中有其他含义，故译者在翻译中仍译作“拿非利”。——译者注

序幕

英国，曼彻斯特

2016

莎拉·希尔的尸体被冲上岸后，由于身上没有伤痕，警方顺理成章地断定她是意外落水溺亡的。此前一天，莎拉从曼彻斯特坐火车到了利物浦，再搭渡轮前往爱尔兰。警方确信她已经登上了夜间横渡爱尔兰海的轮船，但最终未能上岸。

那天早上，莎拉看见太阳从沉闷的曼彻斯特上空显露出来,稍稍赶走了这座城市11月特有的灰暗，便准备出发去乘轮船。自从昨天住在爱尔兰的祖母打来那通令人不安的电话后，她就一直没有入睡。她把每天清晨例行的甜奶茶换成了浓咖啡。身体在微微颤抖，但她心里清楚这与咖啡因无关。她仰面靠坐在桌前晃动着肩膀，尽量让僵硬的脖子和脊椎放松下来。在这间位于阁楼的卧室兼起居室里，这张桌子占据了大部分空间。

对莎拉来说，祖母欧特蕾西是第二个母亲。当醉心工作的教授父母发现他们根本无法应付这个精力旺盛的女婴后，莎拉被送离故乡爱尔兰，搬进了他们家位于伦敦的公寓，并在那里度过了人生的前十五年。那些年里，莎拉和祖母成了最好的朋友。她们常常去伦敦的公园散步，那时祖母总会讲各种各样精彩的传奇故事。

此前一天，祖母打来电话，不及寒暄就急迫地问道："莎拉，

我走之前留给你的书还在吗？”

“当然在，”莎拉被祖母不寻常的语气惊到了，“我永远不会丢的。”

“好，把那些书拿过来，现在就去。有些东西你要看看。”

“好的，”莎拉应道，一面回忆着自己把它们藏到哪儿去了，“我几分钟内就打回去。”

“不行！不，我已经不在都柏林了。我这里你没法打电话过来。莎拉，对不起弄得这样突然，但是请你一定要为我这么做。我不挂电话等着你。”

莎拉从未听过祖母的声音如此恐慌。她从床下拖出两个破旧的箱子。自入读曼彻斯特大学以来，她已经搬过六次公寓，这两个箱子却始终没打开过。她撕开封胶，将这些属于童年的精美书籍一本本地拿出来摆在桌上，都是些关于凯尔特神话、传说和精灵故事的书。

“拿来了。”她告诉祖母。

“很好。现在拿把小刀，把封皮的纸板裁开。”

“什么？奶奶，不要。您不会是认真的。这是在干什么？”

“请按我说的做，莎拉，”祖母恳求道，“你亲眼看见了才会相信我。”

莎拉没有回答，她为自己珍爱的书就要被毁掉感到万分不舍。她拿起一本书仔细检查，手指抚摸着它破损的书脊和脆弱的纸张，想到祖母一定为她读过上千遍其中的故事了。封面上有一位精灵王子，高大英俊，手里牵着一位羞涩的挤奶女工。两人的爱情注定会失败，那是自然的。他们的孩子后来变成了一只天鹅。奇怪的是，莎拉总会被这个故事吸引。

“仔细听我说，莎拉，”祖母打破了沉默，“有人在找我，我好不容易才逃掉。那些人也会去找你。他们就是为了这些书。书里藏着另一些精灵故事，它们更加古老，和故事发生的时代一样久远。你要从书的封皮里把它们找出来。”

莎拉担心祖母得了某种痴呆症，便试着顺从她。“好吧，如果这真是您想要的话。”她不情愿地拿起小刀，穿透包裹着硬皮封面的亚麻布，将其中的硬纸板切开，接着惊讶地发现——有张照片藏在里面。照片中笔直地写满了字迹优雅的希伯来文。这是一份古老经卷的一部分，而她曾在学校研究过不少相关的历史。

当年，莎拉在决定要去哪里读大学时，选择了曼彻斯特，因为她的祖母就曾在那里上学。也正如祖母一样，莎拉就读的中东研究专业，需要做一个有关该地区古代语言的毕业课题。在这方面，莎拉颇有天分——她的家族显然都拥有这种天分。

天色越来越暗，莎拉不再疑惑祖母的神志是否清醒，她匆忙裁开所有书封，肩膀用力地夹住电话：“奶奶，你从哪儿弄到这些的？”

“约翰——阿利格诺博士——和我……曾经……”祖母吞吞吐吐起来，莎拉几乎能感到祖母在脸红。“高中的时候，我们曾不只是普通朋友。”

“阿利格诺博士？”沙拉惊呼。她太熟悉这个名字了。十年前他是系里的一位教授，因作为英国代表加入一个国际学者团队，研究和翻译广受关注的死海古卷而名声大噪。

“就是他，”祖母说道，“我从他那里得知了整桩变故的经过。”

莎拉十分清楚祖母指的是什么。20世纪50年代，那些古老经卷在战事频仍的库姆兰附近被意外发现后，以《死海古卷》之名出版。当时，在隐匿于死海西岸的几个人工洞穴里，人们发现了一批古经卷以及架次和编目的残篇。世人很快便明白，这些洞穴很好地存放、归类和保存了已知最早的《圣经》文本——比现存所有的现代希伯来文《圣经》、天主教《圣经》文本都要古老。

莎拉的祖母详细地告诉她，在最初的那些日子里，国际学者团

队是如何兴奋地开始了缓慢而有序的翻译工作，如何逐步将完整的章节公之于众。起初的成果让学者和公众目眩神迷，世界上的所有报纸都在连篇累牍地报道已有的发现。借助这批早于所有文献一千年的古老经卷，学者团渐渐填补起现有《旧约》的残缺，包括那些从语法或结构上看明显缺漏了文字、句子和段落的地方。

然而，研究成果的公布速度很快慢了下来，随后便完全停止。报界开始猜测，是不是发现了比遗失的段落更了不得的内容。

“从那时起，梵蒂冈教廷便全面接手了研究工作，约翰变得非常沮丧，”莎拉的祖母说道，“英国官方负责古卷研究的恰好是天主教会，经卷被送往一个教会机构。不幸的是，约翰写给另一位团队成员的信泄露给了报界，成了当时的头条。”

莎拉班上所有的人都见过那份报道的复制件。大家对此太感兴趣了，每年的学生们都会互相传阅。那封信里，阿利格诺写道：“我确信，如果有任何可能会影响罗马天主教教义的文献出现，外界都绝不会知道”，以及，“团队里的非天主教教徒将很快被驱逐”。

“之后第二年，在进入团队刚四年的时候，约翰就被禁止继续研究了，”祖母继续说道，“梵蒂冈教廷将所有未公开的经卷牢牢控制在自己手中。”

“是的，我知道那事，奶奶。可是所有的经卷现在都已经公开了。”

“再看看那些照片，还有论文。约翰在之后的一个晚上将那些资料带给我，帮我一起藏了起来。就在他被驱逐后不久。”

莎拉把这些秘密文献铺开。从照片上的译文，那些精心写在葱皮纸上的微小字迹，以及它被仔细地藏起来这一点看，莎拉敢说，这就是死海古卷里意义非凡的《以诺书》和《禧年书》。一般认为，包括这两部经书在内的死海古卷已全部出版，并在网上向所有人开放阅读，莎拉本人也曾为了完成课程作业读过它们。不过，其

中很大一部分经卷由于纸张腐蚀或其他原因受损，只剩下残篇。可是眼前照片里的经卷并非如此。它们几乎完好无损。

莎拉记得，梵蒂冈教廷过去曾将这两部经从《圣经》中剔除，尽管它们在年代更久、篇幅更长的《旧约》版本中出现过。直到18世纪，那些声称较早的《圣经》版本更接近原典、因而内容也更加准确的学者，仍被斥为异端而遭到猛烈打压，不仅声名扫地，有人甚至被处以火刑，活活烧死。

“据说《以诺书》由诺亚的曾祖父所著，但是梵蒂冈方面并不承认这种说法。他们取笑称，这部经至多是出自15世纪的伪经，甚至可能是2世纪写成的一部故意亵渎上帝的讽刺之作，”祖母解释说，“当这些抄本在至少能追溯到公元前300年的经卷里被发现，你能想象梵蒂冈的恐慌吗？在教廷史上，他们一直通过滥杀无辜来确保这部经的非法性！”

祖母接着断定，作为死海古卷中第三大常见的经书，《以诺书》一定是某个希伯来《圣经》版本中的重要部分。这个《圣经》版本早于基督生活的时代，正如基督教《圣经》的出现早于梵蒂冈教廷的统治一样。

“另一些照片的内容是《禧年书》。几个世纪以来，一直有传言说存在一个比现有《创世记》更长、更复杂的版本，但是这个版本始终没有出现，至少没有公开过。在死海古卷发现前，《禧年书》从未被视为正典。你看，莎拉，”祖母放低了声音，“你手上的这些是完整的版本。梵蒂冈只公布了那些残损严重的抄本。我从不敢对任何人说起这件事，而约翰在遭受那次打击后不久就去世了。”

“可是梵蒂冈为什么在意这个？”莎拉给自己泡了杯茶。

“这就是关键所在：他们如此在意，正说明这些照片的内容至关重要。我相信，这些经书可能回顾了我们这个世界过去的真实历史。那时，曾有天使违背上帝旨意与人类结合，生下了混血后代拿非利。莎拉，他们就是精灵。”

“算了吧，这太荒谬了！”莎拉惊呼，“您和我一样清楚，那些上古的神话是为了……”莎拉的声音弱下来。她又说道：“故事编造出来，是为了解释那些起源……”

祖母帮她补全了学术原理。“解释真实物种的起源。那就意味着，当时确实存在某个非人类物种，它被赋予某种神奇的力量。不过这也相当荒谬。”

“相当荒谬。”莎拉重复道，扑通跌进她的写字椅里，一时忘了自己的茶。

“读读那些译文。其中有些细节会让你怀疑自己对《旧约》到底了解多少。把照片和文章都带给我。明天就出发，不要乘飞机也别刷信用卡。坐船到贝尔法斯特，再搭汽车去德里。我们在那里见面。”

“谁在找您？到底发生了什么，奶奶？您吓着我了。”

“还有更可怕的，莎拉。有些你父母都不知道的事情，我必须得告诉你。”接下来是一段长到令人难忍的沉默。“我曾有个孪生妹妹，在我们读研究所的时候突然消失了。这一定和什么事有关。我知道一定有。所以我一直存着这些照片，保守了那么多年的秘密。我想某天能用它们让我的妹妹回来。”

莎拉能听出祖母的呼吸越来越疲惫。一个孪生妹妹？莎拉的嘴唇在话筒边颤抖着，她又震惊又难过，祖母居然有这么多事情瞒着她。

“当年的调查草草了事，我也不知该做什么，”祖母继续说道，“没有人听我的。我知道她不是自己跑掉的。我觉得，现在来找我的人就是当年带走她的人。见面后我会把一切告诉你。只是现在还不能说。”

“祖母——”

然而她已挂断了电话。

莎拉研究起这些照片。她曾在死海古卷目前的藏经地、耶路撒冷的圣书之龛见过它们的残篇，而这里的经卷要完整得多。参观圣书之龛时，她只觉得那幢建筑的风格有些象征趣味：一道抛物线的波浪封存在白色屋顶中，白屋顶则抵御着一堵由整块黑色玄武岩制成的巨墙。现在回想起来，她感到其中意味深长。这个设计表现的是古卷中的一个预言，关于光明之子与黑暗之子的战争。战争中，人类与拿非利各为一派，圣洁天使和堕落天使也参与其中。她想知道的是，这究竟是一场预言中的战争，还是曾经真实发生过。

莎拉彻夜阅读。直到清晨的阳光透过阁楼小屋的窗户，她终于站了起来，舒展身子，把译文和照片装进一个旧皮挎包。她深爱的祖母会让自己陷入什么境地？莎拉忧心忡忡。她从衣橱抽出几件衣服，丢进那个已有些年头的手提箱里。离开前，她扫了一眼乱糟糟的桌面，童年所有的书都摊在那里，散开的封皮堆满了一桌。她决心回来后就收拾。

去利物浦的火车上，英国的乡村风光从身边不断掠过，莎拉却一直在反复回想祖母的话。信仰一个上帝已经够麻烦了，现在又多了溜出天堂与人类发生不伦之恋的好色天使，还有他们的子嗣！她从挎包里拿出两页自己的笔记，标注起经卷中的混血后代，他们酷似祖母那些古老故事里的魔法族群：皮皮精、巨怪、小妖精、深海巨人，还有精灵。

在祖母的故乡爱尔兰的传说里，经常出现一种高贵优雅、法力强大又激情满溢的精灵——达努神族，凯尔特人简称他们为希族。得知他们并不像如今童书里写的那样生性羞怯、身材矮小，莎拉非常满意。在希族不与人类打仗的时候，他们甚至会同凯尔特人通婚，共同繁衍后代。希族统治着中央王国，只有通过魔法之门才能进入那里。

莎拉最喜欢的传说是关于魔法孪生姐妹的，如今她终于明白，为什么祖母每次讲到她们总是语带忧伤。她们就是同时统治着凯尔特人和希族的莫里甘女神。莫里甘是三面神，拥有三种女性面目，就像圣父、圣子、圣灵三位一体的上帝，或像圣帕特里克关于三叶草的比喻。她的三种面目包括安楠和一对孪生姐妹。安楠存在于魂界，是姐妹俩的力量之源。孪生姐妹分别是智者安雅和武士艾丝琳，当大难发生时，她们会周期性地在人间重生。

1

爱尔兰，米斯王国

1387年9月

艾丝琳在雨中坠入一片光明与黑暗并存的大陆上，二者壁垒分明，时常充满血腥。尽管只有13岁，艾丝琳也已经懂得，这块人类与希族领土交融的大陆上危机四伏，只有自出生起一直接受训练，才能统治好这两个世界。而此时，她知道，却并不理解，为何一支箭正从左肩胛下方冲向她的心脏。她从飞驰的马背上纵身跃起，试图躲开箭锋，最终却脸冲下跌在泥地里。疼痛随之而来，她感到自己的胸腔正在从内部撕裂。

利亚姆同往常一样骑马跟在艾丝琳身后。作为莫里甘姐妹的护卫者，看到艾丝琳意外坠马，他也跟着扭过身子。刚才，他的注意力被前方的空地吸引，感觉到那儿有一种猛烈的恐惧和欲望，瞬间移动的铁器，以及强大的意念。早在袭击者从七块立石围成的竞技场后出现之前，利亚姆就掷出了自己的匕首。他察觉出袭击者同自己一样是个混血者，不是纯种人类，也不是纯种希族。那把匕首正从袭击者下巴底下飞过，令他惊跳起来，已经瞄准的箭斜落一旁。然而，好像有一支铁头箭成功地擦过他击中了艾丝琳，他们两个都没能让它偏离目标。看到艾丝琳跌落在地，他懊恼着自己怎么会误受干扰。刺入艾丝琳背部的那支箭来自相反的方向，未经防备地从

他们后方的树林里射出。

一直跟着利亚姆和艾丝琳向空地进发的四人护卫队，现在有两人转身冲向林地，其余的人一边勒住马，一边抽出剑来四处探看。这些惊马扬起的蹄子向艾丝琳身上溅了更多的泥点。

利亚姆沉着地坐在马背上，调头扫视着树林，然后走向艾丝琳倒地的地方，那支箭还立在她背上。他的人类父亲来自一个武士部族，利亚姆从他那儿继承了壮硕的体格，而他高雅的气度则源于希族母亲。希族是凯尔特人的说法，基督徒则称之为拿非利，或是更随意一点，叫作精灵。利亚姆一只手撑在马脖子上，俯身查视艾丝琳。落雨声中混杂着树枝断裂的噼啪声响，那是护卫队骑着马在灌木丛中到处周旋，徒劳地寻找着那第二名弓箭手。

“你打算起来吗？”利亚姆问道，“大帝正等我们呢。我们不能整个下午都在这里磨蹭。你会害我们在圆月庆典上迟到，我可不想错过宴会。你得更坚强些。”

艾丝琳吃力地从胸下抬起一只胳膊，然后是另一只，艰难地用手和膝盖撑着地面。雨水从她暗红色的头发上滴落，顺着她满是污垢的面孔流下，形成一条条浅沟。利亚姆没有看她的眼睛，但清楚它们一定已经从浅灰色变成了明绿色。他同样清楚，她早就该站起来了——什么地方不对劲。

“有毒，”艾丝琳喘息着说，“在……我的……心脏里散开，灼烧着。”

“伟母达努啊!”利亚姆丧气地叫起来，“我跟大帝说过，即便你还没有登基，还是早该穿上盔甲的。”他弯腰把箭拔了出来。艾丝琳哼了一声，再次倒在泥里，这回泥土慢慢洇成了红色——那是她的血。

“他以为你们其中一位安全，另一位就也没问题。好啊，这下他该明白，他对‘安全’的考虑有多狭隘了。”

作为一名武士，利亚姆不得不承认这次袭击非同寻常。那个弓箭手需要准确判断一个在雨中疾驰的目标。为此，他要注意避开对方的肩胛骨，将箭精准地从第七和第八根肋骨中间射入，才能命中心脏唯一没有被骨头保护的地方。如果用力太柔，箭就射不中关键的血管，用力太猛则会让箭头从心脏穿过，将大部分毒药带离身体。利亚姆不知道有哪个人类弓箭手能做到这一点。

艾丝琳再次用手和膝盖撑在地面上，脑袋无力地垂着。她伸出手，摸索着去够自己马背上摇晃的缰绳。她抬起头，双手使劲攀住缰绳，直到自己站起身，然后靠在马鬐头上不住地颤抖起来。

利亚姆没有帮她，而是研究起这支不寻常的箭。它制作精巧，连他这样敏感度远超人类的混血者都不易觉察到它。刚才，他没发现有任何不寻常的人或是动物在周围的树林中活动。他注意到箭杆是用山楂木制成，而凯尔特杀手习惯用榆木。山楂树是希族的彼岸圣树，若遭砍伐将降临诅咒，人类则不会受影响。箭羽没有使用羽毛，而是将白蜡树叶精心地沿茎脉切成薄片制成，如此更有利于射击。箭头用的是橡木，在沼泽地下埋了几百年后变得坚硬无比，又被磨得如刀片般锋利。希族的弓箭手可能曾属于一个古老的杀手组织，或是花了大价钱去买箭头。这么罕见的玩意很难得到。利亚姆认真闻着箭头，意外地发现自己并不认识这种毒，不过从上面密布的钻孔来看，一定含有不少毒药。

*可为什么要如此煞费苦心？*利亚姆有些疑惑。无论是谁密谋了这次暗杀，都一定知道，只要她的孪生姐姐安雅没事，艾丝琳就不会死。利亚姆可以保证，每当艾丝琳外出时，安雅都会安全地待在一个保护周密的地方。*他们想暗示什么信息吗？*利亚姆摇了摇头。不会，这次暗杀精心组织，费时耗力，目的绝对是置艾丝琳于死地。这时一道灵思击中了他：安雅有危险了。他们必须赶紧想办法聚齐两姐妹。利亚姆立刻跳下马去拉艾丝琳，而她惊叫了起来。

利亚姆扶住艾丝琳，感到自己胸膛发紧，什么安慰的话也说不出。他害怕不能完成使命，而自己曾宣誓要守护莫里甘姐妹安全的。他搀起艾丝琳走向自己的马，她的尖叫声渐渐弱了，转成一阵呜咽。

★★★

当日早些时候，特里姆城堡的花园里到处是马车，上面满载着一桶桶麦芽酒和葡萄酒，一罐罐新鲜面粉，整蒲式耳[1]的各样蔬菜，还有大块的肥牛肉。小乳猪高嗓门的嚎叫盖过壮年猪闷着喉咙的哼哼，此刻它们都挨挨挤挤地关在笼子里，旁边是堆成山的烤肉铁叉，它们很快将在那里重聚。

这时传来大喊声："小心！小心！抓住另一边！"一面巨幅旗帜从高高的窗户上降下来，去年一整年它都挂在上面。旗帜上是莫里甘女神的徽记：三条绳索互相缠绕，交织成一个复杂的绳结。旗帜会被仔细叠好包上油布，再装进前往爱尔兰首都塔拉的最后一辆马车上，它将在塔拉上空再度飘扬。特里姆是这一世莫里甘姐妹出生的地方，因此加冕庆典的大部分筹备工作都在这里完成。四天后，也就是姐妹俩14岁生日的时候，盛大庆典将在首都举办。

伴随一阵喧哗，狂风翻滚着天空乌黑的浓云，守卫塔上的长杆穗子有节奏地发出"啪嗒、啪嗒、啪嗒"的声响。一股风打着旋儿冲下来，吹打着海德安的白色长袍。他是德鲁伊首席祭司，年纪老迈，身材修长。他站在艾丝琳和安雅身边，看着那些商贩和贵族皱起了眉头。那些人忙于仪式的准备，路过莫里甘姐妹时要么潦草地鞠个躬，要么干脆忘了行礼，好像庆典才是最重要的，而不是莫里甘姐妹俩。两个女仆从一旁走过，手上托着一模一样的加冕礼服。

1 蒲式耳（bushel），计量单位。1蒲式耳在英国为8加仑，约36.368升。——编者注

“礼服怎么还没包好？”海德安厉声问道，吓得女仆哆嗦了一下。

安雅赶紧圆场：“是我想先看看。它们太美了不是吗？”

“还不赖。”艾丝琳接道，瞥了一眼礼服便移开目光。那是雪白的丝缎礼裙，上面用金银线精致地绣了花。

“把它们装进衣箱。”海德安命令道。女仆们赶快走开了。

尽管安雅和艾丝琳长得一模一样，人们还是很容易区分她们，因为两人的神情大不相同。早出生几分钟的安雅，个性活泼，爱笑爱闹，而艾丝琳一直很严肃。虽然还是小姑娘，艾丝琳总是紧闭双唇，眉间微蹙。她曾亲眼看见一个男人死在自己的剑下。那是一次训练事故，但艾丝琳清楚地知道，这并非偶然，是命中注定。在之后的日子里，命运将令她常常面对这样的场景。她们的发型也不一样。两人都有一头火红的秀发，衬得肤色雪白。不过安雅喜欢让头发在肩头散开，垂在背上；艾丝琳则始终扎着长辫，在身后甩来甩去。姐妹俩个子很高，即便与她们的家人相比也是如此，身材纤细苗条，有一对淡灰色的眼睛。她们有着非凡的气度，若是两人走进一间满是国王的屋子，国王们即便不知她们的来历，也会不由地想鞠躬行礼。出生至今十三年多，她们没有童年，一直在接受训练以激发体内的神性，并从魂界获取源源不断的魔力。安楠早已将二人的命运写就：统治希族和凯尔特人。

“驾！”一个车夫猛地挥鞭抽向车前的两匹马，第一辆满载物品的马车驶离了城堡大门，其他的也陆续跟在后面。第二天，他们将回来拉走帐篷，大的为宴会使用，小的供人暂住。很快，城堡和村子都将空无一人，大家都涌入塔拉，观看一生仅此一次的大典。

利亚姆身着盔甲外衣，背上绑着一把战斧，腰间悬了一对匕首和一把苏格兰剑，在乱糟糟的人群中为两匹马引出一条直路。人们看到他就自觉地让开了。他来到艾丝琳面前时，对方的脸色明显亮了许多。利亚姆将其中一匹马的缰绳递给她。

“都准备好了吗？”他询问搭档海德安。

这么多年来，他们俨然成了姐妹俩的代理父母。海德安是导师，主要服务于安雅；利亚姆是格斗教练，主要服务于艾丝琳。不过利亚姆的首要任务是守卫姐妹的安全。每当姐妹中有一个或两个都要离开他时，利亚姆都会采取重重保卫措施，确保她们在城堡护墙内是安全的。围墙也用咒语做了加固。

“我亲自去重施了咒语。安雅保证没事，”海德安说，一滴雨重重地落在他的脚上，“你们最好赶紧出发。”

“大帝说，他也会去圆月庆典。我们会在那里和他待上整晚——”

“那么利亚姆就能好好睡觉来解酒了。”艾丝琳打断了他。

“那么他就能护送我们去塔拉了。”利亚姆更正说。

安雅向她的妹妹挥舞着手臂。“你能相信吗？下次见面就在我们的加冕礼上了。我们终于要成为女神们了！”

“女神，一位。”海德安纠正了她的说法。

“那么，四天后见。”艾丝琳说道。她吻了姐姐的脸颊，却躲开了她的拥抱。

海德安引着安雅走入护墙，他清楚利亚姆要是没看到安雅已被周密保护，就绝不会离开。

“学习前我要先吃早饭。”安雅声明，沿着走廊准备向私人餐室走去。守卫们紧跟在后面。

他们还是走向了图书馆，安雅正被海德安刚刚的话逗得前仰后合。海德安说，罗马的主教既不会读也不会写。

“这样他就有了理由，让一个年轻抄写员每天晚上去卧室为他朗读。”海德安皱了皱宽厚的眉毛，又补充说，“年轻的男抄写员。”

安雅向他侧过身子，“所以你比主教还聪明？”

“看来他们并非以才智选择主教。”海德安回答说。安雅再次哈哈大笑。

在餐室用餐后，海德安从口袋里掏出一把大大的铁钥匙。钥匙太大了，如果他曾试过，会发现它根本插不进锁眼里。不过他并没有这么做，而是用它轻轻地碰了碰门，后者立刻微微颤动起来，好像被重击了一下。这说明房间已锁好。安雅舒服地坐进厚木长桌后的椅子里。这张桌子用凯尔特的拉坦诺艺术风格雕刻着华美的纹饰，包括缠绕的藤叶和神兽。高而窄的窗户前挂着由羊皮牵拉而成的窗帘，擦拭一新，为这间位于城堡二层的石室挡住了外面越来越强的雨水和风。天色愈发昏暗，只能透进少量的光，隐约照着白色的石灰墙。屋内点了蜡烛来补充光亮，四支在长桌一边的银质烛台上，另外三支则被潦草地插在长桌另一边的一堆石蜡里。这种蜡烛相当昂贵，海德安坚持不用动物油脂熬制的劣等蜡，认为它气味难闻且对书籍不好。“国王可能会不高兴，不过他反正买得起。”海德安说着，又拿起一支蜡烛立在石蜡堆里。

“或许他也买得起另一套烛台。”安雅指出，大拇指和无名指把玩着一只新鲜石蜡做的小球。

壁炉的火熊熊燃烧着，将屋里烤得暖洋洋的。这个阴沉的日子里，它是城堡里唯一一个没有狗趴在前面的壁炉了。德鲁伊教派不许养狗。房间四周的书架和书柜里整整齐齐地摆满了书。海德安取了两本放在桌上，有两个大大的字横跨了两书的鹿皮封面：罗马。海德安翻开书，露出了羊皮纸上密密的字迹。

安雅交叉着胳膊，罕见地皱起眉头。“艾丝琳跟着利亚姆骑马去学习战斗了，我却要和你困在这里，学什么罗马基督徒的把戏。”

“你出生时，莫里甘女神便指定你做她的智者面目。”海德安说道，对于解释这一点已有些厌倦了，“艾丝琳是她的武士面目。你无法改变她的决定。”

"就算是吧，不过艾丝琳那部分更有意思，"安雅回答说，"而且她就要熬到见阳光了。"

"阳光？"海德安问道，向窗户望去。

"我的意思是，加冕庆典后，我就要在一个该死的地下世界实施统治了。不过我决定，加冕当日我就要颁布命令，以后莫里甘姐妹永远可以同时在人类世界的白天出现。"

"中央王国的希族需要莫里甘女神中的一位，也就是你来统治，这是确定无疑的。这既是你的职责也是你的命运，也是你和艾丝琳二位一体的原因。你们将是两片土地的女神。并且，加冕后你的新宫殿不会再像一个该死的地下世界了。"

"你真的认为我会觉得不同？"

"当然，"海德安向她保证，"你已经感觉到艾丝琳是你的一部分了。现在集中意识，描述这种感觉。"

她聚精会神地感受内心。"就好像她和我一起坐在这里，不止如此。我灵魂的一半由她占据。我不能脱离她独立思考。她给予了我力量，正如我知道我给予了她智慧。"安雅闭上了眼睛。"同时，我也在她那里。此刻我们正一起在林间奔驰，我能感觉到她感觉到的潮湿和寒冷。"安雅微微抖动身子，轻笑起来，"我们正在策马狂奔，想超过利亚姆。"

"加冕庆典上，你和艾丝琳的关系会加深一步。"海德安说，"你将不再感到艾丝琳在你心里，如果与她分开，你甚至感觉不到自己的存在。你将和她合为一体。你可能都不会记得你们曾经是两个人。"

"现在睁开眼睛，我们继续研究罗马教会。"海德安探过桌面，递了一本书给她。"几个世纪以来他们一直对爱尔兰虎视眈眈，现在仍是如此。你要对他们了如指掌。"

安雅将书朝他推回了几英寸。"自从他们上次来袭时，我们大

败了'强弓'，他们就再也不敢招惹我们了。而且我的爱尔兰基督教会和我们一样，是他们的强敌。现在爱尔兰教会日渐壮大，在不列颠王国和整个欧洲拥有的修道院数量与梵蒂冈的一样多。"安雅说着咧开嘴笑了，"他们说的关于强弓这个绰号的由来，是真的吗？他在腰带以下很有天赋？"

"记住，"海德安说，忽略了她的问题，"爱尔兰教会永远不会听你指挥，你不要指望他们能为你而战。你能调遣的只有凯尔特人和希族的军队。"

"还有弗魔安呢，没有我的同意，他们不会放走一艘船。"安雅补充说。

海德安不喜欢弗魔安。这是一支残忍的拿非利魔族，在地面和水下都能生活，常年游荡在爱尔兰周围的海里，身上总有一股腐烂的鱼腥味。他们经常滋扰生事，不过海德安知道，在凯尔特人和基督徒之间，弗魔安更倾向于吃基督徒，什么基督徒都行。"他们确实能帮忙阻止强弓，"他承认说，"我怀疑你可以通过威逼利诱的手段来掌控他们。不过即便拥有这些力量，你还是要时刻保持警惕，做好迎敌准备。自梵蒂冈派强弓入侵爱尔兰后的200年来，罗马教会覆灭后又复兴，现在比以往任何时候都更加强大且狡猾。我相信，很快你就将再一次与他们交战。"

"我肯定斯基格树精才是更大的问题。"安雅坚持说。

"等你过了生日，你要担心的就是如何与他们沟通周旋的问题了，年轻的女士。加冕之后，他们会向你臣服的。"

虽然这么说，海德安却担心这一切并不能实现。律法明确过，姐妹俩要在满14岁的当天，也就是四天后，登上王座。而海德安从骨子里预感两人很快将面临一场严峻的考验。安雅和艾丝琳生来即是莫里甘女神，她们此前接受的不死测试已证明了这一点。只是，转世后的莫里甘女神要困在人类的躯体里。自出生之日起，姐妹俩

就一直在训练与自己的神性产生联接，同时克服自身的脆弱。这些弱点因人类特有的恐惧和不安的情绪而更加严重。她们要学会像同一个人那样行动，练习着让莫里甘女神成为本体的存在，练习着如何控制自己的超能力，这些超能力将在加冕礼上全部释放。

在为自己的导师身份做准备时，海德安曾研究了前辈们的经历。他了解到，此前的几世莫里甘姐妹都曾发现，超越自己的人类局限性越来越难。最近一世的莫里甘姐妹从未完美地融合为一。似乎这个世界越来越不愿意接受女神。而当安雅和艾丝琳出世时，所有的德鲁伊都在预言，她们将是这个时代最强大的莫里甘姐妹。海德安一边想着那个预言，一边望着安雅，此时她正在用石蜡做另一个小球。他感到十分不安，如果莫里甘女神需要以如此强大的人类躯体显现自身，那就意味着两姐妹命中注定要面对某些可怕的挑战。

海德安再一次考虑起斯基格树精是否真的愿意向姐妹俩投诚，又或者他们才是阻挠莫里甘女神重返这个世界的现实威胁。希族中的斯基格树精族，最近越发频繁地与凯尔特人爆发冲突。傲慢的斯基格树精王凯拉什没有按照律法的要求，归还由本族保管的莫里甘女神的心片。当这枚心片在七年前遗失后，德鲁伊的预言不再是关于姐妹俩会多么强大，而是纷纷转向预言她们的法力将受到多大的损害。

不会的，海德安想，罗马教会才是最大的威胁。他希望自己只是个思虑过多的老师。

“我一点也不担心梵蒂冈，不论他们变得有多厉害。”安雅说，好像读出了他的心思。

“他们应该会担心你，”海德安回答道，“‘巴比伦之囚’、红衣主教阿尔博诺兹用他那支集合了犯人、佣兵、探子、刺客的雇佣军将罗马教廷从阿维尼翁迁回罗马，恢复了教皇国。”

“罗马的主教回到了罗马。太合适了！”安雅大笑。

“欧洲人并不这么觉得。梵蒂冈的新军队干掉了所有反对罗马教皇复辟的人。从那时起，梵蒂冈用武力极大地巩固了基督教派的独立势力。现在的新教皇密切关注着那些还未归顺的教会。眼下爱尔兰教会就是最大的反对者。我们领地上的教会是他的眼中钉，我们与中央王国的联盟同样惹恼了他。”

“我的力量绝不会让梵蒂冈染指我们的土地。”安雅说。

“莫里甘女神的力量将梵蒂冈挡在海湾以外，而罗马的力量也让我们对他们的地盘奈何不得。你登上王位后，斯基格树精会是你面对的第一个挑战，可我肯定罗马教会才是最强的对手。”海德安回应道。

安雅向后仰着身子，翘起椅子的两条腿。“你答应过告诉我你是怎么当上德鲁伊的，还一直没说呢。现在告诉我吧。”

海德安知道安雅是想中断后面的历史课程。他同样知道，在故作嬉闹的举止背后，安雅心里其实正为即将到来的登基典礼深深忧虑着。大雨打得一扇窗棂总是嘎吱作响，终于将它击落。海德安用一道咒语接住了它，完好地装回原处。实物魔法曾一度是令他尴尬的弱项，而让他惊异的是，姐妹俩一出生，他的法力一下子就突飞猛进了。

安雅正满脸期待地等着他。海德安感到自己无法拒绝，便开始说道：“我是被召唤的，我甚至没有意识到就被召唤了，每个真正的德鲁伊都是如此。”

“我曾为制作一种药剂，借了父亲的银刀，在黎明前出发采集紫色的石蚕草。当我在一口泉边休息，看见日出时，我突然感觉到一个声音。我的父亲曾是我们村庄的吟游诗人，所以即使当时只有7岁，我仍然清楚不能被精灵诱惑。不过，那儿的确有个声音，”他的眼神陷入久远的回忆中，“像一支歌，带来某种不知名的花香，我沉醉其中。于是我跟着它，穿过一条门道，进入了希族之丘，奔

向新的目的地。那时，中央王国日头刚落，新月初起，黑暗里的歌声似乎将永不停息。直到我感觉到一个女人的触摸，是她一直为我歌唱。她拉着我的手，我们一起跳啊笑啊，又睡在一起。”

“在7岁的时候？”

“那时我不再只有7岁了。好像我在一天一夜之间变换了身体。当我在另一个日出时醒来，我仍旧孤身一人，就在原初世界的那口泉边，而我的身体已是一个成年男子了。我依然能感觉到她的嘴唇就在耳边，轻声说着一些我至今仍在试图理解的秘密。我把那条变小了的斗篷缠在已是成人的腰间，拿起石蚕草，返回父亲的房子，却得知我已经离开七年零一天了。”

“很快，我就发现我所看到、感觉到、听到的东西都变得不一样了。新的知识向我的头脑敞开大门，那天黑暗里的声音让我学会了新的本领。在我重返现实的一周后，前任德鲁伊首席祭司带着一枚德鲁伊胸针来找我。他在梦里看见了我的变化，并教我理解那些我在中央王国听到的东西。当天，我就随他来到了塔拉。”

“那女人呢，你那个希族的恋人？”安雅问道。

“要继续你的学习了。”

“求你了，告诉我吧。我害怕以后会在中央王国的床上独自变老，而身旁的希族依然那么年轻。你的故事能让我对爱情还有点希望。”

“有的晚上她会来找我，在梦里。那些夜晚全是她皮肤的味道，头发的香气……”海德安的声音似乎渐渐飘远。

“不只是梦里吧，你的儿子怎么解释？”

“对中央王国的人而言，很难说清楚梦境与现实的区别。我怀疑他们根本不在乎。有一天晚上，我的儿子在梦里出现了，一个手舞足蹈的小婴儿。当我醒来，他还在身边。”

“你的恋人后来出现过吗？”

“偶尔会，不过不再是在我的床上。那之后她只是站在树林里，还像过去一样年轻，看着我们的儿子在月光下摘野玫瑰。我经常想，有一天他是否也会踏上一次漫长的旅行，是否也会一去不回。你知道，我希望将来能够回到中央王国——可能是在我已足够渊博，能理解她耳语的含义的时候。在你们已经加冕，不再需要我之后。”

安雅没有听见他的话。

海德安发现她的眼睛已变成了明绿色。他听到身后传来小石头落地的声音，然后有什么东西突然炸开了。他回过头，看见墙上新裂开了一个敞口，不过一英尺高。一个斯基格树精从那里钻进来，站直了他高达七英尺的身体。海德安认出他是辛纳德，树精之王凯拉什的弟弟。辛纳德一言不发地朝海德安走来，从身后的剑鞘中拔出一把细长的宝剑。

不，这不会是真的，海德安想道。*她还没来得及同他们谈判呢*。他转头望向安雅，此时她已经同妹妹在一起了，她眼睛的颜色和脸上的痛苦告诉了他需要知道的一切。艾丝琳也遇袭了。一切都将失去。他将身子探过桌面，急切地在她耳边说：“尽一切努力进入艾丝琳。就现在。这是唯一的希望。”

★★★

当利亚姆和艾丝琳骑马离开特里姆城堡时，凯拉什正站在不远处的矮坡上，在几十棵新砍伐的树桩中间。密集的暴风雨吹打着他橡树皮般棕色的长发，凯拉什瘦削的脸庞因愤怒而扭曲着。他是斯基格树精之王，一支自由野性的林中希族。在他面前的，是一场谋杀。他用手拂过树根粗糙的表面，安抚着这些即将死去的生灵。他能感觉到树灵的存在，就像截肢者仍能感觉到自己失去的臂膀，以及它曾经历过的刀砍斧斫。

斯基格树精是希族中与凯尔特人关系最密切的魔族。他们不住在中央王国，而是生活在爱尔兰领土的密林深处。不同于大多数希族与人类吃一样的食物，斯基格树精的一切生存所需，他们的幸福、快乐之源，都来自他们深爱的树木。

是时候结束这种屠杀了，凯拉什想。今天过后，凯尔特人再也不能伤害我的神木了，这世上不再有莫里甘女神统治我的族群，希族和凯尔特人的休战也将结束。

察觉到他的弟弟辛纳德来了，凯拉什说道："我召唤你来，是让你在突袭前看一眼这场杀戮。看看这又一起对我们族群的屠杀。"

辛纳德鞠了一躬，说道："这是场悲剧，陛下。我的心和您一样在流泪。"

"凯尔特人只想着自己那点可怜的需求：砍树来做他们的马车、他们的家具，为他们生火、盖楼。"凯拉什继续说，"有人说休战是必要的，每次祈祷和献祭都要损失一棵树。不过他们现在太过分了，居然允许维京人砍树做船，甚至把树卖到法兰西去做酒桶。这种犯罪越来越猖狂，留给我们子民的只有悲伤。"

"我理解其中的厉害，陛下。我不会让您失望的。"

"我的弟弟。"凯拉什抓住辛纳德的肩。"其他魔族信奉土地、太阳，甚至是水，而对我们的人民来说，树木提供了赖以生存、生活和呼吸的三种生命之源。什么献祭也不值得砍去我们的树，哪怕只有一棵。凯尔特人及其盟友不会敬奉我们的树，他们从未真正尊重过我们的信仰。如果斯基格树精有机会获得自由，现在正是行动的时候。你是我的英雄。记住我对你说的话，你将凯旋。"

"我的宝剑饥肠辘辘呢，陛下。"

看着他大步离开，凯拉什确信自己已胜券在握。

瓢泼大雨重重地砸在地上，辛纳德正不耐烦地站在一道密实的

泥土隧道入口，它通向特里姆城堡的石基。他极其渴望完成任务。希族不在意自己要过的通道有多高，他也并不为此烦恼。他烦恼的是脑袋里一个微弱却无休止的声音。不同于凯拉什的狂怒和自己顺从的答复，这个声音告诉他，他即将打破一个神圣誓约，这是误入歧途。

他身旁左右各站了一名格罗格力士。这是一支个头稍矮（仅就这片土地而言）但身材壮实的希族。他们正对着石头念念有词。斯基格树精花了一千年甚至更长的时间，成功迫使格罗格力士在为凯尔特人修建的城堡石基中，留下了秘密的精灵通道。这是窥视凯尔特人的无价之宝。德鲁伊，那些自比希族巫师的人类一旦得知这些通道的存在，绝对会立刻找出并毁掉它们，辛纳德心想。那将损失惨重，不过在当时的情况下还是值得冒险。看着格罗格力士中的一个在对墙歌唱，辛纳德希望赶紧结束。*格罗格力士想问题慢得跟他们喜欢的石头一样*。

随着格罗格力士的歌声渐渐消失，他需要的那条魔法通道显露出来。这条通道还是第一次使用。他面前的一块石基上出现了一扇小门，两英尺高四英尺宽。他念了句咒语将门打开，弯下腰钻了进去。

辛纳德终于走进海德安的图书室，站直了身子。他晚到了一会儿，不算久，但或许已经太迟。他朝等在通道入口的格罗格力士默念了句诅咒，没有理睬他们痛苦的低吼。某个蠢货或懒鬼或两者皆是的格罗格力士在数百年前没有为这条通道安上出口的门。他不得不用武力打破墙壁才进入室内。其间他触发了一道保护房间的咒语，更麻烦的是，这让德鲁伊海德安对他的到来已有所防备。

辛纳德简单地用意念挡开了咒语，意识到自己将命不久矣。那条锁闭房间的咒语来得太晚，无法将他阻止在外。当年建造这个房间的德鲁伊一定不曾料到有人会从墙壁闯入。然而现在锁闭咒已经生效，他被困在房间里了。辛纳德摸到自己的剑，大步朝桌边的两人走去。不过那个老德鲁伊已经在安雅的耳边说："把全部法力传给艾丝琳。就现在。这是唯一的希望。"

辛纳德的剑当空一挥，砍下了海德安的头。他跳过桌子，刺向一动不动的安雅。他刚切开安雅的胸腔和骨头，就感觉到她早已离开。这里只剩下一具躯壳。*神啊，别让我太迟了*。他暗想。凯拉什强调说对姐妹俩的刺杀一定要同时进行，才能将她们全部干掉。辛纳德用剑探进安雅胸前的伤口，挑出她的心脏放在手上，它已开始萎缩。

他停下来，犹豫不决。自泰尔提由大战结束，希族和凯尔特人休战至今一千五百年来，曾有三次针对莫里甘女神肉身的暗杀，可没有一个暗杀者像他这样成功拿到女神一半的心脏。*如果失去女神的联接，这两个世界将会怎样？*他有些担心。她是所有国王的统治者，所有希族和凯尔特人共同效忠的唯一存在，盟定于古老的誓约。

低头看着手中愈发蜷缩的心脏，他能感觉到房门上的咒语在慢慢失效。很快，门外那些叫喊着安雅名字的守卫就会闯进来。辛纳德想起凯拉什的话。他拿起心脏，咬下一块开始咀嚼。当第一名守卫的匕首刺中他时，他刚好咽下了最后一口。

★★★

当艾丝琳的身上突然出现一道无名伤，带来比剑伤和毒药还可怕的疼痛时，她能感到安雅的力量正在注入自己体内，让她得以活下去。一瞬间，她和姐姐之间的联接消失了，她和另一个世界的联接也消失了。她尖叫一声倒在利亚姆怀里，自出生以来第一次意识到什么是孤独，什么是残缺。

凯拉什看着利亚姆扶着踉踉跄跄、哭个不停的艾丝琳朝他的马走去。这位斯基格树精之王站在雨中的林间空地边缘，让自己与周围的树木融为一体。他猛地打了个寒战，像一阵微风吹过树叶，他感觉到了兄弟辛纳德的死亡。凯拉什知道利亚姆能察觉一个强壮希族人的存在，于是小心地保持隐蔽。尽管厌恶所有的混血族群，利亚姆却是他唯一不愿亲自与之交手的人。于是他继续等下去，直到护卫们再次聚合起来，牵起艾丝琳的马，向着来路狂奔而去。

想通过同时杀掉两姐妹来驱逐莫里甘女神，看来是过于乐观了，他想道。凯拉什曾对部下宣扬说，只要两姐妹的心脏能够在莫里甘女神撤回彼岸世界前被毁掉，泰尔提由之约便会失效，所有的希族族群就将再次团结起来，共同对抗凯尔特人和基督徒，夺回他们失去的土地。而他，凯拉什，将会率领他们走向胜利。

察觉自己的隐蔽咒已逐渐消逝，凯拉什退回了树林。他不应该牺牲掉自己的兄弟。他本不该对付这两姐妹的，他想道，愤怒更加强烈。她们根本就不配受冕统治，七年前也不该参加归心大典，哪怕她们在不死测试中活下来了。他是所有国王中唯一反对莫里甘女神专制的，也是唯一拒绝归还那个可恶的小小心片的国王。在前一世莫里甘姐妹离世时，那枚心片被赐予斯基格树精族以守护族群。没有它，归心大典就是场骗局，他对自己说。

可是现在，即便是其他国王也该意识到这个独活的妹妹不堪一击了，并且，根据希族和凯尔特人的律法，她也不再能统治任何一方。艾丝琳伤得前所未有的严重。既然她的权势已遭重创，他可以另找个机会杀掉她，永久驱逐莫里甘女神。

2

爱尔兰，托拉戈岛

1373年

在成为莫里甘姐妹守护者的十四年前，利亚姆生活在位于爱尔兰西北角的离岛托拉戈上，与厄恩南为伴。利亚姆的人类祖先是加洛格拉斯人，一支来自苏格兰群岛和高地的混血精英武士，拥有挪威人、盖尔人和皮克特人的血统。他们在一百多年前建起了这所训练学校，以他们在斯凯岛上的堡垒为名，称其为“斯盖沙伊施·斯科尔”，意思是黑暗之堡。

这个晴朗的下午，厄恩南，一个年轻的导师，做好了对战特蕾莎的准备。特蕾莎是利亚姆的侄女，纯人类血统，此刻正等在训练场的中央。她的左手握着一把造型优雅的弯刀，对加洛格拉斯来说是件不寻常的兵器。在衬垫外套外，她穿着一件光亮的盔甲，闪着蛇纹石的微光；松垮的裤子皱巴巴地贴在脚踝上。一条沉甸甸的银制颈环像缠绕的绳子般盘旋在她长长的脖子上。她的右手攥成拳头又松开，目光坚定。

“这次你怎么惹着她了？”利亚姆问。

“我不知道啊。我只是问她今晚愿不愿意分享我的床。”厄恩南回答道。

利亚姆递给厄恩南一个圆形的木制盾牌，直径有两英尺长。“拿上这个，或许你能完整地活下来。”

厄恩南戴着一条铜制颈环，赤着上身站在那儿，肌肉健壮，看起来比特蕾莎至少高一英尺，体重足有她的两倍重。他俯首低声向弗蕾神祈祷了几句，然后拿起了自己的双刃阔剑。他高举剑柄，喊叫着冲向他的导师同僚。

“下回要提议上她的床！”利亚姆在他身后喊道，“有时候会管用！”

斯盖沙伊施·斯科尔号称拥有超过三百名加洛格拉斯学生，此外还有一百名凯尔特男孩和女孩。他们都展示出过人的天赋，同时家境优渥，付得起高昂的学费。

加洛格拉斯人因不愿遵守1266年的珀斯之约而改宗基督教，并集体移居爱尔兰。其时挪威将苏格兰西北部割让给了英格兰的爱德华一世。凭借超凡的战斗力，他们很快成为爱尔兰最有力的一支武装，几乎每个国王都雇佣了至少一百名加洛格拉斯作为守卫军。只要合约生效，他们的忠诚便无可置疑，绝不会因本土恩怨或是种族势力而动摇。

利亚姆看着打得难解难分的特蕾莎和厄恩南，偶尔向厄恩南喊上几句建议。在这片场地的北边，矗立着一座环形碉堡，一座城堡以及一段防御城墙。更远处，茂密丛林中掩映着一片大湖，湖里建了座爱尔兰最时兴样式的堡垒，名叫湖心岛的人造岛屿。湖水深处，居住着一群弗魔安，在爱尔兰其他的湖里，这一魔族均已绝迹。弗魔安偶尔会离开水底吃掉几个意图攻占湖心岛的倒霉学生，即便在利亚姆已经停止让六年级学生完成这一挑战之后。

东边远处是一座与学校同时发展起来的村庄。西边的林地边缘前，有一片环状立石，立石前面初看像有座小山，其实上面有一道石框门，那是通往中央王国，也就是大多数希族故乡的一个入口。没有任何一场搏斗，哪怕是演习，不是为了与当地希族建立盟约而战。身为人类和希族混血的利亚姆，便常常在两方之间斡旋。他的希族母亲出身于德瓦士贵族，是位苗条的美人。他的父亲自称在登陆托拉戈岛、争夺学校所有权的时候，抢走了她并与之相爱。不过，多年来利亚姆的父母始终在究竟是谁抢走了谁的问题上争论不休，直到有一天，母亲在父亲的墓碑前唱起歌，然后返回了中央王国。学校是父亲留给利亚姆的遗产，而他从母亲那里得到的是广博的洞察力。面对任何一个持剑或斧、距离近到足以攻击他的对手，利亚姆都能瞬间判断对方的下一步举动，迅速置其于死地。

利亚姆正看着一个侍从跑出去为厄恩南更换一把双刃阔剑，之前的那把被丢在了远处，突然有个声音让他转过身去。此时，圆月已映上傍晚的天空，巨大的月影紧贴着多尼戈尔山从海峡间升起，正是这条海峡将托拉戈岛从爱尔兰大陆分隔开。一群乌鸦扑扇着翅膀密密地飞着，在月光中投下黑压压的暗影。它们从巨石嶙峋的海岸边向利亚姆俯冲过来，嘶叫声盖过了场上铿锵的刀剑撞击声。

当这团黑云掠过头顶，利亚姆便意识到自己被召唤了，别处有什么地方需要他。这种感觉可能来自乌鸦的叫声，或是它们搅起的风云，或是因此而沙沙作响的树叶，又或者是周遭的整个氛围。只有像利亚姆这种仍然保有极强感知力的人，才能捕捉到这样的灵光一瞬。即便在爱尔兰，也没有多少人仍保有这种能力，以及它具有的不亚于任何咒语的法力了。那些身上流淌着希族血液的人除外。

利亚姆回身转向训练场，看到厄恩南正躺在地上，被特蕾莎跨坐在腰间，后者的剑尖直抵厄恩南的下巴底下。她右手的匕首正慢慢地在他的胸膛上划出一条血道。利亚姆注意到那是厄恩南的匕首。特蕾莎总喜欢在身手不错的对手身上留下一道疤痕。她弯下腰，用舌头清理起伤口，手里的剑始终不曾离开厄恩南的喉咙。

这下厄恩南如愿以偿了。利亚姆心想。“特蕾莎，够了！”他喊道，“我得在下次新月升起前去趟特里姆城堡，还有好多事情要准备。”

特蕾莎把剑从厄恩南的脖子前移开了。“你什么时候回来？”

“不知道。”利亚姆指着往回飞去的乌鸦群，“我被召唤了。莫里甘女神可能要重生了。”

特蕾莎低头冲厄恩南笑了笑，“也就是说有场真正的战斗在等着我。我一直在期待这一刻。”

“从现在起学校归你管了，”利亚姆交代特雷莎说，“尽量别杀掉太多学生，尤其是那些家境富裕的。”

利亚姆向学校的楼房走去，心事重重。那会是许久未出现的莫里甘女神的召唤吗？又或者，更可能是某个急性子的德鲁伊自认为确认了转世的莫里甘姐妹？自上一世莫里甘姐妹离去至今，已有好几位野心过度或是能力不逮的德鲁伊由于错认了转世的征兆，导致送去参加不死测试的女婴们无辜而亡。利亚姆真心希望这回不是又一个错误。

他加快了脚步。如果这个召唤真的意味着莫里甘女神的转世，那么他将担负重任。

★★★

布丽吉德，玛查修道会的高阶女祭司，在特里姆城堡的走廊里踱来踱去，极力平复自己焦躁的情绪。她全身心地释放自己的感知力，去感受地板上的古老石块，它们记得曾经撑起的每一个脚步。感知的触角继续延伸，她感受到了石块底下的土地。那里欢迎她的触摸，并以一股强大的生命力充盈她的体力，重振她的心神。她想到，成为一名德鲁伊看似极为困难，其实简单到只需要信任即可：信任这块魔法土地自身的神力，信任它所传递的信息。

她儿时的名字是丽瑟，直到她用布丽吉德替换了它。布丽吉德是她承袭的那个独特女性族谱里每个人的名字。不论对爱尔兰、凯尔特还是基督徒来说，这都是独一无二的单身族谱。*守贞是对我漂*

亮身材的浪费。她总爱这么说。然而她的宣誓是真心实意的，她明白自己的牺牲对于增强姐妹联谊的重要性。

她站在尤娜和奎因的卧室前，强迫自己走进去。参加不死测试意味着一对女孩的生命濒临险境——她自己便是其中之一——她决不允许恐惧影响了判断力。她非常感激最好的朋友尤娜不曾以怀疑动摇过她。

她猛地推开他们卧室的房门，大步走了进去。

“布丽吉德！”光着身子、怀着身孕的尤娜在丈夫奎因的身下喊叫起来。

“噢。”布丽吉德说道，在屋子中间停了下来。

奎因翻身下床，尤娜坐了起来。两人都没有遮掩身体。

“你在这儿做什么？”尤娜问道。

“我被召唤了。我们必须谈谈。”

“现在？”

“是的，现在。”布丽吉德的眼睛抱歉地望向奎因。

“你为什么来这儿？”几分钟后，尤娜问道。她轻轻地弯下腰在布丽吉德身旁的凳子上坐下来，面色依然绯红。此时，她们坐在温暖的厨房里一张木头桌子前。两名厨师在她们身后的一堆烹锅之间忙活着，挂着这些锅的壁炉比他们其中一个的个子还要高，比他们两人都要宽大。

“我刚才说过，我被召唤了。莫里甘姐妹即将转世。”

“终于来了，”尤娜说道，“这么久过去了。”她静静地坐了一会儿，然后带着一丝不安问道，“是谁？在哪里？”

布丽吉德正忙着从一个大木头盘子里把羊羔腿上的肉撕下来塞进嘴里。她拖延着没有接话，打趣地说：“你知道，吃东西是对性交的可悲替代，不过至少能获得些满足感，看着别人激情四溢总是让我食欲大增。”

“布丽吉德，告诉我。”

布丽吉德擦了擦手和嘴巴，然后伸出手来，掌心放在尤娜鼓起的肚子上。

“不。只有一个心跳声。我只感觉到一个生命的灵魂。这不可能。”尤娜说。

“双胞胎都是这样的。你是备选者。”

“许多人都是备选者。你一定弄错了。”

“你注定是莫里甘姐妹的生母，这一世是艾丝琳和安雅。命定如此，不要企图逃避天职。我是来帮她们出生的。我会一直在这儿确保她们通过不死测试。”

尤娜脸上顿时血色全失。

***

利亚姆纵马沿着博伊奈河向特里姆城堡奔去。这座伟大的城堡，米斯王国的首府所在，象征着这条连接爱尔兰四大都城的河流在战略上的重要性，以及经此通商所带来的巨大财富。按照维京人流行的说法，博伊奈河从海边发源，经由爱尔兰的维京人首都都柏林，从爱尔兰中东部海岸入海。在内陆，博伊奈河环绕着博因宫城形成一道优雅的弧线。这是世上仅存的一座希族城市。不过对于误入其中或是不受欢迎的访客来说，坐落其中的四十座城堡很容易被误认为青草密布的山丘。之后，河水流向塔拉——爱尔兰的首都，各国帝王的故乡；随后河流在特里姆城堡前蜿蜒，形成一道浅滩，这也是海上商船能够抵达的最远处。

作为最后的庇护地，城堡还是颇有用处的。利亚姆抵达城门时这么想道。他宁愿在战场上直面对手，快速致其死亡。不过凯尔特的统治者们要通过法庭治理国家。加洛格拉斯人没有统治长官，也没有官方的选举流程。他们服从的是依据声望缔结成的组织结构，而这使得利亚姆在过去十年成了事实上的领导者。在那期间，他认识了许多爱尔兰的女王和国王，由于他们依靠选举而非世袭获得王位，因此人员经常变动。

太阳就要落山了，可是城堡的吊桥尚未收起，吊闸也开着。城门的守卫兵认出了他，挥手让他通过。“利亚姆，来跟我们一起！”其中的一个叫嚷着，手里摆弄着一对骰子。“我得靠新人换换手气。”

“今晚再说吧！”利亚姆高声回道，策马走在桥上。“除非我拿到一份更好的工作。”

几年来，爱尔兰五大王国的王室选举，利亚姆至少各督阵过一次。目前各国的统治者分别是：梅斯国王特洛，视自己的战伤为荣誉徽章，利亚姆要去的便是他的城堡；康诺特王国的梅尔，一位年轻且精力充沛的女王，曾在斯盖沙伊施·斯科尔受训；伦斯特国王默查达，留有一头长发，发号施令时仿佛有一面黑旗在身后飘扬；明斯特国的格尔弗莱茨女王，从众多候选者中以无双的智慧脱颖而出，拥有全爱尔兰最大的图书馆；还有最近当选的阿尔斯特国王尼尔，利亚姆觉得他更像是个政客而非战士，而后者才是众多伟主的出身地。

这些推选出的女王、国王、权贵和行会首领们，还要继续参选凯尔特大帝。这一权位往往由男性担任，不过据利亚姆所知，并未有任何一条法律如此要求。他把这归因于爱尔兰的平衡感，自这几世的莫里甘女神以双生姐妹之形在这个世界显现自身，凯尔特人和希族之王都要听命于女性。

自听到召唤以来，利亚姆对召唤的缘由产生了越来越强的怀疑。他抬头望着城堡，心中涌起对好友尤娜和奎因，以及他们那对即将接受不死测试的新生女儿的担忧。等待她们的只有两种结局：

通过不死测试，则女儿们享有无上的荣耀，留给父母无尽的悲伤；或者不死测试失败，这则是女儿和父母的共同悲剧。

利亚姆穿过熙熙攘攘的广场，这里和平日一样充满了首都的喧嚣；他穿过隐藏着巨额财富的牢固的石头房子，把马拴进厩房，走入城堡。在前厅，他解开捆在背上的战斧，取下身上的剑，遵照要求把两件武器交给守卫官。后者告诉他，请愿正在国王的私人会议厅举行。于是利亚姆走过一层宽阔的接待厅，轻快地从螺旋楼梯拾级而上，直至顶楼。

这间屋子里色彩斑斓。根据古老的爱尔兰布雷亨法律规定，一个人地位的高低决定了他能够穿戴几种颜色。位级最低的奴隶只有一种颜色，权位最高的贵族则可以用七种。或许只有外出打猎的国王，或偷偷溜去情人家的贵妇不愿披挂起所有允许的颜色，在这贵胄云集的宫廷则必然集合了一切可能的色彩：在贵族、行会首领和武官们身着的束腰外套、上衣和护胫上，各种各样的蓝色、红色、紫色、棕色、绿色、黄色和黑色展示得淋漓尽致。

特洛·马格劳丹，这位梅斯王国在位已久的国王，坐在占据大厅一端的一座微微高起的平台上，他的侍从跟在身旁。一道深深的疤痕横在了他的半边脸，刚好避开他的眼睛。这道疤证明了他曾多么英勇地冲在阵前，又是多么灵巧地躲过了一把利刃。

坐在特洛身边的是他的儿子和一位利亚姆不认识的女人，他猜测那是特洛的新婚妻子。国王的上一段婚姻由于到期未予续约而失效。利亚姆惊讶地看到，同坐在国王的贵宾席上，代表布雷亨法律的法官大人是来自塔拉的，而梅斯王国的大法官则恭敬地站在她身后。*真走运*。利亚姆想。来自最高法院的这名法官可以帮忙将接下来的事件结果带回给凯尔特大帝。

在特洛国王和法官面前，站着爱尔兰维京人的代表们，包括其国王麦恩迪尔，正是他请愿向特洛国王申诉苦情。利亚姆很清楚麦恩迪尔的历史。他的子民同加洛格拉斯人一样，由于此前的维京人不愿改宗信仰基督教，而被迫远离斯堪的纳维亚的故土。这位身强力壮、虬髯如戟的麦恩迪尔国王，如今统治着都柏林、韦克斯福德、沃特福德、科克以及利默里克，领土直达海岸。

在利亚姆费劲地穿过人群走到房间后部时，麦恩迪尔的儿子盖尔正在陈述维京人与斯基格树精的不和，后者总是阻挠他们砍伐树木。"一切是从我们在斯基格树精了如指掌的树林中迷路开始的。"

"你们得当心那些草皮松软的地方。"一位身着七色服的贵族说道。房间里爆发出一阵哄笑。

麦恩迪尔国王走上前去，把儿子推到一边，就像他一贯干的那样。"我的侄子，"他正色道，愤怒的声音盖过了场上的笑声，"被发现死在一个他常去的地方。他的身体干瘪得只剩下皮包骨，就在他率领我的十名武士去保护伐木人的两天后。那些伐木人的尸体被穿在他们奉命去砍伐的树上，而那是毛兰大人允许我们合法收割的土地。"麦恩迪尔好像没有注意到盖尔已经离开了房间。

"您知道，获得许可只是先决条件，"塔拉的大法官回复道，"如果没有向斯基格树精奉上合适的礼物，没有取得他们的同意就开始伐木，您就是置自己于危险之中。"

"我们不再和斯基格树精沟通了，"麦恩迪尔反驳说，"他们的新国王凯拉什要求的贡礼简直不可理喻。为了抵偿我们要砍伐的树木，他们要我们赔付同等重量的孩子。我拒绝了，派出了武士。"这位维京国王直视着特洛，"只有我们的船只能够通行其他大陆。您同我们一样需要这些新船。我想问您，特洛国王，这些树是凯尔特人的吗，还是属于斯基格树精？"

房间里的人开始七嘴八舌地议论起来。

一位依其品级身着蓝色长袍、肩上挎着一个大皮质口袋的修士，不紧不慢地走到利亚姆身边，停下来靠在墙上。据利亚姆所知，这是一位帕特里克。帕特里克是对圣帕特里克教派领袖的尊称。爱尔兰基督教会两大分支即帕特里克修道会和科姆基尔修道会。

“利亚姆，你怎么来了？”

“我听说这次集会比往常的有意思。”

“要我说，只要希族的君王或使者不在场，都是在浪费时间。”

“他们去哪儿了？”利亚姆问。

“自从麦恩迪尔为了给他侄子复仇，取下了几名无辜的地精月光舞者的首级，并钉在都柏林城门上以后，希族就拒绝再跟维京人见面了。”

利亚姆盯着修士腰带上的一个皮套，那里装着一口锈迹斑斑的铁钟。利亚姆曾听说过滴血圣钟——每个人都听说过——不过还从未见过一个修士把它带在身上。“圣帕特里克本人曾把一个恶魔绑在圣钟里，用它为教会收取什一税，这是真的吗？我听说钟声能致命。”

“那或许是他的目的，不过我更在意用它保护我的教徒们。一些黑暗势力已经苏醒，如果希族或是埃利奥德造反，我们将是首个目标。更别提那些维京人和凯尔特强盗了。他们最好都记得帕特里克修道会可不是什么软脚鸡。”

“有些人更担心罗马教会又在对爱尔兰虎视眈眈。如果他们真敢来，我猜你一定会站在海边，冲着每艘进犯的敌船敲响丧钟。”

“要是大帝想让我那么做的话，”帕特里克笑着说，“他最好开始缴纳什一税，越多越好。不管怎么说，只要带着圣钟，我从阿玛走的任何一条路都不会受松软草皮的拖累。”

“你知道，我骑马穿过树林的时间，比我从大路上走要少一半。”利亚姆微笑起来。

“我一直在想，你啊，我的朋友，更像是希族而非人类。我从树林里走要花上两倍的时间，那还是在没有爱玩闹的希族使我迷路的情况下。不论我多么努力地向希族指出基督教教义与他们的信仰非常相似，也不论我曾将多少最好的酒送给他们，他们始终对我粗鲁无礼。”

“如果此刻你愿意为希族发声，没准他们将来会对你友好些。”

“除了斯基格树精以外的任何一支希族，我都愿意。但我绝不支持他们。在凯拉什成为国王以前就是如此。他到处煽起骚乱，我担心如果没有莫里甘女神统领各族，我们的大陆将很快陷入另一场希族战争中。”

“他们擅长挑衅，搞些危险的小事故，特别是对那些轻视他们的人。”利亚姆说道，朝维京人的方向点点头。在特洛国王的示意下，一些仆人走进来，将墙边的几张长桌搬到大厅中间。王室贵宾席腾空了，礼宾座换成了更适合晚餐的一张桌子和几把椅子。一片喧闹中，大管家拿着贵宾单，不时指点着男侍们为宾客引导预留的位置。利亚姆看着管家得体地为座次做着合适的微调，妥善地安排好离开的维京人和不请自来的宾客，比如他本人。对于精进的政客来说，殷勤好客是个重要的美德，因此一位训练有素的大管家总是极受重视，报酬丰厚。

接着，利亚姆看见布丽吉德站在门厅，一如往常的美。**时间到了**，他想。

3

起初，神为他（亚当）创造她（莉莉丝）神看到她满是脓和血；

于是神从他身边将她带走，并第二次创造她（夏娃）。

因此说：这次她是我骨中的骨。

——《<创世记>释经》（约公元250年）

恶魔要与野兽相遇，

野山羊要与伴偶对叫；

莉莉丝必在那里栖身，

自找安歇之处。

——《以赛亚书》34：14（约公元382年）

拉丁语《圣经》，圣哲罗姆本[1]

爱尔兰，托拉戈岛

当天晚上

布丽吉德穿过拥挤的会议厅，避开引导宾客入座的男侍，与利亚姆站在一起。

“是你，还是莫里甘女神召唤了我？”利亚姆轻轻地问。

1　据《圣经》和合本而译，根据文意略有修改（hairy one，英语中有旷野的山羊之意）。——译者注

“莫里甘女神。”布丽吉德将嘴巴附在利亚姆耳边说道，这引起了他过去的回忆，“我也被召唤了。”

“什么时候开始？”利亚姆问道。

“快了，”布丽吉德回答说，“主要是奎因一直很抗拒。他和尤娜得耗尽所有勇气，才能同意把孩子们送去参加不死测试。”

“布丽吉德，见到你太好了，”帕特里克插进话来，握住她的双手，“你的单身守誓还顺利吗？”

“目前为止还不错，我亲爱的朋友。”布丽吉德答道。

“好吧，万一你几时改了主意，一定要告诉我。”

“你会是我告诉的第五个人。”她回道，将自己的手挣脱出来。

“总比最后一个要好，我猜，”帕特里克说，“除非那就是最后一个。”

布丽吉德朝利亚姆斜过身子耳语道：“你会是第一个。”

“帕特里克，”特洛国王打断了他们，“过来和我坐在一起。”

管家皱了皱眉，迅速在贵宾单上草草做上标记。

利亚姆和布丽吉德被安排在本来留给维京人的那张桌子。装满了热气腾腾的牛肉、甘蓝菜、胡萝卜和烤榛子的大盘子，还有大罐大罐的麦芽酒和葡萄酒源源不断地被送进房间。酒杯不停地空了又满，谈话转到每个人都关心的问题上来：凯拉什不仅煽动斯基格树精搞动乱，还在联合其他希族族群。“莫里甘女神不在，我们怎么能守住泰尔提由之约？”梅斯大法官在长桌上发问。

毛兰大人站了起来。十年前，这位梅斯王国最大的领主19岁时，从父母那里继承了巨额财富，如今在伦斯特和阿尔斯特王国境内，他的地产也与日俱增。他对凯尔特大帝之位的潜在野心可谓众所周知。利亚姆注意到毛兰的座位从特洛国王的桌边被移走了，这或许是由于，他给予维京人伐木许可的举动违背了特洛虽未公开但足够明显的意愿。

“莫里甘女神已经离开超过八十年了，”毛兰大人尖利的嗓音和他的相貌很匹配。“她的时代过去了。我们不再需要女神。你们心里都清楚。我们得将自己的土地从所有希族手里夺回来，不只是斯基格树精那些恋树狂。在座的各位谁不是不堪其扰？谁乐意盖座房子还得让希族同意选址？乐意耕种土地前总得奉送礼物？乐意向什么人卖树也做不了主？”散布在大厅里的支持者们纷纷举起酒杯表示同意。“我说，别再跟希族商量什么了，也别再送礼。我们需要的是一位大帝，将希族赶回他们的地下巢穴去，永远别上来，或是把他们都干掉。”

“而那位大帝就是您喽？”利亚姆脱口而出，语带嘲讽。

“你们这些混血杂种都是探子。我要是大帝，会把你这样的东西连同希族一起从我们的世界里清除掉。”

“你怎么会那么想？”塔拉的大法官问。“你忘了历史上那些残酷的教训了吗？你忘了泰尔提由之战，我们凯尔特人被希族围攻得有多惨吗？要不是大帝最后明智地订立盟约，没几个人能活得了。我们必须和中央王国的兄弟们继续合作下去。”

“我们现在要强大得多，”毛兰反驳道，“我们的德鲁伊已经学会了希族的本事。维京人会加入作战，加洛格拉斯人也一样。这一次我们会取得绝对胜利。”

“什么价码都不会让加洛格拉斯人与我母亲的族群开战。”利亚姆此时已站了起来，手里抓着一把匕首。

“大人们，”特洛国王打断了他们，“女士们，行会首领们，朋友们。在塔拉即将举办的曲棍球赛上，与我同辈的国王、女王乃至大帝本人都会面对这个问题。不过，现在咱们别辜负了眼前的美酒，我确定它是全爱尔兰最好的，这可是我们慷慨的维京请愿人从欧洲大陆的锡耶纳带来的。鉴于他们离开得早，剩下的酒足够你们大醉一场了。”

特洛举止夸张地给一个方型双耳的银质大酒杯里斟满了酒。自己先在一角呷了口酒，然后把它举向前方。“敬爱尔兰：为她的土地、月光，以及所有崇敬这一切的子民，包括基督徒。”他把酒杯传给帕特里克，后者拿起酒杯的另一只耳柄，换了个角喝了一口。酒杯总是根据日晷上投影的方向依次往下传递。

“跟我们说说，帕特里克，你的那些圣书里有没有提到过希族的起源？”特洛问道。

帕特里克站起来，将酒杯传给坐在他左边的一位女士，从她开始酒杯将环绕整个房间传递一圈。此刻房间里安静下来，大家都期待着听一段真实的传奇。不过这安静里带着某种挑逗，如果说有什么比得上凯尔特人对一个好故事的喜爱，那就是嘲弄一个口齿不灵的说书人了。

“当然有，”帕特里克回答道。“上帝创造了万物，包括拿非利，也就是我们所称的希族。”他从皮口袋里掏出两部厚厚的大书摆在桌上，那是一部爱尔兰语《圣经》和一部犹太教的《光明篇》。

“我们爱尔兰《圣经》里写下了一切。”他说着，一只手放在面前较厚的那本书上。“就在《禧年书》和《以诺书》中，基督本人都曾引用过。罗马教廷妄图隐瞒中央王国的存在，于基督受难的三百年后将这两卷经从《圣经》里删掉了。我们的犹太教教友在《光明篇》中保存了其中的一些内容。”帕特里克指了指另一本书。

“说下去！”身着五色服的铁匠行会首领嚷着，“单说希族的故事！好好讲！”

帕特里克举起一只手。“别担心，你们会喜欢这个故事的。故事里有的是性交、乱伦、暴力与复仇。”见自己成功引起了众人的注意，他接着说起来，“一切始于莉莉丝不愿和亚当睡觉。他们是同一天用同一抔土做成的。因此谁也不愿屈居下风。”人群中发出几声嗤笑。

帕特里克继续讲道，当上帝意识到他们两人不可能为人类繁育后代，便创造了夏娃，她成为亚当温顺的妻子。莉莉丝则因上帝没有为她另造一个丈夫而狂怒不已，逃离了伊甸园并与堕落天使媾和，很快就成了大恶魔萨麦尔的最爱。莉莉丝和萨麦尔策划了一起复仇。萨麦尔装扮成一条蛇溜进伊甸园，轻而易举便引诱了纯良的夏娃，与她生下了该隐。上帝看出夏娃和亚当并不是自己心中最完美的人，便将二人逐出伊甸园，来到我们熟悉的这个世界。之后亚当与夏娃生下了自己的儿子亚伯。然而，半魔半人的该隐出于对姐妹的嫉妒，愤怒地杀掉了亚伯。亚当将他赶出了自己的新家园。

“莉莉丝发现，该隐身上既存在自己渴望重新拥有的人性，又有自己在床上喜爱的邪魅特性，便抛弃了恶魔萨麦尔，与混血者该隐在一起。他们生下了许多孩子，但每一个都被上帝和萨麦尔所诅咒。”

“这些孩子就是希族吗？”从后面传来一个女人的声音。

“基本如此。莉莉丝的孩子们都是邪恶的怪物，但其中的女性却能装扮成美貌动人的人类女子模样。这就引发了希族血统的另一个来源。”

帕特里克栩栩如生地描绘说，当莉莉丝和该隐不断生育时，亚当也有了一个替代亚伯的儿子，塞思。塞思出名地喜爱冒险，很快便开始向故乡以外的地方探索，即便亚当一再警告他，一旦他离开，上帝将不再保佑他。然而塞思对上帝的保护半信半疑。他曾见过传说中的圣洁天使，看到他们利用上帝赐予的男儿身，从天堂偷偷跑出来溜进塞思姐妹们的帐房，看到女子们获得还是处女时从未有过的狂喜。塞思害怕，很快天使们日益满溢的欲望就会超过姐妹们所能给予的，他对后果忧心忡忡。

“因此他穿越了广袤大地，向着大海走去。在晴热的一天，一声惊雷似的巨响将天空炸开。无垠的蓝天被黑暗撕开一道裂口，星

星在其中闪烁。塞思躲到一个沙丘后面偷偷往外看。裂口处有什么微小的东西左奔右突，幽暗中变幻着金色、绿色和橘色的光。那便是天使之战。他躲了很久，直到远处的战斗声换成了近处的欢笑声。他慢慢爬到沙丘顶上，看见莉莉丝的三个女儿赤身裸体在海岸边晒太阳。其中一个满头乌发，另一个有着栗棕色头发，还有一个秀发火红。她们的名字是班哈、福德拉和艾莉欧。

“塞思欲望难抑，也可能是中了蛊惑。他从藏身处走出来，姐妹们立刻用怀抱迎接他。她们极度渴望塞思的身体，狂喜地拥抱着他，争抢着成为躺在他身边最久的人。”

“我打赌红头发的赢了。她们总是很厉害。”一个衣服上只有三色的男人宣称，他显然已经喝多了。

“很明显，塞思才是那个赢家。”帕特里克强调说，“不过，六天后，四个人都筋疲力尽了。他们发现有几根木头从海里冲上岸边，便决定做个木筏在晶莹的海上漂流。然而，上帝已看到这个乱伦的场面，他等待着。当班哈、福德拉和艾莉欧刚爬上筏子，塞思还没来得及上去的时候，上帝掀起一场大风吹翻了它。

“上帝本可以将她们全部淹死，可是他察觉三姐妹每人都怀上了塞思的孩子。上帝展示了他的仁慈，尽管不是出于喜爱。他将木筏送到这片伟大领土的岸边。之后，她们每个人都生下了一对双胞胎。一共是4个男孩和2个女孩。这些孩子继承了莉莉丝女儿的魔法血统和塞思的人类血统，成为第一代希族。他们很快发展壮大，最终打败了当地的弗魔安。”

“感谢上帝啊，”坐在特洛身旁的一位贵妇有点不满地说，“你的那些书里有没有说弗魔安是怎么来的？”

“夏娃的那些女儿和以阿撒泻勒为首的堕落天使媾和，生下的混血后代是埃利奥德，弗魔安是其中一支。不过那是下次宴席的故事了。

“在希族统治了整片大陆后，他们将其命名为艾莉欧之地，向三位母亲中最后逝世的那位致敬。”

整个大厅爆发出赞赏的喝彩，人们用餐刀敲打着桌子，双脚重重地跺着木地板。利亚姆承认自己更喜欢这个故事，而不是希族母亲曾告诉他的那个，关于来自亚特兰蒂斯的船载着幸存者在迷雾中抵达大陆的故事。他转过身刚想跟布丽吉德讨论，却发现她正迅速地走过大厅。

大门被猛地推开，撞在墙上，吸引了所有宾客的目光。尤娜走进来，怀里抱着出生仅十二天的艾丝琳，随后是抱着安雅的奎因。贵宾席上的人率先安静下来。利亚姆站起来走向布丽吉德，她跟在奎因身后。尤娜来到特洛面前，用空着的那只手扫开桌上琳琅满目的菜盘，让安静乖巧的艾丝琳躺在上面。

奎因弯下腰轻轻地对尤娜说：“你真的确定吗？”此刻大厅里一片静寂，他的声音听来字字千钧。

尤娜双腿绵软，她紧紧抓住桌子让自己稳住。利亚姆靠近了些，以防她突然倒下。可是尤娜已站牢了，直视着丈夫的眼睛，点了点头。

奎因把安雅也放在桌上，退后了几步。利亚姆把手搭在他的肩上：“她们会没事的。”

奎因凝视着这位老友。

“我保证，她们会没事的。”利亚姆重复了一遍，“我正是因此被召唤来这儿的。”

尤娜语带犹疑地宣布：“陛下，我将莫里甘姐妹带来此地，请求验证她们的归来，并恢复其统治的权利。”

特洛从座位上站起来，抬起手示意乱成一片的人们保持安静。大厅里的窃窃私语逐渐被抬起长桌时的刺啦声代替，人们在腾出的空地上站着，又恢复了寂静。

在场的人谁也不曾见过上一世莫里甘姐妹验证的过程，在这一天之前，也没有谁能说清不死测试仪典的规则到底是什么样的。然而就在今天，聚集的所有人都明白了要发生什么，也清楚了自己的角色。

“还有谁要求验证，让自己加入联结？”

布丽吉德走上前去。“我，布丽吉德，公正合法、无偏无私的玛查修道会高阶女祭司，召唤测试。我在梦中听见女神的命令，如果验证失败，我将奉上自己的性命。”

“测试开始吧。”

尤娜小心翼翼地打开女婴们身上的白色亚麻裹被，让她们赤身躺在桌面上。两个女婴解放了的手脚好奇地在空中挥舞，王冠般的一撮红发在她们头顶闪着光。尤娜转向人群，请求道：“请给我一把用普通的铁制成的刀，未经施咒的。”

七个离得最近的人取出自己的匕首递给了尤娜。她仔细检查，最后选定了一把陌生女人给的小刀。那是把形制优雅的小刀，配有象牙刀柄。她转身对着女婴艾丝琳，扬起小刀，又停在半空，刀尖在女孩胸部上方颤抖着。人们全都屏住呼吸。一滴泪水划过尤娜的脸颊，接着又是一滴。她轻叹了口气，然后将刀尖从皮肤刺入那颗小小的心脏。

艾丝琳没有哭，只是盯着母亲看，此时她大大的眼睛已经从灰色变成了明绿色。然后她打了个哈欠，看向姐姐，后者的眼睛也同样变了颜色。

尤娜松开刀柄，瘫软在奎因的臂膀里，而他们紧张的注视始终没有离开过孩子。

“谁去移除匕首？”布丽吉德问道。

“我去。”利亚姆自告奋勇地说。

布丽吉德微笑着看着这个多年前的初恋，回答说：“不。”

利亚姆点点头，走到桌前姐妹俩的旁边，而这时艾丝琳兴高采烈地咕噜着，并不在意自己胸前突起的匕首。利亚姆的举动表明他宣示对莫里甘女神复归毫不动摇的信念，并将奉献自己的一生来保护两姐妹。接下来要验证的，是姐妹俩的统治权。根据凯尔特法则，需要一个挑战者。

布丽吉德的视线环顾大厅，出乎意料地喊道：“毛兰大人，您愿意移除匕首吗？”

“毛兰！毛兰！”人们赞成地高呼起来。

布丽吉德满意地看着每个人都加入了这有节奏的高呼，挥手示意毛兰上前。

毛兰把头扬得高高的，皱着眉头走到姐妹俩近前。他俯视着艾丝琳绿色的眼睛——这说明她与姐姐安雅，以及魂界的安楠已经结为一体，代表着莫里甘女神本人。这时，一小股血溅到他的手上。他盯着艾丝琳胸膛上被小刀刺开的半英寸粉色刀口，然后探查起刀片和自己手上的鲜血。

接着，毛兰大人转身面向众人，单手取出了匕首，一滴鲜血从刀尖滴落。为了证明匕首上未曾施咒，他根据要求用另一只手抓住刀片，将它从刀柄里拔出来，刀片割破了他的皮肤，直刺入骨。留下的刀口即是毛兰大人对其他挑战者的宣示，表明他已确信重生的艾丝琳和安雅享有统治权。

帕特里克意识到自己一直紧紧抓着一个银制十字架，它穿在颈间的一条皮质编织链上，垂在胸前。如果这是一场基督教仪式，他会说自己见证了奇迹。不过他并不在意用什么词语表达。他再一次惊叹上帝以这么多种方式在这片魔法土地上显示神迹。他们可以给神或是女神起上各种名字，达努、弗雷、莫里甘等，不过在帕特里克心里，他们都是同一个上帝。

而这位莫里甘女神，尤其让他想起许多信条。如同三位一体的圣父、圣子、圣灵，她也有三种面目，只不过她将其中两种以人类形态送到世间。帕特里克知道所有关于莫里甘女神的故事，只不过他一直都将其当作纯粹的神话和奇幻传说。今天的事指向了传说中1500年前的那场可怕战争——以签订泰尔提由盟约终结的凯尔特人与希族之战，如今对他来说，是活生生的事实了。

凯尔特人曾凭借锻造铁兵器的知识，以及从堕落天使阿撒泻勒和西姆扎斯那里学到的施魔术，成功占领了爱尔兰。最后一次残酷的战争以和解告终。冰天雪地、血水横流的战场上，凯尔特和希族在成千上万的尸骨旁展开谈判。在歌者阿默金的见证下，凯尔特和希族的大帝们达成和解，缔结了泰尔提由盟约。这两个种族，一个魔族，一个人类，都请求各自的神灵永远护佑这份盟约，将可怕的噩运降临到打破它的人身上。他们很快发现，莫里甘女神回应了请求。

当时，凯尔特人和希族一同挖了口巨大的深井，点燃了它。他们没有理会那些食尸怪物急欲啃噬尸体的嘶叫，把尸首从战场上拖来，丢进火里。每一具尸首都让火势更旺。

这项阴郁的工作接近尾声时，希族大帝走到一名奄奄一息的凯尔特武士身旁，在血迹斑斑的泥淖中跪下来，他并不认识这个女人。当他用污浊的手轻抚她的脸庞时，她的眼睛睁开了。他误解了她眼里的含义，掏出了自己的匕首——长长的，刀刃如针尖一般细——从她的腋下，顺着心脏的方向猛刺下去，希望令她平静地结束痛苦。意外的是，生命并未从她身上消退。在抽退匕首时，他突然感觉到另一种心跳，那是一个生命力旺盛的女婴的心跳。

这便是不死测试仪典的由来，帕特里克回想道。他从桌上捡起那把断掉的匕首，注意到艾丝琳的血滴仍在上面。

在泰尔提由，凯尔特大帝将这名神秘的女人安置在离火葬死者处最近的帐房，尽力保证她身体暖和。在所有尸首都丢进火里后，

两位大帝曾下令让火堆一直燃烧。若是这无人认识的女人和她未出生的女儿死去了，她们也将与其他武士一样埋身火海，而她们看上去也确实命不久矣。

在战士遗孀——她们是玛查修道会的创立者，目前由布丽吉德领导——的坚持下，这场火燃烧了九个月。这个女人无法说话，也不能吃饭、喝水，看上去只靠着从巨大火堆中飘进帐房的浓烟活着。终于，她在女儿出生时咽下了最后一口气，她的女儿不止一个，而是一对。希族大帝为较大的孩子赐名安雅，凯尔特大帝为另一个赐名艾丝琳。之后的每一世莫里甘姐妹都承袭了这两个名字。

帕特里克从基督教义得知，神灵，或就爱尔兰而言的女神，不能只在凡人世界安放自身。有一部分莫里甘女神存在于彼岸世界，名叫安楠。当安雅和艾丝琳的身心合为一体，据说安楠将赐予她们力量。这力量相当惊人，到14岁的时候，她们会拥有超过一百名凯尔特武士或希族巫师的能力。

在那之后的几百年间，莫里甘女神曾十一次重返人间，每次都是爱尔兰面临重大危机的时候。有时是远敌来侵，有时是祸起萧墙。每一次，人们都最终发现，放弃争夺统治权是最好的出路，哪怕取而代之的是一位女神。

这次是凯拉什妄图破坏盟约，帕特里克想。这一世莫里甘姐妹是来对付他的。只是还要先经历七年的训练：安雅要成为德鲁伊，艾丝琳则是武士，然后是归心大典。在第二个七年训练之后，她们将结合为莫里甘姐妹，那时她们才能真正统治爱尔兰大陆和中央王国。

帕特里克看着利亚姆和布丽吉德每人怀抱着一个婴儿走出大厅，奎因搀扶着啜泣的尤娜。他们再也不能拥抱自己的女儿了。依据传统，姐妹俩的生身父母不能再靠近她们，以防人类感情影响她们在女神母亲的教导下结为一体。

他们一走，毛兰就急匆匆地跑出去包扎伤口。众人慢慢地回到座位，有些人低声讨论着，更多的陷入了默默的沉思。

特洛国王用拳头敲着桌子说道：“管家，开放城门。准备好宴会厅。让传令者走遍四周每个村落。清空酒窖和储藏室。宰上十二只猪去烤。今夜我们不眠，今夜我们狂欢！我可不要自己在城堡里乐呵。莫里甘女神重生了！”

欢呼声响彻大厅。

“你们的家人如果就在附近，现在就去把他们带来！今夜我们要创造历史！把吟歌者叫来，为今夜写首歌。”

带着护卫的贵族立刻遣派他们回去报信，其他的则亲自奔向马厩。剩下的人倒满了自己的酒杯。

“帕特里克，”特洛边说边用力拍着修士的背，后者杯里的酒都洒了出来，“这真是一段新纪元的开始。”他为帕特里克添上酒，然后摸索着自己脖子上的金链，从衣领内拽出一个皮质小袋。“这里面装着前一世莫里甘女神的一枚心片，我的前任郑重地将它托付给我。如今，轮到我带着它参加归心大典了。”

离这样崇高的圣迹如此之近，帕特里克感到有些窒息。

归心大典是由第一世安雅和艾丝琳创设的，一个充满魔力与优雅的典礼。

每一世莫里甘姐妹在其人类躯体用之殆尽的时候，将聚在一起，由凯尔特和希族大帝共用一把银刀将她们的心脏取出，分成十四枚心片。这些心片将托付给来自凯尔特和希族的各七名托管者。不过，即使莫里甘姐妹才刚刚逝去，族群间的不和也使得这些心片从未公平分割过。

之后，在姐妹俩七岁生日后的第一个冬至，归心大典将在一个古老的石制方尖塔内举行。这座塔坐落在希族城市博因宫的中心，被一座混合了泥土和青草的土丘所掩盖。顺着土丘的是嵌入了的八英尺厚的石英石，它构成了新月形的拱顶。从拱顶之下走入，沿着

笔直的长廊设有三个房间，分别位于长廊的尽头和左右两侧，形成一个十字架的形状。帕特里克一直很好奇，在基督教进入爱尔兰之前，凯尔特和希族是怎么想到采用这种形态的。

在黎明前的黑暗里，新一世莫里甘姐妹要躺在通往十字架中心的长廊入口处。她们的左手边坐着希族大帝，另一边是凯尔特大帝，尽头处是留给莫里甘女神的另一部分安楠的。在玛查修道会女祭司们上百年的精心看管下，由泰尔提由的那座火堆演化成的木炭仍在燃烧，此时将被放在姐妹俩中间的一个火盆里。布丽吉德将在其中放上一个铁碗，七名凯尔特托管者和七名希族托管者要同时进入走廊，把心片放进碗内，向姐妹俩鞠躬致意，再退回去。

当太阳升起，第一缕光线从拱顶上方的一道窄缝中透进来（只有冬至日才会如此），由左至右照亮那些展现泰尔提由之战的雕塑，直至那幅女神绘像沐浴在阳光里。在那一瞬间，十四枚心片将化作两缕浓烟，缭绕在姐妹俩身上，最终被她们吸进体内。

帕特里克知道，归心大典之后，她们便将学习真正的统治术了。

***

在帕特里克想象那场大典的多年后，尤娜和奎因女儿们七岁生日后的第一个冬至，归心大典举行得却并不顺利。就在那天日出前不久，凯拉什派人送信说，他将不会归还由斯基格树精保管的心片。凯拉什更宣称说，没有这枚心片，姐妹俩就不能结为一体，依律也就不能统治爱尔兰。然而凯尔特和希族大帝都决定不理会他的说法。大典照常举行，只是少了一枚心片，也少了些许青烟。

从那个清晨起，直至艾丝琳和安雅14岁生日的前几天，她们遭到斯基格树精偷袭，不计其数的德鲁伊曾试图预测姐妹俩的未来。主要的结论是，此事的影响将在她们合体后展现出来。

然而，没有了安雅，也就不再有什么合体。

4

又有巴珊王噩的全国，他在亚斯他录和以得来作王，
利乏音人所存留的只剩下他。这些地的人，
都是摩西所击杀所赶逐的。
——《约书亚记》13:12

挪威，奥斯陆

艾丝琳遇袭三年后

挪威晚秋的太阳才囫囵露了个脸，就急急忙忙下了山。梵蒂冈一支小雇佣军的指挥官，约丹，正沿着奥斯陆海滨匆匆赶路。他要去的酒店建在奥斯陆阿克什胡斯城堡的外墙边。酒店数十年间经受着来自峡湾的风暴侵袭，幸亏石材结构还算结实，房子不至于倒掉，可是里面的楼梯、墙壁和地板早已扭曲成了奇怪的角度。裹挟着一阵寒风走进虚掩的大门，约丹抵达了昏暗的酒店底层。那里仅有一簇冒烟的火堆燃着微弱的光亮。

一个新来的姑娘赶紧丢掉厚厚的毛毯，露出丰满迷人的身材，从毫无美感的几张油腻桌子之间穿过，拦住了他的去路。“晚上好呀，帅小伙。”这话她可没说谎，约丹有着一张西西里人的英俊脸庞。

“今晚不要。”约丹说道。

“您一来就说‘今晚不要’。您这样的男人来这种陋舍还能为了什么？”她凑得更近了些，用手抚摸着约丹的胸膛。“我可以带您去个好点儿的酒店，那里床铺干净。”

“我宁愿为我的书花钱。”约丹答道，躲开了这个女人，朝楼梯走去。

“书？看上去还有身上的剑吧。您总不能跟它们睡觉！”

约丹从口袋里拿出一截短蜡烛点着了，举着它走上黑漆漆的、嘎吱作响的楼梯，烛光勉强能让他看清那些角度怪异的梯级。

一进自己的房间，约丹便用手中的烛火将桌上的两支蜡点亮，然后燃起了一个火堆。指挥官约丹·德·安格拉诺的名字取自他著名的祖先，不过他并不愿回想这段历史。他的祖上是西西里国王曼弗雷迪的元帅，曾在1260年的塔利亚科佐战役中短暂地夺取过佛罗伦萨，又很快失掉了它。为此，他被割下一只手和一只脚，还被挖去了双眼。而约丹如今已26岁了，虽说看上去比实际年纪大些，可是手脚都完好无缺，一双深棕色的眼睛正在火光的映照下闪闪发光。

约丹打开了手提箱。这位禁书的狂热学徒察看着箱中丰富而整齐的藏书，然后取出了其中的五本，放在蜡烛边。他翻开一本拉丁文的《以诺书》，接着上次的地方继续阅读，此前他曾撕下一截羊皮纸做了标记。他下意识地用斗篷紧紧护住自己。约丹需要的只是一间带壁炉的酒店房间，那从木头墙缝里透进来的冷风根本不算什么。他逐渐忘我地投入书页中，压根感觉不到寒冷了。

他是从女巫玛莉嘉那儿搞到这些魔典的。那是去年，他在德国特里尔城外抓住了她。这是他俘获的第一个巫师，从许多方面来看，这件事都成为了他生命的转折点。当时，他用匕首和剑死死抵住她的脖子，鲜血不断地从她的外衣上流下。她乞求他饶过自己，答应教他如何使用咒语。他惊讶地发现自己在犹豫，不过并没有太久。他此前就隐隐感觉不安，当他的余光看到一个躺在桌上的干瘪婴儿尸体时，这种感觉就更强烈了。如果给她机会说出咒语，一定相当危险。于是他用匕首使劲刺向她的喉咙，力气大到刀刃已经刺入了脊椎。之后，为防她化鬼报复，他又割下了她的脑袋。

在读完女巫书里的咒语后，他意识到自己曾处于多么危险的无知当中。如果他要继续追捕更多的女巫，就必须学会保护自己的魔法。他十分庆幸自己在一无所知时就抓到了玛莉嘉。

从那以后，他一直十分走运。不论是战场厮杀还是酒馆斗殴，他从未受过伤，一次也没有。他频繁地感到自己能够预言事件的发生，开始怀疑自己有此天赋，甚至怀疑自己拥有用意念影响事件的能力。他从不敢跟外人谈论这些，他可不想被人怀疑是巫师。

其实，他的好运自有记忆时就开始了。在他小时候，能活下来就是运气。那时，把朋友的尸体扔到街上腐烂的尸堆里，是每日的家常便饭。尸堆里还有他的妈妈和哥哥。活下来的人极少，人们无力埋葬所有死人；周围村庄剩下的木材也极少，不够火葬所有尸体。黑死病偷走了他的童年，他曾这么对一个自认为深爱的女人说过，尽管他并不太清楚正常的童年是什么样。他也不曾见过什么人不被死神缠身。

这场在他出生前不久爆发的瘟疫，让死亡的恐怖席卷了整个欧洲。此后，瘟疫又多次在人群中肆虐，仿佛它是复仇之神，仅因小小的不满就要挥舞大锤毁灭整个村子乃至整个郡省。在约丹的故乡、依赖船运的西西里岛上，这样的噩运频繁发生。他在人们痛苦的哀号中长大：有些人祈祷上帝来拯救他们；还有些则祈祷有人来快速终结其痛苦的生命。可无论上帝还是人，都没有回应他们的祈祷。

约丹长到15岁的时候当上雇佣兵，第一次为钱杀了人。如果上帝都不在乎人的性命，他又何必在意？自那位祖先惨败后，他的家族始终没有摆脱一贫如洗的命运。在瘟疫蹂躏后的西西里，他只有两条路可选：要么去当雇佣兵，要么眼睁睁看着祖上的家产日益荒废。选择前者，在别人的土地上战斗，至少还能填饱肚子。不过在很早以前，他就立下了宏大的理想，不能只为生存而努力。他发觉自己擅长杀戮，并且喜欢这桩事儿。只要是他接下的活儿，件件成功。很快，约丹靠着敏捷的身手和卓越的判断力出了名，雇他的人遍及整个欧洲大陆，甚至包括不列颠岛。

当时，特里尔的市民开出三倍的价钱雇他去抓那个女巫，她曾多次偷走城里的孩子。约丹接受了。不过，比起钱来，玛莉嘉的魔法藏书是更加可贵的回报。那些书让他学会了使用魔法，这是他一直梦寐以求的能力。

自恢复实力的罗马教会开始利用雇佣军开疆扩土，约丹便知道自己的名气已传至征兵者耳中了。当然，对方听说的并不包括那些魔典。任何人但凡拥有其中的一本书，就足以被立刻宣判死刑，而且一定是受尽折磨的死法。而让他震惊的是，教会发展出一个非常有效的军事化战略。首先，派出手中的佣兵尽可能多地杀掉“邪恶生物”，包括妖精、巨怪等。之后，组织一群狂热的驱魔师，比如伏魔会，去扫荡剩下的残余。最后，充分利用已有的基督教团体去说服当地异教徒改宗，必要的话就使用武力，再派去罗马教会的牧师。所有这些行动都奉命于伏魔会之首、红衣主教奥尔西尼，使其成为罗马教会中第二有权力的人物。

约丹所在的雇佣军队就是去对付邪恶生物的，他清楚那是拿非利，指挥官却闭口不言。其他人都只是服从命令，领取赏金，并不多问。约丹很快发现，他们铲除的那些生物并非普通动物；许多看上去就是人类，有智慧，有个性。尽管那些魔典很难读懂，其中一本还是他从未学过的亚拉姆语写成的，可约丹已逐渐发觉，大部分拥有魔力的生物，远比他以为的要常见得多。

这时，桌上的一支蜡烛开始哔啵作响，他剪了剪烛芯，然后在书里插进书签，合上了它，将目光转向破损不堪的另一本书。那是

他的最爱，玛莉嘉的个人日记，记满了法术和反制术。她的描述清晰简洁，他努力背了下来。

最近一次为梵蒂冈执行的任务中，约丹决定在指挥官身上试验一种玛莉嘉的法术。这名指挥官禁止约丹探看一切他好奇的东西，比如说他们正在追踪的挪威巨怪族。约丹惊讶地看到法术非常有效，指挥官砰的一声摔进巨怪群中，立刻被干掉了。然后，约丹便取而代之当上指挥官，率领佣兵们屠杀了整个巨怪族群。

这让他有些困扰。过去，每当他杀掉一个人，总感到自己更有生气，就好像他又一次在与死神的对抗中成了胜利者。可是，当他杀巨怪时——它们总是远离人群，除非被攻击，平时完全无害——却感到自己虚弱了一些，仿佛拿非利流下的每滴血都损耗了他的生命。

不过，杀戮就是他的工作，他还要继续干下去。这就是为什么他要躲在这个廉价酒店里，从魔法典籍里寻找解决办法。梵蒂冈给的报酬相当优厚，他不准备离开，因此，他要知道如何才能既杀掉这些生物又不受其影响，甚至让自己的灵魂更加强大。

钟楼的钟敲响了凌晨一点的时刻，可他还不想睡觉。根据指令，他要在早潮时开拔。来自梵蒂冈的召令此刻正躺在地板上，是他昨天扔掉的。他讨厌被召唤。尽管如此，他还是阅读了其中的内容，惊讶地发现自己要去威尼斯，而不是梵蒂冈。这可能是好事也可能是坏事，非常坏的事。

从外面什么地方传来一声深厚的震响，在整个房间回荡。约丹打开百叶窗向外望去。一丝风也没有。星空下，北边的灯带闪动着，微弱的光笼罩在城市上方，并不足以让他看清外面的环境。那个低沉而粗粝的声音再次出现了。这一次，他听出了悲伤的音调。此刻太累，读不进去书，不过也睡不着，于是他佩上剑带，走入了暗夜。

约丹沿着码头大步向前，不时避开脚下的冰块，直到眼前出现

一个火把围起来的广场，两位身着华丽斗篷、头戴兜帽的女人站在那里。他看不见她们的脸。女人旁边站着一名牧师，身上穿的黑色兜帽长袍表明他是奥尔西尼的驱魔师。*这事儿有意思*。约丹暗忖，躲进一堆箱子旁的阴影里，离得足够近，可以听见他们的对话。

“感谢您接受奥尔西尼的邀请前来洽谈休战协议。大巫女大人。”

约丹知道这个称呼。大巫女是高等女巫，不但统治着欧洲最厉害的女巫团，还是法兰西的王后。这说明她控制着法兰西教会，这个教会常因领土、教义或至少是什一税的事由，与梵蒂冈激烈斗争，时常爆发武力冲突。她来这里，一定是想将她的教会，或许还有女巫团的势力扩张到挪威来，约丹推测道。

“你得称呼我为‘陛下’。你的主人呢？”大巫女用法语问道，“我同意见他，只是因为我的行程经过这里。”

驱魔师的回答从拉丁语转成法语，但并没有理会对方关于尊称的要求：“红衣主教大人让我带来最诚挚的歉意。由于教会需要，他留在了罗马。他派来一艘舒适的船送您去那里参加会谈。”

“奥尔西尼没来，因为他是个骗子。我不用看他的眼睛就知道。他以为能把我骗去罗马而不是在中立国参加会谈，这说明他还是个傻瓜。我一点也不怀疑，到了罗马他就会立刻审讯，然后杀了我。”

“红衣主教大人命我转告您，您别无选择。”

一声低沉而痛苦的吼叫传遍整个广场，吼声来自一头被链条锁住的怪物，两名长袍驱魔师牵着它。它的个头比人类大，比约丹从书上读到的巨人要小。*一定是某种拿非利*，他想。

在驱魔师首领把它的锁链拴到树桩上时，两名驱魔师中等级稍高的那个，用黑曜石尖的长矛威胁着它，不让它动。

“我们有这种怪物组成的一支军队，您的任何咒语也奈何不了它们。”首领说着，朝那只拿非利挥了挥手，“我邀请您试试。”

“若阿娜，我们没时间在这儿浪费了。用你的火降住它。”大巫女命令道。她的女伴拿出一只盒子，从里面透出的光芒表明它是用蓝色玻璃做的。她把盒子放到地上，掀开了盖子。一道蜡烛大小的火苗，慢慢亮起来，然后成倍增长，迅速汇聚为一大束火光射向那头被缚的怪物。

约丹想起来，这是死亡之火。玛莉嘉在日记里曾经提过，这种火可以暂时控制住一切活物，直到它被咒语杀死。然而，那束火光爬上拿非利的腿，又照到它的胸膛，那头怪物却只是痛苦地咆哮着，并未受到其他影响。

约丹惊呆了。死亡之火被列为最强大的法术之一，这头怪物居然抵抗住了。他不禁在想，作为梵蒂冈的佣兵，等待他的黑暗角落里不知还藏有多少神秘的危险，更不用提反复无常的梵蒂冈本身就是个凶险的未知数；他又忍不住想，要是自己能有这样非凡的生物，无疑坐拥无价之宝。

“要是您不按奥尔西尼大人的命令做，他将派出这种怪物军团攻击您的女巫团。”首领说道。

“我可不信。要是这种怪物真有那么多个，我会知道的。现在，我要去赴国王的约会了。”大巫女开始朝着广场外的大路走去。

“您要是不跟我们走，我们立刻就把它放出来追您！”那个较高级的驱魔师喊道。

“就这么做吧，它可能死不了。”大巫女头都没有回，“可你们一个也活不成。”她们消失在视线里，走到了火光照不到的远处。

“您为什么放她走？”高级驱魔师问首领，手中拨弄着一枚挂在脖子上的徽章，徽章上“伏魔会”[1]三个字的浮雕清晰可见，“有这头怪物，我们肯定能抓住她。”

1 英文直译为“刻有VRS三个字母的浮雕”，根据下文解释意译为伏魔会。——译者注

“蠢货，”首领呵斥说，“你要是在挪威领土抓了法兰西王后，就等于挑起了战争。奥尔西尼大人暂时还不想这么做。”那头怪物开始嚎叫着撕扯锁链。“让它闭嘴。”

高级驱魔师将长矛刺进怪物的肩膀。某种黑黑的、黏糊糊的东西渗了出来，伤口四周的皮肤都起了水泡。怪物咬着牙呜咽着。

“再给它一下。”首领下令。

高级驱魔师丢下长矛，倒地而死。在其他人反应过来前，约丹已经将鲜血淋漓的小刀架在了首领的喉咙上。“不得不这么做。我不能同时看着你们三个，而他听起来既鲁莽又危险。”约丹说道。

“你是谁？大巫女的人吗？你告诉那个巫婆，她会为杀死奥尔西尼的人后悔的。”

“杀掉你我绝不会后悔，所以把钥匙给我，没准我还能改变主意。”

首领从长袍里掏出沉甸甸的钥匙圈，然后一个急转身，把钥匙往约丹脸上一扔，拔腿就跑。约丹向前一跃，抓住斗篷把对手拽回来，一刀割断了他的喉咙。“真疼啊！”约丹冲他喊道，首领已没命了。剩下的那个驱魔师跑向一个黑暗的小巷。约丹扔出了自己的小刀，可是钢铁撞击石头的啪嗒声告诉他，没有命中。他考虑着要不要去追他。这个逃跑的驱魔师并不知道他是谁，还以为他是大巫女的人。那么，最好是放他离开。约丹想道。

他捡起那支长矛，把它丢到一边。那头怪物蹲伏着，一双纯黑的眼睛盯着他。

“我为你杀掉了他们。”约丹说。

“泰很高兴，”泰声音沙哑地说，“现在你要杀掉泰吗？”

“不，泰。你想让我为你杀掉更多的驱魔师吗？”

泰慢慢地点点头。

“那个驱魔师说的是真的吗？还有其他和你一样的生物？”

泰摇头："泰没有兄弟姐妹。泰生下来就和整个族群都不一样，他们害怕泰。他们把泰赶走，让驱魔师抓泰。"

"所以，你是唯一一个，而且你已经没有族群了。"

一滴大大的灰色眼泪从泰的脸上滑下，"泰体内有什么东西一直让泰难过，一直痛。泰不想活了。"

"要么你就继续和驱魔师在一起，而他们会虐待你，要么你就和我过。"约丹语气严肃地说，接着又缓和下来，"你和我将组成一个族群，而我绝不会害你。我会把烦你的驱魔师都干掉，而你要与我立约。你要保护我不受其他人类和非人类的伤害。你同意吗？"

泰点点头。

"你必须立约。我的名字是约丹。"

"泰立下泰和约丹的誓约。"

"很好，"约丹说着，从死去的驱魔师那里取来钥匙，"按我说的做，一切都会好起来。你再也不会被锁住了。"

身为巫师追捕者的前景，以及那张梵蒂冈驻威尼斯办事处的召令，都不再如几个小时前那么令人不安了。

当天清晨涨潮时，泰把约丹的行李箱搬进了船长的客舱，又把船长的东西统统搬了出来，无视他轻声的抱怨。在那个惊心动魄的夜晚，约丹没有想好要怎么解释自己的新侍卫，后来证明根本不必解释。有泰跟在后面，没有人想要盘问他。

5

两支种族（天使和人类）互相交合，产生一切邪恶的行为。这些结合的产物是拿非利，他们的罪行为世间带来暴雨……来自天空的雄水和产自土地的雌水，混合而生大洪水……由于诺亚的祈求，上帝派下天使拉斐尔，他从地上驱逐了十分之九的不洁生灵（拿非利），只为马斯特玛（拿非利的首领）留下了十分之一，以惩罚他们中的罪人。

——《禧年书》（约公元前100年），死海古卷

威尼斯共和国

六周后

阳光没入黑色水面，不见了踪影，一条窄窄的船静静地顺水而行。威尼斯，这座共和国的首都，坐落于亚得里亚海的泻湖之中，重建的教皇国东北方，拥有细密狭长的水道，以通航贸易为主业。这里的贸易对象包括秘密的活动和信息，与有形却不那么值钱的货物一样司空见惯。

约丹裹着厚厚的斗篷来抵御12月的寒冷，此刻正面无表情地坐在桑德拉船中央，没有留意到船的干舷已沉至水下一英寸，几乎要整个没入水中。让小船不堪其负的重量主要来自泰，此时他站在约丹身后，单手摇着一支桨。约丹用戴着手套的手指朝新河转向圣潘塔隆河的水道口点了点，泰的大手便轻松地一挥船桨，让桑德拉船

平滑地转了弯，一滴水都没溅到约丹的靴子上。接着，小船驶向穆尼盖特河，沿着这条弯长的运河行了一小段，最后稳稳地在一个小码头靠了岸。约丹下了船，把它系在岸边，四处望了望，才打开了面前那幢房子的门。泰紧随其后。

约丹接到梵蒂冈调他来此处的召令后，便立刻用其过人的才能打探这里曾发生过什么。他打听到，这幢毫不起眼的石头建筑，看似与周围乱糟糟的楼房一样寻常，却是四十年前埃吉迪奥·阿尔博诺斯最早密谋教皇重返罗马的地方。如今，他已是红衣主教，也是欧洲最令人闻风丧胆的人物。当时，法兰西已成功促成时任教皇去了阿维尼翁，罗马和教皇国因此决裂对战。阿尔博诺斯的大胆计划是，建立一支雇佣军夺回老教皇国的土地，然后以武力迫使教皇离开阿维尼翁，复兴罗马教会。英格兰恼怒于法兰西控制了教皇，派出约翰·霍克伍德爵士予以协助。霍克伍德化名乔凡尼·阿库托行事，后来证明他和阿尔博诺斯一样残忍嗜血。当切塞纳的大臣拒绝向新罗马教皇效忠，霍克伍德就血洗了整座城市。男人、女人、孩子无一幸免地被开膛破肚。如果他们哀切的恳求打动了他，就改为砍头。

被教会誉为“和平天使”的阿尔博诺斯，如其所愿地重建了梵蒂冈，撰写了新的教义和教规，命名为《圣母教会法》。五天前，约丹在威尼斯搞到一份不在册的手稿，他对其中一句话记忆犹新：“谁控制了文字，控制了书面语，谁就能如愿为上帝和至真教会的荣光改造这个世界。除了上帝亲赐的贵族和奉职于至真教会者，普通人为免受撒旦的搅扰，不必知道恶魔及其拿非利后代的存在。除了至真教会的人，无论谁遇见了这些邪恶生物，都会堕落。”阿尔博诺斯写下这篇文章时，正计划在这座旧楼里设立一个不为人知的办事处。这样新梵蒂冈便能对巫师、术士和魔法生物秘密开战，而不必让罗马的那些人知道。

约丹希望他的任务与那天在奥斯陆看见的大巫女有关，这样他的最终对手将是女巫团。如果梵蒂冈计划彻底摧毁法兰西教会，就必须铲除这些黑女巫。这是他喜欢的那种战斗，一方面，他有机会试验自己日渐提高的法术；另一方面，对手又是死有余辜的人。

不过这不可能，约丹又想到，一定是别的任务。那份召令在他目击大巫女躲过奥尔西尼的陷阱前就已经到了。更可能是又一场对付某种拿非利的战争，反正阿尔博诺斯哪种也不喜欢。约丹听说小精灵正在阿尔卑斯山闹乱子。他只需忍着厌恶杀掉他们就成了。

除非梵蒂冈已经知道他用过法术了。如果是这种情况，他得靠泰帮忙逃出这幢房子。

科西莫·德·米格里奥拉蒂一直舒舒服服地在拉文纳做着大主教。拉文纳在罗马的东北方，那里的点心又甜又硬，和当地的女人一样。可惜好景不长，教皇博尼费斯四世命他去威尼斯做特使，当一个从未听说过的办事处的头儿。在这个新职位上，他总是害怕自己的行为玷污了灵魂，每夜祈祷到死的那天，在圣彼得的眼中自己能够功过相抵。

今天，这位特使考虑着会见指挥官约丹的事，溜进了盥洗室独自思忖。他把长袍提到腰间，坐在木板的一个洞上。它下面通向一个更大的石洞口。由于最近他在石洞下方嵌了一个盆，这里比过去更加臭气熏天。他用此来积累排泄物，溢出的部分排入运河，盆里的经过自然发酵会散发出氨气，有助于灭掉德·米格里奥拉蒂特使衣服上恼人的虱子。

同平常一样，特使在熏人的热气包围中思考着比起臭味自己是否更难忍受虱子。每天当他离开盥洗室后，这种味道总要附在衣服上几个小时才能散去。他又想到未曾谋面的约丹。报告将约丹描述成一个狡猾的、不可靠的危险人物。他很有可能在前一次任务中背叛并杀死了自己的长官。这正是特使需要的那种人。不过，特使有

些担心约丹在听到新任务时，一怒之下把自己也杀掉。

特使站起来理了理长袍，推开通向隔壁办公室的门，走了进去。等在房间里的有他的秘书、约丹，还有一个他见过的最高大的人，如果这真是个人的话。特使发现它并不是。他很好奇，这个庞然大物是怎么钻过办公室那扇小小的门的。

“指挥官，你干得很棒，”特使一边说一边走向他的桌子。“从所有方面来看，挪威的那场任务都很成功，除了前任指挥官被……嗯，‘杀死’这个词比较合适，而你临危受命了。”

“谢谢，大人。”约丹微微鞠了一躬。

“不过，你接受的命令是追踪并消灭邪恶生物，而不是带回一个当宠物养。自从我们的主把路西法逐出天堂，至真教会里就不再有拿非利子孙的一席之地了。而它到底是个什么东西？”

“您最好称他为泰，而不是‘它’，大人。泰已立约服侍我。我是从女巫团手中救出他的。”约丹抛出已准备好的谎言。

“一个同伴，真好啊。现在，请你让这位……泰……在外面等候，我们就可以讨论工作了。”

“您得自己跟他说，大人。”

特使看着泰那双纯黑而无神的眼睛，决定还是不用管他了。

“正如我说的，你干得不错，在艰难的困境中展示出优越的领导才华。我们办公室正需要你这样的人来做司令，因此举荐了你。我们希望你比你的名字更出色。”[1]

约丹对这个职位没有表露出任何惊讶。“这间办公室到底是做什么的，我是为谁工作，这个职位有什么权利，有多少收入？”

“这间办公室没有名字，没有章程，你直接听我指挥。你在这里也没有任何权利和特权，只能拿到完成任务必需的经费。不过，

1　约丹的名字（Jodan）在英文里有“约旦河”之意。——译者注

只要我认为你忠心耿耿地完成了工作期限，你将当上耶路撒冷、罗得岛及马耳他圣约翰主权军事医院骑士团的总司令，享有与之相配的土地、牲畜和奴隶。当然了，都在罗得岛上。”

“深表荣幸，大人。”约丹又草草地鞠了一躬。“我能有一份书面承诺吗？”

“不行。你有的唯一承诺就是分担这间办公室的重任。”他递给约丹一页牛皮纸，上面盖着教皇的红色蜡印。

约丹很快读完了。“这是什么？将我逐出教会以及处以……火刑的命令？”约丹把它丢给特使，手握剑柄退了一步，泰的咆哮声在整间屋子里回荡。

特使飞快地开始解释，词和词都叠在了一起：“我头上也悬着一份同样的命令，每个为这间办公室服务的人都是如此。我们必须清楚，将自己暴露于撒旦的家人面前，就有堕落的风险，必将遭到教会的责罚和死刑。与我们将在炼狱受到的痛苦相比，这只是个不起眼的开头。”

咆哮声更响了。

特使抬起一只手，脸上露出恳切的表情：“还有一份复制件保存在梵蒂冈，只要你忠诚地完成任务，没有泄露你看到的任何事情，它就绝不会公布。梵蒂冈另外保管着一份教皇已签字盖章的许可令，你自今天起的一切行为都将被宽恕。究竟哪份命令被公布，哪份被销毁，完全取决于你。”

“如果我拒绝这份荣幸呢？”约丹丢掉了“大人”二字。

“这不是你能选择的。”特使抬起头直视着约丹。

约丹好不容易才让笑声憋在胸膛里。一听到这个职位，他就知道自己会接受。他只是想让特使费点劲。那些威胁对他根本没用。这正是他一生追求的职位，一个拥有权力的位置，还能让他荣膺贵族。

确定自己已吊足了特使的胃口，约丹才终于答应接受梵蒂冈某军队司令官的职务。泰的咆哮声也消失了。

“很好，司令官约丹大人，你和我一起站在新世界的入口了。罗马教会已经光复。待扫除最后一个拿非利，就是时候向其他教会、向所有文明土地上的国王和农民——”特使指着天花板，声音响亮了许多，“——向上帝本人证明，罗马教会才是唯一的至真教会。上帝一直在等待一个足够强大圣洁的教会完成这桩伟业。”

“关于那些邪恶生物的历史，你知道多少？”特使问道。

约丹耸了耸肩，脸上神情莫测。“最后一个拿非利”这样的话减弱了新职位带来的兴奋，提醒他这一切是有代价的。

特使的秘书，一位面色阴沉的老牧师，在一个有很多羊皮卷宗的书架上翻翻找找，取出了其中一卷。“自夏娃犯下过错，亚当和她被逐出伊甸园之后，他们的子孙就一直在与众多堕落天使作战，双方的战果将决定这世界是又一座伊甸园，还是又一个地狱。堕落天使与夏娃的很多女儿——她们中有的是因为意志薄弱，有的则是自甘堕落——交合生子，直到邪恶的拿非利后代广布世间，上帝不得不发起大洪水将其全部了结，只对诺亚一家显示了仁慈。不过，在最后一秒，上帝决定留下十分之一的拿非利，用以考验人类的忠诚。能够最终结束这场考验的，就是我们的办公室，我们誓把所有种族的拿非利遗害全部送进地狱，不管他们长什么样子。我向你保证，要是我们失败了，就意味着上帝对我们每个人的终极考验失败了。”

特使展开羊皮卷，给他看一份欧洲地图，上面包括地中海、不列颠和爱尔兰。“作为梵蒂冈的佣兵，你已经找到了一些拿非利种系，比如巨怪和小精灵。不过那只是在奉命行事。现在，作为司令官，作为这间办公室的军队最高首领、发号施令者，你必须开始了解它们。”

他指着地图上罗马的位置。“在我主基督诞生的五个世纪前，罗马开始广辟疆土，要建立一个异教徒帝国。他们的伪神明来自埃及，以神迹和魔法创立宗教。尽管没有同撒旦直接勾结，在一段时间里他们还是凭着不少巫术屡获胜利。”

“罗马帝国的扩张迫使那些低等拿非利，也就是埃利奥德，躲进山洞、地穴、山谷和黑森林里避难。”特使望向泰，泰依然默不作声，纯黑的眼睛一眨不眨。

“由于畏惧罗马日益增长的武力，”特使接着说，“一支住在地穴的埃利奥德，去向他们的先祖阿撒泻勒寻求保护。在二次堕落前，这位恶魔一直是很有权势的大天使。当时欧洲中部有一支骁勇善战的民族刚刚兴起，就是凯尔特人。阿撒泻勒与之达成约定，他教给他们如何使用铁器，凯尔特人以保护埃利奥德作为回报。铁器，那可是‘上帝的金属’啊。”

特使拉开那张昂贵木桌的一个抽屉，拿出了一本书。书的封面用空白皮革包裹着。“这是《以诺书》。由诺亚的曾祖父所著，他是亚当的第七代玄孙。这本书记述了大洪水以前的世界，也包括你的对手的来历，以及他们的能力和弱点。”

他将锁住书的两枚银质搭扣解开，翻到夹着黑色缎带的一页，为约丹读起来：“阿撒泻勒教人们制作刀剑和盾牌，以及胸甲，并公布加工地上金属的方法，将致死的欲望注入金属的方法，以及如何将美注入其中。人们普遍不信神，被引诱犯下私通的罪，误入歧途，极尽堕落。”[1]

特使拨弄着书页，接着向约丹讲道：“西姆扎斯，最强大的堕落大天使之一，教会了凯尔特人法术和魔剂的用法。你可以想象，如果他们一直老老实实地待在天堂里，现在的世界将美好得多。”

“还有一些你会觉得有用的东西：阿梅勒斯教他们抵御法术和

1　这段文字译者根据英文做了个别修改。——译者注

魔剂的办法；巴拉克卓教他们占星术；寇克博尔，教他们辨识星座，伊斯皮尔教他们云和季节的知识；阿瑞克尔教他们识别地上的迹象，萨摩西尔教他们太阳运动的知识，赛瑞尔教他们月亮的轨迹。当然，这些大恶魔也和其他堕落天使一样，留下了自己的拿非利血统。他们也是你要清除的目标。”

特使合上书，递给约丹。“不许给任何人看。如果你把它弄丢了，或是让别人读到它，你都活不成了。”

*这事儿可不像梵蒂冈以为的那么密不透风。*约丹想，对于西姆扎斯的轻率之举，他了解得足够多。他假装感激地接下了特使的书，其实他早就从女巫玛莉嘉那里拿到了它，而且读了不下三遍。他考虑着是不是该把这事告诉特使。

“凭借使用铁器和巫术的知识，”特使打断了约丹的思绪，“凯尔特人很快从泥淖中崛起，占领了欧洲的大片领地。”他在地图上比划着。

“他们还是第一个攻陷罗马的民族。我知道那段历史。”约丹打断了他。

“他们是唯一攻陷过罗马的民族，当时那里还是帝国的首都。从那时起八个世纪以来，即便罗马军团已不再驻扎，也没再发生过这种事。不过，成功攻陷还是说明阿撒泻勒和西姆扎斯教授的知识非常厉害。”特使强调说。

“终于，罗马皇帝君士坦丁在耶稣纪元313年感受到圣灵的恩泽，将混杂了神迹和魔法的罗马旧宗，与新的、真正的人类宗教——基督教相融合。基督教融会了少量必需的、净化了的巫术，便强大到足以应对凯尔特人的法术。这项基督教的新能力只由一支精挑细选的圣洁术士掌握着。”

“驱魔师。”这个词像一声惊雷在房间里炸裂。“泰恨驱魔师。约丹，不要驱魔师。”泰浑身颤抖，朝特使走近了一步。

约丹尽力伸长胳膊，把手放在泰的胸膛上。“别害怕，只要你保护我不死，你就不会再见到他们。”泰看上去放心了，又回到静肃的样子。

“请继续。”约丹说，满意地看到特使脸上露出害怕的神情。

“是……呃，谢谢。”特使恢复了镇定，接着说道：“信奉基督的新罗马帝国把大部分死硬的异教徒凯尔特人、拿非利都赶出了欧洲和不列颠岛，直到他们在这里找到了避难所，”他轻敲着地图，“这儿便是四世纪中叶起，战事陷入僵局的地方。”

现在事情开始有趣了。在特使的手指向爱尔兰时，约丹想道。罗马军团从未能踏上爱尔兰的土地，或是他们所称的希伯尼亚。驱魔师也是。

特使吩咐秘书去取葡萄酒，然后接着说道：“爱尔兰曾经，目前也依然被一支强大的拿非利族控制，他们叫希族，是该隐和莉莉丝的后代，继承了萨麦尔的血统。希族可不像你见过的那些低等埃利奥德，他们有严密的社会组织，拥有和大巫师一样极高的智慧，以及制作武器的本领。他们在爱尔兰和彼岸世界之间为自己建立了一块领地，凯尔特称之为中央王国。”

“这是精确的爱尔兰地图吗？”约丹问道。

“不。这只是个大致轮廓。没有人知道爱尔兰究竟是什么样子。或者确切地说，没有基督徒知道。”

约丹看着角落里绘图师的名字：托勒密·亚历山大。他强忍住想笑的冲动。“他不就是那个向教会提出数学证明，说太阳和星星围绕地球转的人吗？”

“只要给够了钱，让托勒密怎么说都行。我们要劝阻试图开往爱尔兰的船，就让他在图上加了一圈危险的礁石，还删掉了中间一些有趣的东西，比如首都城市塔拉。未经希族允许，圣洁的基督徒不能进入爱尔兰。如果他们硬闯，就必死无疑。不过，也并不是说

一张准确的地图就没有好处。保护爱尔兰海岸线的力量并非寻常之物。还有一种居住在水下的埃利奥德，叫作弗魔安的肮脏怪物，只要有未经允许的船只靠近，它们就会立刻袭击。”

“我猜，这就是为什么只有维京人的船才能与爱尔兰通商。”约丹说，从秘书手中接过了一杯装着红葡萄酒的精美银杯。

“也不是所有的维京船——只有爱尔兰的维京人才允许登陆。他们保持了异教徒传统。爱尔兰成了所有邪恶群体躲避基督徒的庇护所。苏格兰勇士、威尔士野人和挪威人，他们现在都好好地躲在这个岛上。”特使用手指捅着地图上爱尔兰岛的位置。

“更别提爱尔兰教会了。”约丹说，似笑非笑地看着特使，“我确定他们也卷进来了。”

特使清了清喉咙。“当然。只有它和法兰西教会有足够的规模和实力挑战至真教会。可是爱尔兰教会竟跟魔鬼及其后代勾结在一起。他们与希族和拿非利建立了盟约。我们要取代爱尔兰教会，并给予帕特里克和科伦希尔的追随者们投诚至真教会的机会。

“神圣教皇已经同意了红衣主教奥尔西尼提出的一项计划：彻底将希族从这个世界扫除干净，一个不留。这也会让爱尔兰土地上的魔法，连同凯尔特德鲁伊的法术一同消失殆尽。这样，就再也没什么能阻止至真教会最终控制这块神秘岛屿了。”

“你认为铲除了希族，就能摆脱凯尔特法术？”约丹问，“我以为魔法是在爱尔兰自然产生的，而不是拿非利带来的。”

特使疑惑地看着约丹。

约丹把《以诺书》还给他，“谢谢您，不过我自己也有一本。我还搜集了其他魔法典籍，用来增加对敌人的了解。”

“一小时前让你进门真是太危险了，”特使说，“我果然选对了人。”他把书放回书架，“正如你所说，‘自然魔法’是自然而生的，同原罪一样不洁。它们生成的方式也差不多。自然魔法由堕落天使带到世间，由于他们的血统还在，因此魔法依然有效。而它在欧洲大陆已经逐渐消亡了，因为那里的拿非利已基本被铲除。罗马人率先发现了这一点，然后是伏魔会。不过还不是全部消亡。

“爱尔兰是拿非利最后的避难所。我认为对于仅存的魔族来说，爱尔兰是他们的灯塔，是苟延残喘的魔法之源。一旦我们干掉希族，摧毁爱尔兰的自然魔法，剩下的残余也会一并从欧洲消失。那时，我们至真教会的驱魔师将是唯一会使用魔法的人，而他们听从的是上帝的旨意。”

“还有女巫团呢。”约丹补充说。

“她们的魔法不是自然的，走的是邪路。我们很快也要消灭她们。”

约丹怀疑女巫团是否那么容易对付，不过他还是把注意力转到了地图上。“对于那些防御爱尔兰的武力，你打算怎么办？”

“我们让英格兰去处理，”特使回答，眼里一副得意的样子，“他们只有那么小一个岛，对别人的土地总是有胃口，而苏格兰和法兰西可没那么好相处。”

约丹大笑起来。“英格兰不会去的。在强弓的船队全军覆没后，他们绝不会再干傻事。当年可是一艘船都没能回来。”

“那次是梵蒂冈轻信了爱尔兰伦斯特王国被废的国王，那人声称知道让船队登陆的方法。他真是个糟糕的巫师。这一次，我们可是有一个希族国王引路。而他，我的新司令官，就是你的第一项任务。”

“你想让我怎么做？”约丹问道。这时，特使已卷起地图交给秘书。

“幸运的是，有几个爱尔兰维京贵族已经向基督表示效忠，而且他们对金钱的爱远超过对爱尔兰的。我的维京密探打听到，有一支叫斯基格树精的林中希族已经背弃了与凯尔特的盟约，决定反叛。我已向斯基格树精捎话说，重建的罗马教会不会像其前身那样试图占领爱尔兰。我们共同的敌人是爱尔兰教会。

“我用爱尔兰教会为饵，与他们达成了协议：只要斯基格树精帮助我们攻破爱尔兰教会，那么罗马教会就会帮他们打败凯尔特人。我们将拿到爱尔兰教会在欧洲大陆和英格兰的势力，这样就能收复整个爱尔兰了。”

“他们不一定相信罗马会同意这么做。”

“那就是你的任务了。你要说服斯基格树精信任我们的诚意。不然就引导他们以为，在打败凯尔特人之后，他们可以很轻易地背叛我们。当然了，我们会在他们最意想不到的时候发起攻击。”

特使转向秘书，“去把鲁阿克王子和他的……”他朝空中挥了挥手，“他的侍从请来。”

约丹喝光了杯里的酒，保持沉默。他在想，如果梵蒂冈和英格兰真占领了爱尔兰这块最后的魔法土地，会有什么后果。秘书回来时，身后紧跟着一个穿旅行装的干瘦男人，还有一个虚弱的女人，穿着一件飘逸的红色长袍。一个高个儿精灵走在后面，步伐从容沉稳。

“司令官约丹·德·安格拉诺大人，”特使介绍说，“这是鲁阿克王子，斯基格树精之王凯拉什目前最年长的王子，未来的希族大帝。”

约丹本能地站起来鞠了一躬，只在收尾时犹豫了一下，没有像面对人类王子时行那么繁复的礼。

“和他在一起的，”特使介绍说，“是达里·菲茨–斯蒂芬，强弓的司令官罗伯特·菲茨–斯蒂芬的嫡系后代，还有他的妻子安妮。”

约丹看着鲁阿克：“您是怎么进入威尼斯的？”

鲁阿克把手伸向安妮，她立刻来到他身边。她皮肤苍白，形容憔悴。她握着鲁阿克的手，鲁阿克掀起她的衣袖，露出一条消瘦的胳膊和被包扎的手腕，绷带上还渗着未干透的血滴。

“为了全体希族，安妮用自己的生命保全了我。”

约丹瞥了一眼达里，他满是皱纹的脸上神情委顿。约丹对鲁阿克说，“您知道这对您有什么影响吗？”

“司令官德·安格拉诺大人，我们才刚见面，你就开始对我的生活指手画脚了。请把你的担心丢到一边去，我确信我不会依赖它的。”

约丹想知道，如果不依赖吸食新鲜人类血液，只靠自己抵抗威尼斯的驱魔咒，他还能不能潜进来。他记得玛莉嘉的书里说过，一旦开始吸血，就很难停止。

他猜想，阿尔博诺斯之所以将教会的秘密办公室设在威尼斯，是因为这座城市能够抵御一切拿非利，甚至包括希族的渗入。较之连通的亚得里亚海，威尼斯沿海沼泽上的泻湖曾是埃利奥德的一块领地，里面住着名叫涅瑞伊德的海中女神，她们的男伴沃加诺伊，以及鸟头人身的塞壬，淫乱的纳戈，还有会变形的水妖。在公元2世纪威尼斯建基时，当时的人类与他们交好，这些怪物便为人类提供保护，允许他们在沼泽之上盖起木头房子。之后，人类就背叛了他们。

“撒旦走开”是基督教术士掌握的第一句咒语，能将拿非利赶出土地和海洋。它是教皇法比盎于238年建立驱魔师组织时发现的。之后，在398年召开的第四次迦太基会议上，驱魔师正式成为罗马教会的官方成员。这样，教会就有地方安置那些家里有钱却神经兮兮的人了，因为家人会出巨资给他们捐一个驱魔师的职位。这些驱魔师中能力最强、也最狂热的人成立了一个组织，每人脖子上都戴着一个护身徽章，上面刻着那首句咒语的拉丁文缩写，他们也由此得名伏魔会。

很快就强大富庶起来的威尼斯人，于5世纪雇佣了伏魔会来消灭魔族，那些曾多次帮他们抵御日耳曼人和蛮族入侵的埃利奥德。经过数年的清洗，通过祝福、恩典，以及秘密魔法交织成的驱魔咒，

他们成功地将拿非利阻隔在外。

不过到了9世纪，一些拿非利发现，他们可以借助吸食新鲜人类的血液进入受驱魔咒保护的城市，比如威尼斯。不过这么做风险很大。人类血液对他们有极高的诱惑，只要吸食很短的时间，他们就不顾一切地想吸食更多，将最初的目标抛之脑后。

“我也可以向你的同伴问同样的问题，司令官大人。”鲁阿克说着，走到泰面前盯着他的脸，“你是不是也让他吸你的血？”

“当然不。泰是异类。对付其他拿非利的魔法在他身上根本没用。”约丹感觉到鲁阿克尚未被人血的问题困扰，便又问道，“您能让船队平安登陆爱尔兰吗？”

鲁阿克虽然走了过来，可仍在关注地审视着泰，他回答说：“我能让一小支队伍进入爱尔兰。只有我父亲能让船队登陆。”

“鲁阿克的父亲，凯拉什国王，目前被囚禁在爱尔兰的大斯凯利格岛上。”

“树是我族的圣灵，”鲁阿克说，“我的王只想保护它们免遭凯尔特人的毒手，就像你们会保护自己的圣地。可是莫里甘联合凯尔特人阻止其他希族帮我们，她又怎能成功呢？”

特使补充说：“凯拉什的受罚是不公平的，他只是想赶走莫里甘女神，让希族摆脱她的暴政。”

“凯尔特人和中央王国的盟约威胁着每个像我一样住在林中的人。”鲁阿克说。

“对其子民的圣树遭到亵渎一事，我已向王子表达了我的愤慨，”特使说道，“司令官德·安格拉诺大人，你要同鲁阿克王子一起去大斯凯利格岛，救出凯拉什国王，把他送到英格兰。待春天的风暴减弱些，你们的船就可以出发了。你和鲁阿克王子要在一个月内制订一个周密的方案，提出物资和人员需求，报给我的秘书，然后——”

“不，我们必须赶紧离开这座城市，”达里突然插进话来，“为了我妻子的性命。”

特使没有理会达里，继续说道：“我期待着你们的方案。”他的秘书打开了办公室的门，送鲁阿克一行出去。

约丹等到他们离开后，向特使问道：“帕特里克的钟怎么处理？那个滴血圣钟？”

“你的知识真让人惊讶。奥尔西尼向我保证，英格兰船队登陆时，那只钟不会在爱尔兰。这不是你该担心的。”

约丹鞠了个躬，离开了。他确信他能做好这项任务，而且还有机会去爱尔兰，那可是他不曾想过的事。他想知道，如果一个国家仍保有魔法，看上去或者感觉上会有什么不同。

泰尽量缩小身子，跟着约丹走出了那扇小门，弄出的声音还没有一丝轻风大。特使看着这不可思议的场景，惊奇地眨了两次眼睛。

在外面的小码头上，泰低吼着说：“泰不喜欢特使。”

“他可给了我一个不错的职位呢。”约丹说。他一踏进小船，船身就剧烈晃起来，约丹不得不紧紧抓住船边才让自己稳住。

“特使想毁掉泰的世界。”泰说。他松开系船的粗绳，也跟着走进船里。船身却没有在臭哄哄的水里再次摇晃，而是纹丝不动，直到泰开始划桨。

“这么看也可以。”约丹回答说，“我不知道你在注意听。”

“泰有耳朵。约丹怎么看？”

这个问题也在困扰约丹。这项任务不只能让自己出人头地，还是恢复家族名誉的机会，并且可能是唯一的机会。不过教会想占领的不止是爱尔兰，他们还想断绝其他人掌握魔法的可能，将法术牢牢控制在驱魔师手里。随着约丹对魔法越来越着迷，在他眼里魔法和身份已是同等重要。在当年与瘟疫抗争，快要饿死的时候，他从未想过有一天自己要在财富与爱好之间作出抉择。

“你希望我怎么做？”约丹问道。

泰过了很久才回答，久到约丹以为他没听到问题。然后，泰用低沉微弱的声音说：“泰不介意约丹怎么做。泰不属于任何一个世界。”

“你属于我。”约丹回答。

在特使的办公室，杰弗雷·乔叟从旁边一个门里走进来。

“每句话都听到了吗？”特使问道，“你怎么看？”

“如果你要卷进这盘棋的话，他就是你需要的那种人。”乔叟说，给自己倒了杯剩下的酒。“说服理查德加入比想象的难多了。”在英王理查德二世的宫廷，乔叟是国王的御用诗人，还要负责记录国王的言行，以及同梵蒂冈方面斡旋。乔叟作为官员和外交使臣，理查德二世已是他服侍的第二位国王了。不过他最喜欢的是研究英国的时兴语言，擅长用沙哑的嗓子朗诵优美的传说，这让他在英格兰的晚宴上广受欢迎。

“这些天理查德的想法如何?”特使小心翼翼地问，他领教过这位在近亲婚姻中诞生的国王，他古怪的脾气尽人皆知。

“更难沟通了。”乔叟大笑着说，“没有他就拿不下爱尔兰吗？”

“奥尔西尼跟我解释过，”特使深深叹了口气，“我们的雇佣军无力应付整个欧洲版图。瘟疫害得我们无兵可征，而且我们也没有海军。”他数着指头列举，“没有英格兰，我们组不出一支能进攻爱尔兰的军队。”

他再次斟满了自己的酒杯。“可是我们现在必须开始进攻，”特使接着说，“斯基格树精的反叛是我们的良机，我们等这个机会已经有两个世纪了。”

“而我们都知道上次这种机会造成的后果，”乔叟摇着头说。“不管怎样，不冒险就没有收获。如果你那位勇猛的新司令官真把凯拉什从爱尔兰的石头堆里救出来，我保证理查德会在现场当个好观众。”乔叟舒舒服服地躺在椅子上，抿了一口葡萄酒，若有所思地瞧着他的朋友，“我们国王可能是有点疯疯癫癫的，不过就连他也会怀疑，把所有筹码都放在一个恋树癖精灵身上是否值得。何况这个精灵已经在自己的事业上栽了个大跟头，还被流放到荒岛上。说服他会是个有趣的会谈。明天早上一涨潮，我就乘船回伦敦。”

特使从桌子里拿出一个重重的钱袋。“有人把这个丢在广场上了。是你的吗？”

乔叟盯着钱袋。国王给官员的薪酬很低，诗人就更少了，所以他才会同时干三个职务。他抬起了一只手说：“不，谢谢你。要是被理查德发现了，非剥了我的皮不可。不过，你说的故事跟金子一样价值连城。”他朝特使举起酒杯，“敬我自己：‘人生有涯，学艺无涯’。”他一饮而尽。

“你的故事写得怎么样了？”特使问道，一边拿过酒瓶，把剩下的酒都倒给了乔叟。

“很不赖！霍克伍德启发了我所有关于骑士的灵感。”乔叟回答，他指的是自己正在写的《坎特伯雷故事集》里的人物。特使和乔叟很久以前就是亲密的朋友。当时，理查德正在协助阿尔伯诺兹从法兰西手里抢回教皇，他派乔叟作为霍克伍德的使节前去罗马。乔叟发现梵蒂冈的秘密办公室有大量故事素材可挖，便想尽办法让国王与这里保持了长期往来。

“在所有这些关于魔法的谈话里，”乔叟失望地看着空掉的酒瓶说道，“我听到了缪斯女神的召唤。我相信我能把你说的魔戒写进故事里，是所罗门王的，对吧？”

“写故事的时候小心点，我的朋友。这里面有太多魔咒了。你可不想让梵蒂冈也有理由剥了你的皮吧。”

“禁忌越多，越有乐趣。”

6

爱尔兰，塔拉附近

1391年3月

在距离三年前艾丝琳背上中毒箭不远的地方，一头红色牡鹿在一大片林间空地中央吃着草。由于今年春天不寻常的温暖天气，它头上丝绒般的鹿茸已提前萌生。到了秋天发情的时候，它将面临从五头母鹿里选择一头交配的煎熬。那五头雌鹿此刻正在林地边缘进食。

突然，牡鹿猛地抬起头，一条前腿不停跺着地面。五头母鹿惊惶地跳起来，立刻躲进周围的树林里不见了。

“你动得太快，它察觉到你了。”塔基压低声音在康纳耳边说。

“它察觉到的不是我。”康纳低声回道。

这两个人正蹲在森林中的接骨木丛后面。他们是人类，却并不在正常的爱尔兰社会里生活，而是住在森林里。两人中较年轻的那个是康纳，23岁，又高又瘦，穿着件鹿皮外套，黑色羊毛裤子，一双皮靴长至小腿。深棕色的短发与蓝色的眼睛对比鲜明，微微卷曲的头发衬得他更显青春。塔基已经51岁了，身上的衣服十分老旧，或者说是破旧，绿色羊毛外套、棕色裤子和黑色斗篷都已严重褪色。一个长鹰钩鼻子在他饱经风霜的脸上分外突出。

康纳起身射了一箭，不过已经太晚了。牡鹿早已跃进林中，倏

地一下就没影了。

“省省你的箭吧，”塔基说道，“今晚的鹿肉够了。你的准头不行了，年轻时你倒可以轻手轻脚地用匕首干掉那头鹿。”

“这不是我的错。你听，有人过来了。”

一匹马慢慢地走近了这片空地。马的主人穿着件锁子甲，脸上严严实实地套着一副头盔，只在眼睛、鼻子和嘴巴的位置露出了几个小孔。

“他是一个人吗？”塔基问。

“我没听到有其他人。”康纳回答。

“一匹马顶得上三头鹿。”

“肉量够，味道可不行。”

“大半可以晒成肉脯备用。”

“如果你坚持的话。我对那个骑士更感兴趣。一冬天都没遇上好对手了。”康纳再次拉开了弓。箭从肩膀后面射中了马，离骑士的腿只有一英尺。它剧烈一抖然后翻倒在地，把骑手甩到了草丛里。

康纳把弓递给塔基，拔出剑来站在骑士对面。对方此时已站起身来，也举着剑。“骑士大人，如果您是的话，可否与我比试一番，决定谁能带走您赏光骑到我空地上的这扇肉？或者您宁愿直接走开？”

骑手盯着康纳，然后丢掉了剑，摘下头盔，一头红色长发倾泻而出。这是17岁的艾丝琳。她在马旁跪了下来，“他不是一扇肉。我不知道他的名字，可他是匹忠诚善良的好马。”她轻抚着马的脖子，一边吟唱着安神咒。马的鼻孔里流出了红色的血沫。

康纳见状也把剑扔到地上，单膝跪地，用左手合上了马的双眼。接着，他从腰里抽出一把短刀，猛地从它的眼窝刺入脑袋。马停止了喘息。听着艾丝琳唱起关于马的赞美诗，康纳用厚厚的草叶把短刀擦干净又放回原处，然后走过来捡起了他的剑。

“请不要难过，女士——您叫什么名字？”康纳问道。

艾丝琳没有回答。

“随您便。”康纳说道，“不过，既然如您所说，这是匹尊贵的马，我和我的朋友会用它做一场盛宴，把它的力量留给大家。这对任何动物都是个好归宿。”

艾丝琳结束了祈祷，转身捡起自己的剑，刚才她藏起了它的徽记。她走回康纳面前，试着挥舞了几下感受剑的分量。“你还没赢走宴席呢，你这个自大、下流的无赖。”她平静地说。

“如果您坚持——”康纳没有说完。艾丝琳一言不发就发起了进攻。她高扬剑柄，在空中猛地划出一道圆弧，以蛇形曲线刺向康纳。康纳反应过来时已经太晚，他向旁边一个趔趄，勉强躲过了肩上的一剑。

艾丝琳用力过猛，冲到了康纳身后，康纳又赶紧退后三步，拉开了两人的距离。他得重新评估对手了。

“往前冲的时候慢一点，就能在他转身之前反手抓住他了。”利亚姆骑着自己的马走进林地，对艾丝琳说道。“早上好，塔基，康纳。”

“真是个愉快的早上，利亚姆。”康纳回应道，“既然你来了，那么这位肯定是新任的塔拉大祭司，我们的半女神陛下了。”

艾丝琳向他迈近一步，说：“你要行鞠躬礼。”

“我只向仅存的莫里甘女神鞠躬，”康纳说着，微微弯了弯腰，眼睛还看着艾丝琳，“她更加需要。听说您的姐姐遇害，我的心都在哭泣。”

艾丝琳点了下头。

“我还是要拿到这匹马。”康纳说道。

“好吧，你打算为它决斗吗？”利亚姆问。

“不，”艾丝琳回道，“让他拿走吧。不然他只能吃掉那头每晚搂着睡的山羊了。”

利亚姆和塔基大笑起来。康纳只抿了抿嘴。

“你花了好久才找到我。”艾丝琳坐在利亚姆身后说，两人正一同骑马走出空地。

“我就在那儿看着呢。想逃出我的视线，只靠一套男人衣服和几个简单的隐蔽术可远远不够。”

“这几个基本隐蔽术是我能用的所有法术了。不过下次我肯定能骗过你。”艾丝琳缺乏自信地说。

她靠在利亚姆宽阔的后背上，抬起脸冲着太阳，沉浸在温煦的春光里。“你认识那两个人？”她问道。

“塔基是梅斯国里最好的制箭人，也许在整个爱尔兰都是。你小时候我拿来的所有的箭，都是他亲自做的。”

当我还在受训成为武士女神时，艾丝琳心想。*那时我还是完整的，直到安雅从我身上被夺走，如今我只能困在这半副身体里。*

他们沉默地骑行了一阵。“那些箭非同寻常，”她终于开口说道，“它们好像总是知道我想让它们去哪儿。”

“他从生长着的榆树上取下枝条做箭柄，再用两年时间晒干。箭尖由他亲自设计，请希族的铁匠锻造。为了做箭羽，据说他同游隼定了约。每天早上，它们成群飞进他的房间，他从每只身上挑一根羽毛。回报是塔基的箭从不射游隼。”

“他是哪个国家的？”

“他没有国家。他和妻子就住在树林里，偶尔换个地方，寻找下一棵适合制箭的完美树木。”

“那个食马精、恋羊癖康纳呢？”

利亚姆笑起来。“据塔基的说法，康纳的母亲是个逃跑的奴隶，在生他时难产死了。谁也找不到他的生父或是奴隶主。六岁时，

他从收养他的农场跑掉了。不久后的一天，塔基正站在树下研究那些枝杈，康纳出现并爬到树上为他割下了心仪的树枝。从那之后，康纳便与塔基和他妻子住在一起。不过，他至今都没有荣誉身价。”

“塔基怎么不向法院申请？”艾丝琳惊讶地问。

“康纳不让他去。他威胁说，只要塔基去，他就消失。成年后，他一直在逃避此事。”

“真奇怪。”艾丝琳说。

在爱尔兰的凯尔特社会，几乎所有的自由人都有一个荣誉身价。它代表着这个人从事的贸易可以达到多高的额度，以及在法庭上作证的分量。结婚时，荣誉身价较高的一方，无论男女，要负责承担所有的花费。拥有高荣誉身价的人往往据此向别人借钱来做生意。孩子长到14岁时，就能从家庭共有的荣誉身价中分到一部分。如果家庭愿意，孩子更小一些时也可以分。

比起打仗，凯尔特人更喜欢交易，而所有的交易都要用荣誉身价衡量。不过，每个人的身价并非一成不变。它随着个人的发展情况时高时低。社会鼓励奴隶们努力工作，尽量受教育，以此获得自由并拥有荣誉身价。而一个国王则可能因为几桩败绩就丢掉全部荣誉身价，沦为奴隶，直到他再努力挣回来。

如果一个人未经合法审判便被杀死，那么行凶者要向受害人的家庭赔付后者的荣誉身价。如果他付不起，受害人的家庭有权将他荣誉处决；不过更多人会选择让行凶者在家里做奴隶，直到偿还足够的价格。

传统上，只有两种自由人没有荣誉身价。一种是名叫树人的蛮族，他们住在遥远的森林里，信奉黑暗之灵。另一种是强盗，通常由逃跑的奴隶组成。其实，只要有希望靠工作获取自由，奴隶是不愿逃跑的；况且，也没有什么能阻止他们逃跑。

虽说康纳杀了她的马，艾丝琳并不认为他是个强盗。他也没有

树人的怪样子。她穿着骑士的衣服，一个低荣誉身价者可以合法地向骑士发起挑战，并将骑士的马作为赌注。尽管挑战者可能因此被合法地杀掉。

利亚姆和艾丝琳从西南方向走近塔拉城。凯尔特人的这座首都建在高出梅斯平原五百英尺的平缓山坡上。盖在较低处的房子都是单间小屋，主结构是木板和荆条，茅草屋顶，刷墙用的灰浆由泥土、石灰和少量的血混成。占据较高位置的房子则要宽敞豪华许多。山顶是王室围场，用一圈石墙围着。围场里是木质房顶的石头建筑，五大王国的使馆都在其中，还有一座日耳曼风格的大会议厅，供给维京人使团居住。将乡野山民隔开的围场里，还建有旅馆、商店和民宅。民宅里住着王室的侍从、官方使者，以及有权有势的领主、贵妇和巨商。只有加洛格拉斯人未派使团进驻，他们严格信守契约，但不愿掺进政治里来。

在王室建筑的环绕之间，坐落着整座山上最高大的三座联塔。选举大帝、讨论国库和军队之类的要事，都在东北塔的议事厅里举行。作为塔拉的大祭司，艾丝琳占用了东南塔的最高层。较低的四层分给了几个高级行会的代表，包括竖琴师、吟游诗人、医生、铁匠、制酒人、石匠、书记员和系谱学家。五百年前，位于底层的两个行会室被赐予爱尔兰基督教会，以感谢他们教民众学会拉丁文。由于圣帕特里克的信众和圣科姆基尔的信众合不来，所以教会占用了两个房间。不过，能在塔内居住的只有艾丝琳和大帝两人。

西塔划归了希族。由于各族使节的需求和性情不同，他们拥有的房间甚至楼层数都不一样。其中大半是棕仙。与其他希族明显不同，他们擅长辩论，对政治也有基本的了解。艾丝琳记得，去年冬天凯尔特大帝要会见一支小精灵的首领，商讨他们重返苏格兰一事。希族大帝在筹备会谈时，西塔只腾得出一个大房间。

仰望着这三座塔，艾丝琳又想起了自己的德鲁伊导师海德安。在安雅遇刺时，他也不幸罹难。小时候，她总盼着有一天不用再听这个倔老头讲课。可现在，她无比想念他。

★★★

安雅和艾丝琳7岁那年，海德安曾在归心大典结束后带她们来过塔拉。

“格罗格力士是用同一排石头建成了它。”他们围着塔拉塔的基座绕行时，海德安说。这排石头的边长有七英尺，高达一百英尺，中心联在一起，以三叶草的形状散开，形成了三座塔，每座直径约在十五英尺。“塔建成后，格罗格力士在上面开了门窗，看起来才像三座塔，其实主体结构是同一座。”

“就像莫里甘女神。就像我们。”安雅说。

“的确如此。”

“所以我是这座塔，安楠是远处那座，你是旁边那座。”安雅对妹妹说。

“这只是个类比。”艾丝琳淡淡地回道。

“为什么莫里甘女神总是以人类躯体回归？”安雅热情未减地问道。

“没有人知道，”海德安说。“不过我相信这是因为人类的寿命不长。她愿意尽可能地放手，让我们按自己的意志生活。”

“而且只能是人类的血统。看来你要嫁个人类丈夫。”安雅对妹妹说。

“不一定非是我。”

“就是你。我得去中央王国，所以——”

“你们两个都可以嫁给人类，”海德安插进话来，“安雅，你也会经常回到人类世界。”

安雅拉起了艾丝琳的手。“好啦，我们去买面包。”他们朝旁边一所房子走去，那里传来了新鲜面包和蜂蜜蛋糕的诱人香气。“海德安，为什么我身体里感觉不到安楠？最近我能越来越强地感觉到艾丝琳。”

“安楠永远不会像艾丝琳那么容易被你感知。只有在你使用法术时，莫里甘女神通过安楠把力量传递给你，你才能明显地感觉到她。如今归心大典已完成，你逐渐可以使用那种力量了。想试试吗？”海德安问。

“当然，请开始吧。”安雅回答。

“艾丝琳，闭上眼睛。安雅，你在心里默数那个冷却架上有多少条面包。”安雅踮起脚尖，仔细看着那排面包。“现在，艾丝琳，闭着眼睛告诉我们面包的数量。”

艾丝琳急得小脸皱成一团。“我在试，可是看不到她眼里的东西。”

“记住，不要看，”海德安指示说，“感知她感知到的，就好像你刚才已经看过了。”

“这一点用也没有。”

“照做就是。”

艾丝琳的脸皱得更紧了。安雅拿下一条小面包，掰了一大块放进嘴里。

“二十……一，”艾丝琳说，“不。二十条半。”

“对了！”安雅和海德安一齐欢呼，艾丝琳睁开眼睛核对着。她们眼中的绿光一闪而过，恢复了本来的灰色。

“还想看另一种你们能用的魔法吗？”海德安小声说。

两个人都点头。

海德安从后面拧了一下安雅胳膊。

“哎哟！”艾丝琳和安雅先是同时尖叫了一声，又不禁大笑起来。

★★★

利亚姆和艾丝琳骑着马走进了塔拉王室围场南边的马厩。围墙在这里向外凸出了一块，以圈进马房旁的一口井。这是六口王室水井之一，它的历史远早于周围所有建筑，也不知是何人所修。离奇的是，尽管井口所处的地势是几公里内最高的，可是井里的水一直在向外汩汩冒着。

回笼子了。艾丝琳想。*困在这笼子里，恰如困在我的婚姻里*。好像信号一般，艾丝琳刚想到这儿，就看见闻讯而来的毛兰大人正等着他们。在过去两年里，他是她的丈夫。利亚姆牵着他的马走进畜栏，毛兰朝艾丝琳走去。

“我的马呢？”毛兰问。

“另一匹马对你怎么了？”艾丝琳回道。

“它可不是随便的另一匹马，它是西奥布萨，我最快的马。而且今天它要参赛。你知道要是它不去跑，我有多丢脸吗？我告诉过你离我的马远一点。”

“哼，它跑得可不够快。它会害你输钱的。你应该感谢我。”艾丝琳转身要走。

毛兰抓着她的肩膀把她转过来。“告诉我马在哪儿。立刻。”

“你的马现在是盘中肉了。我们说话的时候，一个叫康纳的人可能正在烤它呢。”

“康纳？塔基的奴隶？康纳杀了我的马？”毛兰怒气冲冲地问。他朝地上吐了口唾沫，骂道：“大便不如的荣誉！”这话要是在骂一个有荣誉身价的人，对方要了他的命也不违法。

“康纳不是奴隶，而我是在一场公平决斗里输掉了你的马。”

“养你可是越来越贵了。”毛兰逼近艾丝琳痛骂起来，口水沫子喷了她一脸。直到他抬起头，看到利亚姆已走出畜栏站在艾丝琳身后。毛兰用手指在艾丝琳的胸前猛戳，咬牙切齿地说："你不许乱花我的钱。"然后骂骂咧咧地走出了马厩。

"或许一个五年期的婚姻实在有点长。"利亚姆表示。

★★★

安雅的葬礼上，艾丝琳在塔拉庭院里的王室看台一直站到失去知觉，头昏目眩。直到她摸着燃烧的柴堆，才突然惊醒过来。她想不起自己是怎么走到这儿的。她看着安雅，只记得这是她的14岁生日。上一次她们见面，是四天前她骑马离开特里姆城堡时。安雅穿着一条白色刺绣礼裙，这原是为她们的加冕庆典准备的，这一天本该是她们成年加冕的日子。**这都是徒劳，一场空。**艾丝琳想道。火焰越燃越高，终于漫过了盛放安雅尸首的精致木棺。艾丝琳转过身，离开了。

她走进塔里，沿着螺旋形的楼梯向上走。她伸出手去摸弧形的石墙，想感受一下坚实的物体。可自从安雅死去，她摸什么都不再坚实，于是她摔倒了。在楼梯上坐下来闭上眼睛，她感到胃里又涌起一阵反酸。**本来，安雅和我要在今天统治这片土地，**她想着。**这一天到了，我却在忙着不让自己吐出来。**

等自己恢复了平衡感，她又接着向上爬。她来到了房顶，穿过火堆照亮的地方，走向黑暗的另一边。两条精灵之光照向东北方向，在博因宫通向塔拉的十公里小路上空飘浮着。一队希族人正沿着这条路走来。按照希族送葬的传统，带队的是死陆灵，他们擅长帮助死者找到通向往生世界的路。紧随其后的是德瓦士和艾德恒，两支最有权势的魔族，然后是混在一起的地精、火灵、棕仙、矮妖精、皮皮精、格罗格力士和伟士力。斯基格树精不允许参加。在火焰逐渐将她姐姐吞没的八小时里，这些希族要沿路来到这里，围在火堆旁边直至燃尽，再返回各自的领地。

她从塔楼上探出身子，低头望着地上那片闪烁的火光。“如果我从这里跳下去，能感觉到地面的坚实吗？”她想知道。她感到有人来到她身后，感觉到布丽吉德抓住了她的手。“我不想听什么安慰了。”她想道，嘴里说的却是“我不知道我是谁了”。

布丽吉德握紧了艾丝琳的手，“你还是莫里甘女神。”

“不，我不是。一半都不是。不再是了。斯基格树精不止夺走了我姐姐，他们夺走了我最重要的部分。”

“我能教你再次联接你的女神本体，就像过去一样完整，还能带回莫里甘女神的法力。”

艾丝琳摇着头。“要是我还有力气，我会爬到安雅身边，让火带我回家。可我一点劲也没有了。每天醒来的时候，我总是站在一面悬崖前，它是蜡做的，无论我怎么拼命向上爬，最后都会滑下来，坠入一团旋转的黑雾里。”

“请相信我，你会好起来的。”布丽吉德恳切地说。

艾丝琳似乎没有听到，又继续说道：“黑暗里好像有什么东西，我试着抓住它们保命。”她走到塔楼边缘，没入夜色。“可是什么也抓不住，于是我继续坠落，直到迷失在虚空里。然后我再一次醒来，绝望地再次向悬崖上爬，又再一次跌落。”

布丽吉德把艾丝琳搂进怀里。“爱尔兰需要你。两位大帝已经同意举行秘密会议，他们将决定为你安排一个重要职位。”

“让他们决定吧。可我想要的怎么办？”

“你想要什么？”

艾丝琳合上眼，寻觅她本该在这一天变身的女神，或是那个几天前还是她的女孩。她哪个也找不到。火焰烧灼尸体的第一缕恶臭飘了过来。她想尖叫：让他们也杀了我！让我和安雅一起去彼岸世界，在那里重聚为莫里甘女神！可那也是我没有勇气做的事。她想道，为自己没有投身火里或跳下塔楼而心痛。但她只是对布丽吉德低声说：“我不知道。”

艾丝琳睁开眼睛，凝望着远处送葬的希族队伍，她恨他们。恨他们全部。

次周的一天，希族大帝费尔格哈尔坐在一张长桌的中间，中央王国各魔族的首领围坐两边。身后站着一排书记员和侍从。长桌前的草地上，一条勉强能称为小溪的纤细水流蜿蜒而过。溪水对面有张一模一样的长桌，中间坐着凯尔特大帝，围坐两边的是爱尔兰各王国的统治者——三位国王和两位女王，以及德鲁伊教团成员。在海德安去世后，布丽吉德继任为德鲁伊的首席祭司。昏暗的光线没入了会场上空弥漫的雾气里，好像在无声的风暴中隐约矗立着一个灰色的大帐房。他们是在塔拉的第三座王室塔楼里，属于希族的那座。

费尔格哈尔站起身，走到两派人之间。“我们同意泰尔提由之约的原则。”对于希族人来说，他面容苍老，黑发中夹着一缕银丝，眼角细纹密布，灰色上衣外罩着一件华美的绿色斗篷，上面别着一枚金质徽章。

凯尔特大帝也肯定地回复：“我们同意。”

两人同时蹲下身子，右手从溪流中鞠了一捧水喝下。当他们起身返回座位，溪水便不再流淌，两张桌子也合在了一起。

这时，希族桌上发出一阵轻微的响动。一位艾德恒站了起来。布丽吉德认出她是费尔格哈尔的女儿罗斯温。她身材瘦削，剃了光头，也没穿衣服，只用绿色和棕色的重彩涂在身上。这表示她是一位比恩·德瓦依，也就是希族的巫师。她凹陷的双颊上画着几颗黑色的泪珠。“莫里甘女神只能活在两姐妹之间，”罗斯温说，“她用艾丝琳统治凯尔特，用安雅统治希族。安雅已经死了。对我们来说，莫里甘女神已经重回彼岸世界长眠。我们只能再次长夜守候，

呼唤她，等待她归来。”

“艾丝琳还活着。她身上还有莫里甘女神的一部分。”布丽吉德强调说，“她可以同时代表凯尔特人和希族。”

罗斯温摇了摇头，垂下眼帘。“艾丝琳自己也已死去了一半。她不能再将莫里甘女神带回这个世界。”她抬起头，用眼神锁住布丽吉德，接着说，“只要艾丝琳还活着，莫里甘女神就不会回来。你知道——”

“谁也不准动艾丝琳。”凯尔特大帝突然打断了她。

“我们不是那个意思。”希族大帝回复说，“我们无意夺走艾丝琳的性命。莫里甘女神自有她的归期。”

马莫斯，一位较年长的德鲁伊，低声向布丽吉德耳语，她转身与他商量。很快，整个德鲁伊教团的人都围在了她身边。罗斯温静静地等候着，一动不动。只有彩绘的黑色泪珠不住地顺着脸颊流下来。

教团成员回到了座位上。“我的本名是拉斯尔菲奥纳昂。”布丽吉德对罗斯温说道，以全部的真诚与她立约。这时，布丽吉德的长袍骤然碎裂，她不见了，取而代之的是一只白天鹅展开巨大的翅膀。它振翅滑行了一小段，然后化作一位赤裸的女子，雪白的脸上长有几颗雀斑。这是布丽吉德，站在两张桌子间的草地上。德鲁伊教团里发出窃窃私语的声音。尽管所有人都曾听说，布丽吉德从希族那里学会了一种复杂的法术，可是谁也没真正见过。她也是五个世纪以来第一个掌握这种法术的德鲁伊。

“拉斯尔菲奥纳昂。”罗斯温重复道。她看着费尔格哈尔，后者点了点头。“我的本名是——”罗斯温发出一种像巨石落入溪水的声音，然后化身为一只褐色的鹰。她飞到布丽吉德面前，重又变回了满身重彩的巫师模样。

布丽吉德重复了这位巫师的名字，然后说：“我教团里的所有人，”她挥舞手臂指向全体德鲁伊教团成员，“都已用泰格艾姆法和克尔布瑞尼法占卜过，可是什么也没有看到。”这是一种强大的占卜术，需要一名德鲁伊亲手杀掉一头公牛，剥掉它的皮裹在自己身上，然后在瀑布边冥想。克尔布瑞尼法更简单些，也没那么血腥，占卜法是将刻有符咒的橡树枝投掷出去。布丽吉德接着说道，“我们不知道，在一枚心脏已被毁坏的情况下，莫里甘女神还能否回来。”她再次呼唤了罗斯温的名字：“——你们的人怎么看？”

“拉斯尔菲奥纳昂，我们也不知道莫里甘女神能否回来，”罗斯温温柔地说，“安雅的心脏缺了一块，凯拉什王继承了它又藏了起来。这枚心片仍然完好无损，这给了我们悲痛中的希望。将来举办归心大典还是有可能的。”罗斯温低下头，闭上了眼睛。布丽吉德伸出手，轻抚着罗斯温黄绿相间的脸颊。黑彩的泪珠一滴滴从布丽吉德雪白的手间流过，落在了草地上。

这时费尔格哈尔说道：“我们的贵族一致相信，这次袭击的幕后指使就是凯拉什。”希族桌上的人纷纷点头表示赞同，皮皮精的女王指出，这么凶残的暴行只有斯基格树精才干得出来。

“希族已准备好加入凯尔特的追捕队伍。”费尔格哈尔接着说，“直到抓住他为止。我提议把他终身监禁在大斯凯利格岛。那里寸草不生，是对他最好的惩罚。”

当浓烈的火焰吞没神木林时，凯拉什剧痛难忍。他丢掉了剑，头深埋在双手间，跪倒在地。透过火焰，他看见来自凯尔特、加洛格拉斯和希族的武士们将树林密密围住，自己的人已无逃出去的可能。

“他怎么能这么做！”他咆哮着，并不知道背弃自己的中央王国子民们能否听见，“我们本来能全部收回爱尔兰！莫里甘的一半躯体已死！我本可以为你们带来胜利！”

安雅死后，虽然没有其他希族的支持，凯拉什仍顽强抵抗了凯尔特人很久。五个月间，每个部下都奋不顾身地为他厮杀。而现在，他们已无路可退，仅剩的武士紧紧围在他们的国王身旁。一条火舌突然喷向凯拉什，一名忠心耿耿的斯基格树精勇敢地挡在国王身前，将火焰吸进体内，痛苦地哀号着死去了。其他人向国王聚拢来保护着他，甘心赴死。

然而焚烧神木的痛苦已经压倒了凯拉什，他倒在地上抽搐着。他的余光瞥见利亚姆从火中走来，四名火灵为他做了避火的冰封圈。利亚姆用一条粗铁链将他捆住，把这具抽动不已的躯体举在肩上，走了出去。凯拉什听到的最后声音是神木和部下的嚎叫，然后就失去了知觉。

凯拉什被缚后，他的追随者们便溃不成军。艾丝琳也不再去林间漫步了。她的生活里只剩下一个盼头，她隐隐地希望凯拉什能突出重围把自己杀掉，尽管有利亚姆和一队护卫始终不离地守护着她。

自那之后，她总是待在自己的房间里。有时，她会起床穿戴整齐，坐在火边发怔；有时则什么也不做。凯尔特和希族的秘会否定了她的莫里甘女神身份，于是德鲁伊教团将其任命为塔拉的大祭司。由于她始终情绪低迷，当有请愿者求见时，侍祭不得不让双方隔着屏风对话。

安雅离世11个月后的一天，毛兰大人和她的父母一同进来了。艾丝琳已梳妆好等着他们。屏风被收放在墙边。她知道他们为何而来。在知道自己不可能当选为大帝，甚至不可能成为梅斯国王后，毛兰大人急切地要找到另一条攫取权力的路，能让他跻身塔拉的核心阶层。

“毛兰大人向我们询问，有无可能与你缔结五年零一天的婚姻。”奎因说道，这是布雷亨法律所能允许的最长婚期。

“我已经很明确地向他和你父亲表示了我的反对。”尤娜说道。

“要么先签一年零一天的婚期试试看，怎么样？”奎因更像是向尤娜提议而非艾丝琳。安雅去世后，艾丝琳的人类父母尝试着与她恢复了联系，双方的会面有时令人尴尬，有时则是一场灾难。

毛兰靠近了艾丝琳。“我只想来照顾你，”他在撒谎，“你知道我有多忠诚。”他伸出左手，摊开手掌，露出手指根处的一道疤，那是在不死测试中留下的。

艾丝琳看着他的眼睛，看出了他的冷酷，也看出了做他的妻子将有多么痛苦和不幸。她淡淡笑了笑，说：“好的。五年零一天。”

次月，艾丝琳15岁生日的当天，一弯银色的新月映上夜空，艾丝琳几个月来第一次走出房间，步入大帝的私人议事厅参加自己的婚礼。只有寥寥数人在等着她。

……

利亚姆看着艾丝琳举止随意地走到德鲁伊教团和毛兰旁边。“我不喜欢这样。”他自言自语地说着，踱出了议事厅。他大步走过大客厅，在一座壁炉前停下来，罗斯温正站在那儿，出神地盯着壁炉里的火。

他还没开口，她便说道：“你花了14年让她摆脱身上的人性，她现在困入了人和神之间的虚空里，你却想让她表现得正常。”

“你觉得你了解她？”他粗声粗气地说，“她可能不全是人类，但她绝不是希族。”

“她不是吗？”罗斯温反问。

利亚姆现在真想杀人。

罗斯温说：“在你心里，她还是那个需要你指导和保护的小女孩。她不再是了，而她也不是莫里甘女神。这两种生命都从她身上被剥夺了。想想自己的半希族血统，你会明白的。”

“可为什么是毛兰？”利亚姆提高了嗓门，回音缭绕整个大厅。

“我猜想，她心里满是阴霾，只有痛和羞辱能刺激她的感知，补上内心的空缺，”罗斯温回答，“也许，她认为毛兰是仅次于死

亡的好东西。”

“所以她迷失了，迷失了自己和她的子民，”利亚姆说，“凯拉什应该把她也杀了。”

“很难说。从未有人处于她的境地。她的生命中会有新的曙光，但她的伤痕很难完全平复。这世上没有什么能填补安雅留下的空白。我相信，即便她走出了现在的黑暗地带，余生里她也将一直活在刀尖上。”

他们一起站着，注视着壁炉里的火。

“我一直想看清遗失心片的影响，”罗斯温说，“或许它能给予艾丝琳足够的力量，接受安雅的死讯。从她们出生时我感觉到的潜能来看，由于安雅死时她们距离女神如此之近，艾丝琳身上已没有多少残存的人性了，她要么也会随安雅死去，要么会彻底陷入疯狂。”

利亚姆没有心情做这些无意义的揣测，不过罗斯温之前的论断入了他的心。他转过身，不情愿地走回了婚礼现场。

婚礼过后，艾丝琳躲掉了宴席，直接回到自己的房间。毛兰进来时，新月已落下。艾丝琳从炉火前的椅子上起身，脱掉礼裙，顺从而安静地躺在床上。当毛兰行完事后，她转过身去看向别处。

毛兰伸出手把那摊血——她的血擦在自己身上。他尝了尝手指上的血迹，当年的景象历历在目。他把她压在床上，抓着头发把她的脸转过来。“你必须事事听我的，不论是祭司的事，还是妻子的事。”毛兰凑在她耳边说，然后粗暴地强奸了她。

之后，他穿上衣服，向房门走去。他还没到近前，门自己转开了，布丽吉德端着一盆清香的热水，拿着一条毛巾走了进来。与他擦身而过时，她根本没有看他。布丽吉德用脚关上门，把水盆放在床边柜上，开始为赤裸的艾丝琳擦洗身子。

“我亲爱的女孩，什么事也玷污不了你的纯洁。”

艾丝琳没有回答。

布丽吉德继续温柔地为她清洗，一边说道："你体内还沉睡着巨大的力量。你打算就这么交给他吗？"

"我还有什么选择？如今我还能怎么选？"艾丝琳喃喃地说。

"从选择起床和穿衣服开始。走出这个房间，和我一起到我的修道会去，在那里挑一个新来的祭司，他会给你一个丈夫在新婚夜应该给你的快乐。"布丽吉德回答。

艾丝琳用一只胳膊把自己撑起来，转过脸去看着布丽吉德。

布丽吉德双手捧着艾丝琳的脸，"你必须学会召回莫里甘女神的法力。这比以前更难，但我会帮你。你必须这么做，因为总有一天，你会面对比毛兰大人更强大、更可怕的对手。"

布丽吉德又松开手微笑地看着她："不过，首先得让毛兰知道，他是有了上你床的权利，可你并不需要他。我们来把你洗干净，然后出发吧。"

艾丝琳点点头。梳妆完毕，她便离开了房间，数月来的第二次。

★★★

在树林里遇到康纳的三天后，当太阳照亮塔拉王室围场的顶端，艾丝琳和利亚姆已来到马厩看她的新马匹。奎因一听说自己的女儿弄丢了毛兰的马，便立刻把自己最好的一匹送了过来。

艾丝琳激动地看到一匹两岁大的黑亮小马驹站在畜栏里，父亲这次干得漂亮。这是凯尔特骑兵队里最好的马种，身材结实，速度极快。天鹅绒外罩下的马身骨肉匀停，这是她见过的最漂亮的马了。她全神贯注地检查着这匹马，直到利亚姆拍拍她的肩，她才注意到畜栏后面有人。

这三个人坐在地上，手脚捆着，嘴里塞了东西。一条长皮带从他们的脖子绕过，把他们拴在后面的柱子上。一堆剑、匕首和弓箭随意丢在旁边的地上。远处的角落里，有个人懒洋洋地坐在草垛上，是康纳。

他直起身，说道："我的夫人，大祭司殿下，我为你送来一样礼物，"他指着那三个人，"恭请您原谅我杀了您那匹上好的、某种程度上还有点难咽和塞牙的马。"

艾丝琳挥挥手免掉了他的客套："它不是我的马，"她研究着这三个人，"你想让我怎么处置？吃了它们？"

"把他们留作奴隶吧。要么做个马工。我并不推荐他们继续从事现在的刺客工作，"康纳回答，"或者，你要是没什么用的话，把他们还给毛兰大人吧。是他派他们来杀我的。"

艾丝琳看着利亚姆，后者点了点头。"你知道这事？"她质问道。

利亚姆笑着耸了耸肩："我给康纳捎了话，他知道他们要去。在树林里他能照顾好自己。"

康纳朝艾丝琳走近了几步。她上下打量着他，不由得再次注意到他眼中生机勃勃的活力："你一点也没受伤？"

"完全没有。他们还没摸到剑，我就抓住他们了。"

"你确定？一点伤也没有？那种让你见了大祭司也不能鞠躬的伤？"

"哈！又一件要赎罪的事，"康纳说，仍然没有鞠躬，"我愿意为我缺乏骑士风度而献上一个吻。"

"利亚姆，"艾丝琳下令说，"要是他敢吻我，杀了他。"

"我最好还是走吧，"康纳解开小马的缰绳，纵身骑上光溜溜的马背。

"你要干什么？"艾丝琳问。

"哦，既然之前那匹马并不是您的，那您就欠我一匹。"说着，康纳骑出了马厩。

利亚姆大声喝住了一个小马夫，他正从旁边的畜栏里探出头来，显然一直在偷听。“你的女主人要用毛兰大人最快的那匹马。”

那男孩咧开嘴笑了：“是，大人。”说着便向第五个畜栏跑去。再次出现时，他拉着一匹栗色高头公马，并迅速在它背上捆了一块毯子，凯尔特人以此作为马鞍。这匹马虽然比康纳骑走的那匹要高出一个肩膀，但行动起来同样迅疾稳健。艾丝琳上了马：“你来吗？”她问利亚姆。

“这回你自己去吧。”他回答。小马夫盯着艾丝琳策马追赶康纳的背影，利亚姆伸手在他背上来了一拳。

当天傍晚，当太阳从王室围场最西边的墙上落下，艾丝琳骑着自己的新马驹进了马厩。她没有注意那个朝她跑来的小马夫，而是全心感受着自己身体里奇怪的光彩和暖意。

“夫人？”他问道，打断了她的思绪。

“对不起，给你。”她把缰绳递给他。

他在她身后四处看着。“还有毛兰大人的那匹公马，夫人？”

“哦，我忘了。明天就还他。”

7

威尼斯共和国

次月

约丹将出征的需求通过秘书报给了特使，令其大为惊异。特使原以为会收到一份关于攻打大斯凯利格岛的巨额兵力和武器需求统计，而约丹只需要船上有20名奴隶。特使送回一张字条：“这就是你们全部所需？”约丹回复道：“鲁阿克王子确定他只需要些奴隶以示敬意，而我只需泰一人。”

约丹提的需求十分具体：鲁阿克要10个正值育龄的妇女、4个女孩、4个男孩，还有2个不超过25岁的男子。所有人都必须是黑皮肤的穆斯林。

纳吉雅的皮肤整体是深橄榄色的，只是因缺水脱皮显得有些发灰。她感觉到运奴车在缓慢移动，还听到了轮船的汽笛声，以及工人们喊号的声音。她竖起耳朵，希望其他人别再哭了，好让自己听得分明些。她的双手被铐在身前，其他奴隶也是如此。他们每人都被拴在一条细绳上，她的那条大概有六英尺长。细绳的一头拴在手铐上，另一头拴在穿过奴隶中间的一条粗绳上，这样在奴隶贩子需要他们挪动的时候，他们便可以如毛毛虫般走动起来。与其他奴隶不同，她的脸被盖住了。即便如此，她觉得自己还是可以解开绳结

逃出去。不过换来的可能是又一顿毒打。她在等待更好的机会。

纳吉雅的奴车突然停下了，一只粗糙的大手抓着她的脖子把她拽了出来。一只麻袋从头把她罩住，她在那一瞬间看见了码头，看见了旁边正在卸奴隶的人，还有绑架者那张粗野的脸。她本能地盯住他，看着他燃起的狠劲儿，意识到他正是靠这狠劲儿在残酷世界中求活；她也知道只要他可以，就一定会弄伤她。可是她现在无法施展法力，手也被捆住了，没办法阻止他。

他一定感觉到了她的恐惧，就像狗能感觉到一样。他狞笑着拔出刀在她脸前比划着说："害怕我会割花你漂亮的脸蛋？割断你的喉咙？嗯，我的确会。"他把刀抵在她脖子上，"除非你照我说的做。这样我下手会轻一点。"

她看着他四处张望一番，确保大家都在看。"要是你知道船上会遇到什么，你就会巴望着被我干干脆脆地割断喉咙。"他又淫笑着去踢她的脚，让她跌倒在石头路面上。"而你也会享受这个的。"

"不，这个不行！"另一个人叫嚷着，扒开人群冲过来。他抓住这暴徒的肩膀把他拉到一边，"你没看出她是巫师吗？"

暴徒好像这才注意到，奴隶贩子用白色油彩在她的脖子上画了符咒，以防她使用法术。更多的符咒掩藏在她粗糙的衣领底下。当发现有部分符咒已被抹掉时，他惊恐地睁大了眼睛，盯着自己手上油彩的碎屑。

看着这个恐惧的男人，纳吉雅站起身来，咆哮着。她尽力向前走，可是挣不脱将她和其他奴隶捆在一起的绳子。那人已经惊跳着向后退去，然后跪在地上，撕心裂肺地大声祈祷。她故意正了正肩膀，心想她需要让这些人害怕自己。

那人的朋友踢了踢他："你真是个蠢蛋，真蠢。要是符咒不管用了，她现在就能把我们全杀掉。你怎么不另找个女人！"

"别动这些奴隶。"一位衣着讲究的男人从码头上走过来命令

道。她认出跟在他身后的是个体型庞大的拿非利。“把他们带到船上去。立刻。否则你可要见见让你害怕的人物了。”那人急忙回去工作了。

“约丹想让泰帮忙装船吗？”泰低吼着问。

“不用。让他们干自己的活儿。”约丹回答。

这队奴隶笨拙地沿着码头曳步而行。走在队尾的纳吉雅斜身靠向她的妹妹，妹妹在她前面两个人的位置，正在抽泣。“别哭了，”她悄声说，“哭的时候不能思考，你要是不停下来，会死在船上的。”她又寻找着小弟弟，看见他低着头吃力地走在队伍前列，她没法接近。

她回头看那个新来的人，他和他怪异的拿非利同伴走在队伍后面。她故意放慢脚步，拖着走到绳子末尾。她读不出他的想法。他一定用了某种隐形的保护咒。

奴隶们在跳板上停下来。她注意到约丹发现了自己在看他。奴隶们开始陆续上船，她则转身向后走，任由绳子拉扯着她。他跟了上来，直接看向她的眼睛。她试着再次读他的想法，可是根本进不去。他的眼睛深处只有隐约的光亮。这可能是她唯一的机会了。“将军，我能同您说句话吗？”她用标准的意大利语说道。

“司令官。”他纠正说。

“司令官，你愿意让我做您的船员吗？”她问，“旅途会很长。”

“你怎么知道？”

“从他们装船的食物和水量看出来的。”约丹扫视着她皮肤上的符咒，她看出他认识它们。他的嘴角露出一丝不易察觉的笑容。她正想再问一次，就和其他奴隶一起被推到了甲板中央。一队船员开始为他们解开手铐，指示他们走到楼梯下的货舱里去。她的手自由了。

“把这个人留给我。”约丹说道。

他给她舀了一勺水，她狼吞虎咽地灌下去，差点吐出来。他又给了她一勺，这次她强迫自己慢慢喝完。

“泰，把她带到我的舱房去，别让她乱动。也别伤着她。”

她想躲开泰的大手，可那只紧握她胳膊的手虽然没有弄疼她，却异常有力。

泰雕像般地站在约丹那间闷热的客舱里，一直握着纳吉雅的胳膊。虽然他尽量耸肩缩背，肩膀还是紧挨着天花板。纳吉雅精疲力尽。她面前有张床，这是自她被抓后见到的第一张真正的床。可是泰死板地遵守着约丹的命令，始终握着她不动。

她身处一张复杂的贩奴交易网中。在中世纪的欧洲，由于奴隶买卖昌盛无比，罗马教会发布了禁令，基督徒不得拥有基督徒奴隶，也不得把他们直接卖给非基督徒。不过“直接”这个词留出了可乘之机。于是在过去的两个世纪里，拉特纳犹太人和伊比利亚犹太人的商队，不远万里地将穆斯林奴隶从西北贩到基督教欧洲，又从这里将基督徒奴隶贩到穆斯林国家去，尤其是奥斯陆帝国。成千上万的奴隶，主要是妇女、男孩和女孩，经由黑海上的卡法港被转运到世界各地。这是世界上最大的奴隶市场，由意大利城邦热那亚控制和经营。14世纪文艺复兴时，意大利各城邦是西欧最庞大的人口消费地，每个时髦家庭都至少要拥有一个奴隶装点门面。

装船工的呼号声终于弱了下去，脚下摇晃的地板告诉纳吉雅，船已起航。她试着跟泰说话，试着读他的想法，而他完全是铁板一块。她就像被绑在一个柱子上，这在她沦为奴隶以来已屡见不鲜。

约丹进来了。“你可以放开她了。”泰松开手。约丹尽力掀开纳吉雅的衣领，去看她肩膀上的符咒，又转过她的身子检查别处的。

“你是哪种巫师？”他在她身后问道，手指正摸索着一个符印。

“只是个疗术师。”

约丹走到她侧面检查起来。“我知道你会撒谎，不过下次你再这么做，泰会把你丢到底层的货舱，回到其他奴隶那儿去。”

她思考着什么答案能救自己的命。既然他如此认真地研究她，她决定说实话。“我能看出人心底的黑暗和光明，我能操纵这些力量。”

“还有呢？”

“我会一些魔法，尤其对我解读过的人管用，有时我能预知他们的命运。”她补充说。

“在你身上绘符的人并不那么了解你。他们肯定是把自己知道的全画上去了。究竟是哪个符咒限制了你的法力？”

她引着他的手。“在我心脏旁边的这个。”

“他们漏掉了什么符咒？为什么你还能读出人心？我看出你想绕过我的保护咒。”

“他们应该把象征‘黑夜’的符咒画在这里。”她摸着自己的前额。

约丹从旅行箱里取出一小瓶格拉巴酒，为她擦掉了身上的符咒。她并不曾奢望如此。

“你相信你在我身边安全？”她问完就立刻后悔了。

“要是我连个巫师也对付不了，特使也不会让我当司令官了。而且，只要你敢对我或我的人施法术，泰就会捏碎你。听见了吗，泰？”

泰贴着天花板转过头来看着她。“泰会明白。泰会按照约丹说的做。泰会杀掉巫师。”

“他贴得可真紧啊。”她说道，此时约丹已将她身上的符咒清理干净。

“很多时候，他让我想起小时候养过的小狗。”

“你的小狗长成恶犬了吗？那是泰让我想起的动物。”

“不，它没长大。第二次瘟疫爆发时我们都快饿死了，贸易不通，商店关门，地里完全没有收成。有一天我出去讨饭……呃，偷吃的，可父亲不相信我能弄回食物，于是他趁着我离开吃掉了我的狗。从那以后，他只能自己出去讨饭了。”

纳吉雅沉默不语，约丹在自己的锡制高脚杯里倒上了葡萄酒。“你从哪儿来？”他问道。

“大马士革。我出生在一个商人家庭。侵略者进城时，把我祖母带进了西北山中的家族墓地，他们抓住了我和我的两个妹妹、一个小弟弟，杀掉了其他人。我的一个妹妹和弟弟就在下面的货舱里。”

“我很惊讶他们没把你烧死。”

“比起折磨我取乐，他们更在乎钱。他们把我卖给梵蒂冈的奴隶贩子，在那里等着我的肯定有火刑。我在去罗马的路上被运来这里。来到这儿而不是罗马，是我的运气吗？”

“我们走着瞧吧。如你所说，这趟旅程很长。除了意大利语和阿拉伯语，你还会别的吗？能阅读的语言？”

“希腊语和法语。还有点别的。”

“能读亚拉姆语吗？”

“它和阿拉伯语很像，我能用自己的办法阅读。”

约丹从他的魔典里翻出最厚的一部，那是部他读不懂的书。“告诉我这本书说了什么。”

黑色皮面上自右及左烫了一行亚拉姆语金字，虽稍有褪色，还是清晰可辨。“《何诺宣誓之书》。”她大声读了出来，“有个叫何诺的希腊男巫，他是数学家尤克里德之子。这一定是他那本魔典的译本。”

“你怎么知道这些？”

“我生来不是男孩，不是家里的长姊，也不是最漂亮的女儿，于是就有了充足的时间学习。我父亲是个疗术士，并且藏书量惊人。”

“你结婚了吗？有孩子吗？”

“都没有。我得等上面的五个姐姐先嫁掉。”

约丹将另一个酒杯斟满递给她：“上岸后，你要服侍我。”

“好的。需要我现在服侍你吗？”

“你能把这本书翻译出来，就是对我的服侍了。开始吧，你可以待在我的舱房里。”

“您真是个怪人，司令官。”

约丹在一张小桌子边坐下，挥手让她也坐过来。“叫我约丹吧，简单些。”

在约丹的舱房里度过四周后，纳吉雅的皮肤恢复了健康的橄榄色。柔和的月光透进了舷窗，她把头伸出去，呕出了胃里所有的东西，然后缩回身子。船驶近爱尔兰后，风浪越来越大，既颠坏了她的胃，又搅乱了这美好夜晚的兴致。她掀开水桶盖，用锡杯装了杯水，漱漱口吐出窗外，又倒下些在手上，擦了擦脸。

约丹躺在狭窄的铺位上，看着月色下纳吉雅身体的曲线。他记不起上次和一个女人待这么久是什么时候了。与她相处感觉真好。他认识的其他所有女人都讨厌他研究魔法，也完全帮不上他的忙。在驶向爱尔兰的这段旅程中，自第一天她吃力地将他从桌前拖到床上起，他们一直在研究和实验那些书里的魔法。他知道，她一直急迫地想依附于他；但同时，只要情况允许，她便乐于沉浸在迷狂的激情中，这减轻了些许她的可疑之处。

“明晚就是满月了，”她说着，爬上了他的床。“我们也要到岸了是吗？”

纳吉雅用身体撞着他，约丹只能勉强说出“是的”，直到她让两人都心满意足。

纳吉雅精疲力尽地躺在约丹身边。他用胳膊揽着她的腰，自己枕在纳吉雅的胳膊上。“明天你会把我留下，还是卖了我？”她问。

约丹笑了，“我相信你知道答案。”

她用手抚摸着他的脸：“不然让我妹妹也来陪我们？”

“这张小床容不下第三个人了。”

“她是很棒的厨师。你回家后会需要她的，我小弟弟的马术很厉害。他能用马语和它们说话，会是个好帮手。有一天他能当上你的马队主管。”

“不，”约丹回答，“我对他们另有安排。”

“我会让你把我留下，”纳吉雅说，她的声音柔软诱人，“只要你也留下我的妹妹和弟弟。”

“让我？”他大笑起来，“你属于我。”

纳吉雅瞥了他一眼，全身顿时一丝温柔也无。

“明天没有我保护的话，你不知道自己会遇到什么。”他说。

“我遇到什么不重要。”她扭着身子趴在床上，把约丹推到一边。

他叹了口气站起来。他打开箱子，在衣服里面摸索了一阵，翻出了小刀和自己藏好的一袋桃子。约丹在床边坐下，拿出一个桃子细细检查着，然后切掉了腐烂的部分，又找出一条蛀虫，他把桃子在舷窗上轻叩了几下，虫子不见了。他从其余完好的桃肉里切下一片，递给纳吉雅。约丹知道，就算她把自己的脸埋在毯子里，也一定能闻到这稀罕的水果香味。

她转过身来，他把那片桃子放进了她嘴里。“明天，”他说道，“你一整天都要待在我的舱房里。你弟弟妹妹的去向我不能保证。”他把剩下的桃子都喂给纳吉雅，然后盖上毯子，躺在她身边睡着了。而她并没有。

8

爱尔兰西南岸边

次日清晨

天一亮，约丹就出现在柯克船的船甲板上。作为一艘常见的远航商船，它更重视功能而非舒适度，往往造价便宜，易于搭建。设计上很简单：船体由橡木铺板叠搭而成，沟槽处用焦油泥填满缝隙，然后铺上木板条，再用锻铁铸钉加固。单桅杆支撑一面横帆的船只最易于驾驭，配上四名船员就够了，哪怕碰上风大浪急的海面也不怕。船尾上是一座小小的U型上盖，里面有三间舱房，分别住着船长、约丹和鲁阿克王子。其他船员睡在甲板底下的公共舱房里，旁边是厨房和装着奴隶的货舱。泰睡在甲板上。

船已经不再颠簸了，似乎要进入一条从汹涌海面贯穿而出的平静峡湾。鲁阿克站在船首斜桅上吟唱着。约丹听不懂歌词，但知道是一首献给风和水的诗。船长站在船舵旁边。

“早上好，船长，还有多久能到？”约丹问。

“早啊，司令官。王子告诉我，如果继续沿着这条航道开，我们在中午前就可以穿过这片水域，黎明前抵达大斯凯利格岛。”

达里扶着他骨瘦如柴的妻子走出王子的舱房。他领着安妮慢慢走向围栏，铺开一条毯子让她坐下。她在阳光下靠着船边，闭上眼睛。

鲁阿克挥舞手臂结束了诗咒的吟唱，他爬下桅杆落在甲板上，轻松地把安妮拽起来，好像她还没有一只羊羔重。他扛着安妮又走回了自己的舱房。达里什么都没说。

约丹向船外望去，面前这条看似平静的魔法峡湾两侧围着三十英尺高的巨浪。他不由得想到上一次试图攻打爱尔兰时的惨败。221年前，罗马和英国的船队就是在这片海里折戟沉沙。当时彭布罗克伯爵，也就是“强弓”，以为自己能为英格兰的诺尔曼人国王攻下爱尔兰，当时那位过分乐观的教皇已通过《祝祷书》将整个爱尔兰赐予了英格兰。

*到底是什么造成英格兰的惨败？*约丹想，*还有为什么没人幸存？*这片湍急的环流不可能是打败他们的唯一原因，不然肯定会有受损的船只和士兵回到英格兰。*爱尔兰究竟用了什么魔法，难道全是弗魔安一手所为？*约丹要确保同样的命运不会降临在下一支英格兰船队上，因为只要特使能让那位反复无常的国王同意派船队前往，他就肯定会在其中一艘船上。

达里仍在围栏边沉思着，约丹走到他身边，问道：“听说你的祖上是强弓的司令官？当时幸存的人多吗？”

“不多，”达里没有抬头看约丹，“爱尔兰人把他们当奴隶卖了。”

“没人试图逃回英格兰吗？”

“事情不是那样的。那些人最后确实重获了自由，但他们已变得比爱尔兰人更爱尔兰人了。”

“在我们带下支船队来之前，我要知道整个故事，船队当时究竟遇到了什么？”

“我不在乎你们的战事，”达里恶声恶气地说，“我只关心鲁阿克在对我老婆做什么。”他走开了。

……

约丹的船穿过了那片巨浪。太阳下山时，约丹发现天边有一群躁动翻腾的白色三趾鸥，几分钟内，大斯凯利格岛就出现在海平面上，样子像是一个巨人参差不齐的牙齿。

这座不毛之岛位于距爱尔兰西南角八公里的海上。在决定将斯基格树精之王凯拉什关押于此时，这里已经有超过200年没人住过了。岛上仅有的建筑是一座小码头，以及寥寥几幢蜂巢状的石头房子。房子是当年逃至此地的基督教修道院的人建起来的。不过，他们在这里拼尽全力的顽强抵抗，不过是给凯尔特人找了些乐子，这徒劳的反抗终于在12世纪被彻底放弃。留下的房子被三趾鸥占据，它们将粗拉拉的鸟巢建在陡峭的石面上，用自己的粪便固定住。

约丹觉得神清气爽，感知力前所未有地敏锐。这不能说只是因为与纳吉雅相处了四个星期让自己精神放松，其实一进入爱尔兰海域，他的觉察力就与日俱增。不过现在没时间思考原因了。他向船头鲁阿克站着的地方走去。船长也跟过来，把大副留在舵轮那里。

“计划是什么？”船长问道。

“我们首先要安全渡过弗魔安的领地。”鲁阿克说。

“一种海中精灵。”约丹解释说。

“不完全是，”鲁阿克说，“他们是埃利奥德的一种，要凶残得多。他们曾一度统治了爱尔兰，直到希族在第二次马格特瑞德之战中来到这儿，把他们赶进海里。他们现在生活在大洞穴中，只能从水底进入。”

“他们和希族结盟了？”船长问。

“弗魔安和希族是有盟约，不过希族的两大统治者，德瓦士族和艾德恒族变得越来越贪婪，就像凯尔特人一样。他们为维系协约赠送的贡品日渐减少，就像保护岛屿的协约本身那么单薄。我已经给这片海里的弗魔安首领捎了话，只要他让我们平安渡过，我就奉上他和其他弗魔安从未见过的人类奴隶。”

“他们答应放我们渡水了吗？”

“还没有接到回复，”鲁阿克平静地说，“但我充满希望。”

“只要我们成功通过，”约丹说，“岛屿本身的防御不堪一击，只有几个凯尔特人和大概十名希族。最多还有五个火灵，他们和斯基格树精彼此憎恶。我们在黄昏时就能上岸了。”

船长抬头看着天空：“云层更厚了。没有月光我们很难靠岸。”

“跟着我的方向走就行了，你会平安登陆的。”鲁阿克说。

“我们一靠岸，泰就上去把国王救回来。”约丹补充道。

船长瞧着甲板上这个雕像一样的大个头：“他能打得过火灵？”

“泰不是普通混血，”约丹说，“一半是巨人血统，这很明显，但我不清楚另一半是什么。无论他的父母是谁，他们的结合都不完美，泰生下来就是怪胎。他自己并没有魔力，正相反，他就像某种黑夜里的东西，能把所有对他施的法术都吸进体内。”

在距离大斯凯利格岛四分之一公里的地方，船迎风停住，抛下了锚。太阳消失在云层之后，傍晚提早来临了。

约丹回到自己的舱室，为会见弗魔安之王做准备。有些礼仪必须遵守，哪怕是为了另一位魔族之王。他脱掉羊毛外套，换了一件红色丝质上衣，把佩剑和匕首戴在银腰带上，又披上一件镶貂皮的黑色羊毛斗篷，出访的行头就齐了。没一样能透露出梵蒂冈的标识。

他做这些的时候，纳吉雅一直坐在地板中间，闭着眼睛轻声吟唱。“在跟你的神祈祷吗？”约丹理了理斗篷，终于问道。

纳吉雅睁开眼睛。“我在为我的妹妹和小弟弟施保护咒。”

“要是我不能从弗魔安手里把他们救出来，什么法术也没用。”

“那我就要施个给你好运的法术了。”

“别那么做。什么也别做。如果被鲁阿克感觉到你用了法术，他会知道我在搞小动作。”约丹轻抚着她的头发。

“就待在这儿，相信我会尽力的。”他拿起帽子去了甲板上。

约丹朝达里走去，一边问道：“你妻子怎么样了？”

“你觉得她能怎么样？”达里的声音里带着怒气。

“你怎么不带她出来？海上的空气对她有好处。”

达里瞟了鲁阿克一眼，后者正站在右舷栏杆处远眺着大斯凯利格岛，于是达里走向了鲁阿克的舱室。

船员们此时将剩下的十九名奴隶带上了甲板。他们被剥光了衣服，双手紧缚。约丹走到他们中间，奴隶们因寒冷和恐惧而颤抖着。他指了两个鲁阿克可能最喜欢的女人，又挑出另外四个，其中就有纳吉雅的妹妹和弟弟，他小心地保持漫不经心的样子挑选着，没有回头看自己舱室的门，他知道它虚掩了一道缝，刚刚够纳吉雅向外窥视。

“把这六个带回下面，”约丹对两个水手下令说，“让他们穿上衣服，保证安全。”

“司令官约丹大人，”鲁阿克突然转过来问道，“你在干什么？”

“把我们的存货都亮出来可不明智。将来没准还有其他东西要交易呢。以十三个人开始是个好报价。”

“这不是希族行事的方式。”

“你说过弗魔安不是希族。”

“比起人类，他们更像希族。”

“还有，很快你会需要一个新旅伴。”约丹把视线移到达里的膝上，安妮那双瘦削的手正搭在那里。鲁阿克也跟着看过去。

鲁阿克朝约丹点了点头。“学学你的方式对我有好处。我们先试你的方案，不过其他奴隶也要准备好。”他望着这群吓坏了的赤裸着的土耳其人：男人、女人和孩子。“好像你落下了一个比较漂亮的女人。”

“谁知道弗魔安觉得什么样的女人漂亮呢？”约丹回答。

“我们会知道的。”鲁阿克说。

一双湿漉漉的、绿皮布满鳞片的、长着爪状指甲的手抓住了右舷的栏杆，手指间显然还连着一层薄薄的蹼。手指的主人猛地爬上了甲板，然后是另一个，越来越多，直到整个右舷一侧都挤满了这种怪物。他们裸露的皮肤以不可思议的速度干透了，显出一种近似人类皮肤的灰褐色，身上的鳞片紧紧绷在一起，几乎看不出来。他们甩了甩肩上黑色油腻的头发，抖出偶然沾上的小蟹和海藻，再将它们甩到船外。

一个高大的男性弗魔安向前几步，厉声下了什么命令，露出一排小小的、鲨鱼般的牙齿。其他弗魔安自动分成两列，低头鞠躬，一个更加高大的弗魔安从他们留出的空隙中爬过栏杆。他只有一只眼，却有正常的两倍大；另一个眼窝深陷，里面空空如也。

“这便是统治这片海域的魔族之王。”鲁阿克对约丹耳语道，“为了显示他的特殊及其统治的合法性，新王就任时要在众人面前挖去自己的左眼。一段时间后，另一只眼就会膨胀并拥有魔力。一个国王在位时间越久，他的眼睛就越大。”

那只巨大的眼睛转向鲁阿克，他正在鞠躬，用弗魔安那种低哑的喉音表示问候。在他的示意下，船长托着一件黑貂皮斗篷走上前来，献给弗魔安之王。两个显然是侍女的弗魔安接过礼物，把它围在了这位魔王赤裸的肩膀上。魔王跟一个男性弗魔安低声咕噜了几句，后者便向鲁阿克赠送了一枚巨大的贝母胸针。鲁阿克表现夸张地摘下自己的银质胸针，丢出船外，用这枚礼物重新别好自己的斗篷。

接着，鲁阿克和弗魔安之王开始清点奴隶，相互讨论着。约丹听不懂他们的话，不过很明显，鲁阿克在解释这些祭品有多么珍贵。魔王走近一个皮肤最黑的女人，她缩起身子哭了。魔王把她的胳膊上下摸了一遍，又回到鲁阿克身边，两人一起哈哈大笑。

魔王打量着那群挤作一团的奴隶们，抓着那黑女人的脖子把她拽出来，交给自己的一个侍从。随着他用喉音发出的命令，其他所有颤抖、哭泣、求饶的奴隶们都被一个个扔出了船外。两位侍女取下魔王肩上的貂皮斗篷，折好放进一个油布袋里。魔王和鲁阿克简单说了几句，互相略欠欠身，接着便跃出栏杆，最后一个侍从带着黑女人也跟着跳入海中。

“他们会怎么处置那些人？”船长轻声问。

“挑出几个作为性伴和奴隶，吃掉剩下的。”约丹回答，低头看着那些魔族游向海洋深处。

阴云密布的天空隐去了最后一缕阳光。“船长，朝码头的方向起航。”鲁阿克命令道。

“弗魔安同意了吗？”约丹问。

“是的，明天日出前我们可以平安进出。他们也允许我们登陆。看来魔王最喜欢的是那件斗篷，他说这有助于他登上弗魔安族的最高帝位。”

“如果他成功了，会是个好盟友。”

“他渴望带领部下重返大陆。我提出只要把凯尔特人赶出爱尔兰，弗魔安就有机会回去。他提议继续深入讨论，不过前提是我们再献上一批奴隶。”

约丹朝鲁阿克微微一笑。“要是我来会谈，结果不会这么成功。”

“不错，我对他们可是非常诚恳。”鲁阿克没有回以微笑。

大斯凯利格岛上突然亮起火把，火把快速移动着。

“他们知道我们要来。”船长说。

“可他们没料到我们能通过弗魔安的地盘，”鲁阿克说，“这让他们措手不及。我们还有多久靠岸，船长？”

“十分钟。不过天太黑了，很难泊船。”

“不用担心，按我的指示走。”

昏暗中一个模糊的影子走进船尾的舱室。约丹走到纳吉雅身旁。“我们的旅程还很长，我会继续想办法把你的妹妹和弟弟卖出去，否则鲁阿克会吸他们的血维生。”他轻轻说道，脸始终朝着船身行进的方向。他能感到她的手滑向他的脖子后面，她的嘴唇轻擦过他的耳朵。

“鲁阿克活不过今晚。我已经预见了。”

“去看看你的弟弟妹妹怎么样了吧。”约丹说着，转身走向泰。

船舶在一片灰蒙蒙的海水中驶向黑暗的大斯凯利格岛。鲁阿克走到约丹和泰身边，他神情亢奋，脸颊沾上的新鲜血滴还未擦去。“我父亲必须由我亲自去救。”他声明。

“只要您愿意。”约丹说，心里想着纳吉雅的话。从刚才听到的水花声响来看，他猜鲁阿克吸血时兴奋过头，安妮已被他彻底榨干，当作废物扔到海里去了。

约丹对泰说：“护送鲁阿克去找凯拉什王，确保他们平安回到船上来。有任何人想阻拦你或是跟踪你，干掉他。”

“泰听从约丹的话。”

约丹拍拍泰的背：“保持警惕。别让自己受太重的伤。”

在鲁阿克简短地一声令下，船帆落了，船只在水上滑行着。约丹能感觉到岛屿就在眼前。

鲁阿克面向黑暗召唤：“空中显光。” 前方二十英尺开外的石码头上方，凭空出现了十二束精灵之光，照出了一队全副武装的凯尔特人。霎时，一道绿色从他们身后一闪而过，这些凯尔特人被一波弗魔安尽数扫入海中。

伴随着轰鸣声，他们的船靠上了码头，驶入精灵造出的光晕里。黑暗中立刻射出一排箭。泰拨开了一支射向约丹胸前的，然而大副和两名船员中箭倒下了。

“请灭掉些光，鲁阿克！”约丹喊道。光全灭了，只留下一束飘

荡在码头上，现出一条通向岩壁的小路。他们的船再次没入昏暗中。

泰拔掉肩上的一支箭，踏上了码头，然后紧跟在鲁阿克身后走入小路。一股橘色的火焰从暗夜中喷出，照亮了两人的身影。泰走在火焰和鲁阿克之间。火苗在泰的皮肤上闪耀着又熄灭，虽然没有燃起来，但从泰的吼叫中还是能听出灼烧的痛苦。黑夜再次将两人吞没。

“那是火灵，”约丹对船长解释说，“林中希族无法抵御他们的法术，但那对泰不起作用。”

一阵闪电照射出蓝色的光芒，有绿色的火球在空中一闪而过，瞬间点亮了岩壁。魔法火焰仍不断打在泰的身上，他哀号个不停。“德瓦士和矮妖精。”约丹说，用半着迷半忧虑的眼神看着。鲁阿克以不同姿势挥摆着左手，挡开不停飞向他的咒语。隐约能看到凯尔特武士的身影源源不断地跑来，挥舞着刀剑，又一个个死在泰巨大的手掌下。鲁阿克的右手持剑保持高度戒备，不过一直用不上。

一切又陷入黑暗，只能听到几声喊叫，偶尔有碎石从岩壁滚落海中。约丹觉察纳吉雅走近了，整个身子贴在他的背上，好像要寻求保护。他们一起默默看着夜空。“我把妹妹送进了船长的舱室，供他返程时享用。”纳吉雅说，“我告诉他那是来自你的礼物。”

“他相信了？从你口中？”

“当然。我给她洗了澡，梳好头发，只给她穿了条短裙就送进船长的舱室。他看起来迫不及待要把她藏进自己的房间，而她也确实立刻藏了起来。”

“很好。你的小弟弟呢？”

“洗了澡换了衣服，送去厨房削苹果皮，就好像他一辈子都在干这个。”

“也许正会如此。”

纳吉雅朝约丹靠紧了些，附在他的耳边低语说：“你感觉到了吗？”

“什么？”约丹也低语道。

“爱尔兰。我读了太多关于它的书，没有别的地方会如此相像了。”

“我跟你想的可不一样。”他们被突然耀眼起来的精灵之光打断了，亮光中鲁阿克沿着小路向他们走来。“鲁阿克还活着。”约丹说。纳吉雅没有回应。

鲁阿克在码头下站住了。泰和凯拉什也出现在亮处，走到他身边。没有希族或凯尔特人跟在后面。泰的手和胳膊上有些伤口，每道伤周围都起了一圈黑色的水泡，背上还插了支断箭。除此之外，他们看上去毫发无损。

“我的儿子，把你的剑给我。”凯拉什说。

鲁阿克鞠了一躬。“我的父亲。我的王。”说着，他双手把剑呈给凯拉什。“我把它献给您。”

凯拉什把剑在手里掂了掂，又检查了它的长度。“是把好剑。地精做的？”

“是的，父亲。由帕拉塞尔苏斯亲手锻造。”

“非常好。”凯拉什回道，朝泰点点头。后者的大手抓住了鲁阿克的头。鲁阿克的脸上显出惊恐的神情。“你被人类的血玷污了。”凯拉什说，“一旦你沉迷于此，就什么都会不在乎了。你对你的子民已经毫无用处，对我也是。”泰的手掌渐渐合拢，显出淡红色。鲁阿克瘫软在地。泰轻轻一踢，他的尸体便滑进了水中。

泰向约丹望了一眼，然后在凯拉什面前跪下来，“履行对泰的诺言。”他粗哑的嗓音里满是哀伤。

约丹一手紧握剑柄，另一只手放在船栏上。纳吉雅呼吸急促起来，用手臂揽住他的腰。凯拉什手起剑落，泰的头被割下来，滚到码头边。没了头的巨大身子仍跪在地上。海里溅起一声水花，那颗头似乎已掉入水中。有股黑暗的东西从他的脖子里涌出来，漫过了整个身体，溶解了它。凯拉什把剑丢到地上，看着那股黑暗将它也吞噬了。

“不！”约丹叫喊着，拼命挣脱了纳吉雅的胳膊，几步冲到码头上，他的剑已出鞘。约丹一把抓住凯拉什斗篷的领子，将剑抵在他的喉咙上。

“他一直很痛苦，司令官约丹大人，”凯拉什平静地说，血滴顺着他的脖子流下来。“而你让他去杀自己的族群，更是雪上加霜。他是半个希族。你不知道吗？他请求我解除他的痛苦。这是一种仁慈。”

“一种仁慈！”约丹冲着他的脸吼道，“一种仁慈？还是你怕我在船上一时兴起让他杀了你？”

“你听见他的话了。他不愿回到你身边。而现在，司令官大人，我们该出发了。爱尔兰本土的其他人要来追我们了。”一轮满月破云而出，银色的月光洒满了小岛和海面。约丹把剑放下。凯拉什登上了船。

约丹看着泰还未完全溶解的尸体，那摊黑暗的东西在逐渐蒸发、褪去、消失于风化的岩石后面。回忆猝不及防地奔涌而至，关于每个他爱过、又被瘟疫带走的人的回忆。熟悉的失落感再次袭来，他的灵魂像被一把钝刀又割去一片。只有暴怒一场才能将其平复。

纳吉雅在暗处一直等到凯拉什上船后才出来，走到约丹身旁。他一动不动。她弯下腰，用手舀起最后一块黑暗的东西，让它顺着自己的手指滑下去，她的手丝毫无损。

“我本来可以帮他的，”她说道，“要是我早知道他如此痛苦。”

“你该知道的。”约丹喃喃地说。

“我根本没办法读清泰的心，预知今天的事。他只是一片

空白。”

“你不是个好女巫，对吧？”约丹大步走向码头，希望在那儿找到什么人打上一架。他朝空中猛击了两剑，想象着自己砍下了凯拉什的头。什么都无法熄灭他脑袋里的怒火。凯拉什怎么敢从我身边带走泰！

纳吉雅碰了碰他的胳膊，说：“我们回舱室去吧。”

他握紧拳头，全力控制自己不去打她。“今天你弟弟妹妹活了下来，不代表我以后不会杀了他们，或是杀了你，”他咬着牙说，“我们结束了。”他把剑放回剑鞘，粗鲁地把她朝船只推去。她踉跄了几步，站稳后便爬上船。他跟在她后面走进了舱室。

“请让我——”纳吉雅先开口。

“去调一锅油彩，”约丹打断道，“我要封住你的法术，把你丢进货舱。”

“我们的命运已经交合为一了。”纳吉雅说。

“不要假装你能读懂我，预言我的未来。你只是想保命罢了。”

“开始是这样，不错，可是我们相处的这几个星期里，我已看到我们的未来注定要一起面对，不论将是什么险境。”纳吉雅取下约丹的剑，他没有阻止他。她把剑柄放在他手中，“要是你想把我送去货舱，不如现在杀了我更仁慈。可是你知道，这两者都会让你残缺不全。”

一个细弱的声音穿透他的愤怒，抵达了内心深处的某个地方：约丹清楚她说的是实话。他把剑丢到铺位上。“那就来深入地看看我，看看你请求陪伴的这个男人是什么货色。”他解除了自己的保护咒。

纳吉雅凝视着他的眼睛，他感觉到她已进入了自己。他的内心深处不再封闭，而是透出一道光，这种缺乏保护的暴露让他既温暖又恐慌。他控制着不把她赶出去，这只持续了一瞬间，感觉却像是过了一个世纪。她说道："你的一生都将游走在光明与黑暗势力的边缘。你接下来的每一天都注定要为此而活。我看不见你最终会站在哪一边。无数种可能交织在迷雾中。"她退出了他的内心，约丹突然感到一阵孤独袭来。

纳吉雅接着说："我无法预知你会在何时沉沦黑暗。我只看到自己能帮你。"她搂住了他，"你和我认识的任何人都不同。我迷恋你，只愿与你共度此生，直到命运将我们从这世上带走，不论何时。"

他身体里涌起一阵战栗，怒气渐渐消退。她是对的：前方的旅程他需要她，需要她的思想、她的爱抚、她的一切。他们拥抱在一起时，他能感觉到自己的身体一点一点柔软下来，随着船只扬帆起航的节奏轻轻摇摆。

9

英格兰，伦敦

1391年6月

马车缓慢而颠簸地走在伦敦拥挤泥泞的街道上，正为眼前棘手的会面而烦恼的特使顾不上抱怨。虽说约丹成功了，可特使要亲自去说服一个喜怒无常的国王出兵攻打一座岛，这座岛在过去的一千五百年间击退了每一位意图来犯的凯撒、教皇和大帝。特使向车窗外望去，考虑着要是自己没能取得理查德的支持，回到罗马后等待他的会是什么。不只是丢掉特使的职位，他可能会被宗教法庭处以残酷的苦刑。

特使把注意力转到乔叟身上，他坐在马车另一侧，一反常态地安静。“你对理查德提过任何有关梵蒂冈的事吗？”

“当然没有。要是把他惹恼了，他会砍了我的头。”乔叟回答，“你得自己去说服他。不过说实话，他不太可能会处死罗马派来的使臣。”

“希望不会，”特使回道，无法掩饰声音里的忧虑，“最好教教我国王最近的新游戏怎么玩。”

“理查德和他的消遣啊，”乔叟拉长了声音说道，思绪明显飘向了别处。“国王坐着沉思，前面候着一群朝臣、请愿人、客人，诸如此类。他会突然抬起头大吼一声。如果他看了你，你就得立刻

跪下来。跪慢了就要受罚，并且当场兑现。处罚会很痛苦的，或在经济上或在肉体上。这样的游戏能玩上好几个小时。”

“值得回忆的经历。”特使说。

“不过今天的游戏可不一样。我们不去王宫。国王在塔楼呢。”乔叟说，“别忘了，最近国王的敬称从‘陛下’改成了‘王家陛下’。要是说错了，即便是你也会受惩罚的。”

特使讨厌去伦敦塔。你永远不知道自己能不能出得来。“为什么要在塔里？”他问。

“由于拥护罗拉德邪教，约翰·科兰沃伊爵士今天要被处死。我相信，还有一个原因是他反对国王为维持宫廷的奢华用度而征收重税。”

“科兰沃伊可是你最亲密的朋友之一啊。”

“曾是最亲密的朋友之一。”乔叟紧紧抿住嘴唇，向窗外望去。外面开始下雨。特使几乎听不清他喃喃的声音，乔叟像在自言自语。“死亡是世间每一种痛苦的终结。”

他们不再说话，直到马车哐啷哐啷地走上通向伦敦塔门楼的鹅卵石路，越过护城河上的石桥，通过坐落在外围幕墙里的第二道门楼，穿过外院，又走进内侧幕墙里的第三座门楼，终于进入内院，那里有三顶天蓬矗立在警戒亭旁。

“这该死的雨，”乔叟说着，从马车里出来，“这下我们得等着了。”他带着特使在微雨中钻进了最大的一顶帐篷。帐篷上饰有国王的徽记，内廷官员们均聚集于此。乔叟和特使端了两杯葡萄酒走到天蓬边，人们正在那里查验即将为科兰沃伊行刑的刑具。

“被判死刑后，科兰沃伊曾向国王请求处以斩首刑。”乔叟说，“国王拒绝了。你看，这也是个游戏。要是罪人显示出直面酷刑的勇气，国王反而会赐他快速结束痛苦。”

特使思考着如何把今天的事件转为对自己有利的局面。如果策略得当，或许可以利用罗拉德邪教加强国王对自己的信任。罗拉德教派是公然对抗罗马教会的邪教，犯下了最渎神的罪行，他们竟然把《圣经》从拉丁文翻译为英文，这样就不必通过神父来解释上帝的旨意。更大逆不道的是，包括农民和骑士在内的一些秘密罗拉德派教徒甚至开始琢磨，他们其实也并不需要一位国王。

“国王是怎么阻止罗拉德教派壮大的？”特使问道。

“他命人不择手段地缉拿教徒，毁掉了所有已发现的《圣经》译本，”乔叟答道，“不过让人惊讶的是，事实证明他们会死灰复燃。”

*理查德可以做得更好，*特使心想，*他只需简单地宣布学习阅读是非法行为。*一套劝服理查德的说辞逐渐在他脑海里成型了。

“你的新司令官把凯拉什藏到哪儿去啦？”乔叟问。

“我安排他们去康威城堡了。”

“关于帕特里克的圣钟，奥尔西尼有什么新对策了吗？”

“没有，所以别提这个。”

“你为什么不干脆让船队带着所罗门戒指一起进攻？它有能力保护整个船队。”

“奥尔西尼绝不会让罗马缺少那枚戒指的庇护，我也不想让他那么做。主教大人清楚恶魔们始终对罗马虎视眈眈。”

雨停了，他们的交谈被号角声打断。一位王子领着皇家仪仗队走入内院，在场的人全部鞠躬行礼。这位24岁的王子是理查德乱伦下的作品——“黑王子”。走在他旁边的是表妹琼安，“肯特家的俏姑娘”，教皇已为他们两人赐婚。身材瘦高、肤色苍白而相貌英俊的理查德在天蓬前一张宽大精美的宝座上坐下。右手边就坐的是波西米亚的安妮，他的王后。他们是在安妮16岁时成婚的，至今已有9年，但安妮一直没有孩子。关于此事有不少传闻，而且流传甚广，而理查德却好像也并不在意。他更热衷的是与牛津伯爵罗伯特·德·维尔的床事，后者此刻正坐在他的左手边。不过，安妮仍

以钟情丈夫闻名，理查德对她也不错。这或许是由于安妮并不在乎他的怪癖，甚至还有传言说，她也加入了他们。

鼓声宣告了科兰沃伊的到来。由于死期将至，他并没有被上镣铐。三个人从仓库抬来了木柴，等待他检查。“优质又干燥。请把火烧旺些。”科兰沃伊用清晰响亮的声音说道，递给行刑官一枚金币，价值六先令八便士。接着，科兰沃伊摘下帽子送给其中一个抬木柴的人，把他的外套送给了另一个。他又向前走了两步停下来，脱掉了靴子，换脚时还微跳了一下，然后把它们送给了第三个人。他面带挑衅地光脚登上了通向警戒亭平台的五级台阶。

“乔叟，给我们介绍一下科兰沃伊爵士。”理查德用法语说道，目不转睛地盯着台上的行刑准备。

“被撒旦引诱前，他曾是个勇敢的骑士。”乔叟遵命答道，语气却带着讽刺。

“宫廷的一位勇敢骑士，”理查德微笑着向德·维尔重复道，“那么我们认为他应该英勇地死去。你怎么说，乔叟？愿意打赌吗？”

“我确信王家陛下永远正确。我从不敢妄想与您打赌。”

“哼。当了国王就没人会跟你打赌了。好啊，那就开始吧。”他微微挥了挥手，一支火把投进了柴堆，科兰沃伊已经躺在上面了。

理查德倾身向前，津津有味地看他的祭品强忍着烈火的灼烧。当科兰沃伊终于难耐痛苦开始拼命挣扎时，理查德鼓掌叫好，所有人马上跟着鼓起掌来。“不错，不错。我们本来还想看到更精彩的，不过这样也不错。我们让他再烧一会儿……”他说，“好了。队长，你去帮帮那个可怜人吧，他的罪已赎清了。”

护卫队长用一柄长矛迅速刺向科兰沃伊，结束了他的痛苦。外套残片的气味从浓烟中飘了出来。

理查德从座位上站起来。“我们离开这股恶臭吧，”他说，

“安妮，你回宫去。乔叟，我们去会谈室与梵蒂冈特使见个面。德·维尔，你跟我们一起。”

聚集的贵族们也都站了起来。这次的鞠躬礼，他们行得比刚才更深、更久。

德·维尔跟着理查德、特使和乔叟走进相邻的一幢房子，来到一间长长的、饰有深色木板的房间，各个角落里都点燃了壁炉，烧得整间房子温暖宜人，这让德·维尔很是惬意。刚才的行刑太冷酷了。

“都退下。”理查德对侍从们下令道。他大步走到一张盛满食物的桌子前，撕下几块烤鸡胸肉塞进嘴里。

德·维尔向杯中倒了葡萄酒，放在正吃得开心的理查德旁边，然后转向特使，“米格里奥拉蒂特使大人，王家陛下欢迎您。您独自一人来到伦敦，肯定有重要的事。”

“威胁伦敦和至真教会的不止有罗拉德教派一个。”特使说道，“爱尔兰基督教会在英国和整个欧洲的势力也在不断壮大。它和阿玛关系密切，并不听命于罗马。”

“你们有自己的雇佣军。把欧洲大陆的雇佣军先解决了，王家陛下便会考虑为你们干掉英格兰和威尔士的雇佣军。”

“雇佣军只是问题的一小部分。就像罗拉德教派一样，他们的思想才是最可怕的。就在我们谈话的时候，爱尔兰教会和它的凯尔特同盟正到处散布异端邪说。攻击欧洲和英国的雇佣军只会让他们愈发勇敢。”

德·维尔看了一眼理查德，后者仍在专心撕扯着盘里的食物。*杀人总是让我的国王胃口大开。*德·维尔想着，自己也有了食欲。他想赶紧结束这无谓的谈话，“那么教会有什么建议呢？”他问道。

“最关键的是请王家陛下出兵爱尔兰，从根本上摧毁爱尔兰教会。”

理查德突然爆发一阵大笑，又咳嗽着，一块嚼了一半的鸡肉正喷到特使的脸上。他把嘴里剩下的食物吐到地板上，弯腰拍着大腿咳嗽了两声，然后又笑起来。

“教会疯了，”他说道，“他们曾用诺尔曼人试过这事儿，结果一败涂地。哪怕是罗马教会最昌盛的时候，也没打败过爱尔兰。”理查德用手背朝特使挥了挥，“会面结束了。”他说着，眼睛转向德·维尔。

“如您所知，米格里奥拉蒂特使大人，”德·维尔说道，“王家陛下一直是教会的忠诚支持者，不过就您的建议来说，明显是不可能的。”德·维尔伸直手臂，像是为特使指引离开的路。

“如果这并非不可能呢？”特使反问，他站着没动，“如果梵蒂冈保证您可以平安登陆爱尔兰海岸呢？这对王家陛下的帝国版图又能带来多大好处呢？”

德·维尔在注意到“帝国版图”这个词时哆嗦了一下。这是在暗示理查德此前进攻苏格兰的溃败，还有从法兰西的撤退。提到此事对任何人都是危险的，而梵蒂冈却惯于这么做。德·维尔放下手臂，眯起眼睛说：“教会也曾这么对强弓保证过。”

“并没有。教会只是允许他去。”特使坚持道。

“教会如何认为这次的结果会有不同？”

“当年，强弓只是由一位被罢免的伦斯特国王领路，一位甚至管不了一个地方小国的凡人国王，一个人类。”

特使直接面向理查德说道：“王家陛下，您的军队将会由一位强大的希族国王领路，他是林中希族、斯基格树精之王。他有能力让船队平安登陆，他的部族也将与您的部队并肩作战。”他又介绍了关于艾丝琳的遇袭和安雅心脏的毁灭。

就在特使栩栩如生地描述着对凯拉什王的救援行动时，理查德从椅子上站起来，砰的一声把酒杯推翻在地。“就算我们平安着陆

又怎样？接下来呢？”理查德咆哮着，先盯着特使，然后是乔叟。“你想再来一次屠杀吗？这就是你的计划？我们的队伍仍然要对抗其余的希族、凯尔特人和教会的联合部队。更别提那些可怕的弗魔安了。我们为什么要……帮这个忙？为了教会？乔叟，你是不是收了钱才把这个白痴带来见我们？”

“我心里从未有一瞬敢背叛王家陛下。”乔叟答道，脸上一副受伤的表情。

“我会知道的。那么你对罗马的疯狂怎么看？”

“我不敢放肆提出意见。我卑微的职位只允许我带尊敬的罗马特使前来面圣。”

“我还以为诗人能比官员勇敢些呢。”

“王家陛下，”特使插进话来，“就在您的海岸八公里外，爱尔兰兴起的可怕思想对贵国的威胁要远胜于对我的教会。罗拉德教派只不过为自己的教徒抄写了几本英文《圣经》，就已明显威胁到了您的权威，这一点您已经感受过了。想象一下，如果您的子民全都能自己阅读《圣经》会是什么样。爱尔兰教会已经在为每个人提供教育了，包括妇女和奴隶。

“像罗拉德教派这种组织可以简单便宜地印制书稿，如果农民们读到这些书里关于君权神授的观点会怎么样？哪怕是现在，东方人的印刷机器已经相当完善，不需要抄写员，一天就能印出几百本完整的书籍。阿拉伯人利用水力作坊，已有能力大量制造比牛皮纸便宜得多的纸张。

“我们会宣布那些是非法读物，”德·维尔说，“教会可以宣布，只要拥有一本就是犯了不可饶恕的罪行。”

“书是很容易藏起来的，”特使回道，“要禁止的是识字本身。这是一种神圣特权，只能由神父、贵族，当然还有国王享有。谁控制了读写，谁就控制了历史，乃至未来。”

“那么我在本土境内禁止它就够了。”德·维尔说。

“不可能，”特使申明，“正如罗拉德教派一样，只要爱尔兰教会还在传播异端思想，贵国就不可能独善其身。爱尔兰教会甚至还支持凯尔特人的邪佞作为，他们被允许通过自身努力提高地位。事实是，上帝决定了每个人的地位，从他出生起就注定了。爱尔兰的布雷亨法律基于的原则是：‘人不是由其出身决定的’。”

“只要我还是国王，这种事就绝不会在英格兰发生。”理查德断言道。

“您的统治会很长久，王家陛下。不过要是这些思想持续撒播呢？您希望今后的生活就是镇压一次又一次暴动吗？我肯定您已经意识到，爱尔兰教会是凯尔特人自由选举国王做法的支持者，甚至可能是推动者。如果您的贵族们接受了自己可以被推上权力宝座的念头，哪怕不是真的成功，都将对王家陛下您带来持续的困扰。”

“嗯，”理查德咕哝着说，回到了餐桌边。“我会认真考虑你的话。”

特使朝理查德的后背鞠了躬。

“您会在伦敦待很久吗？”德·维尔问，引着特使和乔叟走向门口。

“我会在西敏寺再住两天。我知道教堂就要完工了，教皇大人迫切地希望我去巡查一下。”

把他们送出房间后，德·维尔回到理查德身边。国王不再吃东西了，而是靠在桌边沉思着。“你怎么看，我的朋友？”理查德问道。

“如果我们真能拿下爱尔兰，”德·维尔说，“想想我们能增加多少土地和收益。这对您的国家大有好处。那些有关苏格兰和法兰西的不幸记忆很快就会被遗忘的。”

“不错，”理查德说，“而且一场新战争能让贵族们拿到新领地，这样他们就不会再对税赋发牢骚了。”

“还有，如果罗马教会秘密资助我们作战，所有的税赋都将直接充实您的国库。”德·维尔说道。

“如果真能拿下爱尔兰的话。”理查德拿起一盘用彩色糖块和杏仁酱雕刻成的微型水果，递给了德·维尔，“去查明有没有这个可能。”

10

英格兰，伦敦

同一天

德·维尔端着那盘彩色糖制水果穿过伦敦塔的内院，注意到科兰沃伊的尸体仍躺在余火上冒烟，头却不见了。他知道那颗烧焦的头颅已被钉在了外面的门楼上。

德·维尔走进一幢低矮的、没有窗户的房子，对那个坐在里面的看守，只简单地说了句："第三间牢房。"德·维尔从口袋里掏出一串钥匙，拣出一把递给那个人，然后跟着他走下一段短台阶。周围有股腐臭味儿，德·维尔从袖子里抽出一条紫罗兰香的手帕捂住鼻子。

看守打开牢门，将手中的火把放进屋里的墙上托架里，把钥匙还给德·维尔，一言不发地离开了。闪烁的火光昏暗不明，刚够看清一个老人靠在最远的墙边坐着，身上只围了条破烂肮脏的缠腰布。他的双腿已被齐膝砍去，血肉模糊的身体肌肉已萎缩，可以看到骨头上被穿进一圈铁环，一条铁链将铁环的另一头固定在牢房地板中央的一个托架上。

德·维尔把盘子放在石头地板上。听到声音，犯人把脸转过来，嗅着空气里的味道，拖着铁链爬向德·维尔。摸到盘子后，他拿起一个凑近鼻子，又小心地尝了尝味道，然后让自己倚在门边的

墙上。

“糖，我最后的乐趣啊。”奥伦说，把脸对着德·维尔的方向，好像他还能看见似的。他的脸上原本是眼睛的地方如今只有两个萎缩的黑洞。“你想要什么？”

***

公元60年，也就是一千三百多年前，在威尔士的安格尔西岛上，奥伦紧紧靠在作为拐杖的橡树枝上，闭着眼睛竭尽全力赶走身上一阵阵袭来的剧痛。他终于恢复了精神，回望着自己的故乡。一股股浓烟从烈火中升起，罗马军团正在焚烧神圣丛林。在他身后，太阳刚要落山。

黎明好像是一个世纪以前的事了，那时的他和如今已死去的父亲站在狭窄的海峡边，这条海峡只有一条河水宽，却分隔了安格尔西岛和威尔士本土。那是奥伦生活的第一个世纪，他还非常年轻，头一次参加战斗，满怀激情和自信。他骄傲地紧握父亲为他做的新刀，迫不及待地盼着罗马人从海峡对面出现。

他来自博巴查德家族，是威尔士精灵族妖精的制刀匠。他们与大部分妖精族一样，与不列颠的德鲁伊建立了同盟。这些德鲁伊是被罗马入侵者赶出英国本土的。在此后的二十年里，这种同盟关系只限于岛内，罗马也未予干涉。直到布狄卡王后率领不列颠部族起义，将伦敦二十年苦心经营的商业集群毁于一旦，方唤醒了睡狼。罗马派出武力报复性地摧毁了布狄卡的军队。罗马的司令官苏埃托尼尔斯刚集结了足够的人手，便决定彻底消除烦人的德鲁伊，以及他们要独立于一切中央政权的妄言邪说。

那天清晨，奥伦与他的父亲一起站在茫茫的妖精军队中。当他看到第14支和第20支整编罗马军团以密集的队形出现在海岸对面时，他感到自己的喉咙里有种抑制不住的兴奋。在万发箭雨的掩护下，欧洲的巫师、埃及的术士，还有几个德鲁伊叛徒躲过了妖精族的魔法。罗马军团将万里迢迢带来的驳船用绳索连接成桥，顺利渡过了海峡。大军如潮涌而至，瞬间冲垮了妖精和德鲁伊的联军。

一支短矛和一枚罗马重标枪，正中奥伦的膝盖上方，击碎了他的腿骨。奥伦的父亲从一片混乱中转身来帮他，却在背上中了两箭，跌倒在地。

奥伦从地上捡起一根粗壮的橡木枝，支撑自己站起来，蹒跚着走向东北方一公里外的切利·杜精灵之丘，希望通过它进入中央王国。然而罗马军团已阻拦了他的去路。他们在入口处点起一把火，带足了锹和铲子去挖丘里的魔石。就他目力所及，第一块立石已被刨了出来，丢在路边。看到它，奥伦埋葬了最后一丝妖精族还能保住安格尔西岛的幻想。

他艰难地穿过岛屿，途经的每座精灵之丘都遭受了同样的厄运。军团开始纵火焚烧神圣丛林，他躲进树林的新计划也失效了。在火焰的掩护下，他蹒跚着残腿继续向西。他已无处可去。

站在一座低岭脚下，他回望着这片深爱的岛屿。他的身体早已虚脱，只是竭力攒起残存的力气。山岭那边，就是他们博巴查德家族的精灵之丘，他还没有看见罗马军团朝这里来。太阳就要落山了，这是他经历过最长的一天。他费劲地支起身子，伤腿拖在身后，他已没有力气抬起它了。此后的一个小时将决定他的命运。

他终于爬上山岭，登上了顶端，陡峭的悬崖下方便是海水。他惊恐地看到罗马军团的船只正停在海湾里。*所以他们能这么快抵达精灵之丘*，他想到。视线里没有军团的影子，他继续跛行。

奥伦走进了他的精灵之丘，它依然完好无损。*我会成功的*。他想。他能看到入口的边缘，用尽全力让自己挪动得更快些。突然，一个罗马士兵出现在丘旁，向奥伦冲去。奥伦定定地用眼神锁住他。那个人立刻开始观察翡翠绿色的草地，停下脚步蹲下来，以便

更近地研究它。作为博巴查德家族的人，奥伦的眼神是有魔力的。

第二个士兵出现了，也朝奥伦扑过去，可也立即停住，抬头欣赏起美丽蓝天上的点点白云。奥伦摇摇晃晃地绕过了这个神志不清的大兵。

“别看他的眼睛。”一个军官带着剩余的五名士兵从丘的另一侧绕出来，命令道。他们把奥伦推倒在地，往他头上套了个亚麻布袋。然而军官感到奥伦的眼神仍在透过布袋看向他，于是他不理会奥伦的尖叫，拿出匕首冲着布袋下奥伦的一只眼睛扎去，又来回捣了几下，然后是另一只。奥伦丧失了魔法的能力。

奥伦被绑起来，装进一艘船的货舱里，和他在一起的还有另外二十个妖精俘虏。每个都被重伤或是画了符咒，以防他们施法。在位于不列颠西南的埃克塞特，罗马城堡里的军医截断了奥伦的伤腿之后，决定再断掉他的另一条腿，这样他会更好控制。

俘虏们从那里运到罗马，就其提供的信息而言他们是宝贵的奴隶，因为罗马仍在与帝国内的拿非利部落作战。可是几个世纪过去了，他们变得越来越没用。有的在折磨中死去了，有的想办法找到了活路，还有的被卖掉了。

***

奥伦不知道还有多少和他一样的俘虏活了下来。自从1283年以后他就再也没听过另一个妖精的声音。当时萨沃伊的菲利普伯爵把他作为礼物运到伦敦，献给了长腿爱德华国王，这位国王在威尔士战役中吃了不少妖精族残余的苦头。奥伦早已松口回答问题，所以如今要是还有人来贿赂他，那意味着什么重要的东西正危在旦夕。

他紧紧抓着那盘糖果，重复了自己的问题：“你想要什么？”

德·维尔在奥伦身边坐下，拿起一块糖丢进嘴里嚼起来。奥伦把盘子挪到自己腿上，用双手捂住它。

“理查德能攻入爱尔兰吗？”德·维尔问道。

“不能，”奥伦说，“罗马人失败了。诺尔曼人失败了。理查德也会失败的。”奥伦摸了块糖滑进嘴里，当甜点在口中融化的时候，他的喉咙不自觉地发出了呻吟。

“准确点说，为什么理查德不会成功？”德·维尔问。

“因为希族有妖精族没有的东西，一位庇护他们的女神。很明显，在彼岸世界里我们族对神灵毫无意义。”

“是莫里甘。”

“是，爱尔兰的强大保护者，而威尔士没有。”奥伦说，过去的苦涩又回来了。“她融合了希族和凯尔特人的势力并号令双方。只要理查德有意来犯，她在人间的双胞胎肉身便会现身。即便是弗魔安也不敢违逆莫里甘姐妹的意志。”

“如果姐妹俩的一个被杀了呢？如果她的心脏已被摧毁，而另一个还活着呢？如果斯基格树精与我们结盟呢？我们的进攻会胜利吗？”

“这就是你们的安排吗？”奥伦问。

德·维尔没有回答。

奥伦拿起另一块糖，让它溶在嘴里，有一刻他在甜点融化带来的温暖中浑然忘我。“也许会有用。只要希族不杀掉剩下的那个女孩，莫里甘姐妹就不能重生。”奥伦的头脑中有了计划。“你们不会轻易遭到屠杀。”

奥伦停顿了一下，希望自己看起来是思索的样子，“你们不止需要斯基格树精，”他继续说道，“你们还要与弗魔安结盟，确保你们平安登陆。”

德·维尔点点头。“我们如何得知自己已准备充分，知道自己不会遭到屠杀？”

奥伦感到了某种自被俘以来就不曾有过的东西——他感觉到了希望，以及不断增强的勇气。“只要让我会会斯基格树精和弗魔安，

我就能知道。”他把那盘几乎还是满的果盘递还给德·维尔，“不过想让我那么做，你要给的可不只是一盘糖果。”

德·维尔掀翻了奥伦手里的盘子，甜点洒了一屋子。“我会逼你这么做的。”他站起来作势要走。

“你可以。不过你在冒险，在我与你们这样的人相处了几百年后，或许我也学会了像人类一样撒谎，更别提你们曾怎样伤害过我。不过我会跟你做个约定，保证你可以信任我：要是我欺骗了你们，或者哪怕我的建议有误，你都可以取走我的胳膊。”

“只要我乐意，我随时可以取走你的胳膊。”德·维尔冷笑着说。

“然而，要是我的指引是对的，”奥伦继续说，“你可以取走我的性命。”

德·维尔沉默了。

“要快，”奥伦补充说，“你要答应很快地割下我的头，我就能摆脱这可怕的世界去往生之地了。”

德·维尔考虑着这个提议。他从墙上取出火把，俯身对奥伦说道：“成交，只增加一个条件：如果你对我们不老实，我会留住你的性命，但要取走你的胳膊，还要割掉你的舌头，以后你就再也尝不到糖的滋味了。”

……

与理查德会面的一天后，在刚刚落成的西敏寺大厅里，特使坐在修道院长的桌边，挑剔地翻着他的鲑鱼。*伴着旁边泰晤士河水那股堪比威尼斯运河的恶臭，吃条里面的鱼又怕什么呢？*特使心想。

教堂主理正吟诵着经文，他的吐字混杂不清，音量勉强盖过八十名默默吃饭的修士。这时一名普通门房跑了进来，他身后大门关闭的声音在整个大厅回响，他匆匆跑过长桌，来到特使身边附耳说着什么。特使脸上露出了微笑。*我不能让自己看上去焦虑。*他靠向左边，朝修道院长耳语说："国王代表要立刻接见我。请把我的鲑鱼和其他剩菜送到慈善堂去。"

特使向外走去，门房跟在后面。他一到走廊就朝肩膀后面问道："他们在哪儿？"

"在修道院长的新办公室，阁下。"那人回答道，紧走了两步来到近前，"我认为对他们而言，接待室有点太……太简朴了。"

"那就走吧，走快点在前面指路。"

门房加快了步伐，侧身走到特使前面，为他指着一条侧廊。走进修道院长的豪华办公室，特使毫不意外地看到了第四代马奇伯爵、17岁的罗杰·莫蒂默，旁边站着德·维尔，他正粗鲁地把一个小木箱扔到桌上。随着落地时的一声空响，木箱滑出好几英寸远，在桌面留下了几处划痕。*他们已经作了决定*，特使心想，*我们只需要谈价钱了*。

由于国王一直没能如众望所归地生下嫡子，罗杰·莫蒂默便在10岁时成了国王的假定继承人。莫蒂默15岁时，肯特伯爵买下了为他选配新娘的特权，立刻就将自己的女儿嫁给了他。

面对这两位在全英国除了国王外最有权势的男人，特使一点也不怯。他故意放慢脚步走到修道院长的写字台前，先后向莫蒂默和德·维尔点头致意，然后坐了下来，刻意显示着在教堂里他才是地位最高的那位。

房间里持续沉默着。身份与权力的天然冲突让他们不愿寒暄。

"我确信能说服梵蒂冈提供万人军团的军费，远多于实际所需。"特使首先开价。

"你确信？"莫蒂默回击道，"你只能让梵蒂冈拿出五千人的钱。"

"我们会提供一万人的军费，"特使冷冷地回道，"我知道你们只会出八千人，自己吞掉剩下的钱。如果你们想要更多，必须募

集一万人。”

莫蒂默笑了。“梵蒂冈要出一万五千人的经费，我们出一万人。梵蒂冈不能再重复强弓的错误了。他们给的钱太少，德鲁伊也太弱。”

“理查德也不能再重复他在苏格兰犯的错误了。”特使回道。

“正是。”德·维尔说。

*也许我辩得不好。*特使心想。*不过他们是对的，这次谁也输不起了。*而且，收缴高于军队需求的税额也是不可避免的，这是罗马军团时期就形成的惯例。多出的经费将被分掉，一部分要付给中级军官们，这些人手下每四十人里就有一个影子士兵。如果没有这点好处，他们根本招不来有经验的指挥官。

“当然了，我们还需要购置新船的费用。”莫蒂默指出，“我们要全换成新船。渡海航程虽然不长，但是水流艰险莫测，哪怕有你们的希族盟友帮忙也不成。”

“或许是理查德想重获商贸行会的支持吧？”*一计妙招，*他想。入侵他国能满足大贵族们对土地的贪欲，而新船则能让理查德和莫蒂默赢得商人阶层的欢心。在英国，没什么比造船业雇佣的商人更多了。

特使小心地把那个空箱子推到桌子边，没理会自己造成的新划痕。“费用不必由梵蒂冈支付。”他默许地说道，“教皇国的犹太人可以为理查德提供贷款。这笔债权将与教会交换，用来收回他们被没收的土地和资产。只要入侵成功了，教会就会免除你们的贷款，我们要的只是爱尔兰教会的修士们。英格兰的、威尔士的、爱尔兰的，全部修士。”

“你尽可以找你喜欢的借口，”莫蒂默说，“只要记住这个：理查德绝不会在任何贷款协议上盖章，除非入侵已经成功，除非你的希族盟友让它成功。如果他们失败了，教会只能得到一纸空文。”

特使耸耸肩，“如果真是如此，教会也不会归还犹太人任何土地。”

德·维尔指了指那个箱子。“在里面装满价值一万五千镑的金子，明天中午前给我，我们的协约就算定了。如果做不到，不会再有任何协约，我也奉劝你别再踏入理查德的宫廷一步。”

特使站起身来，把门上的旋钮转开。过了一小会儿便响起敲门声，特使打开门，让一个侍从走了进来。“主理大人那里已经结束了吗？”他问。

“是的，阁下。”那名侍从回答。

“很好。把这个给他，告诉他我很快会向他解释。”

侍从鞠了一躬，拿起桌上的箱子退下了。特使一直站在打开的门边，直到看出莫蒂默和德·维尔并没有要离开的意思。“还有其他事吗？”他打了个呵欠问道。

德·维尔点点头。“理查德自己也有个精灵盟友。你要安排一次秘密会议，让你们的希族和我们的代表见面。只有我们全部确认这个计划会成功，我们才会开始启动。”

“要是你们不开始，梵蒂冈的金子怎么办？”

“你是说你一直在浪费我们的时间吗？”莫蒂默回道，“那么这笔钱就用来弥补我们的损失。”

“就这些吗？”

“还有一件事，”德·维尔说，“你们的希族必须把弗魔安也带去，他们也要确保效忠。”

11

爱尔兰，塔拉城外

1392年4月

艾丝琳倒在康纳的胸口上。她试着去吻他的脖子，可是透不过气来，于是就把脸靠在他的肩膀，跟随他的节奏呼吸。当她平缓下来，松开膝盖，康纳从她体内滑出时，她开始颤抖。她伸直了双腿，平躺在康纳的裸体上，他温暖的皮肤与森林里清冷的空气形成了强烈对比。她的斗篷放在身旁的石楠丛中。她感觉到康纳正摸索着把它拉过来，而尽量不让她动，“算了，”她耳语道，“我就喜欢这样。”

安全。这个词浮现在她的意识里。康纳让她感到了……安全。她把手放到他的肩膀下，紧紧地搂住他的身体。他为她的人类自我搭建了坚实的外界联结。那是一处安全的地方，让她可以自在地探索体内留存的神性，并再次获取剩余的神力。安雅曾在的地方如今是道持续的伤痕，它还将一直存在下去，她想道，长长地叹了口气。*不过，我绝不会再陷入那座深渊了，那座只要我尝试哪怕最基本的魔法，就会坠入其中的深渊*，她向自己发誓。*我绝不会让自己再被伺机而动的黑暗击溃*。

在发现自己越来越难折磨她后，毛兰大人就很少再粗暴地进她卧室了。她与布丽吉德的祭司们聚会的次数也日渐减少。尽管他们

能带来剧烈的高潮，可与康纳的激情才能真正满足她。很快，她想道，她要指点他如何像新祭司们那样取悦她。也许还要带个帮忙展示的人。也许是玛丽吧。

斑驳的阳光透过树林，让她的身体半热半凉。她闭上眼睛躺着，没有完全睡着，感受着他胸脯的一起一伏。她能觉察到大地也在与他们一起呼吸。土地、森林和康纳的力量同时注入她体内。她再次感觉到这种联结，一种越来越频繁的强烈感觉，提醒着她曾经是谁。她的思绪回到了和安雅一起训练的日子。

***

她和安雅十岁时，凯拉什还远未被囚禁，仍在募集激进的追随者。两个女孩骑着马向海岸奔驰，落后于利亚姆和海德安一个马身的距离。

“她们还不够年龄。”海德安强调说。

“年龄与此无关。她们能做到。”利亚姆说。

“凯拉什，毫无疑问是他挑起了这个麻烦。要不是有他担保，弗魔安根本不敢这么做。他一直在造谣说，没有那枚丢失的心片，她们就不是真正的莫里甘女神。”

“不管是不是凯拉什挑起的，弗魔安已经决定要测试两姐妹了，而且必须回应他们。”

“你不应该带一群加洛格拉斯来。”

“他们至关重要。”

布罗德梅多河口岸边的马拉海德村落在眼前出现。村民们正忙着搭起一个粗糙的大栅栏。村中的长老前来迎接他们。“感谢莫里甘女神你们到了。弗魔安又拖走了一个，这回是我的侄子。”

“他们拖走多少人了？”利亚姆问。

“三个。你必须让他们回去。”一片厚重的云彩遮住了太阳，长者喊着向村民们发出警告。警告一声声地在村子里传下去。弗魔安喜欢在阴天时发动袭击。

“跟他们说别再修栅栏了。那没用。”利亚姆说，“而且也不需要。”

他们四个穿过村庄继续骑行，在岸边下了马。

“把它们引出来。”利亚姆对两姐妹说。

安雅和艾丝琳耳语了几句，开始旋转。

“不！”海德安制止了她们。“别用自己的身体施法。融合为一，利用莫里甘女神的法力。”

“好吧，如果你希望如此。”安雅说道。她和艾丝琳停下来，凝视着水面，灰色的眼睛中显出绿色的光芒。水湾里涌出许多旋涡，泛起了水底的泥土和沉渣。

六个晕头转向的弗魔安跌跌撞撞地爬出水面，可是族中之王并没有出现。最结实的那个弗魔安直起身来，用他们那刺耳的语言吼道：“你们怎么敢袭击我们！”

安雅回答道：“只要我们乐意，我们就敢。我们是莫里甘女神。立刻交出你们的俘虏。”

“你们两个和寻常的德鲁伊没什么不同。”他低吼着说，抬起一只爪子般的手朝安雅扑过来。

艾丝琳的剑一闪而过，一只胳膊滚到了草丛里，他咆哮着转向艾丝琳。她从他剩下的那只爪子底下钻过去，将剑刃刺进了他的心脏。他拽着她的剑和安雅摔倒在地。

“把剑拔出来，”利亚姆命令说，“下次要让对手带着自己的体重摔倒在你的剑刃上。现在对付其他的吧。”

“杀他感觉如何？”海德安问。

“有种很奇怪的不悦感，就好像我们在某些地方输了。”艾丝琳回答。

“的确如此。”海德安说，“如果你们没有用他的真名，就不能让他服从你们，也就不能真正地杀了他。”

“可是我们不知道他的真名。”安雅说。

“和希族一样，埃利奥德族出生前，他们在彼岸世界的神灵就赐予了他们姓名。莫里甘女神知道所有的名字。只要你们互相融合，朝联结你们的神性更近一步，你们便只需要回忆就能知道他们的名字。”

“只需要……”艾丝琳说，擦着剑上乌黑的血迹。

“我们试试。”安雅说。

“这不是练习，”利亚姆声明，“他们的族中之王还在水底。叫出他的名字，让他立刻交出带走的村民。”

她们做到了。

★★★

那些与安雅的回忆一度搅得她心神难安。太阳就要落山，暮色四合。她用手指在康纳的胸前划着，留下一道温热的金光。康纳睁开了眼睛。她说：“你让我回到了过去。”

“过去？”

“曾是我命定的过去。布丽吉德告诉我，我的法力就快要恢复到安雅去世前的了。”

“足够永远离开毛兰吗？”

“是的。你终于问到了。”艾丝琳用胳膊撑着康纳的胸膛直起身来，低头望着他微笑，“不，还要再等等。要是你申请解除我的婚约，你可付不起我的荣誉身价。”

“你也付不起我的价格。”他起身去吻她。

她躲过了那个吻。“法律不是那样的。而且你也没有荣誉身价。”

“我比毛兰要荣誉得多，所以我的价格肯定更高。你只是不知道罢了。”他用手搂着她翻到自己一边，让她可以方便地起来。

艾丝琳扭着身子挣脱了他的怀抱。“我向你挑战。赢的一方要为另一方支付解除我的婚约应缴的钱。”她爬向堆在一起的衣服，翻翻找找了半天，取出了她的匕首。她站了起来，用匕首指着康纳。“塔基对我说，你曾经爬上一头鹿，只用把小刀就杀了它。是真的吗？”

“你不信？”

“哼，我可没见过。”

“弓箭更快。”他说，“我还不如把时间省下来和你睡觉。”

“我打赌肯定比你先干掉一头鹿。”她声称。

他跳了起来，匕首已经到了手中，他一直把它放在触手可及的地方。康纳说：“成交。不过我怀疑，你弄了这么大动静出来，方圆二公里以内都没什么乐子可找了。”

艾丝琳一言不发就走进了树林中。她的光脚踩在苔藓覆盖的土地上一点声音也没有。她在密林深处找到了一头鹿的踪迹，停下来，像布丽吉德教她的那样放开自己的感知，用心感受着树林。一头牡鹿曾从这儿经过，向北边去了。她转过身沿着踪迹向前。她没有看见康纳，也没听到他的声音，不过她能感觉到他从右边靠近了。

她来到一片空地，那头牡鹿正毫无察觉地吃着草。她知道康纳沿着小路一直跟在她后面，不由得微笑了。她领先一步，就要赢了。她紧张地准备最后一击，发觉康纳已来到身边。他轻抚她的发尾低声说：“不要动。什么地方不对。”

她呆住了。

康纳一动不动，也没有说话。

空地四周的阴影过于深了。她闭了会儿眼睛，再次延伸感知，融入了周围的环境。阴影里好像有一块空白。她睁开眼睛，仔细盯

着刚才看不见的地方。她调动知觉，把所有本该在那里的东西都去掉。她看到一张轮廓柔和的脸出现了，接着是一具脱节的身子。她在意识中伸手去够落日余晖照亮的一棵树干，鞠起一捧阳光，朝那片阴影扔过去。

“是树人。”康纳压低嗓门说。

那个野人肌肉结实，筋骨毕露，紧致的皮肤上有黑色波浪纹身，其间还用绿色油彩涂上了三角形，头上须发蓬乱。他的手里拿着根木棒，发出一声咆哮。牡鹿闻声而逃。树人逼近了他们，扬起了手中的武器。

艾丝琳本能地投出了匕首，正中他的眼睛。他一下子没了声响，脸冲下倒在草地上。空地旁的那片阴影离开了树林，猛地朝他们扑来。艾丝琳顿时后悔自己扔掉了唯一的武器。

康纳用肩膀撞了她。“跑！”他大叫道。她紧跟着他朝牡鹿离开的方向狂奔。他们周围的树林突然活了，充满了沉重的脚步声和猛烈的碰撞。一个缠着腰布的人出现在康纳前面，康纳低下腰躲过了对方挥着的木棒，然后直起身挪出自己的匕首，刺中了袭击者的肚子。他又将匕首在对方身体里搅动了几英寸才拔出来，把这个哀号着的树人推到一边。艾丝琳这才发现她是个女人。

康纳抓着艾丝琳的手把她带离了小路。他们又跑了一分钟，然后停下来听着周围森林的动静。“跟紧点。”他们继续向前时他轻声说。然后再次停步。聆听。继续跑。

“你知道他们有多少人，在哪儿吗？”康纳耳语道。

艾丝琳闭上眼睛又试了一次，摇了摇头。“有什么东西挡住了他们。我只能感觉到有某种……虚无在林间飘动。”

“你能让我们避开吗？”

“我一直在试，不过那个东西同时也挡开了我的法术，我们只能不停地跑。”

“我们最好回到马匹旁边。”

“马都死了。”艾丝琳回答，他的话刚出口她就意识到了。

“我们能把剑拿回来吗？”

她集中意识。“或许可以。不过到处都是活动的生物。我们很难有所行动。”

“我们试试。”

他们向前潜行。十五分钟后，康纳停住蹲下来，朝前指着。艾丝琳挪到他旁边，才勉强看清前方浓重的黑暗里一群野人的衣服。

“你能感觉到什么？”康纳低声说。

“野人朝这个方向来了。有很多。他们知道我们在这儿。”

“我要知道你是否已准备好决斗，准备好用法术干掉每个要袭击你的人。”

“我已经杀死一个了。”

“是的，不过你用了匕首。我毫不怀疑你使用铁器的意愿。”

“快拿我们的剑去吧。”

康纳向前一跃。凭空出现一声怒吼，好像有人来到他们左边。艾丝琳站起来，双手伸向空中，将一团雾气扔向冲过来的树人们。她闭上眼睛，周围林中每一棵树好像都动了几英寸。四处都是喊叫声，还有身体撞击树干和枝条的闷响。

康纳来到他们的衣堆边并一跳而过，抓住自己的剑柄顺势抽了出来。落地后站稳脚根，他又转身去拿艾丝琳的剑，同时一剑下去刺穿了一个从雾里冲出来的树人的喉咙。第二个树人扑向了他，他回身挥剑切开了袭击者的胸膛。

一个女人从雾里出现，看见了艾丝琳并朝她冲去。艾丝琳停下来思考了一下，开始施法。那女人丢掉了手里挥舞的尖头木棍，好像它突然变得烫手。艾丝琳转身避过攻击，举剑刺向那女人裸露的乳房。女人倒下了，心脏不再跳动。艾丝琳朝康纳跑去。

康纳小心地挥剑，注意不要深刺对方，以防剑被卡住。他已经打倒了第三个树人、第四个树人，直到第五个冷不防地出现，直接扑向他的剑柄。康纳还没来得及抽出剑，三个树人已经跳向他，将他打翻在地。

艾丝琳来到树人堆前，用手一碰便碎掉一个树人的脊背。突然，一记重压把她狠狠地推倒了。她感觉到无数个身体压着她，抓着她的胳膊和腿把她的脸压到土里。她不能呼吸了。一团阴影浮现在她的意识里。她把它塑成石头的形状，感觉到它的羽翼掀起的劲风。没有空气了。又一阵阴影扫过，吞没了她。

***

“阿尔特认为罗马教会将试图来犯，我同意他的观点。”利亚姆说道，他和塔基正骑着马在塔拉城外的路上向北走去。

阿尔特·麦克默罗是新选举的凯尔特大帝，一个长相粗犷的男人，他对美酒佳肴的热爱与他高超的刀术一样有名。两天前，各地的国王、女王、大贵胄、一等行会首领们齐聚塔拉，向前任凯尔特大帝表达他们对动荡不安的希族的关切，以及他们对救出凯拉什的人在密谋什么的担忧。阿尔特精心策划了一场关于帝位的选举，易如反掌地击败了现任大帝和唯一的竞选对手，毛兰。阿尔特一度担心会输给特洛，深受敬仰的梅斯国国王，然而后者根本没有参与竞选。

不过，在加冕之前，阿尔特还要通过每位大帝都要经历的三项测试。典礼将在明日的五月节上举办，这一天是太阳运行至春分和夏至中点的日子。目前筹备工作正在紧锣密鼓地进行。利亚姆和塔基要去见布丽吉德的祭司团，并护送国王之杯回塔拉。这座加冕典礼要用到的权力象征物此前一直由玛查修道会保管。

“我能感觉到树林和大地间有骚动和不满。我们可能也要和某支希族打上一仗了。”塔基说道，“你觉得阿尔特会是我们需要的战时之王吗？”

“他是个好君主，只要不被酒控制。”利亚姆回道，“他非常精明，备受凯尔特武士拥护，而且，他还可以非常冷酷。”

“尽管如此，我们要面对的可是一场从未见过的战争。我相信中央王国内部也面临选择。有某种奇怪的、陌生的势力在活动。”塔基说。

“还有些希族在离开。”

“离开？”塔基问。

“中央王国里有几条小路通向另一个世界。很少有人知道，而我此前从未见过人们如此积极地讨论它们。”利亚姆叹了口气说，“即便在我母亲的家族也有人离开，他们宁愿放弃长寿也不愿卷入战争。”

“英格兰那边呢？你相信他们也与凯拉什的逃跑有关吗？”

“我不知道。不过我不怕外界的武力。我担心的是爱尔兰自己会发生什么。”利亚姆说道。

“我担心没有莫里甘女神的联接，爱尔兰将为内部的分裂哭泣。”

“艾丝琳会尽其所能。”利亚姆机械地反驳道，他已疲于应对这种争论了。近来有种传言让他鄙薄，说只有一部分莫里甘姐妹存在的爱尔兰难以显现女神的全部法力，因此将不堪一击。越来越多的贵族公开表示艾丝琳应该回到——不管自愿与否——魂界去，好让莫里甘女神再次完整地归来。

“别误解我，你知道我爱艾丝琳就像自己的女儿，会用生命保护她。我只是想指出，我们必须做好准备打一场没有女神法力庇佑的战争。”塔基说。

“艾丝琳拥有她还未发掘的力量。”利亚姆说，“她将足以确保爱尔兰周全。”

就在那时，他们脚下的路拐了个弯，一座旅店出现在眼前。布丽吉德被一群祭司们簇拥着站在门外，向着落日祷告。利亚姆和塔基在马上坐直了身子，催着马儿加速跑去。

“有件事我一直期待着，那就是与你并肩作战，我的朋友。”塔基说。

“要想跟我并肩，那你得多带箭，”利亚姆大笑着说，“很多很多箭。”

他们来到旅店门口，布丽吉德走近他们。“我还以为你们明天晚上才能到。”她说。

利亚姆下了马，给了她一个紧紧的拥抱。“今晚我的马不适合待在王家马厩里。而且，错过一次你的晚间款待可真是太蠢了。”

布丽吉德微笑着把一只手放在利亚姆的胸口上。“我有几位新手祭司将好好款待你和塔基。”

“我不是这个意思，”利亚姆说，“不过我求之不得。”

在玛查修道院，为了确保祭司没有任何男女之情，直到布丽吉德认为一位新手祭司已足够了解男人和女人，他/她才能担任祭司的职务。利亚姆环视着那群祭司，意识到没有谁能超越他和布丽吉德的经历。那时她还是新手，从他身上学到了许多关于男人的知识。

一只秃鼻乌鸦朝他们飞来。利亚姆刚开始以为它受伤了，然而随着它越飞越近，他透过它看见了最后一缕暮色。那只乌鸦发出一声微弱的叫声，然后消失了。

“艾丝琳！”利亚姆叫起来。他飞奔上马，塔基紧随其后。

布丽吉德立刻施法准备化身天鹅。然而不起作用；有什么力量阻挡了她的法术。她奔向马厩。

***

在塔拉，王室围场的大门正要在夜间关闭时停了下来，好让毛兰大人骑马跑出城外。他不记得有什么时候比现在更快乐了。彼岸世界里肯定有位神灵会为我微笑，他边骑马向树林跑去边想道。他不知道是哪位神灵，但肯定是妒忌莫里甘女神的。我回来后要做一场献祭，他暗暗发誓，为感激每件事都进展得比我预想的还要好：前任大帝已被选下去了，而阿尔特尚未加冕。

毛兰回想着阿尔特选举成功时对他露出的不可一世的笑容。好啊，阿尔特，享受你的夜晚吧，明天不会有什么加冕礼了，只有我的小刀将对准你的喉咙。而一旦我成为大帝，就会废除一切选举。

12

基督徒及其犹太祖先过度沉迷于摩西授予他们的魔法。

——《真言》，赛尔修斯著,约公元177年

威尔士，康威城堡

同一天

在威尔士的北方海岸，曾被约丹用来营救凯拉什的船停在康威河的河口处。岸边的港口城镇被布满守卫兵的石头城墙围护着，城墙一直延伸到邻近的斯诺登尼亚山脉脚下。坐落于岩石上的康威城堡，外表朴素而威严，保护着这条河流和这座城镇。一条石阶从岩层尽头的小码头起步，穿过海闸一直延伸到城堡花园中，这里长满了百年橡树，凯拉什正在这片树林中等待会见英格兰和弗魔安的代表。

城堡塔楼上层的房间有着面朝花园的大幅落地窗，不同于别处用的窄高窗户。约丹盘腿坐在三层某房间的木地板上，对面坐着纳吉雅，他们中间摆着七根燃尽的蜡烛根。他套了条礼服裤，脚和上身却是光着的。纳吉雅穿了件合身的白色亚麻裙，衬得她的黑皮肤熠熠发光。

纳吉雅的弟弟妹妹已被运到了约丹在西西里岛上的祖宅里。他已签署了文件，将他们的身份由奴隶转为协约仆佣，这意味着他们在路上再也不会无故遭受殴打了。

约丹和纳吉雅凝视着面前蜡烛上逐渐黯淡的光芒。在他们的注

视下，这缕光聚合成一个飘浮着的圆球，一个闪着金光的球体。一片蓝色的区域逐渐在球体上成形；接着，一座绿色和棕色的小岛透过这片蔚蓝显现出来。一道道裂纹逐渐蔓延至整个球体表面，引发了一次震颤。蓝色区域纷纷化成碎片跌落，在落到地板前全部消失了。约丹皱起眉头，额头和眼角都堆起皱纹。纳吉雅的表情依然平静冷漠。球体稳住了，小岛的最终形状慢慢清晰。突然间，整个球消失在一缕烛烟中。

纳吉雅向后仰着身体，双手撑在地板上。约丹重重地叹了口气。“还有什么办法能试吗？”他问。

纳吉雅摇摇头，黑色的头发垂在脸上：“显然，我们无法让爱尔兰岛的准确轮廓出现在地图上。”

“谁在遮挡我们的视线？”他问，“希族？凯尔特的德鲁伊？”

“双方都设置了屏障。”纳吉雅说，“不过，从这里施如此强的魔法还有个更大的问题：不列颠失去太多激愫了。”

“激愫？”

“一种能够激发所有生命内在活力的能量，它能让自然的魔法生效。像你我这样有法术的人能用的激愫越来越少了。一切魔法都需要某种形式的能量。激愫越少，我们法术的效果越差。你应该知道的，你曾调用过它。”

“如果我们绘不出爱尔兰海岸线的地图，”约丹有些绝望地顿了顿，“我们派出的船队将完全受凯拉什摆布。”

他站起来走到窗前，观察着下面这座围墙花园里的古怪聚会。他从大斯凯利格岛直接来到这儿只用了几天，然而特使却花了九个月才从伦敦回到罗马。在那里他从教皇国的犹太人手中搜刮了足够付给英格兰侵略部队的钱，又花了一个月筹备这次秘密会议。不过在这段漫长的时间里，花园里的树木在凯拉什的精心照料下，已经长高了两倍，更加枝繁叶茂，生气勃勃。它们在每个清晨轻舞身姿，让自己变得更不一样。

英格兰的莫蒂默大人和德·维尔已经到了，在圆桌的凯拉什身边坐下，询问着关于入侵的计划。撑在旁边座椅上的是妖精族的奥伦，英格兰相信，要是另一个精灵族试图耍花样，奥伦会告诉他们。在凯拉什右边，特使正在走近，这意味着约丹已经迟到了。凯拉什对面的梵蒂冈和英格兰座位中间，有一个为弗魔安代表预留的空位。当太阳没入海水后，弗魔安随时会从海水中爬上石阶。

“特使相信，只要让拿非利离开，自然的魔法就会消失。”约丹说。

“上帝创世时可能为这个世界注入了激愫，又或者它可能来自天使的血统，拿非利身上仍有这种血统——谁知道呢，”纳吉雅说道，“不过我肯定，只要拿非利离开一片土地，那里的激愫也会随着他们一起消失。也正是因此，欧洲的激愫和这里一样所剩无几。”

“那么欧洲的人类巫师呢，比如大巫女？他们的法力好像更强了。”约丹反驳道。

“他们拥有的法力可不如他们说的那么多，而且他们不得不开始掠夺生命获取潜藏的激愫，来增强自己的法力。”

“这些是你父亲教你的吗？还是你自己学到的？”

“别担心，我没什么邪恶面瞒着你。”纳吉雅回答，“作为埃米尔的巫师，我的父亲曾参与了将黑巫师逐出故乡的战斗。那些巫师从偷来的婴儿身上窃取脂肪，婴儿有最具可塑性的生命力。要是老人，他们得被活煮或是活烤才能榨取仅存的有用能量。你想用这种办法制造你的爱尔兰地图吗？”

约丹知道这并不是个真正的建议，他忽略了它。不过他不能控制自己一直回想女巫玛莉嘉藏身处的那个被屠杀的婴儿。他试图摆脱那个场景，便问道：“驱魔师呢？”

“他们的法术从神圣遗物、天使的魔典中获得，还有来自神灵的古老词语中的魔力。那些法力是人类无法使用的，至少不是以驱魔师的方式。运用那些法力的人无法获益，他们都堕落了。”

让人类堕落的东西还有很多，约丹心想，拿非利也是如此。从楼上看，奥伦正在对凯拉什的话点头，然后舀起一勺糖放进嘴里。约丹不知道这个威尔士精灵的目的是什么，但他可以肯定那绝不是德·维尔所期待的。

约丹知道奥伦至少背叛过自己的族群一次，那是在100年前，他泄露了克罗斯·奈德的藏身之处。当时的英王爱德华一世，因其惊人的身高被称作“长腿”，刚刚捕获最后一位威尔士王子——戴维德，就此征服了威尔士。戴维德受尽折磨后又被绞死、开膛、车裂，他的脑袋还被运到伦敦塔穿在矛尖上示众。然而，幸存的妖精族与同盟巨怪族坚持不懈的反抗影响了长腿刚刚拿下的领地，他还没来得及在当地建起防御城堡。之后，长腿的表亲、萨沃伊的菲利普伯爵将奥伦作为礼物送了过来。奥伦几乎没有犹豫就出卖了克罗斯·奈德；他同时说出，耶稣受刑的十字架碎片被历代威尔士王子用作抵御拿非利袭击的有效法器。只要伏魔会使用这一强大的遗物，长腿就可以心无旁骛地在康威修盖他所需要的堡垒。工程进展得很顺利，四年就完工了。而约丹一到这里，就要求把克罗斯·奈德和看押他的驱魔师从城堡教堂迁到镇上的教堂去。他的理由是为了凯拉什的方便，而实际原因是他可以不被察觉地练习自己的新法术。

约丹听见了悉悉索索的衣服声，那是纳吉雅在把身上的巫师袍从头顶脱下来，丢到床边的一个箱子上。不过他没有转身，他脑子里有太多其他的事。她来到他身后，胸部靠着他的后背。她踮起脚尖，越过他的肩膀看着下面的景象。

“凯拉什把你们一带入爱尔兰，你们就要干掉他是吗？”

在他们相处的短暂时间里，约丹已经学会了不必费心跟她撒谎。“是的。梵蒂冈和英格兰会联手背叛他，把他的同类都干掉。”

“希族和弗魔安对权力的欲望出卖了爱尔兰，”纳吉雅说，“反过来，他们也将被人类对土地的欲望所出卖。我们世界上最后一点激愫的星火就要熄灭了。世界的呼吸也将逐渐停止，她会开始死去。”

静默笼罩着他们两人。

下方，几个影子在最后一束阳光浸入海中时出现了，他们小心翼翼地爬上台阶来到花园。为首的弗魔安的巨大独眼放射出火炬般的光亮。约丹想知道他是否就是那个在大斯凯利格岛帮过他们的弗魔安之王。当他看到两个女弗魔安打开油布袋，取出一件貂皮斗篷搭在王的肩上时，答案不言而喻。

“理查德最伟大的胜利即将始于这座城堡，”纳吉雅说道，“他最终的毁灭也自此开启。”

“从现在起别再剖心挖肺地预言了，女巫。”约丹猛然说道。

纳吉雅大笑起来。“我是通过学习和训练才会使用激愫的。而你是天生的，尽管你并不知情，以为只是运气好。自打你开始学习法术，每次都是一试便灵，你的成功也与日俱增。”她的手指在他赤裸的胸口游走着，“每场战斗你都没留过疤。一次也没有。如果我是个女巫，那你呢?”

约丹甩开了她的抚摸。这个问题太恼人了。他从床柱下抓过衣箱一把打开，开始匆忙地穿戴其余的礼服。

“要是你挡开的所有坏运气又回来找你呢？要是世界的激愫已经不够用，你要怎么办？”纳吉雅问道，扑通一声倒在床上看着他穿好衣服，“那时你是什么？”

“我的位置很明确。我已经和特使签了约定，我要成为司令官。”约丹说着，套上了他的靴子，“这会重振我的家门。”

“这个世界仅存的魔法将留给黑巫师和堕落的驱魔师了，多好的结局！”纳吉雅喊道，“太妙了！”

约丹厉色看着她，然后离开房间向战事密谋会走去。

当他来到圆桌时，有关弗魔安的谈判已进行得很顺利。约丹知道凯拉什开出的条件：如果弗魔安加入侵略队伍，他们将获得爱尔兰国康诺特省向海的那一半领地。

13

爱尔兰，塔拉城外

当天夜里

艾丝琳在地狱中醒来。她被捆在空地中央的一棵死树上，双手被一条粗绳绑在头顶的树枝上，双脚被绑在树根上。她赤裸的、伤痕累累的身体一阵阵地疼痛。苍白的月亮散发出清冷的单色光，照亮了地上的康纳，他正在和身上的绳子抗争。几十个树人围在火堆边跳舞，手舞足蹈地唱着歌。空地一侧，有张巨大的岩石雕成的脸，基座是一个黑窟大张的洞穴。

一个脸上带着野猪头骨面具的树人站在跳舞的人群外，指向艾丝琳喊叫了一声。舞蹈更热烈了。

萨满巫师，艾丝琳想道。她尽量在快要冒烟的喉咙里咽了一下口水，勉强说出一道法术。唯一的结果是洞口稍微动了动，好像一幅黑丝绒窗帘在无风时轻轻摆动。她身上的绳子却丝毫无损。

一个矮胖的人出现在洞口。三英尺高的身子胖鼓鼓的，秃头上长着一对尖耳朵。他发出一阵尖锐的、咯咯的笑声，露出一排尖牙。艾丝琳一直对抗着的恐惧彻底浸透了她——那是阴仆，恶魔的仆人。

那名阴仆爬上了洞穴前的一条长石台。石台的一头搭在一块岩石上，形成一道斜坡。石板上刻着许多道向下延伸的浅槽，汇聚至

石板中央的一个深沟里，深沟继续延伸至石板较低侧的边缘。

萨满巫师回到舞蹈着的树人旁，把他的手放在其中一个的肩膀上，那是个女人。所有的舞蹈和歌唱都停止了。四个男人把她带向石板，她毫不反抗。萨满巫师脱去了她的缠腰布。阴仆哈哈大笑，挺着腰露出自己勃起的细小阴茎，它藏在阴仆肚子上下垂的肥肉下，几乎看不见。男人们把那个女人抬到石板上，头朝下放着。阴仆急忙站上石板高侧。

阴仆用尖厉的嗓子喊出几个艾丝琳不懂的词，数条藤蔓攀上了年轻女人的身体，牢牢地把她绑在石板上。围观的树人们又开始歌唱，身体随着节奏摆动着。阴仆站在高处也嘲弄地舞动了几下，爆发出一阵大笑。

萨满巫师从石台旁的尸骨堆中挑了一个头骨，然后捡起了一旁的石斧。他把头骨倒扣在石台上，用石斧把它砸进底侧的沟槽里去。艾丝琳的眼睛始终盯着那个年轻女人，她一直表现得很顺从，直到萨满巫师的石斧砍下了她的头。

阴仆笑得从石板上跌落下来，发出嘭的一声响。他跑过去抓起那颗头，又爬上石台高侧，站在那儿研究那张死去的脸。他咯咯笑着，吻了那死去的嘴唇，再次笑起来，开始吸吮那女人脖子上的血，鲜红的血液从他的脸颊滴落到胸前。树人们继续舞蹈。

“康纳！”艾丝琳拼命叫道，“我的魔法使不出来！洞穴里一定有个恶魔在阻挡法术！”

“接着试！”康纳大声回道，徒劳地挣扎着。

艾丝琳闭上眼睛试图集中精神，却总是不成。树人们的歌声填满了她的脑袋。待她睁开双眼时，萨满巫师取下了那枚倒扣的头骨，里面已经装满了年轻女人的鲜血。他捧着它走到洞穴前行礼，然后长饮一口，把剩下的血倒进了洞口。笼罩在洞口的黑暗物质突然沸腾了。

阴仆长啸一声，把手里的女人头颅朝康纳扔去，正中他的肚子。石台上的藤蔓松开了那个女人，男人们把她丢了下去。其他人解开康纳的绳子，把他拖到石台边。康纳一路挣扎着、咒骂着，然而还是被头朝上抬到石台上，藤蔓再次把他捆住。康纳向艾丝琳喊道："不管他们对我做什么，别慌，尽量保护自己！"

萨满巫师再次拿出一颗头骨扣在石台底侧的沟槽中。艾丝琳绝望地施展着松解绳子和祛除疼痛的法术，它们立刻被证明依然无效。

阴仆爬下来坐在康纳胸膛上，看着萨满巫师抓住康纳一侧的睾丸，扬起燧石小刀对准另一侧。树人们高声欢呼起来。阴仆吃吃笑着。萨满巫师慢慢将刀向下刺去。

一支箭从萨满巫师的喉咙穿过，他还没来得及扎中康纳就倒下了。塔基从空地边缘跑来，一边飞快地射箭。站在石台边的树人们应声倒地。塔基继续向前，利亚姆也从树林中跑向艾丝琳。

树人们疯狂地朝利亚姆跑去。利亚姆一手执剑一手握着匕首，从树人中杀了出来。尸体纷纷倒在他脚边，他被绊住了，不得不放慢脚步以免跌倒。

塔基就要接近石台了，他向阴仆射了一箭。一道火光闪过，箭身在半空碎成了灰烬，铁质的箭头掉在地上。塔基把弓丢掉，刚要拿出匕首，就被冲过来的树人们打倒在地上。阴仆跳下石台，从塔基的腰带上取下匕首，在他的腿后侧切开一条伤口，然后是另一条，割断了他的腿筋。塔基痛苦地喊叫起来。

利亚姆退后了几步，一队树人挡在他和艾丝琳之间。他一手高举剑身防备着高处，一手紧握匕首提防着低处。他朝塔基和康纳的方向望去，发现阴仆正小心地从他右侧走过来。利亚姆朝左侧抄出去，在已死和将死的树人堆里找到了一个冲向艾丝琳的突破口。

"利亚姆！洞穴！里面有个恶魔！"艾丝琳尖叫道。

利亚姆冒险回头望了一眼身后的洞穴。一股黑暗物质正流过土地向他袭来。他快速扫视这片空地，估算着他和艾丝琳之间的树人，还有越爬越近的阴仆的力量。作为半个希族，他虽然能在刀刃到达前预知袭击者的行动，然而眼下有太多对手要同时扑向他了。他直视着艾丝琳，举起匕首扔了过去，割开了捆住她双手的绳子。黑暗物质漫过了他的双腿，将他挣扎的身体盖住了。

艾丝琳用匕首将自己从树上解开，割断捆住双脚的绳子，向前跑去。然而洞中的黑暗物质席卷而来，将她推到树上，再次捆住。

毛兰大人骑着马来到空地上。树人们都安静下来。他四下张望着。树人们的尸体散落一地。利亚姆刚才的位置上如今是一缕人形的黑烟。塔基已经拖着双腿来到石板边，刚才他一直试图砍断捆缚康纳的藤蔓，但是根本没用。

毛兰下了马，朝阴仆嚷道："他们怎么还没死？没有艾丝琳明天就没有加冕礼。只有国王和女神都死了，你的主人和我才能重建两个世界的秩序。别再瞎玩了，赶紧干掉他们。"

阴仆夸张地鞠了一躬，一只手扫过脚面。待他直起身来，他咯咯笑着指向塔基。两个树人抓着塔基已废掉的双腿把他从石台上拽走，然后将他面朝上翻转过来，脱掉他的衣服，钉住了他的胳膊和双腿。

阴仆拿着塔基的匕首在他的肚子上割开一道口子。塔基咬紧牙强忍痛苦。顺着匕首的切口露出了细小闪光的血洞。黑暗物质沿着地面慢慢向他爬去。塔基睁大眼睛看着它。那东西伸出黑色的卷须撕开他的伤口，在塔基的尖叫声中把他的肠子扯了出来。树人们砍断了塔基的四肢后退了下去，黑色物质盖过了塔基的身体。塔基的尖叫声顿时变得闷沉，然后突然停止了。

阴仆带着不可抑制的笑声跳到地上。

毛兰举起双手喊道："把他们全杀死！"

"艾丝琳，"一个温柔的声音穿透了战场。"艾丝琳，你必须

阻止他们。”布丽吉德已站在空地上。

“布丽吉德！”艾丝琳哭喊道，“救救我，快！”

“这里除了你自己，谁也帮不了你。”布丽吉德回答。

阴仆扬起头观察着布丽吉德，“这不是幻象，”他用吱吱的嗓音说，“她真的在这儿。”他奔向布丽吉德。她拎起他的耳朵把他拽到一边。他用匕首在布丽吉德的胳膊上划了一下，立刻现出一条血印。她扭住阴仆的耳朵，他疼得大叫起来，丢掉了匕首，单腿跪在地上。

“艾丝琳，”布丽吉德继续用她温柔平静的声音说道，“你必须阻止这一切，否则我们都得死。”

“我做不到，”艾丝琳呜咽着说，“只靠我自己不行。”

“你们都得死！”毛兰喊道。他朝布丽吉德走近一步，对着洞穴口比了个手势，“杀了他们！”

“艾丝琳，你已经在这个世界和彼岸世界间游荡1500年了。你知道该怎么做。要想救我们，你必须向内心寻找解决办法。”

洞穴里又探出一波黑色物质，清洗着石头祭台的基座。它的触手伸向了康纳。艾丝琳闭上眼睛，试着控制自己的思想。

“啊！”当第一条触手碰到康纳的皮肤，他从牙缝里发出一声惨叫。艾丝琳强迫自己忽略他，继续集中心力回想布丽吉德所教的东西。她想起，即便自己不是莫里甘女神的一部分，她仍能利用女神的法力和知识。她将意识延伸至彼岸世界，迫使自己不再感知周围的喧闹和痛苦。她滑向内心更深处，越过一切思想，直到最深处的回忆，那些在她出生前的回忆，在她最近一次出生前的回忆。第二条黑色触手伸向康纳的胸腔，接触的地方冒起了黑烟。康纳在拼命挣脱触手，但一直紧闭嘴巴不发出声音。艾丝琳感觉到安楠从另一个世界向她注入呼吸。

“我知道你，西姆扎斯，”艾丝琳说着睁开了眼睛，它们由灰

色变成了淡绿色。“我知道你掩藏的、不可直言的名字。”西姆扎斯的黑暗物质颤抖起来，他的触手们开始从康纳身上退下。“我看见你怀着对人类女子的欲望，带领你的看守天使部下逃出天堂。我看着你最终被人类和你的拿非利后代所驱逐，看着你沦落到与鸟、兽、爬虫为敌，沦落到吃人肉、饮人血。我知道你不可直言的名字——”艾丝琳发出一种闪电击中海水的声音，那是人类不可能发出的嗓音。细小的火星四溅，将她绑在死树上的黑色触角松开了。她向前走去。

“不！”毛兰喊道，“杀了她！”他大跨两步，将最近的树人向艾丝琳推去。

艾丝琳看着这个曾是她丈夫的人，意识到自己的世界再也不需要他了。她无声地唤来他的马。那匹马转着圈用后腿朝他蹬去。毛兰的头被踢炸了，流出红色和粉色的液体，身体蜷缩在地上。剩下的树人一哄而散，向森林逃去。阴仆从布丽吉德手里挣脱出来，溜进了洞穴。

西姆扎斯猛然向康纳伸出一条触手捆住他的腿，所经之处有嘶嘶的焦肉声。康纳依然坚持着一声不吭，大大的眼睛盯住艾丝琳。

“你以为你能将他从我身边带走吗？”艾丝琳大笑着走进黑暗物质里，它的缠绕对她的脚踝丝毫无损。艾丝琳更加用力地重复了西姆扎斯不可直言的名字。恶魔从康纳身上收回了自己的触手。

“是我把你的强奸行为泄露给加百列，是我教女人如何抵抗你的看守天使部下，是我将你的秘密低声告诉以诺来警示后人。”缠绕着艾丝琳脚踝的黑色物质退向了洞穴，它接触过的皮肤闪着火光，发出嘶嘶的声响。

“我听见加百列命令乌列，掌管上帝之光的天使，要你在冥府的幽暗中困足七十世代，我听见了他的话，记住了它们。”

那些退回洞口的黑色物质在那里沸腾起来。西姆扎斯吐出了邪恶的诅咒，只有生存于创世时期的人才能听懂。那些词语化作黑蛇向艾丝琳爬去，却最终变成萤火虫消失了。艾丝琳用同样的语言重复了加百列对乌列的命令。她在空中划着复杂的法术，食指随着她的动作留下一道光迹。十二条闪着黄色光芒的触手从洞口边缘爬出，聚拢在黑暗物质中。“再待七十世代吧，西姆扎斯，”艾丝琳说，“那时我们再决斗。”光明触手剥离了将利亚姆困成立人形状的黑暗物质，把剩下的残余赶进了洞穴。

利亚姆瘫软在地，布丽吉德立刻跑了过去。她亲吻着他已无生命的嘴唇，向他的口中送去一缕长气。利亚姆倒抽了口气，咳嗽着，又喘了几口。“现在还不到你离开我的时候。”她说着，亲吻了他的每只眼睛。他睁开双眼，用双手和膝盖撑住身子，吐出一摊黑色液体。它化作一团黑雾后被吸入了洞口。

艾丝琳跑到祭台爬了上去，拥抱着康纳，后者已扯开了身上刚刚枯萎的藤蔓。“哦，我亲爱的！”她叫着亲吻了他，满心欢喜地大笑着，眼睛变回了灰色。布丽吉德丢开正奋力站起来的利亚姆，脱下自己的斗篷盖在艾丝琳的肩上。在转身感谢布丽吉德时，艾丝琳的眼神落在塔基四分五裂的尸首上，心头的喜悦消失了。康纳将艾丝琳搂着自己的胳膊轻轻推开，下了祭台，跪在这位他唯一知道的父亲身边。

树林里有什么在动。希族大帝费尔格哈尔和他的巫师女儿罗斯温骑马走进了空地，后面跟着十名剑已出鞘的希族。

一对精灵之光照亮了这片空地。在几个希族的帮助下，康纳披着一件借来的斗篷，和艾丝琳一起轻轻地把塔基的尸首安放在马上。

“你们怎么知道的？”布丽吉德问罗斯温。

“艾丝琳一定搅乱了西姆扎斯的隐蔽术。我的意识里爆发了一场战斗。”罗斯温回答说。

“那是壮观的一幕。她带回了莫里甘女神。”

“还不完全，”罗斯温说道，“如果她回来了，中央王国里的所有人都能察觉。要是艾丝琳能成为完整的莫里甘女神，恶魔甚至都不会企图与她战斗。”罗斯温看着康纳拥抱艾丝琳，她的眼睛噙满了泪水。“她让眼睛变色了吗？”

“很轻微。”布丽吉德说。

“不可思议。她在……按自己的想法孕育自身。”

14

爱尔兰，塔拉

次日

在塔拉城外的一个村落，农民、羊倌、商人和他们的家人为五月节升火仪式济济一堂。他们四处闲逛，交流着有关繁殖和平安的重要问题，比如今年的火比去年的旺了好多，两座篝火间的距离也肯定短了不少。这两垛木柴堆得有两人高，相距约四英尺，不过那是在点火前了；如今在橘色火苗密不透风的舔舐下，两座篝火间的距离几乎被浓重的灰烟填满了。

站在人群后的一名德鲁伊，从袋子里抓出一把灰色粉末，向人们的脚面撒去，所到之处迸射出小小的火花。“冲啊！”一个六岁的小男孩喊道，这是他头一次参加五月节。他奔跑着消失在高耸的火苗间，浓烟立刻盖住了他。

其余的人潮涌而至，冲进火焰又从远处跑出，笑得前仰后合。人群就势又集合起来，再次奔入了火堆间隙。两名不再需要祈求繁殖的鳏夫入神地看着循环的人潮中大笑着、咳嗽着、尖叫着、奔跑着、跌倒着、躲避着衣服着火的村民，一个不留意自己已被撞倒，摔滚在草地上。

每个村落都在举办升火仪式，从山顶的塔拉城都能看到郊外星火处升起的烟柱。塔拉城内则在举办一项截然不同的仪式：虽然阿尔特·麦克默罗已经赢得了选举，可要想成为爱尔兰的新任大帝，

他仍要通过三项古老的测试。

前一晚，王室马厩——那里可远不像平日那样良马满仓——中最好的马已被选出，割断了喉咙，鲜血尽数灌进一个大罐里。马身在一个巨大的烧烤坑里烤过，将送到今天的盛宴上。由于人们过去曾认为吃马肉能强健体力，所以形成了古老的习俗，餐桌上的盘子里必须要有马肉，尽管它们最终只会落入狗儿的肚子里。

除了费尔格哈尔、罗斯温、凯尔特各国王和女王们，希族的贵族们也出席了仪式，不过来的人并没有预期的多。在宴席上助兴的故事讲罢、歌咏唱毕，在座的宾客们早已撑饱了肚子后，布丽吉德手捧国王之杯走了进来，轮敬一周后奉给了阿尔特。传统上，杯中要盛满献祭马匹的鲜血，不过如其他传统一样，这项传统也早已消逝。近两百年来，杯里装的都是红酒，只象征性地加了三滴血。

酒过一轮，在众人的欢呼声和拳敲桌子的嘭嘭声中，第一项测试开始了。布雷亨法律要求，大帝必须身体健全。也就是说，他要拥有完好的四肢、双目，以及身体其他主要部分。这时，一只装满热水的大青铜浴缸被抬了起来，摆在贵宾席前。阿尔特站在浴缸边，脱去了衣服，举起双手鼓动在场的显贵们掀起更高的欢呼，接着他跳进浴缸，溅起的水花泼湿了几个站得近的贵族。几个显然喝多了的女人，试图跟着阿尔特一起爬进浴缸里，被侍从们拖开了。

尽管沐浴本身并不能直接证明第一项测试通过了，不过它却是进行第二项测试必不可少的环节，所以几个世纪以来一直延续着。要想成为大帝，此人自己达到高潮是不够的，他还必须能满足塔拉的高阶女祭司，也就是现任的艾丝琳。

阿尔特踏出浴缸时，两位身着白衣的年轻女祭司将一件长袍披在他的肩上。这是件拥有蓝、红、紫、棕、绿、黄、黑七彩的长袍，纯金线刺绣。她们引着他走出大厅，布丽吉德在旁鞠躬致意。

……

艾丝琳站在自己的会客室里做着最后的叮嘱，十二名女祭司簇拥着她。其中三名女祭司转向另一个，小声谋划着什么。房间中央摆着一张床。壁炉烧到了最热。有人敲门，女祭司们赶紧奔到房间各处站好，身上的白袍随着脚步轻旋。根据要求，她们是测试的见证人。艾丝琳站在了床边。一名女祭司走到门前缓缓将门打开。

阿尔特独自进来了。他径直向艾丝琳走去，神情骄傲又自信。两名女祭司为他脱去七彩长袍。一名女祭司貌似隐蔽实则张扬地指着他的私处，引得其他几个人吃吃地笑起来。这是遵照艾丝琳的吩咐而为。

“安静，”艾丝琳朝四周轻声说，“安静。他……这就足够了。”她又向阿尔特补充道，“请不要理睬她们。让我帮助您变得更强大。”艾丝琳俯身轻抚着他，而这却让阿尔特完全泄了气。

“唉呀。”祭司团们全体叹息。阿尔特瞪了她们一眼。

“别担心，”艾丝琳说，“在宾客们起疑之前，我们还有一点时间。来，坐在我旁边，我们谈谈。”她在床边坐下。

阿尔特皱眉看着艾丝琳，她不自然的微笑说明她另有所图。他在她身边坐下，问道：“你想要什么？”

“康纳需要一个荣誉身价。”艾丝琳说。

“没问题。”阿尔特说，“先定为二十头母牛的价格吧，不，二十五头，我个人再资助一头公牛。我们看看他在商业上将有何作为。”

“不行，”艾丝琳说着，朝远离阿尔特的方向滑走了几英寸，“他必须拥有能坐上您贵宾席的荣誉身价。一个有资格娶塔拉的高阶祭司的荣誉身价，他将是我未来的丈夫。把死去的叛徒，毛兰的土地、房产、牲畜和头衔都给他。”

阿尔特放声大笑：“毛兰家族不会同意的。”

“毛兰试图将凯尔特人出卖给恶魔西姆扎斯，康纳阻止了他。毛兰家族应该感激您没有把他们的财产也拿走。”

“阻止毛兰的人是你。”

“要是没有康纳，我做不到。是他唤醒了我的法力。您现在太像个政客了。”

“而你索求得太多。”阿尔特回道，声音里有了怒气。

艾丝琳站起来。“我不会和政客睡觉的。我只和大帝睡觉。”

“要是我不给康纳荣誉身价，一头母牛也不给他，你就不能和他结婚。”阿尔特反击道。

“如果您要这么做，”艾丝琳说道，“我会向明晚的大帝候选者提出我的诉求。”

“你凭什么认定会有人答应这样的勒索？”

“我打败了一个恶魔！”艾丝琳喊起来，试着将塔基身体四分五裂的场景从脑中赶走。“我体内莫里甘女神的法力正在逐渐恢复。我，只是我。没有我去世的姐姐。”她的眼中闪现了一道绿色的光芒。

“你是说你已经有女神的全部法力？”

“足够的法力。而且今后还会更强，”她说道，努力让声音恢复平静，“既然你说战争将至，新的大帝会需要我的。唯一的问题是，哪个候选者能足够明智地看到这一点？”

“你真的相信没有安雅，希族也会听命于你？”

“他们为我战斗的可能要远超过为你。”

阿尔特探究地看着艾丝琳。一分钟缓慢地过去了。

“毛兰的土地和财产将收归大帝所有。我会将其中的一半赐予康纳，再减掉一英亩土地和一头公牛。如果他证明自己能够管好这些土地，并且与你成婚，我会在一年内封他为伯爵。作为交换，他要宣誓向我个人效忠，并将这些资产收入的五分之一赠与我，即便我卸任大帝后也要如此。最后，你的第一个孩子7岁到14岁间，要在我的房子里抚养。”

艾丝琳走到坐着的阿尔特正对面。“我的第一个儿子，任何女儿都不行。”她回复说。

“是的，第一个儿子。”

艾丝琳脱去长袍，“那么，我们就达成一致了，大帝陛下。”

在塔拉的塔楼门外，芳草茵茵的庭院通过一条斜坡长长地延伸到王室马厩，边缘处围着一排两层的石头建筑，底层是商铺，上层是住户。今天的庭院里挤满了人。只有到马厩的中途还有一小块空地，人们将司命之石围成一圈，这里是举行第三项，也是最后一项测试的地方。

司命之石是一座五英尺高的立石，圆柱状，它的起源和塔拉的古井一样不可考了。有史以来，英格兰和苏格兰国王的加冕礼都需要一块圣石，由它将国王和土地、旧神联接起来。尽管新神基督早已褫夺了旧神在英格兰和苏格兰的大部分权力，这两个国家的君主仍需要坐在圣石上加冕。爱尔兰的圣石如今依然高高耸立，从法国来塔拉的旅行者称之为“小方尖碑”。

在司命之石几码开外，利亚姆正趴在康纳肩上。“该死的，你真沉。”康纳护着自己扎着绷带的受伤肋骨说道。

“不好意思，”利亚姆说，换了个没那么压迫康纳的姿势，“我的腿还是走不了。”

“趴石头上去。”

利亚姆摇着头，“你今天脾气好怪。”

康纳的心像打了结，喉咙一阵阵发紧。在艾丝琳与毛兰或是其他祭司睡觉时，他从未感到过嫉妒，如果这种感觉就是嫉妒的话。而如今，他距离艾丝琳如此之近，关系如此之密，一想到她与其他人睡觉的事实，他就难以忍受。哪怕这个人是大帝。而且，他一直没机会为塔基好好哀悼，那个将自己当亲生儿子般爱护、为了救自己而惨死的男人。此前，康纳一直着力于向艾丝琳保证塔基的死不是她的错，她在对战西姆扎斯的时候不可能有时间救他。可是现在，没有她在身边，康纳开始感到愤怒而困惑。

日影越拉越长。阿尔特和艾丝琳终于出现在塔楼门前。康纳的胸口更紧了，喘不过气来。艾丝琳向人群微笑、点头，亲吻了阿尔特。人群欢呼起来。

喧嚣逐渐褪去，人们分成两列，为司命之石和最后的测试留出一条小路。上一次选举是在12年前，那次康纳躲开了，不过他听说了当时的情况。阿尔特成为大帝要通过爱尔兰自己的认可。当他把手放在司命之石上，大地必须发出咆哮。而他，康纳，不准备为此加上自己的呼喊。

阿尔特走到立石前，将手放在上面。康纳的喉咙痉挛了。他试着阻止，可是不行。他抬起头喊叫出声，这完全不受控制，就像在场的其他所有人一样。呼喊声从王城传开，来到山下，穿过土地，每个男人、女人、孩子，每只鸟、牡鹿、母牛、山羊，凡是能发出声音的动物，都参与了这场呼喊，又将它传播开去。

喉咙不再痉挛时，康纳一下子轻松了，甚至奇怪地感到有些喜悦。他发觉艾丝琳的胳膊搂着他。她的脸蹭着他的脖子，“亲爱的，”她说，“我有个惊喜给你。”她的手向他的心口滑去。“我的主人。”

接下来的日子让艾丝琳和康纳忙坏了。毛兰的尸体被找了回来。由于他的头已丝毫不剩，人们郑重地砍断了他的双手双脚并付之一炬。剩下的躯体扔到了烂泥塘里。

毛兰最引以为傲的资产是两座城堡，基林和邓萨尼。它们把守着塔拉与两个最南边的王国——伦斯特和明斯特之间的主要道路，这让南方两国的贵族们十分不满。因此，当毛兰家族的这两座城堡

被宣布罚没，其中基林作为效忠帝位的表示归于大帝，更加雄伟的邓萨尼庄园被赐予康纳时，南方的贵族们纷纷对大帝表现出更高的拥戴。于是阿尔特宣称，这完全是他自己的主意。

明斯特国的统治者格尔弗莱茨女王向康纳赠予了一个姓氏和一枚盾徽，哪怕是临时性的，好让这位新领主的任命能够载入塔拉史册。康纳选择使用了塔基的姓，一来向这位自己视为父亲的男人致敬，二来也确保塔基的遗孀能够归入自己的新家族。他命首席诗人为自己创作了盾徽：天蓝底色，上面是一株绿树和一支红箭。

他们的婚礼在王室大厅举行，艾丝琳着一条绿色长裙，素洁高雅，与康纳新盾徽上的绿树相映成趣。康纳穿着一件白色外套，半盖住身上的新盔甲，它在阿尔特主持的典礼上闪闪发光。在签署那项荒谬的五年零一天的婚约时，艾丝琳和康纳都大笑起来。婚书一盖好章，阿尔特便立刻拥抱了这对新人，他浑厚的声音在大厅回响："让我们庆祝起来！把食物和美酒拿来，要大量的酒！"

"关于阿尔特，有件事我们可以预料，他绝不会错过任何举办隆重宴席的机会。"利亚姆说。他和帕特里克等在门边，远离拥挤的大厅。在那里，地主们和抬着桌椅、食物的侍从们挤作一团。

"我赌十个银便士，到婚礼第三段时，他会领头唱祝酒歌。"帕特里克说，从经过身边的食篮里抓起一个空杯，扫视着人群，准备找个侍从为他斟满酒杯。

罗斯温挤进帕特里克和利亚姆之间。她没打招呼就向利亚姆质问道："你知道艾丝琳仍然需要你的保护吗？"

"她打败了一个恶魔！"帕特里克在旁辩解道。

"她还在流变中。她需要安全感才能变得更强。"

"感谢你的洞见，不过别担心，我没打算丢下她不管。"利亚姆说。

"康纳也是。你会跟他强调这一点吧？"罗斯温坚持道。

“今晚就算了，明天吧。告诉我——”

罗斯温打断了他，“我不会让那个牧师跟我说话的。”说着迅速走开了。

科姆基尔拨开人群向门口走来，他是爱尔兰两大基督教会中较小那个的主事。走到帕特里克身边时，他声明道：“这场婚礼应当按基督教仪式办。”

“基督教婚礼是为基督徒举行的，”帕特里克回道，“况且，异教徒婚礼更有意思。”

“你想要的就是这个，哈？你能有多少乐子？”

“耶稣总是欣赏盛宴的。”

“地狱里可没有你的盛宴，”科姆基尔警告说，“这儿所有的人都不会有。”

“我听说你的临终布道总是大谈地狱，”帕特里克说，“怪不得你的信徒越来越少，而我的越来越多。你快成为罗马教会的人了，不是吗？”

“罗马的新教会很快就要征服世界了。没有什么能挑战上帝的真言。好好想想，你的教会是不是过分妥协了：教育女人、允许离婚。你的布道弊大于利。”

“我们还是让圣钟决定谁的话是真言吧。”帕特里克说着，从皮袋里拿出了滴血圣钟。

“我可不想为这些异教徒赐福，与他们为伍。”科姆基尔愤然说着走开了。

帕特里克发觉利亚姆和周围的人都远远地躲开了他，大笑起来，“别害怕，我没打算敲钟。咱们去弄点酒喝。”

……

一周后，康纳的盾徽已飘扬在由24名加洛格拉斯组成的骑兵队上方。这支小小的武装是由伦斯特国王默查达赠与的。它象征着默查达的承诺，只要康纳需要，他就会派出自己的武力支援。没有什么比这更能确保毛兰家族老老实实把邓萨尼堡交给康纳·塔基了。

塔基的遗孀坐在第一辆马车里，两辆载货的马车跟在后面。利亚姆骑马走在队列之首，艾丝琳和康纳在他身后并肩骑着马。在传令官的呼喊声中离开塔拉以来，康纳始终带着一种又窘迫又胆怯的笑容，像是个偷甜点吃被抓住的小男孩。

队伍走的是从南边离开塔拉的路。如今路两边都是开阔的野地。两个好奇的羊倌一路小跑跟着队伍，和一个年轻的加洛格拉斯搭着话。在他们即将进入莱根森林的时候，一名树人出现了。

四周顿时响起刀剑出鞘的声音。

“别动。”艾丝琳喊道。

利亚姆的剑闪过半空，斩落了一支由加洛格拉斯射出的箭。

“别动！”艾丝琳重复道。

那是个男性树人，裹着缠腰布，身上没有油彩，手里拿着一颗砍下的人头。他向前走了几步，把那颗头抛向他们。它滚到了艾丝琳的马蹄边，用空洞无神的眼睛盯着她。艾丝琳认出了死人那张扭曲的脸，他是树人的萨满巫师。她下了马。

“你干什么？”康纳拦她。

“他们在找新的萨满巫师。”她回答道。

利亚姆调转马头保护着她。

艾丝琳捡起人头，抓着它浓密的头发在自己的马鞍上抽打着。康纳紧盯着那个树人。他问道：“干吗这么做？他们杀了塔基，差点也杀了我们。”

“那就是我这么做的原因。他们会毫不犹豫地听从萨满巫师直到死亡。因此我必须成为他们的萨满巫师。”艾丝琳抬头看着康纳。“而你要做他们的王。”她擦掉手上黑黑黏黏的血点，“他们会成为你的一支强大军队，这可是其他贵族都没有的。他们没有组

织、缺乏武器，可他们的勇猛无惧足以弥补一切。”

“她说的有道理。”利亚姆表示。

利亚姆看着艾丝琳朝那个树人走去。康纳从马鞍后的口袋里拿出一把弓，搭上了箭但并不发射。艾丝琳来到树人面前，那人便俯首跪拜。一队树人，有男有女，从树林里走出来，跪下做出祈求的姿势。又一队树人出现了，后面跟着更多，艾丝琳估计总数超过两百人，全部跪倒在她面前。

向北一百四十六公里的爱尔兰海岸边，巨浪咆哮着撞向邓克里洞穴的拱门，它的壮丽堪与任何一座教堂的大门媲美。深红色的走廊一直延伸到地下，斜插入黑暗的海水里，形成了一座巨大的地下洞穴。

四处点燃的火把没能照亮洞穴里的黑暗。海蛇形的塞奥纳德神雕像在潮湿的墙壁上闪出微弱的光。洞里的光亮刚刚能照出一个弗魔安胳膊和胸口的伤口滴下的血，弄污了他的白色貂皮斗篷。这是他第一次坐在弗魔安大帝的石质王座上。前任大帝残破的尸体躺在他的脚边。这位新大帝走下王座，将前任巨大的独眼剜了出来，举在半空。他自己的独眼则注视着面前跪下的四千名弗魔安武士。

15

伦敦，西敏寺

1392年10月

王后安妮靠在层层叠叠的紫色绸缎枕头上，看着德·维尔穿上衣服。他打开门时回头望了她一眼。她便笑了，他回以微笑，然后走出门外。安妮低头看着理查德，他的头埋在她的两腿间，闭着眼睛。她轻抚着他的头发。理查德蜷身靠紧了她赤裸的身体。

“我漂亮的国王啊，”她柔声说，“我讨厌我的可爱朋友要去参加那场战争的筹备会，多乏味的差事。”

理查德紧紧贴着她的腿，低语道：“他得为出征做准备。”

“你和他都耗费太多精力在这些计划上了。都快没有时间做我们的游戏了，我不高兴。打败那些精灵能有多难？精灵哪有那么多，我可是一个都没见到过。”

理查德睁开了眼睛。“我甜蜜的王后，别生气呀。你没见过精灵，是因为一千年前罗马人把他们从英格兰南部赶跑了。不过，长腿爱德华可在威尔士跟他们打过仗，据他说那些精灵非常凶残。我有可靠的消息称爱尔兰和凯尔特还有大量的精灵。要是你听过上一次试图进攻精灵时发生了什么，你会为我尽可能保护德·维尔的军队，确保他回到我们身边感到高兴的。我不能再重复那样的惨剧了。”

★★★

两个世纪以前，距爱尔兰海岸二十公里外，灰暗的云层遮住了阳光，正午顿时陷入黑暗。在强弓的旗舰前方四分之一公里处，施了魔法的巨浪突然涨到三十英尺高并扑向他们，形成了一道横跨地平线的强大壁垒，阻挡着船队前往爱尔兰的航路。

“是时候赢回你的王国了。”强弓对迪尔梅特说，他是被废黜的伦斯特国王。

迪尔梅特脱去斗篷，递给强弓的司令官罗伯特·菲茨–斯蒂芬，走向船头。他张开双臂，吟唱了起来。开始什么都没有发生，可是后来，前方暴虐的海面上出现了一条宽阔而平静的水道。强弓的司令官轻而易举将船开了进去。

教皇阿德里安四世已颁布《祝祷书》，允许英格兰的诺尔曼人国王亨利二世出兵攻打爱尔兰。尽管梵蒂冈开出的条件十分诱人，亨利还是等待了12年没有动手，直到如神迹般的事件出现：迪尔梅特被罢弃并来到亨利的宫廷。用几个简单的咒语证明了自己的身份后，迪尔梅特向亨利确保他能施展法术，帮助入侵爱尔兰的军队平安登陆。怀着对迪尔梅特的极大信任，还有梵蒂冈为960名佣兵提供的军费作担保，亨利国王便组建了一支出征爱尔兰的船队。这支船队由理查德·德·克莱尔率领，第二代彭布罗克伯爵，被人们称为“强弓”。与他一同出发的是司令官罗伯特·菲茨–斯蒂芬，卡迪根巡官的私生子。

罗伯特看着一道巨浪在左舷高高扬起，又原地落了下去，船只毫发无损。自听到出征计划以来，他头一次露出了笑容。他拍拍强弓的背，说道：“我盼着喝上一大堆凯尔特麦芽酒，而且我听说他们的女人——”他没能说完。

船首右舷方向传来一声巨响，那是另一艘船撞上了一块刚才还不存在的巨大岩石。罗伯特瞥见岩石顶上跨坐着两个年轻女子，长长的红色头发在愈刮愈烈的风中飘散。其中一个指着他们的船来时的方向做了个手势，在空中留下一道闪光的轨迹。罗伯特回过头，只见一堵水墙向他们的水道直冲而来，航船在水浪中剧烈浮沉，人们被甩出船外。而那两个女人——罗伯特看出她们是孪生姐妹——动手指挥起一场巨浪和岩石的交响乐。他的旗舰在海里颠簸着，打着转儿。一个绿色人形的弗魔安爬过围栏，一把抓住船舵旁的船员扔了下去。强弓牢牢抓住船舵，努力在巨浪中保持船身平稳。

又一个弗魔安扑向罗伯特。他掷出自己的剑，正中对方的胸口。他踢开这个野兽，拔出剑来。他们的旗舰从侧面撞上了另一艘船，那里已被野兽们占领，罗伯特听到了船员们的哀号。他砍掉一个冲向强弓的弗魔安的头，冲着强弓大喊道："我们得回去！"

"哪条路能回得去？"强弓也喊道。

现在四面都是岩石，他们的船终于撞上了其中一座，两个人都倒在了甲板上。船身吱嘎一声开始倾斜。强弓的贴身护卫们将他围起来，拼死抵抗弗魔安的攻击。"到小艇上去！"罗伯特叫道。在旗舰沉没前，他们成功地放下两艘小艇，强弓、罗伯特、迪尔梅特和其他16名幸存者登了上去。

次日黎明，罗伯特坐在森林边缘望着海边泥泞的滩涂。海浪将船只残骸冲向岸边，几乎堵塞了班诺湾。昨天夜里，幸存者们穿过沼泽爬上了海湾，躲进了林中。一晚上，不断有木板、小艇漂上海岸，最触目惊心的是漂来了一艘几乎完好无损的轮船。罗伯特在原地又等了一个小时，仍然没有人在水中出现。于是他转头回到林间的一块空地，强弓和迪尔梅特将其他幸存者聚集在这里。总共只有四分之一的人活了下来。

"还有人吗？"强弓问。

罗伯特摇摇头，向迪尔梅特问道："你知道我们在哪里吗？"

"我确定我们在韦克斯福德和沃特福德这两个海盗港之间，"迪尔梅特答道，"我们的西面有一条干枯的河床，那应该是伤痕河，不过它从未干涸过。"

"哪个港口更近？"强弓问。

"如果那条真的是伤痕河，我们朝东北方向走，一天之内就能到韦克斯福德港。"

"那我们就去韦克斯福德港。"强弓说，抬头望向晴朗的天空，用太阳确定着方位，"只要给足金子，海盗会同意把我们送回伦敦的。走运的话，希族和凯尔特人不会发觉我们已经溜走了。"

"不会有这种运气的。他们知道我们在哪儿。"迪尔梅特说，"是莫里甘姐妹沉没了船队。我们不可能躲得过他们。"

"我们别无选择。"强弓说，"我们的人有多少武器？"

"他们只有遇袭时手上拿着的武器——一把剑或一个匕首，或是两个都有。"罗伯特回答说，"从没有沉没的船上，我们捞出了五副盔甲、六十个盾牌、三十张弓，还有差不多六百支箭。不过淡水不够了。弗魔安把水桶全打翻了。"

"把他们组织起来。我们立刻去韦克斯福德。在路上我们能找到足够的水。"

这群人没能找到韦克斯福德或是淡水。他们以太阳定位走了十个小时，没有看到一个凯尔特人或希族，连个农舍也没有。最可怕的是他们发现的三口井。阳光在井底的水面上闪烁着，他们甚至能闻见水的味道，丢石子进去能听到水声，可是哪怕他们把所有的绳子都系在一起，水桶提上来时仍然空空如也。在最后一口井边，一个人试图跳进去，被他的朋友们拽了回来。

最后，强弓停止了这番徒劳。他们分食了打捞的补给中最后一点肉食，找到了几个野生芜菁和萝卜，吸干了里面的水分。

一声尖厉的哭号刺透了他们的脑袋。人们一跃而起，拿起宝剑在日渐昏暗的天色里四处张望着。

“那是什么？”强弓向迪尔梅特吼道。

“班使，死神的信使。”

一个高个女人出现了。她走过树林，身上穿一条绿裙子，外面裹了件灰斗篷，同样灰色的头发在空中闪着光。她看着强弓，红红的眼睛流着泪。她张开嘴，张到不可思议的大，又发出一声哭号。三个男人向她冲去，只摸到了一团雾。班使在另一处出现，再次哭号着。

四面回荡着哭号声，他们试图捂住耳朵，可是无济于事。哭号声越来越大，一直持续了三个小时。然后一下子停住了。队伍全部瘫倒在地，精疲力尽地陷入断断续续的睡眠中，甚至没留下一个守卫。

再次升起的太阳带来了一场新的危机。有二十个人消失了。血迹一直延伸到密林深处。他们不安地派出一支侦察队，回来时报告说队伍距离昨天的海湾不过一百码远。他们一直在兜圈子。

“迪尔梅特，这是你的故乡。你得给我们找到水源。”强弓下令道。

“一定是希族干的。他们不会让队伍离开树林的。”

“那就出去找到水带回来。”

“我知道有个法术能让我们中的几个人走出去。”迪尔梅特说，“不超过五个。我，罗伯特和另外三个人去。我们带上所有的桶和绳子。”

五个人向西出发，去找伤痕河的水道。当他们走到河岸边，河床看上去已经干枯了上万年。而让人发狂的是，他们能够听见水流声，好像河流就在下个弯道流淌着。

“捡一根欧石楠枝插到头发里，”迪尔梅特命令说，“然后把靴子脱了。拿一个水桶装着。”

其他人迟疑地互相看了看。

“按我说的做，如果你们想活着离开这片树林的话。”

罗伯特找到了一丛欧石楠，摘下一根枝条。确定已将它插入头发后，他在干燥的地上坐下开始脱靴子。其他人也照样做了。迪尔梅特在地上划了个六英寸的圈，让每个人都尽力攒出些唾沫吐在里面。用这些唾沫迪尔梅特勉强和了一层泥，在上面画了个复杂的符号。然后，他舀起泥在每个人的脚上都涂了一些，也涂在了自己脚上。

“这能让我们躲过希族，走出这个陷阱。”他不带感情地说。

“或是让我们放弃尝试。”罗伯特补充道。

“没错。”迪尔梅特说。他决定紧挨着河道的右边朝北走，确保他们不会再绕圈子。他们走了三个小时，从未让干涸的河道离开视线，也没有远离流水的声音，终于走出了树林。一片广阔的田地在他们面前铺开，一道道石墙将它们划成网格状。在东边一公里或更远，远离河道的地方，他们能看见一座圆塔的塔尖，这意味着那里有一座修道院。这支小分队向那座塔走去，沿途一直贴着田地的墙边，尽可能保持隐蔽。

这座中等规模的修道院包括一座高高的圆塔、一座仍在修建中的石造圣堂，以及三幢茅草顶灰泥墙的建筑。其中最大的一幢看上去像是旧圣堂，上面树着一个高高的石质爱尔兰基督教十字架，它除了有代表罗马基督教的十字架，还有凯尔特的太阳神，也有人称它为月亮女神，二者其实是同一种神。或许连十字架本身也并非源自罗马教会，因为早在基督诞生的几百年前，十字形状的元素就大量出现在凯尔特和希族的各类仪式活动中。从旧圣堂里飘出了风琴的乐声和歌唱声。透过那道尚未完工的外侧防御墙看去，庭院里明明白白的有一口井。

蹲在树篱后的迪尔梅特悄声说：“这口井不像有法术保护。”

“我们把修道院占了，往返几趟把水运回去。”罗伯特说，

“欧石楠还在我头发里吧？”

“那个法术只能让你躲开希族，在这里不起作用。何况，我们不可能攻下这座修道院，凯尔特的修士们总是全副武装，也不清楚里面有多少人。我们只能偷偷溜进去，尽可能地弄些水出来。”

这时，一个女人端着木盆走出最小的房子，来到了井边。她和着乐声小声唱着，解开裙带，顺着肩膀将裙子褪到腰间；然后从那口浅水井里舀出水盛满了木盆，把它放在石台上，弯下腰开始洗自己长长的黑发。

旧圣堂里的乐声消失了，里面的人们吟唱起来。“我们得快点，”迪尔梅特说，“他们开始做第六时祷告式了，它不会太长。不过要小心，塔里可能有看守。”

“我负责盯着塔，”罗伯特说着，把箭搭上了弓弦，“你们三个，”——他对那几个每人拎着两个水桶的士兵们说，“去井那边。如果还是打不出水，让那个女人打。迪尔梅特，你跟我待在这儿，一拿到水就带我们回营地。去吧。”

那三人跑向外墙，停了一下，从墙上的缺口钻了进去，悄悄地从后面靠近那个并不知情的女人。他们还没走到她身边，塔上最高的窗户里就探出一个修士，大声喊着警报。那女人刚抬起头，一个士兵就把匕首抵在了她喉咙上。

罗伯特站起身朝那个修士射了一箭。窗台一下子空了，箭身啪的一声撞在上面。塔里响起了警铃。女人想回身逃走，士兵手里的匕首从她湿漉漉的皮肤上滑脱了。然而那女人的脚在泥地绊了一下，她摔倒时脖子恰好擦过匕首，割断了动脉。

那个士兵眼睁睁看着女人倒在地上死了，而一大群修士正从旧圣堂的走廊里跑出来。其中一个穿着蓝袍、脖子上有条奶油色饰带的修士向前几步，从腰上系着的皮口袋里拿出了一口铁钟。

迪尔梅特抓住罗伯特，让他压低身子藏在树篱后头。“滴血圣

钟，”他轻声说，“他是帕特里克。”

士兵们转身要跑，帕特里克在他们身后敲响了铁钟。鲜血从他们的耳朵、眼睛和嘴里喷溅出来。他们还没跑到外墙就瘫倒了。迪尔梅特和罗伯特蜷起身子躲避着修士们的视线，逃向了树林。

迪尔梅特和罗伯特没能带水回来，也没能带回其他士兵，这让整支队伍更加绝望。那天晚上他们已经没有吃的了。黎明到来时，更多的人消失了。这次他们留下的痕迹不只有血印，还有木盆里迪尔梅特的头，额头上烙着爱尔兰式十字架。那个木盆属于前一天被他们杀掉的年轻女人。

太阳升起时，罗伯特背靠树坐着，无神的眼睛望向树林深处，等待着。远处传来一声战斗的号角，然后是第二声、第三声。越来越多。当号角响起时，强弓对他说：“把大家叫起来，是时候结束了。”

罗伯特慢慢地站起身来。他用剑身拍拍一个还活着的弟兄。“起来，都起来。你们想坐在这里等死，还是要拿起宝剑战死？我不在乎你们多累多渴。想解脱你们就跟我来，很快就能在天堂里彻底解脱了。”没有人动。“不然就待在这儿，看看希族能对你们做什么。”大家站了起来，整理着微薄的补给品。

“除了武器什么都别拿。”强弓说道，“其他的你们都用不上了。”

他们走了一刻钟就来到一片草场。等在远处的凯尔特军队大笑了起来。一群凯尔特骑兵假装从马上摔下来，在草地上打滚。其他的步兵把剑收回剑鞘，在草地上躺了下来。几个女武士坦胸露乳，挑逗地问这些诺尔曼人是否需要奶水。凯尔特军队阵前，两个年轻女人骑在马上，正是旗舰沉没前罗伯特瞥见的岩石上的女人——她们是其时刚加冕的莫里甘姐妹。

“弓箭手上。”强弓用干裂的嘴唇低吼道。

“所有的弓弦昨晚都被砍断了。”罗伯特回道。

“弟兄们，你们的痛苦就要结束了。把你们剩下的力气都拿出来——我们来为死亡而战。”强弓试图让自己的声音听起来铿锵有力，不过没有成功。但其他人还是以一种坚定或者说缓慢的步伐跑上前去，可任谁也不会把这称作是一场进攻。

“这样的进攻我们也得来一段。舞者们出来！”莫里甘姐妹中的一个喊道。一大群女人从凯尔特军队中走了出来。她们的衣着与武士们不同。每个女人手中都拿着三四个飞镖，一种比矛要短，更像长箭头的武器。女人们向诺尔曼人行了屈膝礼，然后唱了起来。后者回以鞠躬。女人们旋转着短裙，跳着舞靠近诺尔曼人。她们停在他们的剑刚好够不着的地方，舞蹈、旋转，然后扔出了飞镖。

诺尔曼人的腿、胳膊和肩膀纷纷被飞镖击中，溃不成军。个别几人被飞镖射中喉咙或心口而死。投掷者们见飞镖居然杀死了人，便讥讽地笑着回到了自己的队伍。眼见得手下们四散倒在身边，自己大腿上也中了一记，强弓终于丢掉了剑，单腿跪了下来。

八天后，在伦斯特首都费尔纳附近的一个广场上，几十个孩子坐在新修的围栏顶上，看着强弓入侵军的156名幸存者根据从军前的营生被分门别类：木匠、铁匠、石匠、造箭师、修鞋工，大部分被关进广场上的主围栏里。围栏里的这些人，将每次送20个到奴隶市场上拍卖掉。他们几乎没有抵抗，得知爱尔兰的大多数奴隶都能靠本事获得自由，他们都松了口气。

强弓、罗伯特和其他四五个能读写拉丁文的人关在一起，还有一个用长笛证明自己是乐师。拍卖他们将是今天集市上最精彩的时刻，有种特别的狂欢意味。拍卖主原本希望有个诗人，可惜并没有。

轮到他们了。与其他人一样，在去往奴隶市场前，强弓这队人被要求先脱光衣服。他们的手被绑在身后，通过铁环固定在拍卖场

上无数小矮柱中的一个上。有兴趣的买家徘徊在他们之间，检查着品相，在看中的奴隶胸口用蓝色油彩写上自己的出价，划掉之前的。

奥菲便是位有兴趣的买家。她是当时伦斯特国王泰格楠·乌阿·鲁艾克的独女，对强弓的过人之处已有耳闻。她走入市场时，正好听到奴隶贩子在吆喝："彭布罗克伯爵！过来瞧瞧为什么叫他强弓！"一大群人涌过去看，兴奋地讨论着。"把他买给你的女儿，将来你的孙子就会声震五大王国。"

奥菲拨开人群走到最前面，轻喘了口气。

"我们看看强弓到底有多壮观，"她对随从们说，"去撞他。"

那两个女孩急切地走上前去，在人群鼓励的叫好声中挑逗起强弓。他抬起头，面无表情地盯住奥菲。她看了看从他胸前直写到下腹的超长出价单，转向奴隶贩子问道："什么时候结束这个人的出价？"

"如果夫人愿意出个公平的价格，我们立刻结束拍卖。"

奥菲从他那里拿起小刷子，把上一个出价划掉，写了一个双倍的价格。

强弓对奥菲的吸引力远不止于床榻，一年后她嫁给了他。又过了一年，他被选举为伦斯特国王。亨利国王听说强弓成为国王时，还以为自己在凯尔特终于有了个强大的同盟。然而，当他的特使打着休战旗乘海盗船抵达爱尔兰后，他发现强弓已成了彻彻底底的爱尔兰人，对帮助英国的事毫无兴趣。

★★★

"这就是强弓绰号的来历啊！"安妮大笑，说完忽又停住笑声皱起眉头，"您确定德·维尔不会有事吗？"

"我会确保他没事的，我甜蜜的王后，我会派出史上出征爱尔兰最庞大的军队，十倍于强弓军的规模。所有军费来自教皇国的犹

太人。”

“可是告诉我，尊贵的国王，德·维尔真的要会见犹太人吗，在我们的宫廷里？他们让我不舒服。”

“他们带来了金子和奴隶，除了德·维尔我谁也信不过。”

这些犹太金主已经交了第一笔出征爱尔兰的军费。梵蒂冈同意给理查德总数超过40万镑的金额，相当于和平时期王室好几年的税收。安妮已经探知了这一消息。由于王室前一年度的亏空，财政大臣一直在施压，要求她削减奢侈的用度。一个月前，安妮已逼着德·维尔透露了与梵蒂冈约定的关键信息。在审查了前一阶段的数据后，安妮很快看好了军费预算中最有利可图的一部分。

“德·维尔告诉我，买新船要花一大笔钱，超过10万镑呢。”

理查德坐起身来考究地看着她的脸。“是吗？嗯，出征需要一支船队。你有什么想法？”

“我亲爱的国王，您不能征用商船吗？”

“当然可以。我想做什么都可以。只是，我聪明的王后，造新船将赢得行会们的支持，特别是造船工和铁匠。”

“您是他们的国王。他们必须效忠您。”

“就算是征用的船，也会依法收取租船费。而且我们在船只改造上也要花不少钱。”

“我听说，租船费不过10镑，而且这么短的航程，改装费能有多高啊？”她将纤细的手指划向两腿之间，开始抚摸自己。“我希望，我仁慈慷慨的丈夫能考虑拨出4万镑做我的零用钱。这不过是对忍受您的分心和德·维尔离开的小小补偿。”

“不行。”他边说边看着她手指的活动。

她继续抚摸自己，看着他，明白他说的不行只是句戏言。

他挨住她的身体，拥抱着她。他把头靠在她小巧坚挺的双乳间，说道：“我会调出5万镑供你零花的，我的王后。”

次日上午，理查德走进了拥挤的议事厅，那里已被改造成一间作战指挥室。正当理查德任命的战事委员会成员：德·维尔、莫蒂默和诺丁汉伯爵三人站在账台桌边被什么话逗得哈哈大笑时，管家通报理查德已到。屋里所有人赶紧肃立鞠躬。理查德随便挥了挥手让他们起身，加入了伯爵们的讨论。德·维尔想任命莫蒂默做自己出征时的副手，而诺丁汉已经指派了作战的指挥官。

财政大臣在账台桌一头摆出了一小摞金条和银条。这是德·维尔从梵蒂冈的犹太人那里拿到的，他们以此换得王室一张未署名的收条。旁边是一大堆空白的木条，代表着梵蒂冈允诺提供的经费。

整张桌子被白色油彩划成一个个方格，分别标记了船只、军队、马匹、粮草和军需品的开销。其中最大的部分是军人的花费，又细分为骑士、弓箭手、步兵和随从几类。在账台桌的远端有一个未标记的方格，每个人都知道那归理查德私有。游戏很简单：理查德的方块里堆的钱越多，战事委员会三位伯爵能分到的爱尔兰土地就更多。

在大臣对照分类账复核着桌上的金条、银条、木条和空白格时，理查德走了一圈，来到桌子尽头自己那块等候金子的方格前。“大臣，你带白色油彩罐了吗？”理查德问道。

“是的，王家陛下，当然带了。”

“那么拿过来，在我的方格边再画一个。”

大臣示意一个随从，那人赶忙拿来一个小油彩罐，画上了一个新方格。

“不要跟我的方格一样大，你这蠢货。好了，现在把刷子给我，滚出去吧。”理查德在新方格边潦草地写了个“50000”，“大臣，这是给王后的。”

“遵命，王家陛下。”

“好，继续吧，把筹码挪过来。”理查德把刷子丢给大臣，后者手忙脚乱地接住了，白色的油彩溅了一袖子。“如果我不再听说你为花销的事打扰王后，那就更好了。”

“当然，王家陛下。我只是为了您的……”

理查德挥挥手让他闭嘴，然后离开账台桌来到沙盘桌旁。这张桌子足有十五英尺长，六英尺宽，桌面上绘有英格兰和威尔士的地图，标出了每个郡县及其郡督。几个抄写员候在旁边，手里的小羊皮纸将写上对郡督的指示，或是郡督的承诺。这些羊皮笔记将钉在相应的郡县位置上。

诺丁汉开口说道：“王家陛下——”

德·维尔把手放在他肩上打断了他，说道：“我确定我们能为王后调出5万镑。”

理查德微笑着望了德·维尔一眼。“从轮船开支里你们能省出5万镑甚至更多。我已经决定征用商船了。”

“已经签署的造船订单怎么办，王家陛下？”莫蒂默恭敬地问道。

“是啊，造船订单怎么办？跟我们说说，德·维尔，还有许诺给铁匠行会的订单。”理查德回道。一艘全新的65吨位运兵船的造价几乎达250镑，其中一半要付给铁匠以锻造抱钉。

所有人的眼睛都看着德·维尔。“我们将慷慨地把造船订单换成在爱尔兰伐木的许可。造船商已经与铁匠签的造钉订单改成锻造箭头。我们会需要——你怎么说，诺丁汉？——150万颗箭头？”

诺丁汉点点头。

德·维尔接着说道：“而且，改装商船的订单再加上新订购的武器、盔甲和补给品，将让行会首领们对出征行动表示足够的支持。”

“那我们直接开始吧，”理查德说，抄写员们赶紧记录起来。“过来，诺丁汉，给我们看看你要怎么准备。”

人们都聚到沙盘桌边。“找到那么多商船，再进行必要的改装，要花很多时间。”诺丁汉说道。

“船队起航前，你有二十四个月的时间，不能再长了。”理查德答复说。

诺丁汉叫来秘书，在地图上指点着，“从泰晤士河到埃克赛特的所有港口都派测量员去，还有萨默赛特、德文、康沃尔、布里斯托尔和兰开夏。威尔士的所有港口也都要去。他们要测量所有60到100吨位的船只，列出清单说明运输军队或马匹所需的全部改装要求。再列一张40到60吨位、运输补给品的改装清单。我的办公室将在三个月内呈送所有报告。”

“很好，”理查德说道，微笑地搓着双手。“这个游戏会很有趣。要是我们新的希族同盟来了，任何旧船都能完成这趟短途横渡。”

“如果那些精灵保护不了我们的船呢，王家陛下？”诺丁汉问。

“那么横渡中什么船都过不去，新船也不成，而你的儿子会为提前继承家产感到万分高兴的。”

诺丁汉配合地大笑起来。“还有件事，王家陛下，我能请求您批准征召补给、兵丁和马匹吗？各郡的配额已经拟好了，只等您签字便可以通知郡督们。”诺丁汉递上一份文书，理查德并没有接。

“你可以征用兵丁和补给，马匹不行。我可不想让郡督们把他们那些年老跛脚的驽马送来。你给每匹健壮矫捷的好马付一镑。让郡督们知道，要是他们敢把最快的马留下，我不会放过他们的。”

理查德走回账台桌。桌上所有的方格都空着，除了王后的那格，里面放了一堆木条和两根犹太人此前交付的小金条。理查德拿起了金条：“我要把这个带给王后。”

理查德走出了房间，所有人鞠躬致敬。财政大臣手下的一个官员拿了两根带金点的木条放进王后的方格，补在刚才金条的位置

上，然后在上面画了红色条纹，表示金额已付。

战事委员会围在账台桌边，与财政大臣及其官员们商议起来。在对各项数字的反复讨论斟酌下，方格逐个填满了。

他们知道航程不会像理查德说的那样轻而易举。吨位是航运的测量标准，一吨可以承载八桶满装的红酒。虽然任何旧船都能当作运输船，但至少要60吨位以上的才能派上用场。用于先锋队的二十四艘船也要配备弓箭手，还要在船尾加装舱房以便在登陆时保护他们。然而，大部分改装运输船的预算都要挪到理查德决定采购的七千匹马上。

就算它们都是健壮的好马，可是马腿总是脆弱的，但凡有些创伤病痛，甚至哪怕马匹脾气暴躁，都无益于进攻行动。何况养护马匹还很耗钱。虽说一镑可以给弓箭手配匹快马，给骑兵配匹战马，可是训练出一匹敢于冲向一排枪兵、不会在近身搏斗中逃跑的马，则要花二十五镑甚至更多。运输马匹还需要最大吨位的船，船上另要增设坚固的跳板、畜栏、护栏，还有存放饲料的干燥储藏间。幸好凯拉什向德·维尔保证他们将在爱尔兰获得一批替补马匹，否则他们得装运好几趟，因为比起骑手，马匹的死亡率要高得多。

需要运输几千匹马的作战计划由理查德亲自拟定。要跟手持致命长柄斧的加洛格拉斯近身搏斗，英格兰步兵一个也活不了，能活命的骑兵也没几个。考虑到骑马的弓箭手可以灵活转换位置，从侧面进攻加洛格拉斯，所以理查德提出了一个大胆的、前所未有的计划，把配备长弓的弓骑兵作为英格兰军队的主力。这也有助于解决诺丁汉提出的疑虑，他担心步兵对战希族的能力不行，毕竟不知道持剑的爱尔兰精灵有多厉害。在账台桌上，代表弓箭手酬劳的方格填得满满的，这些人可不能靠义务征募。

对于骑着小快马的爱尔兰轻骑兵，英格兰的长弓也有优势，能在更远的距离干掉对方的骑兵和马。

长弓已日渐成为当时战争中的致命武器，英格兰则一直最精通这门技艺。英格兰长弓长达六英尺半，由精心砍下的紫杉树干制成，树干表皮用作长弓的边材，树芯用作心材。这使得长弓异常坚硬，不能照寻常那样拉开弓弦，而是要往回收。这样弓箭手的右臂就不容易疲惫。当弓箭手靠身体重量压住它拉弓时，弓弦将保持平稳。在持久战中靠这种方法，一个训练有素的弓箭手能在一分钟内射出六支箭。

诺丁汉把价值六万五千支箭的筹码放进秘密衣橱的方格里，这是个负责武器和盔甲的机构。这种箭由杨木做的箭身和又长又尖的坚硬锥头组成。从英格兰紫杉长弓里射出的箭，能在两百码外射穿锁子甲，一百码外射穿轻型板甲。

技艺最高的长弓箭手来自柴郡，理查德将他们收为贴身护卫。一个精通此道的弓箭手能够瞬间击中并杀死他的敌人。这些护卫身穿白绿相间的制服，别着理查德的白色牡鹿徽章，对理查德言听计从。他们每个月能拿到186便士，相当于拥有一份小产业的收入。理查德还发现，在依据《自由大宪章》要求向议会提出诉求时，这些人也大有用处。由于梵蒂冈提供出征爱尔兰军费的事情被作为高度机密，理查德便向议会提出增设新税。投票的时候，他派了十二名长弓箭手站在议会厅，一手执弓一手持箭。

在作战指挥室里，理查德也留了四名柴郡弓箭手，他们在账台桌边来回走动，既为保护桌上的金条，也在充当理查德的耳目。此时桌上正在就分配多少预算供发放薪水展开热烈的争论。此次出征需要组建一支一万名战士的军队，虽说梵蒂冈给了一万五千名战士的钱。其中包括六千五百名弓骑兵、三千一百名步兵——主要是枪兵——还有四百名普通骑兵。任何未在伯爵们或理查德麾下服役的男人，都将被雇佣或是征募入伍，接收制服、配备武器、参加训练。除了拥有牛津伯爵爵位的德·维尔、拥有马奇伯爵爵位和王室

继承权的莫蒂默，以及诺丁汉伯爵，还有洛特兰伯爵、亨廷顿伯爵和格洛斯特伯爵都同意参加出征行动。所有的士兵、乡绅、管家和侍从都将带着他们的马匹、武器和补给在米尔福德港集中整顿、厉兵秣马，二十四个月后的出征将从那里开拔。

不顾爱尔兰潮湿寒冷的天气，将出征时间定在深秋也是理查德的决定。他相信他的弓箭手们在林木凋零的时候能发挥更大的功能。并且，这样还能打爱尔兰一个措手不及，因为历史上所有的船队都是在晴朗的夏日出发的。

当他们躺在床上时，理查德突然灵思一动，诗兴大发地对德·维尔说："我想让你在一番箭雨横扫爱尔兰军队后，踏着他们飞溅成河的鲜血驰骋。"德·维尔大笑起来，安妮用纤细苍白的手几近无声地鼓了掌。

16

“你母亲耶洗别的淫行邪术这样多，焉能平安呢？

——《列王纪·下》9:22，《圣经》和合本

“（玛拿西）并在欣嫩子谷使他的儿女经火；又观兆、用法术、行邪术、立交鬼的和行巫术的，多行耶和华眼中看为恶的事，惹动他的怒气。”

——《历代志·下》33:6，《圣经》和合本

法国，巴黎

1392年12月

在被洒入华丽卧室的柔和银光唤醒前，法兰西王后伊萨波梦见了爱尔兰。冬至以来的第一轮满月映在大落地窗前。她确定自己的丈夫查理一世国王——他喜欢被称作“可爱的查理”，可更为人熟知的是“疯王”的绰号——今晚由她的弟媳陪伴，在王室住所的另一边、巴黎四区的圣保罗酒店里一间没那么华丽的卧室共度良宵。虽然名义上疯王查理的王座和宫廷位于附近的卢浮宫，可是整个欧洲都知道，法国真正的统治者在这里，在伊萨波的影子宫廷——女巫宫廷里。不过罕为人知的是，她的宫廷其实是女巫团，她就是大巫女本人。

壁炉上的一口小钟报时凌晨两点，这是她的女巫们聚集的时刻。在召唤她们之前，她要先重建自己与女巫团创立者的联系，一种跨越血与时间建立的联系。虽然尚未从近期挪威之旅的劳顿中恢复，伊萨波还是从四柱床上起身，在睡衣外披上一件丝质长袍。她飘然来到墙边，往一段装饰壁带上按了下去。一块嵌板咔嗒一声打开了。

大巫女走进了一间没有窗户的正方形房间。正中央的镶金桌子上燃着一支金色蜡烛，柔美的黄光照亮了整间屋子。大巫女知道，只要她施法，这支由她的祖先塔迪娅·德·拉·巴特在112年前点燃的蜡烛就永不会燃尽，也不会熄灭。她在一张素色木椅上坐下，盯住火焰，开始了回忆仪式。

暗紫色的天空中，太阳和月亮绕着一条急转的弧线旋转着。她坐在小船里向一条血河的上游划去。两岸的黑色沙地里，上千个女人一排排站着，每个人身上都着了火，依次转过头注视着她从身边划过。

她在一个石码头系好了船，跨入一道台阶，它一直向下延伸到看不见的远处。

她拾级而下，走进了旁边无数道门中的一个。

她在8岁的塔迪娅身体里，站在一个熟悉的二楼窗边，临着一个小镇里的巨大广场。她知道这是1275年的图卢兹。

她能感觉那个男人粗糙的手捏着她的下巴，在他弯下腰跟她说话时，能闻见他呼吸里麦芽酒和香肠的味道。“你要看着。”他吼道，而大巫女和她的祖先都不在乎回忆他的名字，“看看你们这种人有什么下场，我们会对你妈妈做什么。”

他以为他在强迫她看。并非如此；无论如何她都会看的。“有些人一开始就哭喊个不停，像你妈妈这样的却想显得勇敢些，不过最后她们都会在火焰里挣扎求饶的。”她母亲身上单薄的衣服烧光

了，那人粗野地笑起来。

这是真的，那具曾承载了她母亲安吉拉·德·拉·巴特的身体被绑在熊熊燃烧柴堆的中央火刑柱上，在围观人群的喝彩声中尖叫着、扭动着。不真实的是，一个真正的巫师不会在火刑柱上疼得扭起来。它在痛苦地挣扎，是因为灵魂已经离开，失去它的身体迷失了方向。早在第一束火苗舔舐皮肤时，母亲的血液就已经涌入了女儿的静脉里。

审判官雨果·德·贝尼奥尔曾宣布她的母亲犯下了与撒旦媾和之罪。那不是真的，是梦淫妖而已。他们还指控她拐走婴儿，去喂养与邪祟交配生下的可怖子嗣，其实根本没有什么子嗣。她的母亲只是为了欢愉才召唤梦淫妖，那些拐走的婴儿是为不同的法术配置药剂而用。

“你也会死在火刑柱上，”那个男人说，语气缓和下来，“如果你惹国王生气的话。要不是他的恩典，你现在就会被拖出去烧死。”广场上那具躯体变得焦黑蜷曲，停止了挣扎。围观的人群大多拿出喷香的手帕捂住口鼻，逐渐散去了。

“过来，”那个人说着，抓着她的胳膊把她从窗边带向门口。“只要你的国王，大胆的菲利普，还将你置于他的保护之下，你就可以安全。”大巫女感觉到塔迪娅已下决心不要任何保护。

大巫女从烛光中退了出来，微微一笑。她能感到塔迪娅的血在她自己的身体里生机勃勃地奔涌着，流遍全身。

塔迪娅被装进一辆马车，送入菲利普三世的宫廷。刚开始，她靠插科打诨取悦王室谋生，同时私下里为大胆菲利普占卜。不过很快，他感染了痢疾日渐虚弱，她便翻了身。塔迪娅成为他的日常看护和代理人，又请了些女人进宫来帮自己。自菲利普开始，连续九代法兰西国王都无一例外地染上了神秘的疾病，这一怪圈在大巫女的丈夫身上也应验了。尽管下毒的说法广为流传，但没有人怀疑到女巫团的人。

大巫女站起身来，感到血液里涌过一股情欲的暖流。过一会儿，她会召唤国王的弟弟德·奥尔良公爵来她的卧室。不过在那之前先要召集她的女巫们。自塔迪娅在入宫的第二年建立女巫团后，历任首领都是她的直系后代，其中有三位，包括大巫女，当上了法兰西王后。大巫女离开烛光房间又走出了卧室，下楼来到自己的私人会客室。

国王弟弟的妻子，26岁的瓦伦蒂娜·维斯孔蒂在她身后也进了房间，疯王查理踮着脚跟在后面。大巫女用询问的眼光看了她一眼。瓦伦蒂娜耸耸肩："我赶不走他。"

"陛下。"大巫女对着丈夫的方向潦草地点了点头。

"什么？你能看见我？"查理嚷起来，"我是玻璃做的。一定是衣服的原因，你能看见衣服。"查理开始拉扯自己的衣服。

"小心点，陛下，您会把自己弄碎的。"瓦伦蒂娜说。

查理皱起眉头。

"把他带到角落去。"大巫女说。

"来吧，陛下，我来为您脱衣。"瓦伦蒂娜小心地领着查理走开了。

瓦伦蒂娜在低等巫师组织遍及欧洲时引起了大巫女的注意。14岁时，瓦伦蒂娜毒死了她未受洗礼的私生子，也是她的第一个儿子，用他的血和肉调制成一种油膏，能让她飞快地远距离穿行且不被人看见。正是这种复杂的咒语引起了一则虚假却流传广泛的谣言，声称巫师能飞。15岁时，瓦伦蒂娜加入了女巫团；19岁时，大巫女安排她嫁给了国王的弟弟；20岁时，她被大巫女任命为女巫团中新一任的国王守卫。

女巫团的其他成员纷纷站起来向大巫女鞠躬致意。

纳瓦拉来的若阿娜同样26岁。7岁时，她就把睡梦中的父亲、纳

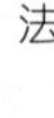

瓦拉的“坏人国王”查理缝进床单，浇上白兰地，放火点燃了。在她的父亲挣扎、哭喊、活活烧死的过程中，她将他身上的火焰收进一个蓝色玻璃盒子。这种死亡之火是从成人身上提取到的最强大的试剂，配合咒语能让一切活物听从号令，不过只能短时有效，直到火焰烧尽他们的内脏。它还能让刚死之人开口说话。

贝娅特丽克丝·德·蒙让，17岁，还在给自己的女儿卡特琳哺乳。大巫女已经能感觉到这个婴儿身上的法力了。贝娅特丽克丝精于制作药剂和毒药，宫里永远需要这些。她同时还是女巫团的乳母。大巫女自己的女儿米歇尔正睡在她座椅边的婴儿床里。

角落里的查理看着贝娅特丽克丝把自己的女儿从一边乳房换到另一边。“把我擦亮，”他喃喃地对瓦伦蒂娜说，她正仔细地为他脱去最后一件内衣。“我必须清澈透亮。”

“遵命，陛下，”瓦伦蒂娜答道，“若阿娜，请拿个空瓶过来。”

玛特西娅·德·弗朗西斯科拍拍手：“接着学你们的。”她对身边的三个小女孩说道。玛特西娅是个16岁的意大利前任修女，以里帕班卡的女巫闻名于世。她擅长通灵术，一种用于占卜和令死者活动的法术，哪怕那人已离世许久。一年前，她被送来女巫团，为大巫女的女儿们担任导师。

大巫女坐在这间大屋子一侧的桌子前，若阿娜来到她身边。一个年轻的太监，不识字的哑巴——他的舌头被割掉了，为她们送来添加了香料的热酒，另一个有着同样残疾的男孩端来一个大盘子，里面装着小无花果馅饼和洒了蜜糖的面点。

“我又梦见爱尔兰了。”大巫女说着，挑了一块点心。

“您占卜这些梦境的含义了吗，大巫女陛下？”若阿娜问道。

“我们在英格兰的密探说，梵蒂冈为理查德资助了全线进攻爱尔兰的行动。”

“他们不可能成功的。”

“也许不会。不过战争中总有机会。我们要注意打开缺口将影响力渗入英格兰。甚至削弱一些爱尔兰的隐蔽力。这就是梦境告诉我的事。”

当桌上新添了肉桂蛋奶冻挞时，两个女人停了下来。

“我们在挪威宫廷的女巫团势力见长。”大巫女继续说道，“不过，这次去挪威，我发现那里几乎没有拿非利了。梵蒂冈在屠杀拿非利这事上干得很彻底。这次的收获不如我预想的多。爱尔兰会成为一座真正的宝藏。要是理查德失败了，我们必须找到其他进入那块魔法土地的方式，那里的魔法力量依然强大。”

“单是想想用一个纯种希族婴儿的肉施咒，得有多厉害啊，”若阿娜浮想联翩，“我要养一大批女希族生孩子。”

“那只是我们想要的一小部分，”大巫女说，“你必须从大处思考。我要迫使希族人说出他们法术的秘密，还有他们运用激愫的知识。我们的法力将无与伦比。”

大巫女的一切成就都出自耐心。一点一滴，一个国王接一个国王，她逐步控制了整个王室家族，然后是法兰西教会，乃至整个国家，她为自己的血统建起了牢不可破的权力根基。不过她的耐心受到了挑战。她已经将女巫团的势力发展到前所未有的程度，现在的她渴望在功劳簿中加上征服希族这一笔。

“对！接着擦！”查理的喊声打断了她的思绪。大巫女不快地看了瓦伦蒂娜一眼，后者在角落里笑着耸了耸肩。查理抽搐了几下，射在了瓦伦蒂娜的手上，然后嚷嚷着跑出门外，“我彻底干净啦！我干净透亮！”他的喊声消失在大厅尽头。瓦伦蒂娜把手上的王族精液刮进一个小瓶里密封起来。虽说要用到国王精种的咒语总是华而不实，不过手边倒一直有现成的充足来源。瓦伦蒂娜在裙子上擦了擦手，也来到桌边，给自己拿了块点心。

“瓦伦蒂娜。”

“是，陛下。”

“帮若阿娜多采集些死亡之火。我们会用到的。”

“没问题。”瓦伦蒂娜舔掉手指上的蛋奶冻，“可烧之人总是不难找。”

★★★

拂晓，东爱尔兰威克洛山脉里一处林木茂密的山谷中，有位凯尔特老人一边吃力地爬着山坡，一边自言自语地抱怨着希族，特别是希族女巫。一头脖子上拴着粗绳的公牛由他牵着跟在身后。这是他仅剩的一头公牛，其他的都在去年冬天被狼拖走了。而它也要在今天赴死。为了实行泰格艾姆占卜法，占卜者要亲自裹进一副新剥下来的牛皮里。只有傻子才会拒绝希族女巫的请求，尤其当她还来自艾德恒族的时候。凯尔特老人并不认为自己是傻子。*什么狗屁请求*，想到这里他愤愤地吐了口痰，*明明就是命令*。然后他赶紧四下张望有没有女巫看到他的不敬之举。在这样的树林里，很难发现绘着绿棕色油彩的艾德恒女巫。

一只褐色的鹰沿着涨水的达格尔河流滑行，这条河起源于乔斯山东麓。在一声长长的啸叫中，她从四百英尺高的悬崖顶上俯冲下来，盘旋了一圈，拍打着翅膀飞向瀑布下的一块空地。鹰爪一触地，就变成了顺势前行的罗斯温。

罗斯温沿着河边探寻着，直到发现一条细长的板岩和一块尺寸适合手握的花岗岩。她用花岗岩砸碎了那条板岩，又花了几分钟将其边缘磨成尖锐的锯齿状。

那老人走到近前，摘下帽子。他一手牵着拴牛绳，一手焦虑地拿着帽子。他粗声粗气地问道：“您的占卜不是需要野牛吗？”

“把绳子丢掉。”罗斯温命令说。

他照做了。

“喏，现在它是头野牛了。”

接着，罗斯温对牛说道：“你的主人不高兴了。我必须用你的皮裹住自己，可那样的话，你就不能服侍他的母牛们了。你愿意把皮借给我吗？”

那头牛伸长脖子哞了一声。

“我希望你的主人记住你今天为他做的事情。”

公牛喷着鼻息。

“别担心，我会流下自己的血，就不用你的了。”罗斯温用那块石匕首划过手掌，一股浓稠的血液溅到了地上。她用手上的血在牛脖子上涂了个红色的标记，然后将手掌按在牛的双眼之间。

她从牛眼里向外看。空地上没有什么希族女巫，只有个老人一脸惊讶地站着。她盯着瀑布飞溅的水花，阳光透过薄云照得它闪闪发亮。一团白雾铺满了她的视野。她集中精神想着自己对故乡的爱，白雾中心逐渐聚合成爱尔兰的轮廓。她问了四个问题：英格兰何时来犯？有什么魔法势力在帮他们？希族如何制止这一切？艾丝琳能帮上忙吗？

几团雾块开始凝固，形成了不是一个、而是好几个形状。未及辨认，一阵黑风便从上空吹散了它们，它们在视野下方消失了。最后只剩下一串微光，像条受伤的蛇般蠕动着，照亮了一株三叶草。而她，作为牛的她，把它吃掉了。

罗斯温再次站在空地上，紧握拳头止住血流。“回答的不是我的问题，而我的问题没有回答。”她对着牛说，“我不知道该感谢你呢，还是剥了你的皮。回去找你的母牛吧。”

老人一面鞠躬一面往后退，嘴里不住地说：“谢谢您！谢谢您！”他转身带着逃过一劫的畜生离开了。

罗斯温想着该如何告诉她的父亲费尔格哈尔大帝。占卜的结果

对他率领中央王国迎战没什么帮助。不止一个，而是好几个来源遮蔽了未来的画面。希族的结局是好是坏也无从预测。

关于艾丝琳也没有答案，甚至连线索也没有。不过这并未让她惊讶太久。艾丝琳的命运在她自己手中，或许整个爱尔兰也是如此。至少短期内是这样。

罗斯温思索着那些迹象，顺着河边走去。最后那个幻象：在一条形似受伤之蛇的光束映照下，她吃掉了一株三叶草。这似乎象征着如果莫里甘女神完整地回来，她，罗斯温，要保住女神生存的空间，可这个任务没那么容易。并且，也没有任何征兆暗示这将持续多久———年，一百年，还是一千年——如果莫里甘女神真能回来的话。

在过去的两百年里，她将自己年轻的生命投入在希族法术的研究中，人类对她而言仍是个巨大的谜。不过，用不着占卜她也知道，随着时间推移，国外的人类将是爱尔兰最大的威胁。如果莫里甘女神真的在向她传递信息，真的给了她一项可能持续一千年的使命，那么她需要学习更多有关人类的知识。她暗忖，或许是时候找个人类伴侣了，半人类也行。

17

方舟空间局促，但含（诺亚的儿子）还是设法保存了那本记录魔法和偶像崇拜（以诺所授）的书。

——赫伯特·德·洛辛加，诺里奇首任教皇（1119年）

死前，他（以诺）将它（《罗洁爱尔之书》）托付给闪和含，他们又转交给亚伯拉罕。自亚伯拉罕之手，它依次传给雅各、利未、摩西、约书亚和所罗门，所罗门从中学到了全部的智慧、疗愈的技艺，以及降服恶魔的方法。

——《禧年书》（约公元前100年），死海古卷

教皇国，罗马

1393年2月

约丹在暴风雨中穿行。雨水横着飞过来摔打在脸上。泥浆灌满了靴子，让每一步都变得更加艰难，好像那些曾在尼禄的环形广场上被烧死的基督徒骨灰想把他拉进罗马的土地里，与他们一同长眠。光芒照亮了四周荒凉的石制神殿。之后又是黑暗。光芒向黑暗侵袭；黑暗又退却了。二者的缠斗越来越快，直至黑暗与光明融合在一起，在他周围不停地旋转。一块古老的红色花岗岩方尖碑从一座基督教堂后面升起。尖顶上的镀金小球向约丹的黑色盔甲射出一道光，白色的光芒爬过盔甲蚀刻的表面。然后，约丹惊恐地发现盔

甲消失了。

“你还好吗，司令官约丹大人？”特使问道。

约丹眨着眼睛。他站在2月里一个晴朗无风的清晨里，地上的泥有齐踝深。特使站在他身边，双手把长袍提到膝盖上，正用狐疑的眼神看着他。

“没什么，只是……早饭让我的胃有点受不了。”

特使指着圣彼得广场边的一处浅沟，男人女人都蹲在那儿方便。“想清空肠胃就快点，伏魔会可不愿意等人。”

“不用。我没事。”

他们接着在泥水中跋涉，穿过熙攘的小摊贩。这些人售卖的东西五花八门，从来路可疑的能驱退瘟疫的圣器，到可以快速煮烂猪头的汤料。广场西侧矗立着圣彼得大教堂，公元372年由康斯坦丁大帝所建，不过自从教皇被掳至阿维尼翁后，这里就废弃了。它明显年久失修，霉斑点点的几处木头屋顶已有些塌陷。自从五十年前教皇返回罗马以来，梵蒂冈一直致力于派新建的雇佣军队在欧洲扩大势力，无暇出资重修教堂。不过，约丹还是注意到某个角落里工人们正垒着铺路石。

教堂右侧掩藏着一座小堡垒，由教皇英诺森三世于两个世纪前修建。如今它是伏魔会的指挥所，也是所罗门戒指的存放处。

约丹抬头看着那座堡垒，那里是他的目的地。他的内心像被一阵大风吹过，思路突然明亮了。他明白纳吉雅为什么为他担忧，为戒指担忧，担忧他也许不能活着走出英诺森堡。她彻夜未眠为他编织了一道保护咒，一种被称作黑甲咒的复杂法术。

★★★

那日天光乍亮，约丹便在拉特兰宫的房间里醒了过来。它位于罗马东南部的圣乔万尼广场。纳吉雅站在窗边，看上去疲惫而焦虑。

“太初有道，道与神同在，道就是神。”纳吉雅诵道，“可是道并没有与神同在，不是吗？人类把它盗走了。”

“说这种亵渎的话没事吗？在伏魔会眼皮子底下？”约丹问道，伸了个懒腰从床上起来。此前他们从康威城堡乘船抵达威尼斯，在苦等几个月待命后，昨天很晚才渡河来到这里。

纳吉雅盯着他。花了一整夜编织黑甲咒，她的眼睛熬得通红。“教会的巫师，那帮驱魔师们，凡是不能为其所用，不听其指挥的魔力，他们都要想办法摧毁。”她回过头看向窗外。台伯河穿罗马城而过，河对岸便是梵蒂冈山坡。“他们藏在石殿里，妄图操纵语言的力量，那些语言来自恶魔和天使撰写的魔典。从大天使拉斐尔错使上帝将这些秘密泄露给凡人以来，他们只要一学会就以为自己能像神一样思考。从那时起他们就堕落了。”

“我读过好多魔典，可从未堕落。”约丹打开他的新上衣，举起来细细瞧着。

“你没读过伏魔会拥有的魔典。它们甚至令摩西和所罗门堕落，所以才被藏了起来。不过藏起来还不够，它们应该被摧毁。”纳吉雅双手捧着约丹的脸，直视他的双眼，“别让他们说服你读那些书。这很重要——向我发誓你一页也不会读。”

“我很惊讶，你对那些书的关注甚至超过了所罗门戒指。”约丹说着在她唇上轻啄了一下，转身去穿靴子。

“戒指是另一个过于强大的法器。”纳吉雅明显打了个寒噤。“天使所制，从未想过会落入凡人手中。驱魔师根本不知道它的奥妙所在，也不知要如何控制它。我能感觉到它就在那儿，”她指着梵蒂冈的方向，“像一场沙暴消磨着我的灵魂。那就是他们用它的方式，如用一把粗钝的工具击退恶魔、拿非利和……巫师。”

“不过你的咒语能保护我不受戒指伤害，对吧？”

“我不确定。”纳吉雅哭了起来，约丹从未见过她这样。他把她搂在怀里，让她的头靠在自己的胸口，轻轻拍着她的背。

“我吓坏了。你不怕吗？伏魔会变得如此强大。”她喃喃地说，眼泪不住地滴在他的新外套上。

“你在怕什么？”他轻声说。

“我看过你的灵魂，看见你与激愫的联结越来越深。如果他们也看到了，如果戒指告诉了他们，他们会杀了你。他们会把你绑在火刑柱上活活烧死。”

“他们伤不了我。我是特使的司令官。”约丹说着，感到自己的信心在动摇。“我得走了。特使命令我去。我会没事的。”

纳吉雅又呜咽起来。约丹牵着她来到放着早餐的桌边，那里有一块圆面包，几片意大利火腿和一罐水。他亲吻了她的额头，让她坐下来。

纳吉雅撕下一片面包，一边咀嚼一边轻声抽泣着。“我不知道哪个更可怕，是伏魔会把你当巫师烧死，还是你想加入他们去学那些魔典。”

★★★

特使穿过圣彼得大教堂前泥泞的广场，迈上台阶来到一条石步道，甩甩斗篷上的泥，向英诺森堡走去。约丹一直跟在他身后，紧咬牙关。他们越接近那座堡垒，所罗门戒指的威力就越强大。约丹的皮肤上灼烧难忍，像有一大群火毒虫在爬，蚕食着他的黑甲咒。当他以为保护咒已失效时，感到自己像是全身赤裸。他低头看着自己，如释重负地发现清早穿的丝绸上衣和皮马裤还好好的在身上。他小跑两步跟上特使，注意到自己的脚步虽然轻盈了不少，恶心感却越发重了。

约丹和特使经允许进入堡垒大门的同时，一个50岁的秃头男人向他们跑来。他不超过五英尺两英寸高，体宽达身高的一半，穿着

一件朴素粗糙的棕色修士袍，袖筒上还有几处脏兮兮的深棕色斑点。那是干掉的血滴。约丹想道。

“红衣主教奥尔西尼大人。”特使说着，向这位高级驱魔师鞠了个躬。

“尊敬的德·米格里奥拉蒂兄弟。”奥尔西尼有点喘地回应道，“或许现在我该称你为‘特使’大人啦？非常抱歉，我来迟了。我刚才同一位女巫有场很有意思的谈话。”

“这里不再囚禁巫师啦？”特使问道。

“不，不。”奥尔西尼答道，“最近他们人数太多了。这里不再作为审讯处，一下就平和静谧多了。你知道他们说的，‘一个女巫的号叫能刺破石头和骨头’。”

特使说道：“请允许我介绍司令官约丹·德·安格拉诺大人。”

约丹鞠了一躬：“主教大人。”

奥尔西尼探究地看着约丹煞白的脸。“管家会带你们去我的办公室。请允许我失陪片刻去换衣服，我很快就去找你们。”奥尔西尼从侧廊离开，又转过头补充说，“等待的时候请喝点葡萄酒。”

管家引着他们穿过内院，走进中心的石头建筑，然后上三楼来到一间富丽堂皇的会客室。他为他们每人斟了一杯葡萄酒，不过约丹婉拒了。他深陷进一张厚厚的椅子里，胃里翻腾不休。他紧锁喉咙以防呕出早饭来，抓牢膝盖不让它们颤抖。

几分钟后，奥尔西尼匆匆进来。“我的错。再次致歉。好不容易能与一名女巫聊天，我失去了时间感。”他换了条背后有风帽的黑色长袍，这是驱魔师特有的服装。里面是一件白色法衣，披着条黑色圣带。项链上垂着一枚金质十字架和一枚银质伏魔会徽章。头上是一顶红色的主教法冠，一般被称作“无边帽”。他伸出右手，上面戴了一枚教会的戒指。特使俯身亲吻了它。

约丹强迫自己从椅子里站起来，小心翼翼地弯下腰，亲吻了戒指。心里想着自它上次被清洁以来，上面不知道印了多少人的吻。

“司令官约丹大人，”奥尔西尼说道，“我听过很多有关你的事。”奥尔西尼微笑着，再次研究着约丹的脸。“你看上去很努力。我一点也不惊讶。”

奥尔西尼带约丹来到一幅巨画前。上面画着一个正三角形和一个倒三角形，合起来组成一颗六角星。中央写着上帝的名字，四个字母的神名：YHWH。“你熟悉所罗门封印吗？”

“是的，大人。”

“是啊，是啊。你当然熟悉。它来自所罗门戒指。那是在两千两百年前，大约早于我主基督诞生一千年，它被赐予或是偷来了。恶魔联合拿非利与所罗门王开战，阻止他在耶路撒冷修建第一所神庙，直到大天使米迦勒借给所罗门王这枚带有封印的戒指，保护他修成了神庙。事实证明这枚戒指不仅能提供保护，还能听从所罗门王的指令驱走恶魔，所以他违抗了米迦勒的要求，在神庙建成后依然保留了戒指。如今戒指就在我们身处的房子里，保护梵蒂冈免于一切邪恶的攻击。”

约丹用椅背撑住自己，强作镇定。体内好像有什么生物在啃噬他的肠子。奥尔西尼继续对他微笑着。

“你知道戒指怎么来到这里的吗？我敢说要是没有它，如今梵蒂冈就不会有这幢房子。”

约丹摇摇头。

“嗯，所罗门王的儿子罗波安，亲眼看到这枚戒指竟然令父亲堕落到背叛唯一的神，还娶了来自书念的女巫做妻子，崇拜起异教偶像。所罗门王死后，罗波安便把戒指封在一个象牙盒里，秘密地同父亲一起埋葬了。不过，在基督诞生两百年后，希腊巫师托兹·格刺伊科斯把戒指挖了出来。而他还没来得及到这里，就被一棵腐烂的山楂树划伤，高烧不退，死在了圣巴托洛梅奥一个农夫的小屋里。

“特使大人，你知道这位农夫。”

特使思索着，“您是指法比安？”

“正是他。农夫法比安带着这枚戒指来梵蒂冈观看新教皇的选举。当口袋里装着所罗门戒指的法比安站在人头攒动的平民席中，一位天使在他的头顶显现，金光灿烂——我猜那正是米迦勒。在圣灵的感召下，我猜或是在戒指的威力下，平民们宣称这位在俗信徒便是下一任教皇。自此这枚戒指就留在了梵蒂冈。它就在这里，完好无损。”

奥尔西尼注视着那幅画。“这枚戒指离上帝太近了。凡人，哪怕如所罗门王那样伟大，也不能擅自利用它而免遭荼毒。这枚戒指保护着梵蒂冈，而梵蒂冈和所有凡人也要防止它的伤害。”

“除了您，”约丹从牙缝里挤出一句话，“您如此圣洁，不会因此堕落的。”

“不不不。”奥尔西尼笑了，“我没有那么圣洁。教会知道这一点，所以也在提防我。不过我和所罗门王不一样，我知道自己的弱点。只有一群不够完美却很虔诚的人，时刻警惕着自己的堕落，也为教会密切关注着。他们运用知识的能力非常接近上帝。而在这儿，不只有所罗门戒指拥有这种能力。唉呀，我的慈悲去哪儿啦？司令官约丹大人，我让戒指折磨您太久了。”

奥尔西尼走到自己桌边，地上立着一张由金属框住的蜡质面板。他拿起一支精致的银刻笔，在蜡面左上角刻上了所罗门王的符印，后面跟着一串亚拉姆文的词语。

“约丹·德·安格拉诺，这是您出生时的名字吗？”

“是。”约丹用几乎听不见的声音说道，瘫倒在椅子里。

奥尔西尼停住了，笔悬在蜡面的上方。“你知道，司令官约丹大人，你对巫术有着非同寻常的天赋。你当然知道——你一直在

用。而你的天赋越强，所罗门戒指对你的危害就越大。”

约丹痛苦地弯下腰，仰头望着奥尔西尼。

“为了上帝的更大荣耀等等一切，我相信未来那场战争已经万事俱备了。事实上，当爱尔兰的任务完成后，你必须回到这里，成为上帝的神圣武士：一名伏魔会的驱魔师。”

在灼烧般的痉挛中，约丹攒足劲说道：“关于战后的去处，特使和我已有约在先了。而且，我曾见过您的几位巫师，他们的法术并不高明。”

奥尔西尼向约丹报以大大的微笑。“啊，是的。你在奥斯陆杀掉的那两个人，在你救那位大个儿朋友的时候。”

“你杀过驱魔师？”特使盘问约丹。

“不用劳心，特使大人，”奥尔西尼说，“他们都只是新手。”他又对约丹说道，“你生来就会的法术比他们一辈子学的都多。幸运的是你杀了他们，这样你才引起了我的注意。而既然我已经知道你杀了我的人，我的提议就不止是提议而已了。不过这些我们留到你凯旋后再谈吧。”

奥尔西尼在蜡上写完了约丹的名字，又加上另一个复杂的符印。“成了，好些了吗？”

约丹的恶心和疼痛一下子消失了。他缓和身子，换了个正常的坐姿。

“很好，”奥尔西尼说，“现在把那根火钩递给我，可以吗？”

约丹站起身，从壁炉里抽出火钩递给奥尔西尼。它大而扁平的顶端已被烧成了橘色。

“我不想让任何人看到不该看的东西。”奥尔西尼说着，把滚烫的火钩烙在蜡面上，上面的字迹融化不见了。

“特使大人，”奥尔西尼欢快地说，“让我为你斟满酒杯，请你谈谈与拿非利的最后一战准备得如何了。”

四十五分钟后，奥尔西尼、特使和约丹站在会见室外的走廊里。

“非常感谢你的报告，特使大人。我很高兴我的计划就要实现了。显然，我们该推进最后这一阶段了。”奥尔西尼说着，递给他一份小小的密封信。“请把这封授权书交给代理主教，他会提供你们去伦敦的路费。”他在约丹的背上拍了拍，“至真教会终于要进入爱尔兰了，你会为我们引路的。不过在你走之前，请允许我展示我们小而惊人的图书馆。”

奥尔西尼和约丹同特使走向不同的走廊，很快来到一个惹人注目的由八名护卫看守的房间。

“这里有什么呢？”奥尔西尼看着桌上的一个篮子问道。“啊，午餐。你饿了吗，司令官大人？”奥尔西尼拿起两块塞着羊羔肉的平面包，用羊皮纸包好，又系上了绳子。他拿了一块给约丹：“把这个放进口袋里待会儿吃。这儿的羊羔骨头都是断的，肉质非常嫩。”

奥尔西尼把另一块装进自己的口袋，推开对面墙上的门，请约丹先进去，自己在后面又把门锁上。他们沿着二十英尺深的石头楼梯走下去，来到了第二扇门前，硬铁制成，没有把手，也看不到锁眼。

“恶魔阿梅洛伊斯就关在这扇门里，”奥尔西尼说，“他阻止一切试图打开这扇门的人，就算我去尝试也是如此。”

约丹把这话当成考验，轻声说出一个在进入这些锁闭的房间前他曾无数次使用过的法术。

“司令官大人，别——”

太晚了。一根细长的发光手指从门里骤然伸出来。约丹大叫一声抓着自己的胸口，他的盔甲已经被烧穿了一个洞。

“上帝啊，你今天真不如意。对付恶魔和操纵无生命物质不一样。你得小心点；他可并不友好。”

奥尔西尼从口袋里拿出一块蜡质板和一支银刻笔。“你知道如何说出恶魔不可直言的名字吗？当然不。毕竟它是不可直言的，况且任何人类的喉咙也发不出那种声音。不过，只有表达出他们的真名才能完全控制他们，比如说把他们关进一扇门里。摩西曾教过我们，他们的真名能用符印表达。过来，让我写给你看。”

奥尔西尼在蜡面上刻下一个复杂的符印。门旋开了。里面是一个小小的石头房间，三面墙都是半满的书柜，第四面墙上安了个壁炉，熏烧着煤块。房间中央摆着一张桌子和两把椅子。

奥尔西尼一走入房间就张开了双臂：“太初有道，道与神同在，道就是神。”

“这句话有人最近提醒过我。”约丹嘟囔着，想起了那天早上与纳吉雅的对话。

“上帝说出的每个词语对凡人都有不可想象的力量。上帝的道就记在这些魔典里。”他指着图书馆的书架说道，“有了真名就能够制住一位天使，哪怕是堕落天使。因为他们的名字都是上帝赐予的。”奥尔西尼在蜡面上又写下一个符印，然后把它扔到煤块上，绽放出一束强烈的蓝色火焰。“只要你想，你就能轻而易举地让恶魔和天使服从你的命令，比如说告诉我是谁在奥斯陆杀了我的人。”奥尔西尼拿起桌上放的三本书，把它们扔进蓝色火焰。壁炉中扬起绿色、红色和金色的火光。

约丹看着那些羊皮书页蜷曲、焦黑、逐渐解体。

“世上的魔典真本只有两种谱系来源，”奥尔西尼接着说，“一部书越接近某个来源，它的法力就越强。”他拿起一套钳具，在火里翻检着，夹出了其中一部。书的封皮已经烧焦了，内页却完好无损。

“啊，我想也是它。”奥尔西尼说，“这是识别一部魔典真本与否的最快方式。拥有真正力量的语言是不怕火炼的。”他夹着书

放回桌上，震起一小团灰尘。然后他翻开了它，捻着精美的书页。“如此优雅的作品。纯洁的牛皮纸制成，取自一头流产牛胎的羊膜囊。这部书值得研究。”

“过来坐下。我们吃午饭吧。糟糕，我该带酒来的。”

“或许您能把水变成酒？”约丹冒失地说。

“可我们也没有水。哦，别管它了。正如我说的，魔典有两种谱系。离我们最近的一种源自所罗门王本人。利用戒指，他收服了三十六个恶魔，都关在青铜容器里。他强迫他们说出自己的真名，坦白自己和手下们犯过的罪孽，并教他使用法术。他将所有这些知识都写进了自己的魔典，取名为《所罗门圣约》。

“所罗门首次用了‘驱魔’这个词，它从希腊语‘驱邪’一词转来，意味着控制与约束的能力。这是种可爱的能力，在英格兰军队起航前，我会借我所藏恶魔之手用它扫除最后一个恼人的麻烦。”

“什么麻烦？”约丹问。

“惊喜还是留到后面吧。只要记住，那将是非同寻常的大事件，而我乐见其成。”奥尔西尼兴奋地握紧了双拳。“话说回来，也正是所罗门的魔典指点教会，不要让凡人接触其中的知识。因为所罗门最后也意识到自己在堕落，但已无力回天。他能做的只有警示后人。

“所罗门的儿子把这部书连同戒指一同埋葬了。所以它后来经由格刺伊科斯到了法比安的手中，得到了教会的保护。事实上，这部书便是伏魔会的滥觞。不幸的是，格刺伊科斯曾将其中的部分内容抄了几份流传出去，我们至今仍在致力收集并毁掉它们。魔典繁衍起来跟兔子一样快。

“这就是伏魔会的任务，很快也将是你的任务了，司令官大人，不只是跟拿非利打仗——也没几场可打了——，也包括保护人们免遭强大的知识所害。对于那些已经堕落的人，在他们贻害他人

前，我们要送他们去上帝那儿接受审判。”

“最近伏魔会逮捕的好像大多是女人。”约丹说。

“啊，是啊。虽说我们的肃清工作进展很大，不过女人总是更容易堕落。她们毕竟是夏娃的女儿。何况你也杀过女巫。”

“只有一个，我亲眼看见她在使用黑魔法，”约丹反驳道，“她在杀一个婴儿。”

“我相信你只做了你必须做的，司令官大人。不要担心，我们会找到合适的黑魔法师让你施展的——也许是女巫团。”

“您要对她们做什么？在奥斯陆，您的使臣用武力都没能让她们来见您。她们好像很厉害。”

“大巫女非常警觉，不会答应同我私下会面的。她知道我在罗马设了陷阱。解决掉爱尔兰的拿非利后，我会再想其他办法。要想征服法国教会，必须把那些女巫统统干掉。不过还是回到所罗门王吧。我的时间有限。

“有迹象表明，所罗门王也曾读过《拉结尔之书》，那是另一条魔典谱系的源头。它更接近上帝最初的语言，所以更古老，也更具法力。上帝曾命令大天使拉斐尔对抗恶魔和他们的拿非利后代。由于对手四处惹事，拉斐尔疲于应对，便说服上帝征募凡人帮忙，至少可以参与对拿非利的战斗。

“拉斐尔送给以诺一部大天使拉结尔撰写的魔典，记录了如何对抗拿非利。你肯定知道，拉结尔是大天使的守密者。他的魔典里也包括了方舟计划。以诺将其透露给自己的孙子诺亚，他们一家才幸免于难。拉斐尔说大洪水将消灭十分之九的拿非利。顺便说一句，以诺是唯一一位通晓这些知识却未堕落的人，上帝决定在大洪水来临前将他带入天堂，虽说死得早，但上帝命他协助自己管理天使军团。”

“那么以诺自己的书里写了什么？”

“那部书非常重要，几乎称得上是魔典。不过以诺非常小心地没有把拉结尔更有威力的法术写进去。所幸诺亚的儿子闪和含保护了《拉结尔之书》。含又写了一部书记录如何使用拉结尔的法术。

“几个世纪以来，人们普遍认为《拉结尔之书》和《含之书》已经在大洪水中佚失了；然而就在三百年前，诺里奇的首位主教赫伯特·德·路西加，在塞尔苏斯作于七世纪的古书中发现的证据表明，那两部魔典都在大洪水中被藏了起来，幸免于难。”

约丹从桌面上探过身子：“我能看看那些书吗？”

“我们还在寻找。目前确知的是，摩西在养祖父切弗林法老的宫里接受法师训练时，曾研究过它们。摩西著有十部书。其中前五部书是关于历史和训诫的，已被收入圣经，除了来自《禧年书》的《创世记》，还包括《出埃及记》《利未记》《民数记》《申命记》。另外五部则是魔典。”

约丹问：“伏魔会有这些书？”

“不错。第六部和第七部包括，摩西击败法老的术士们时所用的咒语，以及之后他率领犹太人出埃及所用的魔法。第八部说明了如何用其不可直言的真名召唤天使和操纵恶魔。第九部和第十部，也称作《摩西之剑》，列出了那些真名对应的符号。”

奥尔西尼又摇摇头：“不过和所罗门王一样，没有教会的监看，摩西也因摄取知识过多而堕落了。他想在犹太人面前证明自己的法力，便用了自己创造的法术而不是上帝指示他用的那种，令米利巴的磐石中流出水来。所以上帝惩罚了摩西，令他在看到应许之地时死去。”

奥尔西尼一脸鄙夷地站起来，在白色法衣上擦了擦手，他的羊羔卷已吃了一半。“你必须牢记这一点，司令官大人。无论多么厉害的术士，没有人能在获取这么多知识后还不堕落。他需要至真教会时刻看护，危急时才能帮他悬崖勒马。”

约丹站起来跟着奥尔西尼一同走出去。

“等你从爱尔兰回来，就可以接触所有魔典了，在教会的关爱下你不会有事的。”

“谢谢您，陛下。”约丹说，“您的慷慨与您的雄辩一样惊人。”

他们来到禁卫室，看管着一个女孩的守卫向他们致意。女孩双手被绑，约丹估计她只有16岁。她手上捆着的绳索已经磨损，脚踝的铁环上血迹斑斑，嘴被堵住了。哭红的眼睛因为恐惧睁得更大了。

“我们来这儿做什么？”奥尔西尼问。

“这位是来自卢加诺的凯瑟琳·西蒙女巫，”守卫说道，“我想，在把她送到圣天使堡之前，您或许想看看她。”

女孩拼命摇头，满面泪水。

“多么甜蜜的小东西啊，”奥尔西尼说，“烧你费不了我们多少木柴，对吧？孩子，告诉我，你见过烧死的女巫吗？”

女孩尖叫起来，声音闷在堵塞物后面。空气中有股新鲜尿液的刺鼻味道。

“哦，我可爱的女孩，”奥尔西尼摸着她的脸说道，“或许这里有误会。让我们做个简单的测试好了，几乎毫无痛苦，真的。你知道，完全献身于黑魔法的女巫只能和撒旦交欢。那么，如果一个女孩愿意主动为教会的红衣主教暖床，那大概说明她还迷途未远，有望得救。”

女孩呜咽着瘫坐在地上。

“把她带到我的卧室去。”奥尔西尼说道，给了守卫一枚索尔多银币。守卫粗鲁地拉着女孩离开了。“让我的管家给她洗干净！”奥尔西尼冲着远去的女孩喊道。

约丹感到胸口发紧，不由自主地抓住了剑柄。“职务之便？”

“一切都是为了教会的荣耀。”

“有女人或女孩通过这种……测试，免于火刑吗？”

“还没有，不过你懂的，只要她够热情就有可能。至少也得长得漂亮。现在我得去工作了。你能自己找到回去的路，我肯定。”

约丹看着奥尔西尼离开，嘴里嘀咕着。守卫们察觉出他强忍的情绪，警惕地盯着他。

约丹走出英诺森堡，大步穿过圣彼得广场，在吵嚷的市场中走向回程的路，激动得难以自抑。*没什么比被迫变得重要更可恶了。*他想道。他觉得自己该做点什么帮助那个女孩，什么都好，可是周围全是守卫和驱魔师，还能做什么？从广场最远处的小摊中挤出来，他感到后脑勺发痒，好像被监视了。他停下来环顾四周。大教堂左后方高耸着那座方尖碑。他能感觉到里面散发出的法力，顶端的那个球体像一只金眼紧盯着他。那是卡里古拉的方尖碑。

在一位堕落的大帝把方尖碑带入罗马前很久，这块坚硬的红色花岗岩一直待在埃及圣城赫利奥波利斯。当摩西还在苦苦研究拉结尔的魔典时，这块碑就从埃及的某个尼罗河岛上被挖了出来。约丹记得希罗多德曾写过这段历史，他是第一个调查方尖碑的希腊人，为了探究其中的魔法秘密。

埃及人将拿非利奉为真神，不过这带来了一个问题：如何敬奉在世间游荡而你并不真心希望出现在自己宫廷或神殿里的神？望着卡里古拉的方尖碑，约丹想象着做那时的拿非利是什么感受。身为一个为世俗欢愉放弃天堂的天使的后代，夜晚在荒野中奔跑，仰望星空时他们会看到什么？他们对自己神圣父亲的畅想有多无边无际？他们能从这个物质世界遁入另一个王国吗？约丹知道他们是如何看待沿尼罗河边定居的人类：他们看见了食物和可被凌辱的柔滑肌肤。

一群豺狼脑袋的拿非利人，因饥饿和欲望而疯狂，驱使埃及法师修建了方尖碑。它被施加法术、祭以鲜血，足以抵御大部分的魔法生物。希罗多德曾饶有兴趣地研究过埃及法师置于方尖碑顶以增强法力的金属帽，它被称为琥珀金。他从未得知其确切的成分，这个秘密被小心掩藏了，只知道是融合了金、银、铜和其他物质的合金。

公元一世纪时，罗马人遇上了和古埃及人相似的难题。罗马淫荡的节庆和血腥的娱乐活动引得欧洲的拿非利不请自来。他们住进罗马迷宫般的小巷和地下密集的阴沟隧道，将瘟疫传遍了整座城市，从贵族到奴隶无一幸免。无计可施的情况下，罗马的大帝们被迫花巨资将十五座法力最强的方尖碑从埃及运到罗马，以保护核心区域。

卡里古拉把这座多边形方尖塔中的佼佼者接回了罗马。它重达326吨，需要建一艘史上最庞大的轮船才能装运，300名奴隶划桨才能开动。后来这艘船被装满石头沉入海中，做了奥斯蒂亚新港口的地基。

这座方尖碑运抵罗马时，卡里古拉把琥珀金帽换成了镀金圆球，用德鲁塞拉的血灌满了它。她本是他与之乱伦的三姐妹中最爱的那个。卡里古拉将它树立在自己的广场上——在尼禄为自己的荣耀将它更名之后。在那里，它的法力仍要靠祭品的鲜血维持，其中也包括使徒彼得，他被头朝下钉死在碑底的十字架上。约丹想象自己能闻到红色石头中依然鲜活的血腥味道，又或许这并不是他的想象。

两个世纪后，所罗门戒指被带入罗马，人们发现它的威力远超方尖碑。现在它们大多已坍塌或被推倒了，只有这一座依然矗立。卡里古拉方尖碑的法力令罗马教会都不能小觑。如今他们用它来保护和敬奉圣彼得的大教堂。

约丹加快了步伐，迫不及待地要回到纳吉雅身边。

18

马恩岛

1394年6月

一艘爱尔兰维京人的长船在帷幕般的雾气中驶入港口。几双苍白的手紧紧拉着绳索和桅杆，似乎想把船推回原路，然而又放弃了，任由它没入晨光照耀下闪光的薄雾里。

帕特里克站在船首回头望去，那艘载着科伦希尔教徒的长船依然藏在雾中没有现身。他有些紧张地抓住腰间皮袋里的滴血圣钟。尽管自己和科伦希尔派首领越来越不对付，可就这趟冒险的旅程而言，帕特里克仍然希望有对方在身边。科伦希尔的长船与他们同时驶入薄雾，可似乎还没找到港口。

帕特里克向马恩岛的卡斯尔敦看去。他听见身后的维京人降下船帆，凭着船桨靠岸。他想到自己的新婚妻子曾请求和他同行，她从未离开过爱尔兰，对旅途满怀热情。而他狠下心不顾她的抱怨和泪水，断然拒绝了。这一去危险重重。他并不信任罗马教会。

当特使提议两个教会就缔结和平协定会谈时，帕特里克的第一反应就是立刻回绝，可是科伦希尔坚持说他们的职责是尽力避免流血纷争。据紧盯英格兰备战情况的弗魔安内线提供的最新消息，船队还需九个月才能开拔。其实，要不是科伦希尔答应了会见罗马教会的代表，他根本不会考虑这个提议；他只是不想被认为自己懦弱不愿同行罢了。所以他用一套托词回复特使说：会见必须在一个中立地区举行，爱尔兰教会的人要佩戴武器，他本人则会带上滴血圣钟。意外的是罗马教会竟然同意了，他本来指望他们会拒绝。

由两支教派各派出的十二名全副武装的修士，组成了爱尔兰教会的使团。帕特里克教派身着蓝袍，科伦希尔及其教派身着棕袍。

帕特里克登上卡斯尔敦码头，一位老牧师迎了上来，旁边有三架小驴车。那位牧师恭敬地鞠了一躬，说道："欢迎您，大人。我是特使的私人秘书，专程来接您去拉申修道院。"

帕特里克再次回身望向港口。科伦希尔的船刚从雾中出现。"谢谢，不过我们还得等等科伦希尔教派的兄弟。"

秘书指指驴车，说道："这儿的车太小，刚够坐下贵教派的客人。他们登陆时，我会让车赶回来接他们的。"

帕特里克让步了，登上第一辆车。长袍外各自配着一把短剑的兄弟们勉强挤进了车里，他们要在里面度过东北方向三公里的泥泞路程。当帕特里克听到毛驴挽具上的铃铛声响时，微微笑了一下。修道院长一定曾为这些铃铛祝福过，祈求它能驱走邪灵，不过根本没用。他的圣钟才真正有效。他又摸了摸腰带，确定圣钟还在。

抵达后，他们被带入修道院的大厅。高达十八英尺的石墙支撑着木质屋顶，晚餐桌椅都被挪到了墙边。高墙上的小窗为昏暗的大厅投下了些微光亮。随着修士们走入这庞大空旷的地方，脚步声在整座大厅回响。帕特里克越发感到不自在。

大门咣的一声关上了，帕特里克的修士们惊得转过身来。七名驱魔师跟在他们身后走了进来。驱魔师们一进大厅就聚起来，脱去了黑色的风帽。为首的一位矮小秃顶的驱魔师满面微笑地先开口了。"你一定是帕特里克。"奥尔西尼说道。

"特使在哪里？"帕特里克回道，把手放在滴血圣钟上。

奥尔西尼摊开双手："他不会来了，很不幸他将错过一场难得的奇观。我是红衣主教奥尔西尼，而我将主持……这里的事件。"

“我们不会和谈？”

“非常抱歉，不会。”

帕特里克从口袋里拿出了圣钟。

奥尔西尼两侧的驱魔师开始用阿拉姆语吟唱起来。

帕特里克上下挥动起手臂，摇响了圣钟。

鲜血从两名驱魔师的耳朵、眼睛和口中喷射出来，他们倒在石头地板上死去了。其他的继续吟唱。

奥尔西尼看着那些倒下的兄弟摇了摇头。帕特里克费力地摇着圣钟，已大汗淋漓。奥尔西尼微笑着对他说道：“嗯，这是个从糠皮中分离麦粒的好办法。”他抬高了嗓门盖过钟声和吟唱声，“我得记住这个。我一直在寻找更好的办法检验新驱魔师。”

帕特里克看出其他驱魔师足以抵御钟声的威力，便停了下来。“你杀了我没有用，我在爱尔兰的兄弟们会选出新的帕特里克，教会将照常运转。”

驱魔师们也止住了歌声。奥尔西尼大笑着说：“我不是来杀你的。你对我无关紧要。我是为圣钟而来。”

“它对你没好处。只有帕特里克才能使用它的法力。”帕特里克毫不退让。

“只要它不在你手上就够了。我无法保护整支船队都抵抗住它。不过在这儿，在这有限的空间里嘛，嗯……我相信我有优势。当然了，既然你在这儿，我们会杀掉你，只是为了节省时间。”

三名帕特里克的修士拿起短剑冲向剩下的驱魔师们。一名驱魔师走上前来，右手做着复杂的手势，嘴里念念有词。那些修士仰面倒地，似乎撞上了一堵看不见的墙。

“现在，待着别动，我要请来几位……算了，等着看吧，你们会震惊的。”奥尔西尼说道。

两个青铜罐放在奥尔西尼面前，盖子掀开了。

帕特里克伸长脖子向里面看去。它们好像装满了某种黑色液体。

奥尔西尼的一个手下为他送上一块蜡板。奥尔西尼从长袍口袋里拿出一支刻笔，在上面划起了符印。“稍等片刻，”他说道，抬起一只手指点着帕特里克，“把这事做完得花点功夫，毕竟是个复杂的活儿。”奥尔西尼又从口袋里掏出一本小书，迅速翻找着书页。“哈，在这儿呢。”他继续在蜡板上刻起来。

青铜罐里的液体喷出一团黑雾，逐渐凝聚成一个人形的大略。它的边缘越来越清晰，强壮的大腿让人想起一匹马，可小腿下又长着偶蹄。肌肉分明的手臂前挥舞着一双长爪尖利的手，黑色的小眼睛透过扭曲的面孔向外看去。其中一个长得像猿猴，另一个长了只狗鼻子，两个都有一口参差的长牙。

奥尔西尼大笑着拍拍手：“我爱干这个。来见一下弗弗，有长鼻子的这位，还有纳德里尔。他们都是高等恶魔，我向你保证。”

帕特里克站在原地没动，他的兄弟们则把剑拿在手里开始后撤。

“他们被关在罐子里已经……哦，两三百年了，肯定饿坏了。”恶魔们四下看看，眼神锁住了奥尔西尼。黑色的口水从裂开的下巴中流出来，化为黑雾，又融进了他们的身体。

奥尔西尼指着帕特里克，给了他一个大大的微笑，用一种自巴别塔时代以来就不曾听闻的语言说了什么。

恶魔们扑向帕特里克。他往后跳去，绝望地摇响滴血圣钟，却只在恶魔们的皮肤上造成一些皱褶。帕特里克被他们打倒在地无法起身，每只手腕都踏上了一只蹄子，他的衣服接着被扯掉，好像那是纸做的。恶魔们开始用尖利的长爪慢慢地、一条条地撕下帕特里克的皮肤，丢到一边，寻找他们喜爱的更加甜美的肉块。

奥尔西尼满意地看着恶魔们的活动。随着皮肤被接连撕下，帕特里克的惨叫一声比一声凄厉。帕特里克的三个修士撞向密封的大门，两个试图爬上高墙的窗户，剩下的试着从大快朵颐的恶魔身边逃走。然而，每一个都被驱魔师的法术拽回到房间中央。

“把另一个带来，那位科伦希尔。”奥尔西尼说。

科伦希尔被推进大厅。“哦，上帝！哦，上帝，保护我。”他不停说着，捂住耳朵不听帕特里克的哀号，移开了视线。他跪倒在地。

奥尔西尼把科伦希尔的手从耳边拉开，转过他的头，强迫他看着帕特里克垂死的挣扎。“你促成了这次交易，”他轻声说，“来看看结果如何。”

“我从没想过你会这么做，从没想过你会对他们放出恶魔。”

“我这么做可都是为了你啊，”奥尔西尼说道，“现在你知道，如果不珍视诺言会发生什么。我的储藏室里还有更多的恶魔，迫不及待地要出来呢——而且饥肠辘辘。他们喜欢新鲜食物，吃东西的时候会本能地让食物活着。他们最爱的是肝、肾和睾丸，不过所有器官他们都吃。”

帕特里克的尖叫减弱成咕噜声，恶魔们开始了肺的部分。他们站起来，继续寻找新的鲜肉，脸上血滴直流。他们四处张望着，然后抓住一个正试图爬墙的修士，把他拽回地面。帕特里克成团的肌肉、组织、骨头在地上抽搐了一阵才停下。科伦希尔用手捂住嘴，艰难地咽了口水。恶魔的下一份肉食开始惨叫。

奥尔西尼从脏兮兮的污迹中捡起滴血圣钟，回到不停颤抖的科伦希尔身边。“战后你就是爱尔兰的主教了。”奥尔西尼说道。他从口袋里拿出一块布，擦拭着上面的污迹，举着它欣赏上面雕刻的符号。“作为回报，你要发誓效忠罗马教会，而且要说服英国和欧洲所有的修道院都向我们投诚。那很简单。我相信你没问题。哦，还有确保所有的爱尔兰基督徒在英格兰人登岛后都不会反抗。现在，你可以走了。”

奥尔西尼用手指沿着一行符咒划着。“要是我能算出这只钟里

关的是哪个恶魔，我就能重拾它的法力了。哦，算了，出征后有的是时间。”

科伦希尔被一名驱魔师拉起来。当他走向大门时，一个年轻的新手修士鲁莽地冲向恶魔纳德里尔，把他的剑插进了恶魔的胸膛。然而这毫无意义。纳德里尔打倒这个新手，拔出剑来往旁边一丢，然后抓住了他的左胳膊，弗弗抓住了右胳膊。两个恶魔开始用他们古老的语言争吵谁来吃他的内脏，因为他太瘦小了，不够瓜分。

科伦希尔泪流满面，声音沙哑地问道：“您要把他们都杀了吗？您就没有一点仁慈吗？”

“不是我。”奥尔西尼说道，依然盯着眼前的屠杀。纳德里尔已经将那个新手拽到了角落里，弗弗手里只留下一只扯掉的胳膊。他愤然丢掉它，打量着剩下的修士。“是你杀了他们。是你来找我，乞求控制爱尔兰教会。”

科伦希尔向门口又走了一步。“带我们来这里的维京人呢？”他问，“他们会向凯尔特人告密的。”

“这你不用担心，”奥尔西尼回答，“他们已经被收买了。”

★★★

隔海相望的英格兰，理查德的私宅光彩庄园，坐落于西姆寺九公里开外的泰晤士河上游西岸。庄园外的河边，午后的阳光暖意灿然，几个孩子围成一圈边跳边唱：

圆环，圆环，玫瑰呀，
口袋，口袋，装满花，
骨灰，骨灰，
我们都死啦。

庄园里，理查德紧握双拳站在安妮的床边。她躺在床上，上身赤裸。卧室里烟雾缭绕，来源是火盆里燃烧的琥珀粉、香薄荷叶、樟脑、丁香、岩蔷薇、玫瑰花瓣和苏合香的混合物。床顶的华盖上也挂着几束香草。

在德·维尔和乔叟的注视下，一位医生抽掉了捆着安妮胳膊的丝巾，那是为了防止她弄破套着玫瑰花环的腋下那些苹果大小、黑色球根状的发炎部位。更多的球根已爬上了她的脖子，左边全部黑了。在症状初现的五天里，这些球根几乎全爆发出来，在安妮白皙的脸上密布了红红黑黑的蛛网。那位医生轻轻地把安妮的手垂在身边，她的指尖发黑，仅存的几枚指甲也萎缩了。一枚指甲滚下床单落到地上。安妮已无生命的眼睛失神地望着天花板。

泪水充满了理查德的眼睛。德·维尔想去抱他，理查德挣脱了。

“怎么会这样？”理查德对医生咆哮道，“伦敦已经四年多没发过瘟疫。你怎么能让她死了？”

理查德从德·维尔的腰带上抓起一把匕首，笨拙地朝医生扔过去，医生赶紧躲到桌子后面。“王家陛下，我向您保证——”

乔叟挡在医生身前。“王家陛下，”他温柔地说，“一定是某种诅咒让安妮王后染上了瘟疫。”

乔叟举起双手：“我确定这次一定是希族。他们对您的出征计划很愤怒。”

理查德脚步摇晃起来，长啸一声，跑出房间。德·维尔紧随其后。

理查德跑出大门，赶走了跳舞的小孩。德·维尔赶到时他正要往河里跳。理查德倒进他的怀里，两人一同摔在草地上。

“跟我来，”德·维尔轻声说道，抚摸着理查德的头发。“跟我一起去爱尔兰，我们一起杀光希族。”

理查德擦擦眼睛，泪水还在止不住地流。他点点头。“我们再也不回这儿了，”他回头望着光彩庄园，“谁也不行。把这儿夷为平地。”

***

在威尔士的海岸边，弗魔安大帝穿着他的貂皮斗篷坐在康威城堡花园里的一块石头上，那件斗篷血迹斑斑，散发出一股发霉的味道。之前出现过的两名侍女蹲坐在他脚边，啃着一条牡鹿腿上的残肉。他们的英格兰东道主已经拒绝为他们提供威尔士犯人当食物了。

“所有的弗魔安族群都已发誓为我效命，”他咆哮着说，“而你带什么去打仗？马上就开战了，我怀疑你究竟适不适合当首领。”

凯拉什斜靠在一根橡木树枝上，在落日中望着西方，爱尔兰的方向。

“过来！”他突然说道。三个光脚的橡木精跑了过来，向他鞠躬。他们穿着宽大粗糙的羊毛上衣，裤子破烂不堪。橡木精最多只有两英尺高，是最矮小的希族，因此很容易在维京人的商船上藏起自己的小身板。那些船只依然往来于都柏林和威尔士的港口间。作为另一支树精族，橡木精只生活在橡木林中，被斯基格树精半奴隶半宠物般对待。

“所有的斯基格树精都在等我回去。我这儿的橡木精说格罗格力士和伟士力已经宣誓为我战斗。不用担心——抵达后我的队伍会相当强大。”凯拉什肯定地说。

“最好是这样。你承诺要困住莫里甘女神。”

“凯尔特人近来愈发信任艾丝琳，不过她并不是莫里甘女神。很快你和你的子民都会回到你们曾经的土地上。那是我们已经允诺的约定。”

“我不信任英格兰，我也恨凯尔特人和基督徒。”弗魔安大帝喃喃地说道，从侍女手里抢过那根鹿肉骨头，吃起最后的部分。

“等我一回爱尔兰，凯尔特人和爱尔兰基督徒就都活不了，其他希族会奋起追随我。那时我们就对付英格兰，把他们赶回去。”

“奥伦怎么办，那个英格兰的精灵叛徒？要是他发现了我们的计划？”

凯拉什朝着通向城堡的花园廊道走去，“奥伦怎么办？”他大声重复道。

奥伦从廊道里探出身来，让自己靠在草丛边的一棵树上。“我保证英格兰人不会怀疑你们，虽说我可以泄露你们在密谋什么。最后能背叛那些折磨我的人，让我心里感到从少年时就不曾有过的轻松。”奥伦抬起失明的面庞对着温暖的夕阳。“那给我带来了全新的希望，如果人生旅途真的通向往生世界，那里就是我的归宿。在那儿我才能重获新生。彻底摆脱这痛苦的生命。”

“乐意帮忙。”弗魔安大帝吼道，从岩石上站起来。

“现在还不能杀他，”凯拉什说，“要等到英格兰入侵军登陆后。奥伦知道背叛我们就等于背叛了他自己，丧失了他的……机会。”

“我还是不相信他。”弗魔安大帝没有坐下。

凯拉什让橡木精们到围墙那边等着，“我们只有团结才能打胜仗，我们三个得订立盟约，互相交换真名。”

“你要这么干？”弗魔安的吼声中带着一丝惊讶，“那样的话我加入，而且我也同意让你当作战首领——只要你能赢。”

他们依次交换了彼此的真名后，弗魔安又坐了下来，继续啃起了鹿腿。凯拉什唤回橡木精并下令说：“给我的队伍捎话去。是时候准备战斗了。他们要在第四个罗马月开始时聚到沃特福德，确保我平安登陆。”

橡木精各自跳上一棵树，每棵树上都停满了秃鼻乌鸦，好像长满了黑色叶子。橡木精从树枝间奔来跳去，向鸟儿们耳语。轰然一下，数百双翅膀展开，秃鼻乌鸦们一齐腾空，朝着西方飞去。

★★★

巴黎，女巫若阿娜举着烛台，为自己照亮王宫里一条黑暗的走廊。她的另一只手抓着一张折起的羊皮纸，上面的蜡封已拆。她没有敲门便走进一扇巨大的红门，来到那张华丽的四柱床边。“大巫女陛下。”她说着，摇了摇王后的肩膀。

王后伊萨波猛然惊醒。“什么？你想干什么？”身边，国王的弟弟也醒了。她按住他的太阳穴，轻声说了个简短的咒语。他便不动了。

“英格兰王后死了。陛下。消息刚刚才到。八天前的事。”若阿娜把信交给她。

“归因于瘟疫了吧？”大巫女没看信。

“理查德相信那是希族的诅咒。”

“更好了。”大巫女说道。

“陛下已经知道了？”

“当然了，是我干的。我自己配的毒药。为了让那个英格兰王后的宝座空出来，我创造了一个期待已久的机会，而且我们还有那么多女儿。”

“不过理查德偏好男风。”

“那很幸运。我就不必担心在我施法前他会爱上别的什么女人。爱情很难战胜。”

“我要召集您的女巫团吗？”

“不，还不用。我还有别的事。”大巫女看着身边熟睡的男人。“这个消息让我兴奋了。你走吧，我要把他叫醒。”

19

爱尔兰，邓萨尼城堡

1394年10月1日

艾丝琳在康纳柔软的一吻中醒来。当他的嘴唇移到颈间时，她睁开了眼睛。他的手抚摸着她有孕的腹部。

“怎么了？”康纳温柔地问。

“我不知道，”艾丝琳干脆地说，掀开了被子。“要是你真有兴致，可以去找我的女仆。”

她下了床，往壁炉里填进木柴，清楚康纳的眼神一直跟着她。在炉栅上堆好木柴后，她念了句简短的生火咒。只有一个火星冒了出来，滚下柴堆，落到壁炉底下熄灭了。艾丝琳重重叹了口气，“她们把我的法力都吸走了。”

“她们？”

“是的。”艾丝琳转过脸来看着康纳，眼里突然涌满泪水，“我怀了一对孪生女儿。我知道我怀了。”

康纳站起身，走过来一把抱住她：“太棒了。”

“是吗？我不停地想起我身上发生过的事，安雅身上发生过的事！”艾丝琳哭喊道，挣脱出他的怀抱。“我为这个快疯了。我不想让我的女儿们再次经历我的痛苦。我不想把她们交到希族手上。也不想交给塔拉，她们会在那儿虚耗终生。不管怎样，我都要保证

她们平安自由。”

“嘘，”康纳说，“我不会让任何不幸发生在你和我们女儿身上的。”

“我一直害怕布丽吉德会来敲我们的门。”

“别傻了，”康纳说道，他吻着艾丝琳的泪眼，揉揉她的头发，“你知道布丽吉德从来不敲门的。”

“你说得对。”艾丝琳说，一颗泪珠滑落脸颊。

“我为什么要敲门？”布丽吉德说着，走进了他们的卧室，“想想我会错过多少乐子。”

艾丝琳躲到了康纳身后。“出去！”她尖声叫道，“从我的房子滚出去！我不想听你的消息！”

“没事的，一切都好，”布丽吉德说道，“我过来不是要告诉你的双胞胎是重生的莫里甘女神。我只是来帮你接生的。快到日子了。”

艾丝琳依然藏在康纳后面，用怀疑的眼神看着她。

“我一直在跟你说，只要你还占着一席之地，莫里甘女神就不会重返这个世界。”布丽吉德语气平静地说。

“要是你错了呢？”

“你什么时候见我犯过错？”布丽吉德笑了，“现在，穿上衣服我们去吃早饭。”

利亚姆从走廊里探出脑袋：“吃早饭听起来不赖。走吧，布丽吉德。”

康纳和艾丝琳也走进邓萨尼城堡温暖的厨房里，加入了利亚姆和布丽吉德。“英格兰那边有什么新闻？”康纳问，从餐桌边拉开一把椅子让艾丝琳坐下。

“弗魔安一直在海里盯着他们的备战，”布丽吉德回答，“看

上去他们仍然计划明年春末才启程。”

“有道理啊，”康纳说道，“谁愿意在冬天来临前发动战争，就算凯拉什加入了他们的登陆船队？”

“他真的要那么做？”艾丝琳问道，在盘里堆起冷火腿、鸭胸肉、面包、蜂蜜和黄油。

“他能帮船队平安通过海浪，”布丽吉德说着，给自己倒了一杯黑啤酒。“不过我怀疑没几艘船能逃得出弗魔安之手。”

“而且爱尔兰的维京人也一直渴望有借口攻击英国佬的船，”康纳说，“就算他们真上岸了，我们也能轻而易举地解决他们。冬至后阿尔特大帝计划——”

“我很紧张。”艾丝琳打断了他。

“为了什么？”布丽吉德问。

“我们的战略，时机，所有一切。我看不清将发生什么，不过也可能是由于我怀孕了。”

“在凯拉什和伏魔会之间蒙着一道不可穿透的纱，保护着英格兰的出征计划。”布丽吉德说道，试图让她安心，“而且整个中央王国都太焦虑了。目前我得不到希族的帮助。我们怕是别无选择，只能依赖弗魔安的密报。”

“我也有个不太好的感觉，”利亚姆说道，放下了他喝了一半的黑啤酒。“有什么地方不对劲。两天前我梦见树林尽毁，湖水沸腾。所以昨天我说服了我的一个同母异父的希族兄弟去打探消息。在中央王国还是有办法能去威尔士。”

“好主意。”布丽吉德说着又切下一片火腿。她用胳膊撞了撞康纳，问道：“你的新部队怎么样了，塔基司令大人？”

“他在组织上还是有些进步。”艾丝琳回答。

“树人可能是缺乏纪律，不过他们满怀激情。他们能成为更好的武士，”康纳说，“不过，阿尔特还没有回复我关于给他们配置铁兵器的请求。我想大概是因为这些野人宣誓效忠的是艾丝琳和我而不是他，让他有点紧张。目前营地有三百多人了，还有不停增多的孩子们。”

“说到我的树人啊，”艾丝琳凑近布丽吉德说道，“你想享受一天女神的待遇吗？”

“我想天天享受女神的待遇。”

“哈，那吃完了就跟我来。”

……

艾丝琳和布丽吉德向西穿过城堡后面的花园，走向森林边缘。秋分刚过去九天，是个凉爽的10月清晨。布丽吉德跟着艾丝琳走入树林，地上飘落的叶子组成了一条镶着金和红的棕色大地毯。

沿着小路走了半公里，她们刚经过前任萨满的头颅——它被涂上松油防腐，插在一个木桩上——便来到一大片空地。这里就是树人的营地。在一批粗糙的小屋新盖起来后，它很快就成了一座真正的新村落。一大群男孩和女孩围住她们，嬉笑着向她们行鞠躬礼和屈膝礼，虽然行得还是有些随意，不过今天艾丝琳并不打算纠正他们。

树人营地的建成恰在艾丝琳和康纳搬入邓萨尼庄园的一天后，艾丝琳已告诉他们有新神了，一位喜欢自己的子民献活祭的神；那天她走进营地时，那里正在举行活祭仪式，吓得她心神不宁。相反，他们的新神需要子民信奉艾丝琳，听命于她和丈夫，以为塔基之死赎罪。

艾丝琳让侍女们把孩子们嘘走，侍女身上崭新的白袍与树人部族围的动物皮形成了鲜明的反差。她们护送艾丝琳和布丽吉德又走了一小段路，来到一块稍小些的空地。艾丝琳一路上都能听见有群冒失的孩子偷偷跟着她们。和其他东西一样，树人以全副热情毫无保留地崇拜着艾丝琳，为她在这里新修了一座露天神殿。

她和布丽吉德走了进去，两个男人正用分叉的树枝将巨大的岩

石从篝火中拨出来，滚进空地边沿挖出的一个水塘里。巨石入水时大声地溅起了水花，还发出短暂的嘶嘶声。艾丝琳的侍女帮她脱去衣服。艾丝琳冷得抱住了双臂，用树人粗哑简单的语言命她们也去帮布丽吉德脱衣。另一名侍女拿来一罐蜂蜜，用箅子筛得干净透亮，还在火边烤过，热乎乎的。侍女们一边咯咯笑着，一边将温暖黏稠的蜂蜜涂抹在艾丝琳和布丽吉德的身上。被她们的笑声感染，艾丝琳和布丽吉德也笑了起来。

“上帝啊，太舒服了，”布丽吉德说道，“不过我什么时候才能拿回我的衣服？”

“再等会儿，”艾丝琳说，“还有别的呢。”

布丽吉德趴在水边，从艾丝琳肩膀上抹了一点蜂蜜尝了尝，侍女们见状被逗得捧腹大笑。“你该教教她们适时闭嘴。”

“等宝宝出生了再说吧。”艾丝琳回答，朝水塘走去，“跟我来。”她让自己轻轻地沉入水中，感觉着自己沉重的身体慢慢变得轻松。滚热的石头驱走了水里的寒气，当艾丝琳的脚碰到依然温暖的石头表面时，她感到热量传遍了全身。

那两个生火的男人站起来，看着这边的进程，瞅准了个机会冲向侍女们。她们娇嗔着让他们等会儿。男人们脱下外套和缠腰布往地上一扔，蹲下来轻轻摇摆着身子。侍女们小心地把自己的白袍挂在树上，愉快地欢叫着投入了男人期待的怀中。

艾丝琳游到布丽吉德身边，看着这场狂欢。“可怜的康纳，”她说道，“宝宝们吸走了我所有的精力和欲望。”

“我会带个新手祭司来，在宝宝出生前满足他。”

“不用。他不会和其他人睡觉的，我试过了。”艾丝琳用脚趾摸索着，直到找到一块更暖和的石头。“你知道我怀双胞胎女儿多久了？”

“和你一样久，那是自然。”

“你对我失去法力的事怎么看？”艾丝琳问，“这正常吗？”

“正常？那倒不会，不过我曾读到过类似的情况。”布丽吉德让她宽心地答道。

“我甚至连最简单的法术也做不成。”艾丝琳说道。她摸着肚子，感到被踢了一下，绽开了微笑。她拿起布丽吉德的一只手放在肚尖上，不过宝宝不再动了。

“我尽了最大努力重新建起与莫里甘女神法力的联接，”艾丝琳说，“再次失去它令我……不安。要是它回不来了怎么办？”

“别担心，你的法力会回来的，而且你的女儿们也会成为强大的德鲁伊。事实上，其中一个将成为下任布丽吉德——希望那时我还足够年轻，还能赢回利亚姆。”布丽吉德对艾丝琳狡黠地一笑。

“那可能不是什么好事。”

“利亚姆和我？为什么？”

“不，不是那个。”艾丝琳有些踌躇。“我不确定是不是想让女儿做德鲁伊。这个世界对她们来说越来越困难和艰险了。”

她们被一群光屁股的小孩打断了。孩子们突然从树林中跑出来，跳进了水塘。

当艾丝琳试图让孩子们说盖尔语时，他们又都跑掉了。水塘已经变冷，而侍女们已再次穿好了长袍。艾丝琳和布丽吉德从水里出来，躺在阳光下的草地上。树人拿来一罐温热的融化了的奶油，侍女们在她们身上涂起来。

“我们明天还来吗？我会习惯这样的。”布丽吉德望着天空说道，一小群乌鸦在上空盘旋。当她仔细端详它们时，她的脸色凝重起来。“我们得回到利亚姆和康纳那儿去，”她说着便穿起衣服，“告诉你的树人注意警惕，看紧孩子们。”

艾丝琳和布丽吉德走出邓萨尼城堡外的林边，利亚姆、康纳和六名加洛格拉斯突然出现在她们眼前。

“利亚姆的同母异父兄弟从威尔士回来，带来消息说英格兰船队今天早上出发了。我们必须立刻骑马回沃特福德。”一走近艾丝琳，康纳就马上说道。

“并且船队比弗魔安告诉我们的规模要大两倍。”利亚姆补充说。

“这说明他们肯定跟凯拉什有勾结。”布丽吉德说道。

“我已经捎话给阿尔特和沃特福德的维京人了。”利亚姆说道，“你现在的情况能打仗吗？”他问艾丝琳。

“我甚至点不燃一根蜡烛，”艾丝琳说，“我什么用也没有。”

“这就是他们现在开拔的原因。我早该预料到的。”

“他们怎么知道的？”康纳问道。

十二只乌鸦从西方飞过头顶。其中一只突然调转方向停在树枝上。鸟喙上滴下一滴血。

“我的树人！”艾丝琳喊起来。

利亚姆和他的武士们跑进小路，康纳和布丽吉德跟在动作稍慢的艾丝琳之后。当他们追上来时，利亚姆和其他人正砍着自己之前用枝条在树人营地外垒砌的一道厚墙。艾丝琳呼唤着侍从的名字。没有回应。

利亚姆冲破了围墙，这队人从缺口涌进这异常宁静的林地，发现了遍地的尸体：男人、女人、孩子。艾丝琳在她侍从的尸堆旁跪了下来。

“艾丝琳。”一个声音从对面的围墙外传了过来。

康纳站到了艾丝琳和那个声音之间。两个加洛格拉斯拉开了弓箭。

“是斯基格树精，”利亚姆对手下说道，“省省你们的箭吧。它们穿不透围墙。”

“艾丝琳，这是你的错，”那个声音说道，“要不是你放走他们，让他们自由地在树林中生活，依然信奉他们的旧神，他们就不

会死。你要了解你没有能力保护身边的人。是你害死了安雅和塔基，现在轮到他们了。”尸堆突然腾起火焰。

艾丝琳一下子被火力推倒，重重地倒在地上。她的骨头发出咔擦一声响，羊水流了一地，然后是一次猛烈的宫缩。她神情痛苦地说：“宝宝要来了。”

20

爱尔兰，通往沃特福德的小路

当天晚上

康纳揪着下巴。*我想要什么？*他自问。*我是谁，我成了什么人？*

一弯月牙高悬夜空，斜斜地在林间小路上投下银光，间杂着斑驳的月影。某个黑武器向他袭来，他俯身在树枝下躲了过去，没有放慢骑马的速度——以及他的思绪。

我的女儿们已经出生了吗？她们健康吗？问题一个接一个出现在他的脑中。他深深思念着艾丝琳，八个小时前她临产时他离开了。他在一块巨石前调转马头。整个夜里秃鼻乌鸦都没有叫过。布丽吉德没有任何消息。他头一次真正理解做个伯爵意味着什么：有一个荣誉身价，对爱尔兰有了责任，离开他临盆的妻子奔赴战斗。他的喉咙里像堵着块石头。

月光在他的锁子甲上起舞，它就像自己在塔拉收到它的那天一样闪亮。他奔腾的闪光背影和他的黑马一齐融入了暗夜。前方显露出某个形状，警示着什么地方不对劲。康纳放慢马速，慢步走近一团深灰色的阴影，那是黑色月影覆盖下的一块高石。利亚姆的脸出现了。他一直在前方侦察。跟在后面的加洛格拉斯部队勒住马，停在他身后的小路上。

“你感觉到什么了？”康纳问。

“我们西边，有一大队希族正在向南移动。”

“陆上的希族，他们一定是斯基格树精。”

“或至少是斯基格树精的手下。现在有一支队伍分出来，朝我们的方向过来了。”

“有多少？”

利亚姆瞥了一眼加洛格拉斯纵队。“比我们的人多，不过我还是赌我们能赢。问题是没时间停下来打架了。到卡洛只有半个小时的距离，带着队伍赶紧去。我来殿后。”

康纳快马加鞭沿着小路狂奔。黑色的树影飞快地闪过。成为邓萨尼堡领主以来，他再一次感受到森林的能量。他毫不费力地驾着马跃过倒地的树干，避开滚落的巨石；直跟着他的加洛格拉斯们也一一照做，很快他们便来到了森林边缘。一束绿光笼罩着他，不过他并没有回头看。

他们跑出森林，在卡洛外停了下来。康纳能看到那座村庄到处都是火把，几束精灵之光从希族的圆堡中斜射下来，这是个泥土质的堡垒，建在东边一座山顶上。康纳调转马头，面向来时的森林小路，队伍的其他人聚拢在他身边。

利亚姆还没有跑出来。几个加洛格拉斯看看小路出口看看康纳，又再次看回去，身下的马不停地喷着鼻息。康纳的脸有些发紧。*我只想和艾丝琳待在一起*，他想，*离开城堡回到森林去，一个个解决威胁*。直面敌人，杀死他，然后是下一个。

我知道这一天总会来的，他望着利亚姆的手下想道。*我以为我准备好了，可我只是准备好领导我的树人，而不是一支加洛格拉斯军队，他们比我受过的训练还多。他们会怎么看我这个首领？该死的神灵，利亚姆啊，别把我一个人留在这儿*。

康纳策马走到队伍前，面朝着小路出口，拔出了剑。*为了艾丝*

琳和我的女儿们，他想，如果必须离开她们去战斗，那么我要和莫里甘女神一起拼死而战，尽力做最好的首领。

利亚姆骑着马从小路中走出来，他的马一瘸一拐的，屁股上插着一支箭。利亚姆擦了擦剑上的血迹，把它放回剑鞘，说道："他们一发现追不上我们的队伍，就调头返回自己的大部队，我本想抓个活的，可他一心求死。"

康纳心中涌起对艾丝琳的担忧。"你觉得他们会攻击邓萨尼堡吗？"

"别担心，那支队伍是奔着沃特福德去的。"利亚姆说，"如果斯基格树精真在我们家里出现了，布丽吉德和我们留下的其他人能扛得住一切危险，保城堡无虞，至少足以坚持到我们回去。"

康纳把剑插入剑鞘，转向村庄。卡洛堡镇守在一座长长的石头吊桥之后，吊桥横跨了爱尔兰的第二大河巴罗河，通向一座小岛屿。利亚姆和康纳把手下留在了村外，叮嘱他们换一匹马，自己穿过密集的人类、希族和加洛格拉斯军队。其中女武士占人类军的四分之一，希族的一半。在生命的任何其他时候，艾丝琳都一定会在这儿的。康纳想道。

他们在城堡外遇上了伦斯特国王默查达，他引他们来到城堡的大厅，一路金发飘扬。大厅里，阿尔特大帝和梅斯国王特洛正俯身看着一幅地图。

"艾丝琳呢？"阿尔特问利亚姆。

康纳回答："临产中。"

"这或许是他们现在发起进攻的原因之一。"利亚姆说，"布丽吉德在陪着她。"

"我们怎么会如此措手不及？"阿尔特摇着头问，"你认为弗魔安大帝已经叛敌，所有的弗魔安都在为英格兰服务了吗？"

"我们很快就能知道。"利亚姆答道。

特洛说道："你确定他们是去沃特福德？"

"是的，我的同母异父兄弟确保这一点。他盘问了一个船长，船队中五百名船长中的一个。"

"这么多，"默查达说，"我从未听说过。他们带了多少人来？"

"从船队的规模来看，大概在一万人上下。"利亚姆说。

"难以置信！"阿尔特惊呼，"就算我疯了也想不到理查德能集结这么庞大的武力。"人们互相交换的紧张眼神表明，所有人都惊呆了。

"谢天谢地，我们还有个喘息的机会，"阿尔特继续说道，"麦恩迪尔国王已经到沃特福德了，他的儿子盖尔正在那儿举办一场盛宴，庆祝自己当选维京司令官。他一共带去了二十五条长船，再加上盖尔已经有的二十二条，足可抵抗船队。在战场上，一条长船至少抵得上十条柯克船。"

"不必了。"利亚姆说道。他张着嘴正打算接着说，又停住了，听着康纳的话。

"利亚姆是对的，"康纳向前一步说道，对自己职权的焦虑也在减退，"这次进攻的策划太精密了。如果维京国王在沃特福德，那么英格兰人肯定已经做了着陆时他就在那里的计划。"

"你并不知道这一点。"阿尔特说。

"否则他们为什么要驶向沃特福德？船队最不该袭击的就是那里了。五百年来，维京人一直把那里作为庇护所不断加固工事。目前那里是爱尔兰最牢固的港口了。"

康纳用手指着地图上的沃特福德。"这个海湾夹在两座小山之间，在舒尔河河口处形成了一道海峡，一次仅能通行一条船。"他的手指沿着河流移动，"经过那两座山，河面在这里又扩大了，一小队防御船只等在这儿便能轻松拿下进攻的船队。十条维京船就可以从内部把守住海峡，在山上安排寥寥几个弓箭手便能覆盖空域。就算进攻船只攻破了海峡，他们也得换乘小艇通过这道急弯，才能抵达港口的防御工事，而这段时间他们始终暴露于攻击范围内。”

“这儿的海岸很平缓，他们可以从南面登岛，突袭城市。”阿尔特指着地图上的海岸线说道。

“您从未去过沃特福德，是吗？”

“没有必要。”

“南面全是沼泽。正如我说的，这是全爱尔兰最易防守的港口。英格兰选择那儿的唯一原因就是他们有把握攻下它，然后便能据守沃特福德防御我们。”

“你是说维京人也背叛我们了吗？”

“我不知道，不过显然英格兰肯定得到了攻下沃特福德的许诺。”

阿尔特同意地点点头。

“那不是真的。麦恩迪尔国王永远不会跟基督徒结盟。他宁愿先死！”特洛国王喊道。

“而盖尔呢？”利亚姆问，“他确实让科伦希尔在沃特福德修了一座修道院，这在所有维京城里都是首例。”

“科伦希尔认定这不是一场基督徒之战，他传话说帕特里克还没有从罗马回来。”阿尔特说。

“帕特里克已经死了。”一个声音从身后传来。“滴血圣钟也被抢走了。”

费尔格哈尔带着几个希族首领走进大厅，右胳膊下的手腕处原本是右手的地方缠着绷带。

“我的朋友，”阿尔特说，“一次暗杀未遂？”

“他们没打算杀我。如果我有残缺，不再适合做希族大帝，对斯基格树精更为有利。现在没时间组织选举了，他们正好趁机搞些骚乱。”

“希族军队还听你指挥吗？”

费尔格哈尔举起他空荡荡的手腕，说道：“这是最后一次，但不是最严重的一次斯基格树精反叛。他们已经到处煽动叛乱一年多了，不过大多数希族不愿与任何一边为敌，即便已经没有莫里甘女神使他们必须服从誓约。许多希族决定是时候离开中央王国去其他地方了，是时候抛弃这个被基督徒毁掉的世界了。”

“你是说希族不会与我们共同作战？”阿尔特问道。

费尔格哈尔叹了口气：“那些还有足够热情去战斗的人，只想为希族自己夺回爱尔兰。没什么人愿意为维持现状战斗。”

“你有多少希族？”

“两千名希族曾发誓要追随我，可今晚同我来的只有一千人。”

人们震惊得说不出话来。

“告诉我至少你带来了火灵。”利亚姆说。

费尔格哈尔摇摇头。“我已经有两个月没在中央王国看见过一个火灵了。希族纷纷通过小路到征募他们的新世界去了，斯基格树精是这么许诺的。与我一起的只有德瓦士和艾德恒了——他们毕竟不能放弃自己统治的王国。我们会看看他们还记不记得如何战斗。另外还有些棕仙。”

“一千名希族，”康纳重复道，“据我们推测，北方的叛徒队伍里随便一支都差不多是这个数。我们集合了多少凯尔特和加洛格拉斯武士？”

“我的人，再加上特洛和默查达带来的，一共有大概两千五百人。”阿尔特回复道，“康诺特和阿尔斯特王国的军队要两天后才能到。据此前的消息，格尔弗莱茨女王带着一千人的军队从明斯特出发了，大概会在日落前抵达沃特福德，不过已经有好几个小时没有更新的消息了。”

“今晚不会有什么新消息了，不会有沃特福德附近的消息，斯基格树精会阻断消息来源。”费尔格哈尔说道。

“所以我们总共聚集了三千五百人，另外还有西边的格尔弗莱茨女王手下大概一千人。”康纳说，“将面对不知道多少千名希族，可能还有一支弗魔安军队，没准是所有的弗魔安，以及英格兰人。”

“而且我们还不知道维京人那边会怎么样。”利亚姆补充说。

“你有什么建议？”大帝向利亚姆问道。

“我们的优势是，英格兰在试图登陆时是最脆弱的，”利亚姆说，“我们的劣势是，他们似乎在海里和岸上都有同盟。我认为我们赶快骑马去沃特福德，越快越好，尽可能打垮那里的希族叛军。然后，如果维京人已经准备好据守港口抵抗船队，我们就加入他们，幸运的话，我们将占据海峡的高地。之后我们就守住沃特福德，直到其余的爱尔兰军队来增援。”

“那要指望有很多运气。”

“还有什么选择？如果沃特福德陷落，英格兰就在爱尔兰有了据点，而我们则不得不撤退，重新整编。”

阿尔特盯着地图，脸上充满了怒气。“我们不能再等了。召集这里所有的人，立刻骑马去沃特福德。”他命令道，“费尔格哈尔，你们希族怎么去？你们会比我们先到沃特福德。”

“不幸的是，我们最好和你们一起从陆路过去。如果我们今晚试图横穿中央王国，一路上会遇到很多阻碍。”

康纳感觉到某种存在。他望向左边，惊讶地发现罗斯温就站在他身边。

“三十分钟前，艾丝琳生下了一对女儿。”她通报说。

“你确定？”康纳问，心怦怦直跳。

“我刚从她那儿离开。布丽吉德让我告诉你母女都平安健康。她说你知道这件事会有帮助。”

“的确如此。”康纳长长地吐了口气。他又感到轻松强壮起来。“谢谢你带来消息。”

人们围住了康纳，祝贺着他。

“够了！”阿尔特喊道，“没时间庆祝了。我们必须赶紧去沃特福德。”

费尔格哈尔问罗斯温：“女儿，你来得很快。从中央王国穿过来的？那儿是什么情况？”

罗斯温摇了摇头。“我走的是女巫之路。”

阴沉的天空遮住了日出，一条维京人的长船从舒尔河峡谷向沃特福德海湾驶去。海面风平浪静，灰蒙蒙的，如果不是前方的英格兰的柯克船队人为地制造了一道黑色的海平面，船帆上下起伏着，几乎很难辨别海水和乌云。

维京国王麦恩迪尔抬头望着海峡上方空荡荡的山顶。*该死的凯尔特人*，他想道，*他们在哪儿？该死的凯拉什，他镇静了海水，抚平了本该高涨的海浪，我的船只本来能靠它加速，赶在英格兰前面。*“奥丁啊，诅咒弗魔安都下冥界吧。”当弟弟也来到船头，他大声咒骂道。

麦恩迪尔的长船进入海湾，滑行着停了下来，后面跟着另外五条船。其中三条由沃特福德的新司令官、他的儿子盖尔指挥。从英格兰船队上传来呼叫声，太远了无法听清，不过麦恩迪尔知道那是警告，关于龙船的警告。他微笑了。他的船首已经装上了龙头，向所有人宣示他的船是来战斗而非交易的。

麦恩迪尔的长船长九十五英尺，宽十二英尺，斯凯风格，两年前在都柏林建成，载着八十名武士。其中六十个武士抬高船桨静静地坐着，每一支桨的长度都是根据它在船上的位置定制而成。因为用不着桅杆和方帆，它们被留在了岸上。一条色彩斑斓的圆形盾牌

沿着舷边栏杆排了一列，上面用红色、黄色、黑色绘着划手的家族徽章。这条优美、高雅、便于操作的船速度奇快，而且非常致命，至少在它面对的不是五百条笨重的英格兰柯克船时。*哪怕是凶残的龙也会被一群母牛冲垮*。麦恩迪尔想道。

“最好退到海峡的另一边，每次只对付他们的一条船。”他的弟弟说道。弟弟身上几乎垂到膝盖的长锁子甲和铁质头盔，与麦恩迪尔身无寸铁的穿戴形成了鲜明对比。麦恩迪尔相信他的命数是由神灵决定的。

麦恩迪尔研究着英格兰的船队。有十条船驶到队伍前方，加速向维京人的地盘开来，开路的领头船飘扬着理查德的军旗。“不，”麦恩迪尔吼道，“我们要弄沉那个自大国王的旗舰船，堵死靠近海峡的水路。”他喊出命令：“取火箭！”

十二张弓从储物箱里拿出来传了下去。爱尔兰维京人糟糕的箭法是不少凯尔特笑话的来源，比如：“你更像是被闪电击中了，而不是一支维京人的箭。”用剑或匕首面对面地杀死一个人，能够为维京人赢得荣耀和维京神灵的宠爱，用箭从远处射死一个人则不能。因此，爱尔兰的维京人鲜少练习箭法。不过，在近处瞄准一个大如轮船的目标并不需要太多的技术。火箭从厚厚的油布包装里被取出来。每枚铁质箭头底部都鼓起来，形成一个铁爪式的小篮子，里面装着浸满了沥青、硫磺和石灰的羊毛，这样火苗就不会在入水时熄灭。

“全速前进！”麦恩迪尔喊道。六十名划手动作整齐划一，长船向前开动了，麦恩迪尔的两条船跟在后面。

“您的儿子没有跟上来。”他的弟弟说道。

“那小子想死在家园前面。”麦恩迪尔发着牢骚说。“放箭！”他对弓箭手命令道，然后转过身去看盖尔的三条船，它们随波漂着，松垮的船桨停在水里。

一个体型庞大的弗魔安爬上了他儿子的船头，站在他身边。弗魔安的肩上搭着一件破烂的貂皮斗篷，结块霉变的地方露出了白色的皮毛补丁。盖尔拉扯着脖子上的项链，一个大十字架从他的外衣下露了出来，他松开手，任由它在胸前摆动。

“叛徒！”麦恩迪尔对着儿子咆哮道，“你休想跟我进瓦尔哈拉殿堂！”

“我会从天堂看着你在地狱里焚烧！”盖尔回击道。

弗魔安们浮出水面并抓住了麦恩迪尔长船的船桨。其他的爬过船舷，蜂拥而上。麦恩迪尔挥舞斧头，杀死了一个冲过来的弗魔安。一个维京人刚拿起弓就被打翻在地，那支火箭射中了船尾，火燃起来了。

麦恩迪尔砍下了另一个弗魔安的脑袋。他从船舷旁一个用生命捍卫了荣誉的守卫手中拽过一支长矛，它的橡木柄上镶嵌着金银丝线。他环视着整条船。他的人正在击退弗魔安，然而速度赶不上弗魔安们爬上围栏的速度。他大喊起来：“奥丁，您在看吗？我把我的最后一战献给您！”然后把长矛扔向四面楚歌的甲板。

他左手举着一把短剑，右手拿着斧头，开始屠杀那些翻越船舷的绿色怪物。其中一个挥舞着手爪，躲过了他的斧头。麦恩迪尔感到自己的肚子灼烧起来。他击倒了那个弗魔安，丢掉手里的剑，把肠子塞回肚子上的伤口里。他不再管它，用斧子砍倒了更多逼近的怪物。有三个从左边跳向他，把他扑倒在地。更多的肠子流了出来，疼痛让他的视线蒙上了一层薄翳。他感到甲板在身下晃动着。

“奥丁啊”，他轻声道，“我将是最后一个追随您的维京国王。”他感到自己在下沉，海湾里冰冷的水将他吞没，所有的痛苦都随之消失了。

康纳、利亚姆和一个棕仙在柳树上看着这一切。理查德的旗舰船滑过麦恩迪尔那几条已空空如也的船，降下了帆。一条绳索扔到了盖尔的其中一条船上，拖着它们驶向前方的海峡和港口。康纳和他的同伴们从树上爬了下来。

“回阿尔特大帝那儿去，”利亚姆直接对棕仙说，“告诉他沃特福德已经失守。我们等罗斯温到了就回去找他们。”棕仙迅速走了。

前天晚上，斯基格树精军用游击战彻夜骚扰爱尔兰的部队。意图很明显，可是前往沃特福德的速度却实实在在地慢了下来。当康纳和利亚姆发现军队不可能在日出前抵达沃特福德时，他们便带着一支侦察队先走了。爱尔兰部队驻扎在沃特福德北边的斯里弗科伊尔塔山上，听候消息。

康纳和利亚姆匍匐来到森林边缘，窥探着即将靠岸的英格兰船只。格罗格力士和伟士力爬上了海峡西面的那座山。斯基格树精从他们藏身的树林中冲出来奔向海峡东面，迅速跑上另一座山顶，高声欢迎着他们的王，而凯拉什此刻正胜利地站在理查德的船头。船尾的舱房里可以看见理查德、德·维尔和莫蒂默。

罗斯温出现在利亚姆身旁的阴影中，一道鲜亮的血迹盖住了她左臂上绿色和棕色的油彩。

利亚姆看着罗斯温用泥土封住了伤口，问道：“你找到格尔弗莱茨女王了吗？”

“她死在了拉斯戈芒克森林里，连同她一半的部下。其他人已经撤退到蒂珀雷里了。”

“损失惨重。”利亚姆说道，回过头望向海湾。如今已是维京国王的盖尔所乘的长船，转过头来跟在理查德的旗舰船之后。

康纳取下背上的弓，从箭袋里拿出一支箭，递给了罗斯温。“送给凯拉什。”他说道。

“这种箭永远不可能射中凯拉什。”她说着接过箭，将箭杆在脖子上刮了几下，露出油彩下面一截苍白的皮肤，然后又把它举在

耳边。“它喜欢寻找那些背叛故土的维京人。”她把箭还给康纳，铁箭头微微闪着光，“叛徒盖尔得不到希族保护了。”

康纳举起弓，高高地瞄准后射出了箭。开始它好像会永远向上飞，直到突然转了向，以非同寻常的速度径直下坠，刺中了盖尔的脖子。他倒在一片血泊中，弗魔安大帝仍站在他身边大笑着。

“那将拖慢他们的速度。”康纳说着全速向森林跑去，他们把马留在了那儿。

“至少他获得了维京历史上在位时间最短国王的污名。”利亚姆补充说，也跟在他身边跑起来。

21

爱尔兰，沃特福德城外

次日早上

约丹独自骑马穿过沃特福德西边的森林，上升的日头预示这将是一个晴朗清爽的杀人天。经历了筹备期间所有的苦劳与期待，以及随后与英国佬一起的漫长乏味旅程，战争的第一天终于来到了。

*宴席和做爱永远也比不上屠杀带来的强烈狂喜。*约丹想。战斗号角的响声激起了他杀戮的欲望。磨铁石撞击铁兵器的声音像是每个战士都不顾一切地要成为第一个发现敌人防守弱点的人。贵族和平民发出同样的“救救我！”的喊叫，试图拖动残缺的四肢从战场离开。祈祷的声音随着信徒喉咙的撕裂很快消失了。无主的马匹嘶鸣着，因受伤发了狂。血液中奇特的腥甜味混合着胜利者的汗味、失败者内脏淌出时的腐臭味，浩劫中的哭喊声更响了。*这正是我所渴望的。*

*面对另一个人，清楚地知道几下心跳后我们中的一个就要死掉，当我的刀锋刺入对方的身体时，感觉着他的生命正在离去——这是最令我感到自己真实存在的时候。*就像一个瘾君子总是被罂粟吸引，他总是为杀戮吸引。

直到今天，直到我来到这里。

一股风卷起黄叶落在他身上。约丹松开缰绳伸出手来，每只叶片划过皮肤时都带来些刺痛感。他闭上眼睛，任由他的马踱步，慢跑，直至飞奔。他没有再拾起缰绳。这种感觉从他一上船就开始了，日渐强烈。他从未像在这块土地上一样感觉到世界中心那股能量——激愫的流动。就连一条生命在手中消逝的快感，在这种感觉面前都黯然失色。就好像一直以来他杀人就是为了追求这种感觉。如今，他终于徜徉在激愫中了。

他始终闭着眼睛伸展双臂，却能避开林木，跃过巨石。他不用看就知道它们在哪儿。他不用开口马儿就能听从他的命令。

约丹真正明白了，罗马教会为什么要让人们远离爱尔兰，为什么他们现在决定要摧毁激愫。在神灵无处不在的地方，他们如何宣称自己才是唯一与神同行、为神发言的声音？当世间万物皆有灵，国王们又如何自称君权神授?

约丹停住了马，睁开眼睛，收起那松松垮垮、摇摇晃晃的缰绳。他发现自己在一片巨大的空地里，面对着一圈立石围绕的矮丘，石门敞开。与其说是看出，不如说他感觉到了明显的敌意。他拽住缰绳，让马返回森林中。然后赶紧调转马头，飞快地再次跑向沃特福德。他觉得自己没有被跟踪。

清晨时他离开沃特福德，这是英格兰登陆的第二天，大部分船已经卸好了。那时约丹确信有第二支舰队在海湾附近徘徊，等待着靠岸的时机。在这些租自商人、铁匠和裁缝的小艇上面，有着高价卖给英国士兵的商品和服务，或许也卖给爱尔兰人，只要他们能够悄然无声地进出。商人的空船将被战利品重新装满，那是以微不足道的价格从相同的士兵手里买来的。

当天，商船的甲板上还有些付费的旅客，迫不及待要冲上岸去。其中有妻子、情人，主要是妓女。战事中总是有利可图。约丹推测——内心其实是期待着，纳吉雅也在这些旅客当中，尽管他曾命令她留在米尔福德港。

约丹骑马来到时，英格兰的营房已在沃特福德的城墙外快速地驻扎起一大片。当地的牲畜被抢来杀掉，大块的肉在皮口袋里沸腾着，悬在新砍的木条搭起的篝火架上。香味让约丹想起自己还没吃早饭。城门外，诺丁汉正和凯拉什及一群年轻骑士商量着什么。这些骑士有的是英格兰高级贵族的次子，有的是低级贵族的长子，来这儿都是为了赢得国王的欢心，没准还能在这个即将到手的国家里搞到属于自己的一块封地。与此同时，他们的父亲正在城门内歇息，包括拉特兰伯爵、亨廷顿伯爵和格洛斯特伯爵；还有德斯潘塞爵士、佩尔西爵士、斯克罗普爵士和博蒙爵士。

“你在那儿呀，司令官大人，”诺丁汉叫道，“到我们这里来。”

约丹下了马，把缰绳交给一名侍卫，向这群人走去。

“凯拉什国王的盟友说，爱尔兰大帝和莫里甘的丈夫已重新整编了撤退的军队。伦斯特国王带着一小队凯尔特人和一些希族留在后面镇守，好像要尽可能长地让我们在这里困上一阵。他带着他的部队向北边来了。”

“而且已经离北边不远了。”约丹说道。

“看来你也去侦察了。”凯拉什说，“那很勇敢，或者说是鲁莽。等所有的希族归我号令后，或许你可以把这种事留给我的部下去做。”

“我宁愿自己看。”约丹驳道。

“我们知道希族大帝在哪儿吗？”诺丁汉问。

所有的眼睛都望向凯拉什。他迟疑了一下然后说道：“我的盟友还不确定，不过似乎他还没有撤退。”

“嗯，我们最好在他们建起守势前给他们搅乱了。”诺丁汉说，“枪兵留在后面防御，保护营地。我们要率六支弓骑兵队出发。拉特兰和亨廷顿，你们各率一支部队向东边的浅滩和高地走四分之一公里，然后向北方合围；格洛斯特和斯克罗普，你们向西去。我带着两支柴郡弓箭手部队直奔北方。你们一听到我的号角，就立刻前来会合。很快我们就知道理查德的策略在战场上有没有用了。”

“凯拉什，你的……我该怎么称呼你的人？”诺丁汉问道。

“我会自己安排好我的部下，不用你费心。他们会去他们该去的地方。”

“哦，好吧。那我就把他们留给你支配了。我们半小时内出发。”

“我和你一起去。”约丹对诺丁汉说。

“欢迎之至，”他回答，“尽管我希望你带了几个伏魔会的人来。”

“我们与凯拉什间的协约禁止这样做。”

“停。”诺丁汉低语道。他四下看看，不过凯拉什已经不见了。“他让我紧张。”

喊叫声传遍营地，士兵们已经组织起来了。弓箭手把马牵出畜栏来到营地自己的位置。那些马腾跃着、蹦跶着，极度兴奋地跺着地面，似乎在经历了船上晃动不安的甲板后，要测试土地的坚固度。约丹看着一名弓箭手尽力让自己挑选的马安静下来，抚摸它的脸，凑近它的耳朵对它低语。马的大眼睛柔和下来，马蹄也稳住了。那人给它套上了马鞍。他的羊毛外衣右边是绿色的，左边是白色的，表明了他的柴郡弓箭手身份。和军队里所有人一样，他左胸前绣着理查德二世国王的徽章，一头卧在草地上的牡鹿。这名弓箭手的徽章还坠着蓝色穗子，说明他的位阶是队长。他的外衣几乎垂到膝盖上，盖住了棕色紧身裤和皮靴。头上有顶简单的羊毛帽子，末端固定在下巴底下，既能包住头发，还能让耳朵保持暖和。

他没有穿盔甲，只在外衣下穿了件亚麻软甲，一种带着棉线和羊毛线织成的厚衬垫的坎肩。屁股上挂了个小圆盾，直径只有八英寸，另外配了一把十八英寸长的短剑。他的整套制服都经由理查德本人参与精心设计，便于快速上下马，这是理查德战术中的关键环节。

理查德的这些轻装上阵的长弓手们，依靠灵活的机动性来防守。他们可以溜下马背，在两百码外向一个敌人发动好几次攻击，并在进入爱尔兰弓的射程前翻上马背逃走。至少在训练时这样很管用。对于近处的敌人，或者需要同时射击一群敌人时，他们可以在静止的马背上射箭，如果需要的话，他们甚至可以在疾驰中发射。

安牢马鞍后，弓箭手在左上臂绑上了一根束带，以防在弓弦突然绷断时受伤，也避免了袖子阻碍射箭。在马鞍后面，他牢固地装了一个有二十四支箭的箭袋。另一个箭袋用腰间双重交叉的皮带捆在了背上。箭袋由一圈羊皮制成，表面是羊绒的，盖住了箭头和箭羽之间三分之一的箭杆。在战斗中，他要抓住箭头把箭拽下并抽出来，让它在手中滑到箭羽的部位，然后搭上弓弦上的凹口发射出去。在用掉一半的箭后，他要收紧皮带，确保箭袋牢固。

担心爱尔兰人就在附近，他做了充分的准备，打开包裹弓的亚麻布并交给侍卫。他把弓的一头抵在脚的内侧，另一头靠在身上，拉住悬在弓身中间的麻绳圈并把它滑上角状的凹口处。他左手拿着准备就绪的弓，翻身上马，右手擎住缰绳，调转马头去召集手下了。

约丹上了马。骑士们开始和弓箭手一起出发了，侍卫们跟在后面。约丹可以从每位骑士身上新置办的板甲总数算出他的财务状况。马背上的诺丁汉身穿的板甲从头顶护到了脚趾，面甲提了上去。壮硕的战马也披挂了盔甲。看着约丹身上简单的护心甲，他说：“你就准备穿这个？”

约丹想着帐篷里等待他的一套新板甲。“我相信今天最重要的是保持轻便。”他回答。在这片土地上，他不想用金属罩住自己，本来连护心甲也不想穿，不过他也不愿让别人以为自己疯了。他径

直纵马向北走去。

“这是你自己的选择，当然了，司令官大人。”诺丁汉说着，骑在他身边，两队弓箭手跟在后面。

诺丁汉催着马小跑起来，约丹配合他的步伐紧随其后，走进他已在清晨探索过的密林深处。这次进去，似乎英格兰马蹄的节奏压制住了激愫的力量。

约丹用眼角的余光瞥见自己右边有群巨大的鸟；然而当他回过头去，却看到了凯拉什和他的新部下斯基格树精在林间飞速穿行。在他们脚下的土地上，笨重前行的格罗格力士给约丹带来一种巨石沿路滚动的强烈印象。他们带着硕大的铁锤，有几个背上还骑着橡木精。他很惊讶他们能跟得上。他还认出了一队大步流星的伟士力，看上去像是小号的巨怪，不过有着又长又细的腿。他们选择的武器好像是投枪。

他正探查着希族是否加入了行军队伍，突然空中传来一阵震颤。叶子纷纷从树上被撕下，直飞向一旁约丹的脸。格罗格力士重重地坐到了地上，橡木精急忙跳下来躲到他们身后，用一种紧张兮兮、噼里啪啦的声音互相嘀咕着。伟士力站成一排，把投枪向前扔了出去。

前方的森林似乎被压缩、碾平了，像是一幅没有景深的画。有一瞬间约丹觉得自己看见一道边缘开始卷曲，相信自己能看到明亮的光芒照遍四周；他屏住呼吸，心跳加快。这个扁平的世界从中央撕裂了，树木纷纷向两边倒去。

凯拉什尖叫起来，似乎撕裂的是自己的皮肤。待恢复镇定后，他向手中低语了一个咒语，然后将它用力扔向那条不断扩展的地沟。

撕裂的声音停住了。树木也不再移动，它们已围出一块约三百码大小的方形大草场，土地渐渐高涨起来，恢复了景深。草场正中央等候着爱尔兰军。

大约有一千名凯尔特骑兵，约丹估计，挥舞着他们的剑、弓和矛。他们前方分两列站着约一半数目的加洛格拉斯，长柄斧子靠在肩头，椭圆形的大盾牌尚未合成一道围墙，马匹聚在爱尔兰军的后面。还有一些走动着的希族，可能有两百个或更多。很难算清他们的数量。

诺丁汉开始喊出指令。一队弓箭手下了马，迅速组成三列；其他队伍仍在马上，分别站在每一列旁边。弓箭手们从箭袋里取箭搭弓的啪啦声响被诺丁汉副官的号角声盖住了，他在召集援军。

伦斯特国王默查达，以及希族大帝费尔格哈尔，穿过加洛格拉斯纵队走向前来。默查达停住了，而费尔格哈尔继续向英格兰人走去。

“杀了他。”诺丁汉对下了马的那队弓箭手队长命令道。队长紧贴长弓，拉开弓弦，仔细瞄准后，松开了箭。所有人的眼睛都看着它划过一道浅弧然后朝着行走中的费尔格哈尔落下。那支箭继续下落，随着距离变得越来越小。很久之后，约丹意识到，它早该击中费尔格哈尔了，或至少该落在地上了。很快，它就在视线中消失了。

诺丁汉转过马头直接向弓箭手队下令。他指着费尔格哈尔喊道：“杀了他！”万箭齐发，密密麻麻的不计其数，向前飞射然后遭遇了同样的命运。

费尔格哈尔在英格兰军前五十码处停下来开始说话，他的声音听起来好像他就站在身边：“欢迎回家，凯拉什，尽管你好像忘了自己已被这片土地驱逐，忘了艾德恒统治着中央王国，而我是他们的大帝。”

“你不是大帝，”凯拉什回击道，“不再是了。”

费尔格哈尔举起他残缺的手腕。“是的，如今要有一场新选举。不过，中央王国的族群们已经给了我机会，成为首位换上新手的人。从你那里。”

凯拉什向英格兰纵队前走了几步，特意环顾了爱尔兰和希族军队，然后大笑起来："我的人是你的几倍。我会拿走你的另一只手，接着是你的命，之后所有的希族都会听命于我。斯基格树精将统治中央王国，而我将是他们的大帝。"

围住草场的树木开始向前倾斜，约丹感觉它们似乎要向中央冲去，然后又倾倒回去，摇摆了一会儿，终于在满地的落叶中立住了。

凯拉什将手伸向地面。一条粗壮的树根蜿蜒爬上地表。他把它拉了出来，灵巧地用它做成一支投枪，好像手里的是一坨泥巴。他把它投向费尔格哈尔。还没抵达目标，投枪就闪裂成一团尘雾，飘向费尔格哈尔周围的地面。

费尔格哈尔从口袋里掏出一把小斧，举过头顶向凯拉什扔去，在空中它长成一把大战斧。凯拉什叫出斧子的名字，"迪尔甘德菲尔"，向它伸出手去，然后在空中画了一个符号，指尖留下一道短短的绿光轨迹。那把斧头径直向凯拉什飞去，顺着轨迹转起了圈，一圈，两圈，然后似乎转进了自己的圈里，消失了。

草场里异常的肃静。费尔格哈尔和凯拉什互相盯着对方。马儿不安地跺着脚。人们立起衣领，突然感到一阵暖意，好像两个希族之间的空气在释放热量。费尔格哈尔好像承受了什么看不见的重负。凯拉什的脸滴下汗珠。约丹闭上双眼，意识中浮现出一幅幻象：两个生物互相向对方发射光亮，他们之间的空地充满了雷鸣、电闪、迷雾。然而毫无用处。

诺丁汉在马鞍上向前靠了靠，问约丹："发生什么了？"

约丹把目光拉回现实世界。"一场精灵的对峙。"他回答着翻身下了马，走向凯拉什。

诺丁汉，被盔甲坠得身子沉沉的，靠侍卫的帮助才从马上下来，赶紧追上前去。

凯拉什首先停下来转向他们。约丹看见草场里的费尔格哈尔踉跄了几步，又稳住了脚步。

“现在什么情况？”诺丁汉问。

“我今天还没吃过东西，所以我建议去吃午饭。”约丹提议道。

“你和你的人现在去杀凯尔特人，”凯拉什咆哮道，“我不能替你把活儿都干了。”

“要是我们的箭压根碰不着他们，还有什么希望？”诺丁汉问，重新估量着对手。“就算我们能对付这些人，要是他们聚集了大军，我们又该怎么办？要是你不能像你许诺过的那样帮助我们，你就得不到你的权位。”

凯拉什盯着他。“费尔格哈尔可能还有足够的力量保护自己，不过他保护不了所有的凯尔特人，这我能保证。我的部下和我可以抵住他的跟班发出的任何法术。”他指着诺丁汉又补充道，“然后我就要看看，英格兰人是不是像他们以为的那样能面对面杀掉凯尔特人。”

“唔……你确定你的斯基格树精能够搞定他们所有的法术？”诺丁汉问。“看上去可不像。”

爱尔兰军队中响起一声喊叫，加洛格拉斯的盾牌随之合成一道墙。约丹看见英格兰人从树林中向草场的右侧移动。两百名凯尔特离开队列向新来的人冲过去。费尔格哈尔和默查达飞奔着跑回爱尔兰部队。

“是时候检验了。”诺丁汉说着，笨拙地向他的马走去，大声向队长喊着命令。弓箭手已迅速就位，侍卫们急忙站在队列身后，备好满装的箭袋。

“其余的爱尔兰骑兵很快会冲破树林，”凯拉什叫道，“他们会从侧面袭击你们的人，迫使他们与加洛格拉斯近身搏斗。”

“那不会有用的。”约丹主要是对自己说道。他站在一列英格兰弓箭手前，更多的是感觉到而非看见凯拉什的希族部下四散奔入密林。

最初的那队凯尔特进攻军几乎就要来到森林的右侧边缘时，英格兰军的第一批箭雨从阴影中射了出来，击倒了四分之一的马匹，连带着它们的骑手们也摔在了地上。第二批箭雨以令约丹无比惊讶的速度放射出来，摔倒的骑手们还没来得及站起身，甚至未及拿起盾牌保护自己。第三批箭雨接踵而至，射中了更多的人和马匹，他们本打算去转移那些已经倒地的人。三十秒钟内，超过一半的爱尔兰进攻队伍覆灭了，剩下的人跑进了森林中。

高呼着战场号子，阵型已缩减为几队凯尔特骑兵的爱尔兰军主力，此时增援了希族骑兵，分左右两边朝森林边缘涌去。加洛格拉斯的盾墙开始缓慢地从中央进发。

其他几支英格兰弓箭队在听到诺丁汉的号角声后赶到了，围着草场四周整编就位。箭雨从队伍中飞跃而出。第一批箭雨的弧线还未抵达进攻的爱尔兰军，第二批箭雨就放了出来。只是这一次爱尔兰的希族队伍已有所准备，大批的箭突然停住从空中散落，好像它们击中了空气中什么坚固的东西；其余的箭烧成了灰烬；有些则毫无杀伤力地陡直向上飞去。第一批和第二批箭雨中只有不到三分之一的箭飞完了射程。爱尔兰军的欢呼声增强为集体的咆哮，然而那声音在第三批箭雨的一半命中目标时消失了。约丹能够感觉到斯基格树精的反击术越来越强。

箭纷纷地从约丹头上越过，像阵阵铁雨撞在加洛格拉斯的盾墙上。当一些箭透过细小的间隔击倒了加洛格拉斯，防御阵列逐渐出现了缺口，只有将伤员迅速转移到后方换上新人才能补上。加洛格拉斯暂停了前行，收紧了他们的盾墙。

约丹知道，当大天使阿撒泻勒来到人间后，教会了人类用铁制造兵器，也由此向这种金属自身灌输了暴力的欲望。当法术向着摧毁和保护英格兰箭的两种方向飞去时，铁质箭头的潜在意念被激发了，这在杀戮中起到决定作用。这里任何人的法术，都无力抵御如

此大量的铁器，阻止如此众多的铁箭，约丹想道。

几乎所有的英格兰箭都穿透了爱尔兰希族的法术，转向了进攻的骑兵队伍。剩余的骑兵竭力避开马蹄下已死和将死的人，被连续的箭雨逼成左右两侧的几簇小队伍。不过英格兰人如今也进入爱尔兰弓的射程内了，爱尔兰骑兵开始射出自己的死亡箭雨。此时爱尔兰军形成了三支队伍，一队射箭，两队持盾。

诺丁汉命令弓箭手将火力从加洛格拉斯队列转为直接瞄准爱尔兰骑兵的马匹。爱尔兰人不可能同时护得住自己和马。受伤的马惊慌失措，撞向其他马匹，冲散了爱尔兰军的阵型。骑手和马匹纷纷倒地，跌在那些已经倒下的、试图张弓或重拾盾牌的人身上。

约丹身后，三列英格兰弓箭手专注于他们的工作，保持了可怕的沉默，只能听见队长的指挥，将手下的节奏控制在一分钟射四支箭。频繁的“箭袋！”的喊声让侍卫不停进出队列补充更多的箭。他们小心地不让自己挡在弓箭手前，以免遭受撕裂一只耳朵的恶果。

很快，倒在地上死去武士的总量，惊走的马匹，以及血浸的淤泥让爱尔兰的任何防御阵型都无济于事。一声号角自左边响起，然后是右边，两短跟着一长，那些仍能骑马或是奔跑的人躲进了加洛格拉斯的队列。他们在撤退中一路留下了死者和伤员，箭仍在扫射。加洛格拉斯的盾墙护住那寥寥几个跑进来的骑兵，然后这支联合的队伍开始后退。

“弓骑兵向前！”诺丁汉下令道。马上的弓箭手们冲进了草场。其他的指挥官也重复了诺丁汉的指令。英格兰人在爱尔兰弓的射程以外将爱尔兰队伍围住，阻断他们的退路，再次射出死亡箭雨。人们将马匹牵到约丹身后成排站着的弓箭手旁。他们骑上马背从他身旁疾驰而过，加入了进攻。

凯尔特和希族放弃了剩余的马，在屁股上拍了一掌让它们跑掉，走入加洛格拉斯队伍帮他们加固盾墙，如今他们已围成一圈。

一支凯尔特号角吹了三声悲凄的声响，又重复了一遍。四面仍然飘扬的爱尔兰旗帜降到了盾牌中间，保持与地面平行。

“他们已经降旗了。”那名队长对诺丁汉说。

当诺丁汉回答“让兄弟们挺进”时，约丹解脱的感觉消失了。

队长对信号手喊道：“挺进！”后者吹出两声嘹亮的短号，迅速在整片草场重复着了，消除了英格兰和爱尔兰人可能有的任何疑虑。

约丹不愿再看爱尔兰人无谓的抵抗，可他无法转移视线。偶尔有一支箭化成了灰烬，可那对战事毫无用处。爱尔兰的队列自行崩溃了，男人们，他现在发现还有女人们，在越堆越高的战友尸体上蹒跚着向后退去，举起盾牌挡着那致命的雨。眼睁睁看着希望尽失，二十四个武士发起了最后一次猛攻，然而没能前进十码。

“我该下屠杀令了吗？”队长问，询问是否可以放开队伍的军事禁条，允许他们从死人身上攫取战利品，将活着的掳为人质。

诺丁汉巡视着战场。一小队人仍在盾牌后坚守着，其中大部分已受伤。其他的伤者在战场各处爬行着，或是举起双手投降。有些人乞求着慈悲。有些人呼唤着自己选择的神灵或女神：卢格、达格达，或是达努，恳求将他们带去提尔诺格，永远青春的彼岸之地。大多数人只是盯着英格兰人，克制忍耐，听天由命。

队长耐心地等待着，知道在战场上的最高指挥官下令之前喊出屠杀令，将遭到慢慢死去的惩罚。

“是的，屠杀。”诺丁汉说。“不过除了国王别留人质。把国王带给我，如果他们还活着的话。”

队长的脸上露出失望的表情，问道：“女人们呢？他们的队伍里有女人。我们能让她们做人质吗？”

诺丁汉站在马镫上更仔细地审视这片浴血的沙场。“你们可以随意睡她们，不过不能在这里。别把她们带进军营，也别留活口。现在营地里已经有不少妓女了。”

“屠杀！”队长喊道，喊声被胜利的士兵们满怀激情地传开了。“不留人质！”队长又喊道，表明他们不能像通常那样用人质领到四分之一的俘虏赎金。喊声再次传遍战场，不过这次大大减少了热情。

诺丁汉补充道：“队长，所有爱尔兰人都死后，回收我们的箭并清点一下。我授权每二十四支品相良好的箭可以换一便士。”

“是，大人。”队长回道，“兄弟们会很高兴的。”

“凯拉什，”诺丁汉叫道，“让你的人——或者我该叫军队，把剩下的希族都干掉。他们对我的人会有威胁。”

凯拉什已经消失在森林中，并没有回答。

诺丁汉调转马头向南，小跑着向沃特福德去了。他的侍卫和贴身侍从跟在后面。

约丹听着那些呼喊慈悲的叫声，那些提供金子的出价，都停息了。战场已成为刑场。他曾见过大屠杀，也曾亲身参与过，然而这里的情况完全不同。每条血流都在杀死这片土地自身，无论是希族浅红色的血液，还是凯尔特人和加洛格拉斯人深红色的血液。激愫正在衰亡，而他就是始作俑者。

一群食腐乌鸦猛冲下来，寻找着可口的食物，一小块砍下的肉，切开的胸腔，眼睛——这些黑色的清道夫扑扇翅膀，对那些英格兰大兵表示不满。大兵们宣称尸体都是自己的。他们抢走了尸体上的金属项圈、臂环、武器、盔甲、靴子和一切有价值的东西，只要是能在英格兰兵内部交易，或是从等候在营地的商人手里换得几个便士的东西。

约丹终于从屠杀中转身离开，骑上马背，让它慢慢地走向沃特福德。那天清晨他独自骑行时曾获得的一切，那种与强大激愫源泉的联接，那种神采焕发、精力充沛的感觉，都不见了。

22

爱尔兰，沃特福德

当天夜里

约丹在黄昏时分回到沃特福德城郊，发现英格兰的营地又扩张了，在炊火、火把和月光的映照下光亮如昼。他骑着马在帐房之间穿行，绘有纹章的旗帜一路骄傲地簇拥着，他又经过一座用于饮酒的顶蓬，由某个有胆魄的商人所建，里面粗糙的桌椅上已吵吵嚷嚷地挤满了庆功的人群。约丹走到他小小的一圈帐房前，那里没有徽章，看着像是属于某个自由贸易者。约丹把马交给一名侍卫。他在火堆前蹲下来，试着赶走拢在骨头里的寒气。

“祝贺！”他的厨师说着，递给约丹一大杯黑麦芽酒，还有一盘热腾腾的煮牛肉，上面盖着大块的粗面包。

约丹接食物时几乎没有认出他来。他嚼着一片牛肉，注意到他的男侍和船队出发时他在米尔福德港留给纳吉雅的男侍正在他的帐房前下西洋棋，一种由波斯人的大君棋改编的时兴游戏。纳吉雅的手指将帐房的门帘拨开了几英寸。约丹借着火光刚刚能看清她闪闪发亮的眼睛，心里顿时明亮起来。他把盘子放在地上，喝光了杯里的麦芽酒，向帐房走去。

“司令官德·安格拉诺大人。”一个年轻的男侍喊着向他跑来。

“什么事？”约丹匆匆问道。

“诺丁汉大人命令您立刻过去。”

“命令？”约丹嘲弄地说，“我是梵蒂冈的高级代表。我不听从其他任何政权的命令。”他继续向纳吉雅和他的帐房走去。

“非常抱歉，司令官大人，”男侍说着鞠了一躬，“是我的错。诺丁汉大人对我说让您到他那儿去。请不要告诉他我说了命令。”

约丹看着这个吓坏了的男孩，他看上去不超过12岁。约丹朝他屁股上踢了一脚，“喏，这就是对你的惩罚。我不会说什么的。现在走开吧。我明天会去见诺丁汉的。”

“不好意思，司令官大人，不过那是关于一位国王。我们抓住了他们的一位国王。”那名男侍说着，把重心从一只脚换到另一只。

“哪一位？”

“对不起，我不知道，司令官大人。”

约丹望着他的帐房——门帘合上了，纳吉雅也没了踪影。他放弃地叹了口气，比了个手势让男侍引路。

诺丁汉的那一圈红白条纹相间的帐房四周点满了火炬。男侍领着约丹穿过中央来到一个中等大小的帐房，紧挨着诺丁汉自己的那个巨大的帐房。进门时，约丹有点希望自己能看到希族大帝，然而这个愿望破灭了。他看见一个凯尔特人，那应该是伦斯特国王默查达，瘫倒在一把椅子里。

默查达的外衣被撕开，堆在了腰间，长长的黑发沾满了血迹和泥土。他在右肩的一道深伤口上按着块破布，然而恶心的东西仍在不停地渗出来。*一定是在战事激烈时被箭射中了*，约丹想道。默查达的右臂以一种奇怪的角度悬着，表明有不止一处骨折。两根断掉的箭杆在他的左腿上鼓出来。

“让他活着，再留一会儿。”诺丁汉对一个男人命令说，那人戴的四分之一绿色的帽子以及身上的皮围裙，说明他是个兼做医生的理发师。

“我只是要止住血。”那名理发师答道，他从火盆里取出一段锻铁，顶部烧得滚烫。

“作为国王，我有权享有快速的死亡。”默查达痛苦地说，然而声音里并没有恐惧。

外面骚动起来。理查德走了进来，后面跟着德·维尔和莫蒂默。“王家陛下”的喊声回彻整间帐房，除了默查达所有人都在鞠躬。

“真的吗，诺丁汉，一个理发师医生？你得提高随从的档次了。把我的军医带来。”理查德命令道。

一个男人出现在门口的人群中，身上的橘色长罩衫透露出他是来自伟大的萨勒诺医学院的医师。

“我并不想向你乞求仁慈。”默查达吐了口水说道。

“而你也得不到。”理查德审视着默查达回答道。理查德拉开默查达放在肩上的手，凑近了查看肩上的伤，“以后有的是时间杀你，用一种死法或是另一种。”

默查达忍痛咬紧牙，瞪着理查德。

“不过战争很快就会结束，而那时我会需要一些国王替我治理这片土地。或许你会看到结局，看到你的继任国王们纷纷宣誓效忠于我，你将发现最好的行动就是做出同样的宣誓。你不会知道的。我们走着瞧。到那时你会希望自己能用上这只胳膊和那条腿。”

理查德转过身让诺丁汉走到一边：“跟我说说战场的事。”

那名军医检查了默查达的伤口，吩咐一个跟班去烧开一锅老油，让另一个去取镊子、绸布和针。在他们遵嘱离开时，他又喊道：“再带一瓶鸦片来。”

约丹可以肯定默查达松了口气。

外面又响起一阵骚动。约丹跟在理查德和诺丁汉的后面走了出去。两匹马被牵进诺丁汉帐房外的火把围栏中来。第一匹马上驮着一个骑士的尸体，第二匹马上是两个弓箭手的尸体。后面还跟着两个徒步的人，双手被绳子绑在第二匹马上，一路拖来。

诺丁汉走近那个死去的骑士把他的头抬起来，那人身上简单的盔甲表明了其身份。约丹认出那张脸属于一个年轻人，上周在米尔福德港某酒馆里的打斗中，他曾与之并肩而战。他是来自埃尔赛特十九岁的约翰，埃尔赛特公爵约翰·霍兰德和约克公爵夫人伊莎贝拉的私生子。

“喔，约克终于报仇了。”诺丁汉说道。“把他的肉煮烂，骨头用船运回埃尔赛特，办一场基督徒葬礼。把其他人丢到井里去。”他转向那个牵马的队长，问道，“发生什么了？”

“大人，一队凯尔特人在东边树林里突袭了我们。这位年轻的大人英勇地与之作战。非常勇敢。他挺身而出保护了我的人，在首次交锋中就死去了。我的手下干掉了十个人，抓住了这两个。您想审问他们吗？”

“没有必要。”诺丁汉回答，抽出剑来走向俘虏。

“先停手吧，”理查德命令道，“我们在一片新土地上。或许有新的乐子可以探索。”他转向随从们，叫道，“阿历克大人！”

约丹没有认出那个走上前来的维京人。也许他将成为维京国王的另一个替代。

“是，王家陛下。”阿历克鞠了一躬说道。

“你们的人想杀一儆百的时候，会怎么杀？要某种缓慢的、骇人的，并且……有意思的方式。”

“我们会举行血鹰仪式，王家陛下。”

理查德向俘虏走去，那人的衣服有七种色彩。“你叫什么？”

那名俘虏站直身体，回答道：“我是基尔肯尼的赖利领主，而你一定是理查德国王。”

“你要称我为王家陛下理查德。”一阵气氛紧张的沉默。“好吧，别管那个了。你们为什么要袭击你们国王的军队，杀掉那个埃尔赛特的私生子？”

“你不是我们的国王。那个骑士是入侵者，他用杀戮证明了自己。”

“自我的脚踏上这块土地时起，我就是你们的国王。”他转向阿历克说道，“开始你的血鹰仪式吧。我期待它会有趣。”

“给我一个铁锤、一个凿子和一碗盐。”阿历克说道，“把他们的外衣脱掉，头朝下绑在柱子上。”

英格兰士兵们玩闹着，欢笑着按照阿历克的指示动起手来，加入了这场好玩的演出之中。

次日清晨，约丹从睡梦中醒来，没有睁眼就意识到还没有天亮，知道纳吉雅没有在他们的小床上，用她温暖的身子贴着自己的皮肤。前天夜里那些囚徒的哀号进入了他的噩梦，伴随着理查德空洞的笑声。当约丹还是名雇佣兵时，就总是快手杀人，抗拒任何需要让受害者缓慢死去的任务，那对他是一种折磨，总让他会想起自己为瘟疫所困的童年。

他睁开眼，看见了纳吉雅，已经穿戴整齐，站在一定是她点着的灯光里。什么地方不对劲。约丹让自己坐了起来。

“你准备好接受英格兰胜利了吗？令爱尔兰的激愫彻底消失？你难道不是为它而来吗？”纳吉雅问道。

“不，我不知道。”约丹喃喃地说，“我开始想我绝不该来这儿。我需要更多的时间理清我的感觉，决定要怎么做。”

“你马上就没有时间了。除非你插手，否则一旦英格兰人抓住凯尔特大帝，就能在今天上午结束这场战争。”

约丹抬起腿坐在床边，双手搓着脸驱赶困意。他注意到纳吉雅的头发里有小树枝，鞋上有泥点。“告诉我发生了什么。你去哪儿了？”

“我去找希族的女巫之路了，而且我听说凯尔特大帝——”

“阿尔特·麦克默罗。”约丹打断了她，打了个哈欠。

纳吉雅继续说道，“——躲在他情人的小屋里，借助法术藏身于利弗拉夫的深林中。不过凯拉什已经把地点透露给诺丁汉了。他已带着一队手下骑马出发了。”

约丹站起身，走到小桌旁，研究着那张珍贵的爱尔兰地图，它是昨天那位维京新盟友提供的。“他走了多久？”

“两个小时。”

“而你现在才告诉我？我绝不可能追上他。”

“我会给你指一条去阿尔特小屋的近道。在爱尔兰，像你这样的人有许多小径可走。”

约丹穿上皮裤。“你可以离开了，不必再回这儿。我确定凯尔特人会非常欢迎有你这种天赋的人。”

纳吉雅抬起约丹的脸，停住了他扣剑带的动作：“我们的命运已经锁在一起。如果因离开你而触怒神灵，我就是在犯傻。”

纳吉雅带着他抄近路走出英格兰营地，进入了森林。他们来到一棵又茂盛又古老的橡树前，它长在一座青草萋萋的小土丘上面，树的一侧有许多树根露出地面。她指着两条特别粗壮树根之间的一个缺口。

“那个洞还没有我的头大。我不可能钻得进去。”约丹说，“那是什么，一条隧道？”

“去吧。”纳吉雅说道。

约丹手脚并用地跪了下来。他探入洞口，感觉着四周。里面好像更大一些，他能感觉到喉咙外没有什么阻碍。他伸进脑袋、一侧肩膀，然后是另一侧，整个身子都滑进去了。里面没有他想的那么挤。他突然意识到他不是爬进了一个洞，他是从一个洞里爬出来，从一座长着橡木的土丘的一侧爬出来。深蓝的天空表明即将日出，而树梢上的月光在烟雾中依然闪耀。那烟雾来自一座石头小屋茅草屋顶上的烟囱。

约丹站起来，抖抖衣服上的尘土，向门口走去，他低声说了个简短的咒语，门悄无声息地打开了。他迈步进去，壁炉里燃烧着木炭，烟气腾腾的牛油蜡烛的昏黄光照亮了屋子。一个女希族蜷缩地躺在小床的一堆铺盖上面，身上还穿着沾满泥渍和血迹的衣服，一定是在昨天的战斗中留下的。阿尔特，坐在房间中央的桌前，正俯身对着一碗炖汤，身边坐着一个人类女性。一条大狗卧在炉火前，看到约丹，便发出一声低沉的咆哮。

阿尔特从桌上拿起剑向约丹冲来，速度之快，约丹甚至没来得及抽出自己的剑。*我要死了*。当阿尔特的利刃朝约丹的脖子砍过来时他想道。然而剑锋毫无阻拦地削了下去，一道弧线直接击中地板，撞得石头上火星飞溅。

阿尔特惊讶地看着手中的剑，他不可能失手的。然后他盯着约丹，好像在期待他的头从肩膀上滚下来。约丹同样震惊，他感觉了一下自己的脖子，然后丢掉自己未出鞘的剑，张开双手，掌心伸向阿尔特。那个女希族从床上跳起来，聚起一个金色的光球，在右手里嘶嘶作响、火光闪烁。她准备将它扔向约丹。

"停！"阿尔特喊道，依旧盯着约丹，"你是谁？要干什么？"

"我需要时间解释，"约丹说道："我不能就这么被结果了。"

阿尔特退了一步。"怎么结果？"他身后的女人正挥舞着一把小刀。

有匹马在屋外嘶鸣。骑手们钢盔铁甲的叮当声正在逼近。约丹环顾四周，关上了门。"诺丁汉就在附近。这里有后门或是窗户吗？"

"算有吧。"阿尔特说道。那个希族熄灭了危险的光球，然后走到房间中央。她伸出优美的手臂，将纤细的手指深入地板缝中，令一块四英尺见方的石板翘起一头，它看上去足有她体重的两倍。

那个人类女性跳入洞中，石板立刻又盖上了。阿尔特指示那个希族也跟着进去。

她摇了摇头说道：“我想先杀几个英国佬。”

阿尔特点点头，对约丹说：“要是我能让所有希族都这么想，我们一定能把入侵者杀个片甲不留。”然后他也跳进了洞中。

约丹跟在他后面，期望自己能从某处跳出洞外，然而他发现自己只是站在一个寻常的泥土洞里，前方连着一条隧道。当那块石板旋转着封上后，约丹完全陷入一片黑暗。他只能摸索着前面的路，跟随另外两个人的声音向前走。

诺丁汉闯入了小屋的门，后面跟着三个全身披挂的男人。

“欢迎来爱尔兰！”那个希族说着，将一个闪烁的光球向他扔去。诺丁汉闪躲过去，它击中了他身后的人。那人立刻号叫着倒地，金光变成许多条蛇啃食起他的肉。一道闪光，第二个男人倒地了。诺丁汉急冲出门外。另一道闪光出现，响起了更多的号叫声。

那个希族女人冒险地向门框望了一眼。诺丁汉向姗姗来迟的两个格罗格力士喊道：“把她封在里面！不能让她逃掉！”格罗格力士的喉咙深处发出微弱的歌声。门砰的一声关上了。希族听见诺丁汉又喊道：“烧掉它！”

她弯下腰拽着那块盖住隧道的石头。它纹丝不动。透过窗户她能看到燃烧的火箭向她的茅草屋顶飞来。她闭上眼睛把手放在石头上方。无数条光从她的指尖垂下，围在了石板四周。她再次试着抬起它，依然失败了。她绝望地尖叫起来，火苗已开始舔舐她头顶的茅草。

约丹从隧道中爬出来时，阳光正在林间闪耀。阿尔特站在一匹马旁。四分之一公里外，小屋被火焰吞没了。

“你叫什么名字？”阿尔特问道，他的手已经放在剑柄上。

“约丹·德·安格拉诺，梵蒂冈的司令官。”

“这意味着梵蒂冈会加入我们这边吗？”

“不。这意味着我还没准备好看见您被捕或死去。”

“为什么？”

“这片土地和我预想的不同。这里有太多东西我在竭力理解，而我需要更多的时间。现在你最好离开。我们会再见面的，那时我们或是对战，或是……嗯……时间会告诉我们将发生什么。”

“那时见。”阿尔特说着，从树上解开自己的马，“不过别指望我们的剑交锋时我会手软。”他翻上马背，情人跟在后面，他们静悄悄地骑走了。

约丹转过身，看着远处燃烧着的小屋，希望那个希族已经逃出来了。然后他走进丘上的树里，爬入又爬出女巫之路，来到等待着他的纳吉雅身边。

太阳高高地闪耀在空中，包括康纳、利亚姆和罗斯温在内的一小支爱尔兰军骑过距离塔拉南部十公里远的林赛山头，然后走下缓坡，发现费尔格哈尔正蹲在路边的一眼泉水边。他把衣服退在腰间洗澡，冰冷的泉水让他苍白的皮肤泛红了，伤口呈现鲜红色，不过都不太深。右手腕上的残肢已长出了新鲜的皮肤。

“大帝呢？”费尔格哈尔问。

“阿尔特将在塔拉见我们。”

“告诉他默查达国王被抓，整支队伍都被屠杀了。”

“包括加洛格拉斯？”

“英国佬用铁做的黑色强风带来了死亡。凯拉什太强大了，他的手下又太狂热，忠心的希族根本阻止不了他们。我的大多数希族与凯尔特人并肩作战，直到死亡来临。最后剩下的不到四分之一。”

费尔格哈尔对着康纳说："要不是为了送信，我自己也已经死掉了。我们唯一的希望是莫里甘女神。艾丝琳联接了足够的女神法力吗？"

"艾丝琳会有足够的法力，"康纳说，"她打败了恶魔西姆扎斯。她能搞定凯拉什。"

"在她的法力恢复以后，而现在她的一对双胞胎刚刚出生。"利亚姆补充说。

"让我们期待她的法力能在理查德抵达塔拉前恢复，"费尔格哈尔说，"让我们期待新的双胞胎没有自己留下法力。我会回中央王国去，召集依然忠于爱尔兰、信守誓言的军队。适当的时候我们会在塔拉会合的。"

罗斯温下了马，把缰绳递给利亚姆。"我们会在战场上再见面。"她盯着利亚姆看了好一会儿。

"非常期待。"利亚姆说道。从她的眼中，他回想起他的希族母亲看他父亲的眼神。在另一种环境下，他会被罗斯温吸引的，他看着她和费尔格哈尔消失在一座附近的精灵之丘中，心里想道。

利亚姆转向康纳说："你也要回邓萨尼去。告诉艾丝琳我需要你尽快返回。"

……

理查德已经下榻在雷金纳德塔楼里，它以914年在沃特福德港修建了防御工事的维京人命名。在大厅里，奥伦在餐桌尽头处坐着。一条紫色的长袍从他的肩膀一直垂到地面，头上歪戴一顶小丑帽，是理查德为了就餐将他打扮成这样。

理查德突然站了起来，椅子在他身后砰然倒地。他朝诺丁汉咆哮道："阿尔特不在那儿？他怎么可能不在那儿？"

德·维尔放下了酒杯。

诺丁汉不自然地在盔甲里动了动。"小屋里唯一的人是个女希族，我们已经把她烧死了。”

“我他妈的不在乎再烧死一个精灵。”理查德倾过身子，拳头砸在桌上，他瞪着凯拉什，后者的桌面上一个盘子或酒杯也没有。“你说过大帝会在那儿。”

“他曾在那儿。诺丁汉赶到的时候他一定是溜走了。”凯拉什说。

诺丁汉强硬起来：“我们把小屋团团围住了。而且你向我保证空中所有通向中央王国的路都被封死了。”

“它们是被封死了，”凯拉什说道，“不过，如果他逃掉了，一定是走了条女巫之路。”

“女巫之路！女巫之路！”理查德吼起来，在桌前走来走去，“这个国家除了精灵还有女巫？”

“希族有各种不同的法力，”凯拉什说道，“投身于研究古老法术的希族可以成为非常厉害的女巫，能在不同世界之间和世界内部穿行，用其他人不知道的方式。”

“好吧，那不重要，一个微不足道的小烦恼。”他的脚步加快了，双臂挥舞着，两手不停地握紧又放松。他看向奥伦。“我们还需要那个精灵吗？”他并不是在问某个特定的人。他走到奥伦身旁，又问：“我们还需要你吗？”

奥伦那张盲目的脸转向理查德，头上的小丑帽掉了下来。“不，”他答道，“你们不再需要我了。”

“很好。”理查德回道。他从剑鞘中抽出诺丁汉的剑，高高地挥起来砍向奥伦，刺中了他的肩膀。奥伦一声不吭，神色安详。理查德双手握住剑柄。又挥舞了三下，理查德砍下了奥伦的脑袋。

“呐，别让人家说我不遵守诺言。现在，找个地方把它钉起来。”

23

爱尔兰，特里姆城堡

1394年，10月31日

特里姆城堡外的博伊奈河边，梅斯国王特洛站在一堆巨大的篝火旁。这是萨温节的前夜，标志着冬天的开始，秋分和冬至的中点。今晚，隔开凡世和往生世界的面纱将会变薄，人们要将宴席和祭品奉献给祖先，以避免他们不安宁的灵魂前来造访。

特洛想起他年轻时的萨温节，那时他会把牲畜的骨头扔进篝火里献祭。那些牲畜被宰杀以填满冬季的储藏柜。他身旁的篝火不再需要骨头了：垛起柴堆用的是弗魔安的尸体，超过一百具。

特洛命令护卫队长在桥上成排点燃火把，并确保每晚有五十名武士守卫。“它必须保持开放，队长，”特洛说道，“让那些怪物晚上盘踞浅滩吧，如果需要的话早上我们可以轻松地收回它。”

“是，陛下。”队长回答，迅速向新建的石桥跑去，它悬吊在浅滩上方，建成还不到一年。在英格兰入侵后，特洛停收了每人一个半银便士的过桥费。

利亚姆和康纳骑马绕过城堡的角落，又经过护城河的边缘，一队心烦气躁、疲惫不堪的加洛格拉斯跟在后面。一看到特洛和那座火堆，他们就勒住了马。

“特洛国王，”利亚姆说道，“看起来您经历了一场恶战。”

“确实如此，”特洛肯定地说，“弗魔安侵袭了浅滩和桥。我

们拼死反抗。这是个漫长血腥的夜晚。太阳升起后，我城堡上的弓箭手能够安全无虞地射杀他们。现在我们有经验了，不会再被他们吓到了。我们会让吊桥保持开放。”

“你们死了很多人吗？”利亚姆问道，眉毛紧蹙。

“二十三名武士战死了。大多数伤员很快就能恢复战斗。”特洛说道，“英格兰那边怎么样？”

理查德已从沃特福德向北方进发，重复着他父亲“游击突袭”式的烧杀屠城战术，那位黑太子曾用这一招在法兰西收获奇效。特洛听到的最新消息是理查德绕过了威克洛山脉，把它留给希族盟军，自己夺取了哲恩波特和基尔肯尼并加强了防御工事，一路上所有途经的村落都被烧为灰烬。

“我们刚从利林撤退，”利亚姆说，“现在那儿是理查德的了。”

特洛点点头，看着逃难者步履沉重地穿过吊桥。

阿尔特没有在南方据守抵抗。相反，他在一路不停地骚扰英格兰军队，试图拖慢敌军前进的步伐，与此同时爱尔兰军集聚于塔拉，让艾丝琳有充足的时间恢复法力。阿尔特坚持认为艾丝琳是他们打败凯拉什和英国人的唯一希望。在此期间，爱尔兰的伤亡人数在急剧增加，绝大部分都死在了英格兰长弓致命的射程内。

“今晚这片土地将聚满魂灵，”特洛说道，头依然偏向逃难者的队伍，“没人有时间准备宴席，甚至是祭品。”

“太多新增的魂灵了。”利亚姆说。

“你知道还要多久我的队伍就要转移到塔拉来吗？”特洛问。

“英国佬下一步就要抢夺卡罗城外的吊桥了。我们可以在那儿拖住他们一阵。阿尔特在理查德向都柏林北部进发前不会出击的，以免陷入理查德及其维京同盟的夹击中。你还有几周的时间做准备。”

“我们会准备好的，”特洛说，“艾丝琳能准备好吗？”他问康纳。

“能。”

“告诉她……”特洛欲言又止，“告诉她我们有多么期待。”

“她知道。”康纳回答，催马涉过浅滩而去，利亚姆和加洛格拉斯跟在后面。

一辆空载的马车缓缓向城堡大门驶去。*今晚的宴席真是贫乏啊*。特洛心想。不过，作为国王还是要款待他的臣民，还是要为想进来的人敞开大门。想到今晚要与一位象征大地母亲的女子进行必须的、仪式性的交合，特洛的脸上浮出浅浅的笑容。这是一次令人期待的放松，尤其是那个美丽的女祭司已答应参加仪典。而当他看到马莫斯穿过烟雾向他走来，他的笑容消失了。

还是个男孩时，特洛就有点害怕特里姆的这位坏脾气的德鲁伊，那时他就又老又无情。时间没有改变马莫斯的性情，特洛希望马莫斯不要坚持作为见证人参加大地母亲仪典。那样整件事将毫无乐趣，甚至有不成功的风险。

马莫斯没有致礼就直接声明道：“艾丝琳不会为这个世界带回足够的莫里甘女神法力，不足以从凯拉什或英格兰手中拯救爱尔兰。”

特洛攥紧了拳头，干掉的弗魔安血块从手套上脱落下来。他希望自己能为侮辱艾丝琳而给他一拳。不过，即便身为一方之王，去殴打一位像马莫斯这样法力仅次于布丽吉德的德鲁伊，也并非明智之举。于是他说道：“我们只有艾丝琳。”

“我们还有她的新生双胞胎。她们会从艾丝琳身上吸走法力，而据说她们要非常慢才能返还。要是这对双胞胎是莫里甘女神新的肉身，应我们的祈求在极度需要她的时候回来了呢？也许艾丝琳是唯一阻止这对双胞胎完整带回莫里甘女神的人。”

“布丽吉德说过，只要艾丝琳还活着，莫里甘女神就不会重返世间。况且，在安雅发生那种事后，也没人知道莫里甘女神是否还能回到我们的世界。”特洛说道。

“莫里甘女神能做到任何莫里甘女神想做的事。想想当女神第一次向我们显圣时，人们那种迫切的渴求。她只靠意念便凭空化为人形显露自身。我们现在的渴求难道比那时少吗？”

特洛直盯着马莫斯的眼睛。“你有什么建议？”特洛清楚自己知道。近来有一派观点甚嚣尘上，越来越直白地要求艾丝琳退回彼岸世界，这样至少能为莫里甘女神重返世间留出一个机会。作为最受尊敬的君王之一，特洛曾几次被人试探是否会加入该派。他希望自己不必如此。

“除了德瓦士和艾德恒，还有一些希族也不希望看到凯拉什的力量崛起，有些甚至属于凯拉什视为盟友的阵营。”马莫斯压低了声音，“我接到消息说他们希望会谈。我的建议是你同我一起去，我们可以听听他们有什么打算。”

不顾冬季第一个夜晚的寒意，艾丝琳穿着单薄的睡衣赤脚沿邓萨尼堡后的树林边缘走去。她看着那些在林间飘移的魂灵，有许多看上去迷路了。想到自己的姐姐安雅，艾丝琳心间又涌起了那熟悉的痛感，好像那支箭从未拔出过。一线泪水滑过她的脸颊，瞬间就变凉了。她回忆着当她和安雅年少时，她们怎样在萨温节的夜晚偷偷溜出去，追逐那些魂灵。她想起自己如何学会一个法术，能显露他们的形体，而安雅又是如何让他们开口说话，说的都是些关于失败、悔恨和孤独的故事。两个天真无知的女孩相信，那些倒霉的故事绝不会发生在自己身上，总是格格笑着目送魂灵们飘远。

如今她渴望能与安雅的魂灵交谈，然而她所有的尝试都失败了。安雅应该会回到彼岸世界的莫里甘女神身边，在那里等待着她。可是带着一颗摧毁的心，她真的回得去吗？安雅会不会只是离开了，从未回到莫里甘女神身边，也不曾经过往生世界，甚至不会徘徊于此岸？只是离开了？

艾丝琳站在一条小径的入口，那儿曾通向她的树人营地。树人相信他们死后会转世为动物，变成狼、熊或狐狸，重复他们期望的生活。艾丝琳在黑暗小径的尽头什么也没看见。她死后会去哪儿？她思索着。她会同样只是离开吗？没有安雅的心召唤她回家，回到莫里甘身边，只是化为虚无吗？她胸口的痛加剧了，不得不大口喘着气。今夜，或任何夜晚她都不想再听死者的往事了。她转身向城堡走去，加快了脚步，试图赶走恐惧。

自从英军登陆，对失去安雅的思虑过于频繁地重上心头，带回了过去那些黑暗的画面，让她难以忽视自己内心的空乏。英军入侵令人痛苦地提醒着，她曾命中注定要成为什么，她曾被夺走过什么。如今整个爱尔兰都在指望她，她感到自己脚下的土地不再坚实可靠。她入睡时总被梦魇折磨，梦见康纳战死沙场，梦见自己又坠入内心深处的黑暗中。她不停地坠落、坠落，在梦里她分不清是梦魇，还是自己再次身陷那地狱般的困境。她会在尖叫中醒来，拼命挥舞双手想抓住什么。当康纳回到家中，而她感觉梦魇正等待她精疲力尽的时候，她会强迫自己彻夜醒着，让梦魇无处侵扰。他正在对战英格兰，她不想让他为自己的恐惧分神。

艾丝琳快到家时，后门转开了，向她透出一束温暖的光亮。康纳，还带着一身骑行的风尘，一只手臂抱了一个女儿，正温情脉脉地冲她微笑。她向他跑过去，痛苦大为减轻。她不能施展法术顾他周全，这使得他不在时总是异常煎熬。他们来到楼梯前，她渴望开口让他留在身边，不要重回战场，可她知道她不能这么做。她为爱尔兰而生，却把这份职责和使命抛给了他。在这个时候让他放弃责任，无疑是一种极大的背叛。

***

特洛花了五个星期才终于接受希族异见者的会谈邀请。他曾催促阿尔特，在理查德抵达前从维京人手里夺下都柏林，然而阿尔特坚持要等待艾丝琳。如今理查德已经到了都柏林，将卡洛、卡斯特德蒙特、康纳尔悉数收入麾下，与沃特福德连成一条村落防御链，其间二十三座他觉得战术上无用的村庄都被烧掉了。如果不尽快做点什么阻拦理查德，他会在一个月内大举入侵塔拉，来到特里姆城堡的大门前。即便是特里姆，在如此强大的军队面前也支撑不了多久。

今晚，东北方的路像一条黑色的雨水带，蜿蜒伸向更加黑暗的森林。特洛一直跟着一条灰色的踪迹前进，那是马莫斯的马，如今它停住了。特洛跳下马，挨着马莫斯的马把它栓在树上，然后从马鞍后取出一个火把。他擦了几次打火石，可火星总是立刻被雨水浇灭。马莫斯念了几个词，点着了自己的火把。特洛放弃了打火石，从马莫斯那里取了火种，然后跟着这位老德鲁伊走上一条通往密林的小径。他听见马莫斯低声施了一个隐蔽术，避免其他德鲁伊或希族察觉他们的位置及意图。

这条小径通向了一片开阔地，林边有几头母牛互相依偎着，抵御这寒冷潮湿的夜晚。中央有一圈齐腰高的泥土围场。巨大的立石高高地插在地里，上面刻着星迹、月亮围绕地球周转十八年的轨迹图，以及据称是经由中央王国通往新世界的地图，只有希族人知道的地图。围场闪耀着光辉，像是被月光照亮了，其实月亮藏在厚厚的云层后面。它看上去空空如也。

特洛走到马莫斯前面，艰难地穿过空地，来到围场另一边的裂隙旁。他拔出剑，刺入湿软的土地，然后将火把的底部插进围场的一块立石上。他一迈过裂隙，就发现里面并没有雨，而且他知道自己看见了，这座精灵之光点亮的围场里全是希族。

八个蹲坐的格罗格力士和三个小小的橡木精正在等候他的到来。一名格罗格力士向前走了一步。特洛感觉他好像比其他希族老一些，不过老实说这也很难分辨。或许那只是由于他比其他人块头更大而已。他叫埃尔丹。特洛认出，在修建特里姆的新石桥时他曾与之谈判过。

“特洛国王，感谢您同意见我们。”埃尔丹鞠了一躬，用低沉的声音说道。

“埃尔丹，”特洛点点头回应道，“我对你没与凯拉什结盟并不惊讶，让我惊讶的是你还在这儿。”

埃尔丹深深叹了口气。“我本想离开，就像许多人那样，可是谁知道新世界还有这样可爱的石头吗？或者那里的统治者没准更严酷？爱尔兰是我的家。最好保护这片土地免遭凯拉什屠戮，因为树木并不尊重石头；树木希望打碎它，把它丢回土里，毁之殆尽。”

“你打算如何抵御凯拉什？”马莫斯问，语气掩饰了他已知道答案。

“莫里甘女神必须完整地归来。”

“莫里甘女神必须归来。”其他格罗格力士粗哑的声音和橡木精吱吱的声音回响着。

“艾丝琳还活着。就算她死了，安雅的心也已被毁了。”特洛说道，重复着老生常谈。

埃尔丹铿锵地走到中央的一块立石前，对它吟唱起来。他伸出短粗的手指插进石头，好像它已软成了一块泥，然后他拉开一间石室，往后退了一步。

马莫斯从口袋里拿出一根蜡烛，轻声说了几个词点亮了它，举着它来到门口。特洛弯腰向里面望了一眼，顿时被眼前的景象惊得倒抽了口气：一块萎缩的东西，棕色的像一块干肉，不超过一口大小。特洛曾出席了艾丝琳和安雅七岁的归心大典，知道它一定是莫里甘女神遗失的那枚心片，那枚委托斯基格树精保管的心片，被认为来自前一世安雅的肉身。

特洛迅速站直身子，本能地四下环顾，紧张地向围场外的黑暗中望去。他摸索着自己的剑，却只找到了剑鞘。

“别担心，”埃尔丹说，“凯拉什已在此设立了守望，不会费心来管它的。他杀了为他制作这间石室的格罗格力士。她的名字是蕾西。她年轻时，我曾是教她歌唱的人之一……”他的声音弱了下去。

“她告诉了你这里？”特洛问道。

“她开始意识到这是在背叛莫里甘女神，准备告诉艾丝琳。她是个坚强的女孩，”埃尔丹回答道，“凯拉什以为他拥有我们。我们与石同在，你不可能拥有石头，不可能拥有比你生命还长久的东西，你只能使用它一段时间。是时候结束凯拉什的生命了，是时候让格罗格力士和橡木精同盟召回莫里甘女神了。”

特洛向石室迈去，而马莫斯揽住了他的腰。“不行。它是受保护的。”这时特洛才注意到围场入口处笼罩着微弱的蓝光。

“我可以打破这个法术，”马莫斯说，“不过这么做会惊动凯拉什。我们要等到准备周全再行动。”

“准备？准备什么？”特洛问，希望不会听到他一直怀疑将发生的事情。

“准备为新生双胞胎举办归心大典。”马莫斯严肃地说。

“为此我们也需要艾丝琳的心。”埃尔丹补充道。

“需要她死。”马莫斯说，“艾丝琳将为凯尔特人和希族做出最大的奉献。她的灵魂将与莫里甘女神融合，并迅速注入孪生姐妹体内。这对她来说更像是新生而非死亡。”

“如果你们错了怎么办？”特洛争辩道，“那么我们就失去了所有莫里甘女神帮助抵抗英格兰的希望。”

“莫里甘女神会提供无可争议的迹象。”

“而你怎么得到这个迹象？在梦里？还是你要在瀑布边冥想？”特洛声音里的怀疑更深了。

“那个迹象会向你展示，而不是我，”马莫斯说，“在我们将艾丝琳的孪生女儿呈送不死测试的时候。”

“你会用自己的性命连结测试吗？”

“在这场战争里，一个老头或是一个婴儿的性命有什么要紧？”

“没错，她们不过是婴儿，对于归心大典的仪程来说太小了。而且，就算她们通过了不死测试，甚至她们真的将莫里甘女神完整地带了回来，两个婴儿能为我们做什么？”

“只要知道莫里甘女神回来，哪怕以婴儿之身，也会让希族背弃凯拉什，重回古老的盟约。它将让许多已去往新世界的希族回归，重新与这个世界连接。莫里甘女神将鼓起凯尔特人和希族的斗志，与英格兰人坚持作战，直至她们长大成人，能够真正施展法力。”

“马莫斯说得对。”埃尔丹说着，平稳地封闭了石室，仿佛它从未存在过。

艾丝琳在颤栗中醒来。她滑出被子，站在黑暗里。全神贯注。一束光从壁炉中升起，罩住了柴堆。她的思想愈加集中。火星一闪，空中嗖的一声，柴堆顿时腾起熊熊火苗，她的脸上有了笑意。

“你的法力恢复了。”康纳在床上咕哝着。

“还没有全部恢复。”床边柜上的一根蜡烛发出噼啪声，然后点亮了。艾丝琳从头上脱去睡衣，爬回了他们的床。

两个小时后，她从康纳怀里挣脱出来，蹑手蹑脚地走过卧室来到婴儿床边。

“啊，足以弥补失去时光的欢愉啊。”康纳说着，也坐了起来。艾丝琳抱起其中一个女儿，迪尔德丽，她听见她在动，可并没有哭。迪尔德丽和她的妹妹，尤安，都几乎从未哭过，这让艾丝琳

有些担心。她回到床上，把这个饥饿的婴儿抱到自己的乳房边。

宝宝吮吸着奶，康纳摩挲着艾丝琳的肩膀：“整个国家都在等你。”

“我不确定是不是已准备好战斗了。”

“英国佬很快就会进逼这里，把我们小小的城堡彻底摧毁。”康纳温柔地说，“没有时间了。我会在身边保护你，而且我肯定利亚姆和阿尔特也将提供强大的守卫。”

“我不怕死。不久前我还在祈求它的降临。”艾丝琳提醒他，深吸了一口女儿头上甜蜜的香气，“我害怕失去你。斯基格树精是对的，我只要战斗，身边的人就会死。那些我爱的人。”

康纳抚摸着迪尔德丽稀疏的红发，直到婴儿脱离母亲的乳房，陷入了深沉的睡眠。“我们会保护彼此。”康纳从艾丝琳怀中抱走迪尔德丽，换了尤安过来，她的两条小胳膊伸得长长的。

“这片土地带给我的只有不幸，”艾丝琳说着，把一个乳头放进尤安渴望的小嘴里，“直到我遇见了你。你不能死，为了女儿们，也为了我。要是你离开我去了往生世界，我会重新堕入我黑暗的那一半。我知道我会的。即便是现在我也能感知它的边缘，那样的话，我们的女儿会过上什么日子？最好是我死，而不是你。”

“任何城堡也逃不过理查德，任何森林也躲不开凯拉什。他们是为你而来，可他们要先经过我。”康纳跪在艾丝琳面前，亲吻着她的手心。他拿起蜡烛要吹熄火焰，可它不胫而走，打着旋儿转成了艾丝琳手里的一颗小球。康纳住嘴不再吹气，而那颗黄色球体的火焰依然闪耀。“我们要跟他们开战。打败他们。你和我一起。”

艾丝琳合上手，火焰消失了。“我知道。”她叹着气说。她抚摸着康纳的脸颊，手心还是热的。“我会去战场保护你。我不能让你离开我，也不能让女儿失去她们的父亲。”她竭力让语气保持平稳。

尤安喝足奶水后，康纳把她抱回摇篮，轻轻地放在她姐姐身

边，她们小小的胸膛一起一伏，很快会合为同样的节奏。艾丝琳站在一旁跟随她们的节奏呼吸着，却突然被一个幻象击中，那是比失去康纳还不幸的命运——失去她的女儿们。她抓住床柱深吸了几口气，不过很快意识到，那个幻象缺乏真实预言的感觉，于是她把它当作一个新母亲的寻常焦虑，抛诸脑后了。

24

爱尔兰，塔拉

1394年12月26日

利亚姆在霜冷的清晨走下塔拉山坡，来到加洛格拉斯的营地。所有的武士学校都要求学生至少经过五年的训练，才能加入已编制的加洛格拉斯军队，虽说如此，当利亚姆大略扫了一眼围着营火的武士们，就发现好些不满十三岁的少年也溜了进来。明天他们就不再是学生了。他想道。

他来到营地中央，走进一座普通的大帐房，找寻他的侄女特蕾莎，他曾把自己的武士学校斯盖沙伊施·斯科尔交付于她。他发现她和厄恩南在一起，还有一位公证人，他们正在续签一份为期一年零一天的婚姻合约。

“又来一年？我还以为上一年肯定是你们最后一次婚姻呢。”利亚姆声明说。

厄恩南撩开外衣，向他展示自己累累疤痕中的一道新伤。“我们为此决斗来着，她又赢了。”他靠近利亚姆耳语道，“这是我让她一直续约的法子。”

特蕾莎从文书中抬起头来：“没必要签更长的婚约，你很可能会在这次大战里死掉。”

“我把我的财产都留给利亚姆。我可不想让你有动机谋杀我。”

“你的东西我才看不上呢。”

“我们稍晚会摆宴为你俩祝福的。”利亚姆打断了他们，“所有的爱尔兰军队都在今天向南边的拉托斯村进发了。英国佬已经结束了为他们神灵庆生的仪式，正在逼近斯莱戈·库阿莱恩。”斯莱戈·库阿莱恩是南方的一条国王大道，起自塔拉，途经都柏林。

“什么样的人会信仰只有一条命的神啊？”特蕾莎问。

“让你的学生们在一小时内准备好，”利亚姆说，“你的学校要和我的队伍一同骑行。”

特蕾莎给了厄恩南一个绵长的、用力的吻。“终于轮到我们杀英国佬了。”她蹦跳着走出帐房，厄恩南也跟了出来。营地里传来了呼喊声，同样的命令已经下达。

在塔拉王室围场的梅斯使馆里，阿尔特站在德鲁伊马莫斯身边，低头望着特洛。他身上的被子已被汗水浸透。当马莫斯为他发烫的前额敷上一块湿布时，特洛语无伦次地咕哝了什么。

“他活不过今天了，我的医术也无能为力。”马莫斯说道。

阿尔特眉头紧蹙。“尽你所能去做，不过明天黎明前要在拉托斯与我们会合。我们会需要你的。更多的人危在旦夕，不能只顾这一条性命，即便它属于国王。”

“相信我，我理解。”马莫斯回答。

在邓萨尼堡的卧室里，艾丝琳穿着全套骑马服和厚实的斗篷，怀中抱着迪尔德丽和尤安。她轻轻地摇晃她们，温柔地唱起爱尔兰摇篮曲。布丽吉德穿着白色长袍走了进来，身后跟着一个乳母。窗外，下午的阳光晦暗下来，东风席卷着雨雪呼啸而至。

“我们得走了，”布丽吉德说道，用手臂环住艾丝琳的肩膀。

“理查德已经上了国王大道，如果我们不阻止的话，他两天内就将抵达这里，三天就能到塔拉。”

艾丝琳把女儿们抱得更紧了。“我一直感觉离开她们是个错误，我应该做些事来保护她们。”

布丽吉德在每个婴儿头上放了一只手，闭上了眼睛。“我看不到她们会面临任何危险。她们在这儿会安全的。”

布丽吉德的话再次给了她信心，艾丝琳的焦虑减轻了。她挨个吻了女儿们，把她们抱给乳母，这时康纳拿着她的剑进来了。“马已备好。”

“记住，不许冒没必要的险，”艾丝琳对丈夫下令说，“我们都必须活过此劫。”她接过自己的剑，最后一次向孪生姐妹们投去炽热的目光。

当特洛被迫喝下马莫斯递到唇边的那杯腐烂气味的饮料时，黑夜降临了。半个小时后，他站起身来，浑身颤抖但仍能穿上衣服，“你一定要让我病得那么厉害吗？”他说着，语气更像是指责而非疑问。

“我得让阿尔特和他带来的德鲁伊确信无疑。”马莫斯回答。

“他根本没带德鲁伊来。”

马莫斯耸了耸肩。

“给我拿点麦芽酒和面包。”特洛下令的语气非常强硬，马莫斯鞠了一躬赶紧去厨房了。

凌晨四点，特洛和马莫斯再一次步履艰难地走向泥土围场，这次是冒着冰雪而非凄雨。围场内升起一束光，照亮了空地四周林木的冰雪轮廓。特洛犹豫不决地站在入口，望着等在里面的一小群格罗格力士和橡木精，向马莫斯问道：“你确定这是唯一的办法吗？你在拿我们的命犯险。”

“犯险的不只是我们的命，”老德鲁伊回答，“我们担负着时代。必须有所行动。”

“当凯拉什发觉守卫心片的法术被你打破后，你觉得他会怎么做？”

约丹掀开门帘走出帐外，所谓的黎明更像是个传说，缺乏真实的光亮。风已止住，雨夹雪转成了鹅毛大雪。他的护卫正在试图生火。约丹的小营地远离大军独自驻扎于北部的克洛尼，一个位于国王大道上的村落，这里如今已被英格兰军队彻底占据，很难说是一个村落还是营地了。梵蒂冈观察员的身份被暴露后，约丹让自己的营地与英格兰军保持了一定的距离。纳吉雅从帐房里出来，弯下腰帮着生火。火焰奇迹般地腾空而出。约丹让自己远离其他人的真正原因是：关于纳吉雅是女巫的流言在英格兰军队里越传越广。

约丹感到有些焦躁不安，他裹紧了斗篷向北走去。霜冻的草地在他的靴子下吱嘎作响。爱尔兰的命运即将决定，而令他惊讶的是，他的内心已不再矛盾。这不仅是由于他憎恶奥尔西尼的敲诈，强迫自己返回欧洲大陆后加入伏魔会，将特使关于土地和头衔的许诺一笔勾销。不，是爱尔兰自身。他感觉到激愫每日都在蒸发，就像一条旱季的河流，可是这儿的激愫还是比任何地方都多。这让爱尔兰感觉像是家。他也考虑到了纳吉雅。欧洲对于她这样的女人来说越来越危险。他不确定她能平安返回。东边的天空亮起来了，他的决心也已明确：他想让爱尔兰赢。现在，该做些什么呢？

他穿过一道低矮灰暗石墙上的门，开始穿越一片旷野，正中间有棵山楂树。察觉到那棵光秃秃的树下站了个人，他便朝它走去。凯拉什，表情凝重地望着西北方向，没有注意到约丹走近了。这是约丹第一次看到凯拉什在为什么事忧虑。

“担心今天的战斗吗？”约丹说道。

“你到底希望哪边能赢，说实话？”凯拉什问。

男人和希族沉默地站在树下，雪花在他们四周纷纷飘落。约丹慢慢把手挪到匕首边。余光里，他看到凯拉什的手停在了剑柄上。情况不妙。约丹有些后悔自己没在清晨漫步时把剑带上。他想随便做点什么，可心里清楚那是蛮干，他见识过凯拉什是个多么致命的斗士。约丹，然后是凯拉什，又将手缩回了身子的一边。

凯拉什打破了沉默。“凯尔特人发现了隐藏的心片，试图召回莫里甘女神。”他转向约丹微笑着说，“曾有一度这会有帮助，可如今已经太晚。我的胜利种子早已种下，就算莫里甘女神回来也改变不了。”凯拉什向英军营地走去。

“种子或许会发芽，可仍能被人从土里拔掉。”约丹在他身后喊道。凯拉什没有回应。

约丹走回他的营地，发现纳吉雅将马匹整装成要旅行而非战斗的样子。他的护卫在做饭，男侍立在一旁观望着。*要信任纳吉雅的果断行动*。他暗忖。

纳吉雅吻了他，说道：“不管今天谁能赢，英国人都不会再容忍面前有个众所周知的女巫了。我听说他们正在策划一次审判，你知道结果会是什么。我得走了。”她把手放在他的胸前，“而且，无论是你还是我都不再属于英军了。和我一起走吧。这片土地总有个地方是属于我们的。”

约丹用自己的手捂住她的。“我和你想的一样。”他说道。他从她身边走开，打开鞍囊取出一个皮袋，这是他始终带在身边的几样东西之一，上面盖着梵蒂冈的印章。他从里面拿出六枚金币和二十四枚银便士并放回鞍囊。他把依然鼓鼓囊囊装满钱币的皮袋递给了护卫。“按我们说好的，这些钱你们四个分了，”他说道，“这是我对你们的忠诚，还有谨慎言行的感谢。”

“谢谢您，大人。祝您好运。”周围鼓起了掌，然而没有一人

要与他同行。

那天上午稍晚时，暴雪已减弱为零散的雪花。在拉托斯村南边，康纳、艾丝琳和布丽吉德骑马走在那座低矮而宽阔的小山上，经过了一队正在搬运死去战友尸体的德瓦士希族。山顶有一座小小的希族史前遗迹，东墙的一半已经毁掉，尸体成堆，都是试图守卫它的伟士力。遗迹的另一边，利亚姆、费尔格哈尔和罗斯温正骑在马背上研究山下的地形。一个旋儿接一个旋儿的蓝色油彩涂满了利亚姆的半张脸，蔓延至他的脖子，消失在斗篷下方。艾丝琳认出了那个图像；它属于他希族母亲的部族。

艾丝琳望向南面，看不到国王大道，只在视线最尽头处看见一支活动的队伍，那是英格兰军队。右边是片浓密的树林；左边有条游荡的狗；中央直通向英军的是一片蔓延的旷野，被矮小的石墙纵横交错地分隔着。

“完美，”康纳说，“理查德梦寐以求的战场。开阔的旷野有利于弓箭手，树林有利于斯基格树精。”

“那将引导他一路向北离开主路，”利亚姆回道，“那样的空地对艾丝琳和我们的德鲁伊也同样有利，并且我们还拥有高地。”

“凯拉什会把这些告诉理查德的。”康纳说。

“或许吧，”费尔格哈尔说，“不过只要能打败我们，凯拉什不会在乎死掉多少英国佬的。理查德相信主动权在自己一方，对于赢得战争他过分自信了。况且，他俩知道，正如我们也都知道，这一战是不可避免的。”

“那我们今天就战斗吧！”艾丝琳表示，“现在我能看清地形，告诉我咱们的人要怎么部署。”

“你、布丽吉德和其他德鲁伊要留在这里施展法术，”利亚姆回答，“康纳，你的加洛格拉斯队伍和两支凯尔特队伍要在艾丝琳施法的时候守住这座山头。阿尔特要率凯尔特主力军下到左路中央，我要率加洛格拉斯主力军下到右路中央，直击英军第一线。”利亚姆顺着旷野沿线挥舞手臂。“我们要击溃英军阵型，摧毁他们的主要兵力。”

“你们的动作要快。这样强的法术我不知道能坚持多久。”艾丝琳说。

“我们会发起猛烈的进攻。他们将溃不成军。”利亚姆说。

“我的希族部队已经藏在沼泽里了。”费尔格哈尔补充说，“当英军经过那座老基督教堂，”他指着一个南边四分之三公里处的一幢废弃石头建筑，“一半的希族部队将在英军后面进入树林，与躲在那儿的斯基格树精或别的什么希族交锋，并抗击回撤的英军。剩下的一半要从左路袭击英军大部队。”

艾丝琳的眼神转向利亚姆，她一生从未离开过他，“一定要活着回来。”

“只要别让箭对着我就成。”利亚姆回答。

“莫里甘女神会保佑我们大家的。”费尔格哈尔庄严地说。他冲着自己的部下点点头，催马小跑起来，开始向山下冲去，罗斯温紧随其后。

布丽吉德让她的马走在利亚姆的马旁，凑近他说：“我做了决定，这一切结束后，要把布丽吉德的名头传给我的一名女祭司。我已接受康诺特的德鲁伊一职，不需要保持独身。”

利亚姆吻了她的前额，慢步离开她，然后跟在费尔格哈尔身后疾驰而下。

山脚下传来了凯尔特军在阿尔特的指挥下列队的声音。一边的加洛格拉斯队伍，有别于披着斗篷的凯尔特军，没有穿戴他们日常的盔甲和铁头盔。今天不是个站着搏击的日子；今天是冲杀并取得胜利，或是死亡的日子。所有的加洛格拉斯，不论男女，全部赤裸上身，身体、胳膊和脸上都用蓝色油彩涂绘了复杂的图案，象征着他们的族群和神灵。群聚的身体里蒸腾着热气。他们一只手拿着盾牌和马缰，另一只手大多选择拿着一柄六英尺长的战斧，斧面足有一英尺宽。艾丝琳望着利亚姆冲到队伍最前列，将斗篷扔向冰冻的地面，露出身上其余的蓝色图像。特蕾莎和厄恩南走到他身后。

康纳拉起艾丝琳的手："结束后我们一起回家，回到足以保护我们女儿平安的家。我不会再让你受任何伤害。"

艾丝琳点点头，竭力让自己相信他。她皱紧眉头，望向白皑皑的雪地，那片即将开始的战场。

特洛驾马向邓萨尼堡走去。马莫斯骑着马跟在他身边，口中念念有词，不断加强那个隐蔽他们意图的法术，避免被其他预见者察觉，尤其是布丽吉德和罗斯温。特洛静静地骑着，确定今天从这个方向她的心灵视觉什么也看不见。如果那对孪生姐妹通过了不死测试，所有希族和德鲁伊会立刻得知莫里甘女神归来的消息，任何法术都不能阻拦。

当他们走近邓萨尼堡时，大门打开了，管家走出来迎接他们。"特洛国王，"管家说着鞠了一躬，"非常抱歉，昨天艾丝琳和康纳领主已离开去阿尔特大帝那里了。"

"我们已经知道了，"马莫斯回答，"阿尔特让我们来确保双胞胎的安全。"

管家的目光从他们中的一个移到另一个。"当然。"他回答，引导他们走了进去。

两支驮马队背着木柴和九名白袍德鲁伊爬上山顶。本来应该有十名。

"马莫斯去哪儿了？"布丽吉德喊起来。

“他还没有到。”梅斯国的一名年轻的德鲁伊回答。

“不是什么大损失，”布丽吉德咕哝着和艾丝琳下了马。“反正老废物的法力已经日渐衰退。”她们走到其他人身边，共同架起一大座篝火堆。刚一点燃，布丽吉德就让所有人围成一圈吟唱起来。

一连串巨大的轰鸣声吸引了艾丝琳的注意，她转身看向英格兰军的方向，那是格罗格力士笨重地走在一支前进中的骑射兵和全副武装的骑士队伍前。他们手中的铁锤每挥舞一下，就能击倒五十英尺的墙，一路上石块四溅。

突然，费尔格哈尔的军队，包括德瓦士、艾德恒、棕仙和一些矮妖精，从沼泽里冒出来，步行跟在英军后面。他们还没走到森林边缘，斯基格树精和伟士力就冲了出来，闯进他们的队伍。今天第一场刀剑相撞的声音传进了艾丝琳的耳朵，忧虑扼住了她的喉咙，她担心着周围所爱的人，女儿们，忧虑她将失去他们全部。

当最后一堵墙倒下时，英格兰弓箭手放慢了马匹的脚步，齐刷刷射出一片箭来。艾丝琳惊讶地喘着气，那些箭能从各种方向射中爱尔兰队伍。即便爱尔兰军已经组成一道盾墙，依然人仰马翻。

“艾丝琳！”布丽吉德吼起来。

“是，我知道，”艾丝琳猛地回过身，“你们压住斯基格树精的法术，我来对付那些箭。”艾丝琳掬起一捧火光，捧着它走向战场方向。她用天使最初的语言诵念起一个法术，慢慢地顺着光球合上手指。它充盈了她的手。

“阿撒泻勒，”艾丝琳呼唤，“铁的主人，堕落前的凯尔特保护者，我知道你真实的名字。”艾丝琳发出一种像金属劈开骨头的声音。她感到安楠来自彼岸世界的最温柔的触摸，灰色的虹膜外亮起一圈绿色的光。山顶四周，翩然飘落的雪花沸腾起来。用自己发光的手，艾丝琳划了一条复杂的光符，让它一直悬在气息紊乱的半空中。“阿撒泻勒，我将你与这片土地和时间缔结，阻止任何飞翔的铁

器。”落雪中产生一阵骚动，从山上辐散开去，漫过整片旷野。

山下，英格兰弓箭手们在长弓上搭箭、放出。那些箭直直地落在了他们的马蹄边。他们立刻再次尝试，结果一样。没有铁器能飞。

爱尔兰军这边，号角声迅速被武士们的吼叫声盖住，他们向前冲去，撞散了英军队列。费尔格哈尔率领剩下的希族武力冲出沼泽，从右侧向英军队伍发起进攻。斯基格树精的法术从林间向山上飞去，却全都被布丽吉德和她的德鲁伊们击退了。

约丹和纳吉雅正疾驰在北边沼泽的尽头处，突然在冰冻的土地上勒住了马。蔓延至南方的战斗已陷入一团混战。一波波法术在飘雪的空中翻滚，瞬间形成另一波，激烈地打着旋儿，每个法术都被另一个抵消。加洛格拉斯和凯尔特人已经冲进英格兰弓箭队，制服了他们轻巧的剑和窄小的盾。五十名英格兰骑兵，身穿盔甲，手执长刀，勇敢地冲上前去保护他们的战友。

是那道光，一道从不远处的山上辐散的温暖光亮提示了约丹，究竟是什么压制了所有飞翔的铁器，不论是箭还是标枪。*一定是艾丝琳*。他想道，震惊于她保持的法术强度。他的心怦怦地撞着肋骨，自登陆爱尔兰以来，他第一次充满了希望。

山下林中的一阵骚动引起他的注意。凯拉什出现了。约丹听不见凯拉什在喊什么，不过森林里突然钻出一队斯基格树精，飞快向山上跑来。康纳纠起一支凯尔特骑兵，冲下山去拦截。

脸上映着飘浮的阿撒泻勒光符，艾丝琳看见康纳率军冲下了山坡。她开始为他施保护咒，而与此同时，阿撒泻勒光符的亮度弱了下来。

“艾丝琳！”布丽吉德警告地冲她喊道，“保持你和阿撒泻勒的联结！别让他失去控制！”

“我得保护康纳。”艾丝琳喊回去，眼神没有离开她的丈夫。

“你在保护康纳免遭英格兰弓箭手之害，那才是关键。”

艾丝琳放弃了新的法术。她再次集中精神，伸出手重新描画了阿撒泻勒的符号。它重新放射出全部光芒，不过她不得不耗尽全力来维持它，脸上浸透了冷汗。她感觉自己听到一个婴儿哭起来，便向四周眺望着声音的来源。她意识到它存在于她的思想里；那是她的女儿之一。那哭声骤然停住了，烧灼之痛随之向她的心脏袭来。她尖叫一声跪倒在地，揪住自己的胸口。她试图在痛苦的迷雾中看见康纳，试图喊他，可是她的喉咙再也发不出声音。

那声尖叫刺耳地传遍战场，康纳顺着方向转过身去，看见艾丝琳跌跌撞撞地站了起来。她步履蹒跚地走向她的马，消失在山顶上。布丽吉德在呼唤她回来。他感到有股隐约的剑声穿破空气，挑翻盾牌向他刺来。他的马被一把斧头砍断了腿，跌倒在地。他翻滚几下站起身，从一个斯基格树精的盾下伸出剑去，刺中了对方的腹股沟。又一个向康纳杀来，他闪躲过去，砍断那个斯基格树精执剑的胳膊，然后切开了他的喉咙。康纳冒险抬头看了一眼，艾丝琳不见了，阿撒泻勒的光符正在淡去。布丽吉德徒劳地拼命重施法术，而它终于消失了。

康纳听到近在眼前的凯拉什呼唤着弓箭手。一支箭呼啸而来，然后是另一支。“布丽吉德！”康纳喊道，“把她带回去！”他转身冲向另一个斯基格树精，发现凯拉什正穿过血红的雪地朝他走来，双手各执一把剑。

利亚姆在英格兰军中杀出一条路。他稳步前进，运用其半个希族的天赋预判下一个敌人的动作，并发展出攻击第二个敌人的同时给予第三个致命一击的节奏。他感到有种强大的力量令他回望山头。没有艾丝琳的影子，只有布丽吉德已化身为天鹅，长袍落在地上。

正在焦虑时，他听到英格兰指挥官又喊出新的指令。他察觉战场上飞出一小簇箭来。“下马！举盾!”他喊道。周围的加洛格拉斯跳下马排成紧密的阵型，用盾牌围起一道墙。铁箭头从身边擦过撞在木头上的铛铛声中，混合了几支穿进盾牌缝隙刺中身体时引发的咒骂声。几匹受伤的马嘶鸣着，挣脱了缰绳，逃走了。

“艾丝琳出事了。”利亚姆对特蕾莎说，她紧挨在他身边。“如果弓箭手发起强攻，我们会非常不利。”

“我们向英军深处进攻，”她说道：“如果我们混入他们的人里，他们不会大量射箭的。”一秒后，更加猛烈的箭雨落在部队前列，同时射向爱尔兰人和英格兰人。

“那没用的。”厄恩南在特蕾莎另一边说，调整盾牌阻拦着飞箭。

山上依然没有艾丝琳或布丽吉德的踪迹，不过利亚姆发现康纳正在对抗凯拉什。康纳发起一次攻击。凯拉什躲开并绕到一边，似乎在等待什么。一支爱尔兰号角发出两声短鸣，然后是一声长鸣，那是撤退的信号。加洛格拉斯开始向后退去，一边试图保护自己和马免遭已如雨般密集的箭。

“跟着我，别让我背后中箭。”利亚姆跑向康纳。特蕾莎和厄恩南紧随其后，张开盾牌阻拦飞箭。他们一同穿过撤退中的凯尔特军，一路打倒或砍翻试图挡住他们去处的英国佬。

山顶，有支箭射中了一名德鲁伊，然后是另一个，剩下的跑向遗迹远处寻找遮蔽。利亚姆意识到他们无法再施出任何抵抗咒了。他必须干掉一切挡路的，立刻赶到康纳身边。他想向康纳喊撤退，可他知道嘈杂的战场上他的声音根本传不过去。

凯拉什的脸上浮起一丝微笑，然后动了动嘴唇，康纳盾上的木块立刻碎成了灰烬。康纳扔掉那无用的废物，高扬剑柄展开防御。凯拉什向他吹了口气。瞬间，刀片连着刀片，无所不在地向他刺去。凯拉什右手的剑挡过康纳的攻击，给了左手的剑足够的时间躲开康纳的防卫，直插进他的锁子甲。凯拉什猛地抽回剑，顺势一推，康纳就倒在地上喘息不已，口中鲜血直冒。利亚姆能做的只有继续搏斗着前进。凯拉什向利亚姆看了一眼，随即带着斯基格树精朝山上奔去。

利亚姆终于赶到了，单膝跪在康纳身边。康纳拉住利亚姆的手臂，试图说些什么，却只咳出了更多的血。特蕾莎和厄恩南追了上来，举起盾牌为他们挡箭。一匹狼在远处嗥叫。利亚姆没有回头，一直抱着他的朋友，紧紧盯着他，直到生命从康纳的眼中渐渐消逝。

沼泽北边，约丹和纳吉雅看见艾丝琳疾驰而过，一分钟后，布丽吉德变成了天鹅，长袍落在地上，在她身后飞去。一簇斯基格树精的箭射向布丽吉德。约丹和纳吉雅同时抬起手施展法术，击落了所有的箭，只有一支除外，它从侧面射中了天鹅。天鹅试图继续飞行，却拍打着翅膀跌向地面。

“快跑！”利亚姆喊道，纵马狂奔。

他们找到了布丽吉德，她已恢复人形，在雪地上爬行。约丹下了马，给她披上自己的斗篷，说道：“别动，我们是来帮你的。”

“不，”布丽吉德喘息着说，“我必须追上艾丝琳。”

“那我们也要先把箭拔出来。”

约丹和纳吉雅把布丽吉德肚子朝下平放在地上。纳吉雅用两根手指在箭柄四周温柔地摸索着。

“怎么样？”约丹问。

“嘘。”纳吉雅轻声说。她闭上眼睛，把手放在伤口旁边，然后弯下腰把耳朵附在布丽吉德背上。她重又坐起来，轻抚着布丽吉德的脸。

布丽吉德问：“有多严重？”

“箭头插进了你的一条大血管，你在内出血。”

约丹准备拔出箭来，而纳吉雅抓住了他的手。“那会加重出血，她将在几分钟内死掉。”

“那该怎么办？”

“我要试着把血管绑在箭头上。那救不了她的命，不过能延缓死亡。”

“求你，”布丽吉德说，“尽你所能。然后带我去邓萨尼堡。要快。”

约丹从鞍囊里取出一把剪刀，剪去了皮肤外面的箭柄。纳吉雅把手放在伤口上，念着一道咒语。随着一点火星燃起，伤口复原了。布丽吉德露出痛苦的表情，又恢复了平静。约丹扶她站起来，用自己的斗篷把她裹得更紧些。布丽吉德踉跄了几步，靠在他身上。借了很大的力，她终于坐上马背准备停当，他翻身上马坐在她身后。

“慢一点，稳一点，”纳吉雅说，“那是她活着到那儿的唯一机会了。”

一声嗥叫传来，约丹转向声音的来源。一头巨大的红色母狼站在沼泽北部边缘，他和纳吉雅第一次窥探战场的地方。

混乱的战局中央，费尔格哈尔优雅地挥舞着那把长长的、纤细的剑，向英国佬的手臂和腿上划出致命的弧线。他没有另一只手能持盾，只能用剑挡开一支飞箭，不及挡开另一支，他退开了一步。在他身前，三队凯尔特步兵为他们的大帝组成一道盾墙。“今天输了。”他对阿尔特说。

“不，我们现在不能撤退。我们离胜利很近了。”

“艾丝琳走了。今天不会有胜利了。尽可能多救几条你武士的命吧。”

阿尔特从盾牌间隙向外望去。空中黑压压的飞满了箭。“吹撤退号！”他朝司号兵喊道。两短一长的号角声随即在其他爱尔兰号角中吹响。“让你的希族军撤回塔拉。”他对费尔格哈尔说。

费尔格哈尔摇了摇头。“我在这个世界的时间已到尽头，所有忠心的希族都是如此。我已传下话去，所有想寻找新世界的希族，撤回中央王国。那些想去往生世界的，和我一起战斗到死。”

“我的王，”罗斯温说道，她已穿过盾墙来到他身边，“我不会放弃这片土地。我相信莫里甘女神即将回来，而且我知道有其他人也这样想。”

“我的女儿，我看不见那种未来，不过我的视力已日渐衰退。选择你想去的路吧，不过别在今天战死。”

“我们别无选择，只能死在这里。”阿尔特说，审视着英军的行动。他们的队长已经恢复了对弓箭手骑兵的指挥，一支队伍已经前去要切断爱尔兰先锋队撤退的路。

一声嗥叫刺破他的思绪。他看到一头巨大的红色母狼仰起头，发出嘹亮的嗥叫，震得英军和爱尔兰军都心惊肉跳。一群灰黑相间的狼加入了合唱，跟在红狼后面走向战场，嗥叫声越来越近。有些马被逼近的狼群吓破了胆，拼命嘶吼，其他的转着圈甩开骑手的控制。士兵们纷纷跌下马背。狼群一到英军阵前就停下脚步，用后腿直立起来，那嗥叫着的，是一张张人脸。

“狼皮人！狂战士！”阿尔特喊道。

“最后一支树人，”罗斯温说，“我能感觉出他们复仇的欲望。”

那些树人身披狼皮，手上绑着锋利的爪子，扑向英军队伍，扯出马匹的肠胃，撕烂士兵的喉咙。一柄剑绝望地向领头的狼皮树人刺去。他扫过那个袭击者的脸，眼神里的疯狂更加激烈，在扑向下一个前，他已毫无理智。

“你的机会来了，”费尔格哈尔说，“快点带你的武士们离开。英军不用太久就能重整队伍。”

阿尔特紧紧抱住费尔格哈尔的肩。“杀掉一切你杀得掉的。”

“去吧。当你的时间来临，我会在往生世界见你的。我们会大摆筵席，就像凯旋一样。”

★★★

艾丝琳脚步蹒跚地走上邓萨尼堡的楼梯，猛地推开卧室的门。她走进两步，又停住了，浑身颤抖。等待她的特洛国王从椅子上站起来。血迹斑斑的剑从他的手中滑落，咣当一声砸在石头地面上，旁边躺着被斩首的马莫斯。马莫斯的头放在房间中间的桌子上。

一个女儿在摇篮里哭起来。只有一个。艾丝琳花了好久才强迫自己去看另一个，尤安。她此刻正躺在桌上，就在马莫斯的头旁边。一把匕首放在婴儿身边，几滴血从刀刃滑向木柄。艾丝琳窒息地喘着气。“为什么？”这是她唯一能说出的话。

特洛把那枚干瘪的心片递给她。“对不起。我们以为……我以为……是不死测试。为了挽救爱尔兰。我的命是你的……”

艾丝琳冲他尖叫起来，耗尽力气地弯下了腰。特洛的皮肤变成一片黑色的虚无，他的胸膛坍陷下去，他的肩膀折在一起，他的身体破碎、瓦解成一团黑暗的烟雾，吸进了壁炉，顺着烟囱飞了出去。一片死寂。迪尔德丽安静下来。艾丝琳把那枚心片抓在手里，它因年久而干枯褶皱。眼泪顺着她的脸颊滑下来。“再也不要。”她喃喃地说，把它抛进火中，它燃起一团蓝色的火焰，然后消失了。

夜幕降临时，阿尔特带领一队骑兵在火把照耀下走近邓萨尼堡。马上的特蕾莎把一只手搭在康纳的后背。他的尸体在她身前，包裹着放在她的马背上。厄恩南在她身边骑行。利亚姆让布丽吉德紧紧靠在自己怀里，不时透过斗篷向她吹去热气。尽管他已尽了全力，仍然感到她的身体已在骑行中渐渐冰冷。在利亚姆赶上约丹和纳吉雅时，他已准备要杀掉他们。直到阿尔特为约丹作保，劝服他饶了他们的命。“现在我们两清了。”阿尔特对约丹说。

他们来到城堡时，蹲在门外火堆前的管家和仆人们站了起来。

“我们到了。”利亚姆轻轻地对布丽吉德说道，她睁开眼睛，没有说话。

厄恩南跳下马去拽门。它被拴上了。他重重地拍打着门。艾丝琳出现在楼上的一个窗口，灰色的瞳孔外红了一圈，嘴唇紧闭。她用双手牢牢抱着迪尔德丽。

“艾丝琳，”利亚姆冲上面喊道，“我们把康纳的遗体给你带来了。”

“你以为我没感觉到他已经走了？我不需要更多的死亡，我的家不需要更多的痛苦。把它带走。”

管家走近阿尔特的马，递给他一个包袱。一整天的战事疲乏都写在阿尔特的脸上，他接过来，把包裹打开，它不过一条面包大小。包裹里露出了死去的尤安，阿尔特皱起眉头。“莫里甘女神放弃我们了。”他轻轻说道，重新包好了她。

“艾丝琳，”利亚姆喊着，“让我来帮你，让我们进去。”

艾丝琳望着下面，沉默不语。

“至少帮帮布丽吉德，我求求你。她受了重伤。”

“我什么也不能做了。”艾丝琳说着，离开了窗口。

“我们败了。”布丽吉德用气息吐出几个词，“这片土地已失去艾丝琳。”她把眼睛转向利亚姆，“对不起，我试过帮她。”

他不让她说话：“你做了所有能做的。省点力气吧。”

“我希望我能留下来。我多想待在你身边啊。”布丽吉德闭上眼睛，利亚姆感到她的最后一缕生命枯竭了。

……

在阿尔特的命令下，管家从外屋找来斧头，砍下了几棵树，架起一个简单的柴堆。月光从阴暗的天空投下昏昧的光芒，厄恩南把康纳的尸体搬到柴堆顶上。特蕾莎爬上去，小心翼翼地把他的女儿放进他的臂弯。她在那儿停了一会儿才下来，拉住厄恩南的手。利亚姆让布丽吉德躺在康纳旁边，亲吻了她的嘴唇，说道："等着我来找你。"他们都在那里看了许久；浓烟从火光里升起，消失在夜空。

"你现在要做什么？"阿尔特问约丹。

"我开始相信，这片土地会有我的一席之地。"

"欢迎你去塔拉，加入我的国家。你对英军的了解对我有用。"

"我最近服侍的国王够多了。"约丹并无恶意地回答。随后他和纳吉雅骑上马背："走哪条路？"他问她。

"希族相信魔法源自西边。"她回答，于是他们骑出了火光之外。

人们从马厩里为管家牵出一匹马，接着为仆人们套上一驾马车。阿尔特领着全部人马走向北方的塔拉。利亚姆除外，他坚持要独自为死者守灵。

午时，太阳突破了云层。未完全熄灭的柴堆灰烬上，飘着几缕烟。艾丝琳穿着最好的礼服走出门，手里抱着迪尔德丽，还拿了一个大皮箱。

利亚姆从马厩后面走出来，"你要去哪里？"

"我要去能保护迪尔德丽的地方，去英军阵地。我的生命里只剩下她了。"

"你以为那里会更好，和他们在一起她会安全？"

"比跟凯尔特人或希族在一起安全多了。他们谋杀了我的女儿，夺走了我的一切——我的丈夫，我的姐姐，我的朋友，我的部下，我生命的意义。所有我曾珍视的！英国佬对莫里甘女神一无所知。他们不会为了自己的贪欲召唤一个女神，通过某个毫无意义的测试牺牲一个婴儿。他们不需要女神。他们无法用咒语掩盖自己的邪恶念头。我能处理他们无聊的凡人。”

“你不能抛下你的子民，”利亚姆说，“我们还在战争中。人们非常需要你。”

“战争结束了。”艾丝琳跑进马厩。

她骑马出来时，利亚姆挡住了马的去路。“很多人说，多年前你应该被杀死，和你姐姐在一起回到莫里甘女神那儿，让女神能完整转世。而我选择站在你身边。我相信你。”

“你做错了。”艾丝琳回答，转过马头离开了他。

凯拉什在森林中注视着艾丝琳骑马远去。他穿过一棵又一棵树，跟了她很久。他能感觉到自己保存过的那枚心片已被摧毁。她一定对自己做了连他都没做到的事，因为当他延伸自己的感知力，她不再对希族散发出灯塔般的光芒；她如今的感觉是清冷僵死。凯拉什加快脚步走在她前面，确保英军哨兵不会在路上拦住她。当艾丝琳来到英军营地边时，凯拉什已经站在诺丁汉及一队护卫军旁边，共同等待着她。

“你想要什么？”诺丁汉问她。

“什么也不要，”艾丝琳说，“只要我女儿的安全。”她审视着面前的男人们，“谁能让我们进去？我的女儿很少哭闹，”她脱去斗篷，“我才21岁，擅长取悦男人。你们没人想娶我么？”

“安静！”诺丁汉呵斥手下，他们已开始窃窃私语。“听候命令。”

“她对我们没有危险了，”凯拉什说，“尤其是她还进入了你们国王的腹地。留下一个活的战败象征，好过一个死掉的殉道者。”

诺丁汉转向他的护卫队长。“你叫什么名字？”

“队长约翰·科珀，大人。”

“你结婚了吗，科珀队长？”

“没有，大人。”

“现在你结了。把她带回都柏林，别让她惹麻烦。”

约翰看上去并不乐意：“或许承担这份职责值得调整一下薪水？”

“是啊，是的，每月增加六十二便士，告诉司库官我答应给你征用一座房子供她居住。现在，你和你的人送她回都柏林去。今天就走，科珀队长。”

艾丝琳被带走时，凯拉什忍不住哑然失笑。他走回森林，开始考虑如何打败下个敌人，一个更弱小的对手——英格兰人。他思考得如此入神，没有注意到上空那双高翔的翅膀。

化作鹰形的罗斯温，看着艾丝琳骑马与一队英军离开。凯拉什消失在密林后，她发出一声尖厉的啸叫，朝骑手们俯冲而去。她用一只爪子攫住艾丝琳的头发，几个英国兵溜之大吉。艾丝琳没有退避。罗斯温松开爪子，斜翼展翅向西飞去。这个联接的幻像含义清晰：艾丝琳不想再与爱尔兰的抵抗有任何瓜葛，然而一切并未结束。

25

爱尔兰，塔拉

1395年1月

两周时间里，特使不停地往来于塔拉和都柏林之间。英格兰停止行军，在距塔拉城南仅三公里的基尔姆塞安下阵营。理查德清楚，一旦和谈失败，休战就会立即终止。在塔拉城外的野地里，英军支起了二十四顶巨大的帐房。帐顶飘着理查德的旗帜，黄绿相间的旗面上有一头白色的牡鹿。越过野地，一百码开外的地方，背靠爱尔兰首都立着三顶较小的帐房，悬挂着大帝的旗帜：绿色背景里，五只乌鸦飞过一轮新月。

爱尔兰帐房中央，阿尔特面朝理查德营地的方向，望着纷纷的落雪。东风裹来的这个冬天苦寒异常，就像英军一样。他渴望着春天，那时一切都将过去。他回到桌边，拿起那份商贸谈判协议，再次扫视上面的协议条款。一群英格兰和爱尔兰的公证人正在等候他，旁边还站着他最小的弟弟，12岁的德莫特。*神啊*，阿尔特想着，*理查德还真爱舞文弄墨*。在其他任何场合，使用这么花哨的辞藻都会让他沦为塔拉的笑柄，然而他现在必须这么用。失去了艾丝琳，他们无以对抗英格兰弓箭手，他和他幸存的战士便只有两个选择，投降或死亡。高贵而无用的死亡，他暗忖。他继续读着那份文件，确认自己做理查德的小哈叭狗能得到的报酬：每年八十磅银，

以及基尔代尔南部四万三千英亩的土地，作为新封男爵诺阿罗的属地；他要求的伯爵爵位被断然回绝。

抓着别人递来的鹅毛笔，浸入墨水，一路滴答着黑色的墨迹，阿尔特在羊皮纸上签了自己的名字，把笔扔在地上。他自己的公证人盖上了爱尔兰的火漆蜡印。爱尔兰护卫队长走出帐房，吹响了号角。阿尔特低头看了看自己签名的文件，转身踏着新雪走出去。他的弟弟落后几步跟着，在雪地留下另一串足迹。一个英格兰公证人收起文件，小跑着跟在他们后面。

他们走近时，一群侍从簇拥着理查德从最豪华的那顶帐房里走了出来。阿尔特在一顶绿白条纹的华盖前站住，它的大小刚好盖住一张小桌子和一把大椅子。理查德顿了顿，看上去有些恼怒，因为一个男侍冲到前头去，在地上留下一摊杂乱的雪渍。然后他坐了下来。德·维尔站在他身后，旁边是前伦斯特国王默查达和前阿尔斯特国王尼尔，他们已经签了自己的那份商贸协议。明斯特王国的格尔弗莱茨女王已死；梅斯国王特洛应该也一样，尽管没有人发现他的尸首。只有康诺特王国年轻的梅尔女王依然在位，她的部下一直抵抗着弗魔安，那些还在西部海岸侵扰内陆的怪物。在某些方面阿尔特嫉妒梅尔，她仍坚持顽抗；在其他方面他却并不如此：弗魔安从不接受投降。

诺丁汉从公证人手里接过协议，检查了签名，然后递给阿尔特："跪下朗读誓言。"

阿尔特把它丢开。"好像我会忘了今天必须发誓似的。"阿尔特在雪地里跪下，庆幸它不是血，低下头，用响亮清晰的声音说道："我，阿尔特·麦克默罗，宣誓效忠我最伟大的主人，王家陛下理查德二世，英格兰、威尔士和爱尔兰全境真正神圣的国王，并向继任者效忠，向其派驻爱尔兰的王室代表效忠。我满怀喜悦饮下王室的正义之泉。我宣誓向王室律法效忠，服从王室判决，宣誓将响应征召，毫无怨言，并让我所有的属民如此。我将为王室征税并上缴，毫厘不爽。作为国王忠实的属民，我将为他与世间所有敌人战斗，并让我所有的属民如此，直至死亡。我用我的财产、土地、生命，以及我挚爱之弟德莫特的生命为这份誓言担保，并将他奉为人质。”

诺丁汉高喊：“将它载入国库史册！”

阿尔特没理会这指示，而是抬起头，看着理查德神情轻松地在文件上签字，大臣捧来了御玺。

“谢谢大人带来这么愉快的消息，”理查德说，“阿尔特·麦克默罗男爵，欢迎你加入王室的庇护，仁慈的光辉将笼罩你。作为我的封臣——哦，诺丁汉，记录的时候把‘封臣’这个词加进去——作为我的封臣，我肯定你现在唯一的愿望就是忠心地守卫我的权益。”

理查德走向阿尔特，伸出一只手将他拉起来，“平身。来参加你的欢迎盛宴。”理查德朝他右边的长帐房挥了挥手。

三小时后，理查德坐在高台上英格兰领主们中央，望着下面的爱尔兰前国王们越来越醉、越来越吵闹，阿尔特尤甚。爱尔兰大领主们就坐的台子在理查德的正下方，不过要矮上一半。他们周围的桌上坐着行会首领和较小的领主，现在比过去还要小了。

*比起这些国王，我更敬重爱尔兰的女王们。*理查德想着，拈了块面前的烤牛肉。一个都没投降。有一个战死疆场，另一个就算还没死，也不远了。他凑近德·维尔说：“处死这些国王肯定很有意思。我喜欢那叫血鹰什么的玩意儿。”

“那我们就做吧。要我叫护卫来吗？”

“不用，不幸的是，愿意待在爱尔兰的英格兰领主不够多，我

们需要这些爱尔兰头头们帮忙维护安定。你要想办法挑拨他们内斗，别让某个人的势力坐大。”

“我？难道我不和您一起回家吗？”

理查德在桌子下面握住德·维尔的膝盖。“甜蜜的人啊，我永远不会让你出事，不过就在我们离开期间，你在宫廷的敌人又集结起来了。甚至有传言说你已死于某种肮脏的疾病。我听说有人在策划一桩阴谋，要在回程途中暗杀你。你必须和我最信任的柴郡护卫留在这里。”

德·维尔背过身去，将杯里的酒一饮而尽，又重新斟满。他再次转向理查德时，眼里湿乎乎的。“没有你，我在这儿能做什么呢？”

“你要辅佐年轻的莫蒂默。虽然我已任命他为爱尔兰总督，可说实话他还是太年轻了。你要给他建议，教他如何掌控这帮人。”理查德冲爱尔兰领主的方向歪了下头，那群人开始唱起什么歌。

“如果一定要我留在这儿，为什么您不让我当总督？”德·维尔又干了一杯酒。

理查德把手滑到德·维尔的大腿上。“因为我很快就会接你回去，只要我找出并解决掉那些要害你的人。”

“听从王家陛下的吩咐，”德·维尔用手指在桌面上敲着，“不过希族怎么办？他们指望您把爱尔兰交给他们。您不杀阿尔特和其他国王，让凯拉什非常愤怒。昨天他带着他的希族手下消失了。只有上帝知道他要干什么。”

“我听说了。那无关紧要。特使已传话说，梵蒂冈派了职级更高的人替换那个任性的司令官。对付希族现在是梵蒂冈的任务了，不是我们的。”

“那样很好，不过他最好尽快赶到，才能保护陛下的人和我免遭那些怪物的巫术所害。”

一只盛满烤乳鸽的大盘子从一名男侍的手中滑落，是有个醉醺醺的护卫伸脚绊倒了他，这两人大打出手。几个身份不足以坐上高台的凯尔特人，为了表达对这场混战的欣赏，把食物扔了过去。

“我们还要待多久？”德·维尔问。

“待到第一个爱尔兰头头倒下的时候。跟我打赌会是谁。”

昏暮笼罩了都柏林码头。十二名维京护卫挤在尽头处一个发热的火盆旁，紧张地窃窃私语，看着另一端尽头的弗魔安互相撕扯一名凯尔特囚徒的身体，那是他们的夜餐。突然间，弗魔安的嘶吼声停住了。他们一动不动、悄无声息地盯着平静的海面。其中一个吼叫着下了命令。维京人尽管不懂含义，还是听出了声音里明显的恐惧。怪物们丢下还剩大半的牺牲品，没入水中。一条船鸣响了汽笛。

维京人举起盾牌在码头散开，不过尽量躲着那摊血淋淋的皮肉和骨头。一艘战船从幽暗中出现，桨手全力以赴地划着。桅杆上飘着梵蒂冈的旗帜，篷帆降了下去，船首矗立着一座天使神像，手中高举一把燃烧的剑。船首两侧分别镶嵌了巨大的伏魔会缩写标记，闪耀着超自然的光芒。前甲板上站着些着黑袍戴兜帽的人。最靠近码头入口的那名维京人喊起来：“按王室礼遇接待，要是你们还想留着新得救的灵魂！”说完，向着都柏林堡直冲而去。

***

都柏林城西的森林里，一棵高耸的橡树舒展着冬日光秃的树枝，这棵高过所有同类的树叫格罗姆希奥拉，意为“灰色的仆人”，不过希族已记不起它名字的来历了。

凯拉什在一阵穿透身体的震颤感中惊醒，好像自己正在坠落。然而那棵橡树依然在冬日沉沉的睡梦里，高高的树枝牢固地托护着他。凯拉什感到疲惫又愤怒：他本就带着怒气入眠，而那些恼火的梦更是火上浇油，梦里总有些模糊的怪物在追他，手里拿着斧头做武器。

凯拉什用一只手撑着树干抬高身体，面朝着突破最后一缕雪云的日出，这些云终于要散尽了。化育生命的阳光照在他的皮肤上，赶走了挥之不去的噩梦。在周围的树上，他看到自己的斯基格树精武士逐渐醒来，知道这些遍布森林的武士将举起手臂，感谢太阳和大地的恩赐，首先带来了树木，其次带来了他，他们的解放者，他们的王。那低沉的颂歌萦绕着他，他感受到他们的感激，他们的忠诚。这给了他力量。

伟士力是很难驾驭的一支希族，不过一旦被收服便是骁勇的斗士，此时他们四散在地面，仍在睡梦里。若依其本性，他们是昼伏夜出的生物。凯拉什面向下方呼唤着他们的头领，或至少是他任命的头领，看着他打起精神苏醒过来。骁勇的斗士没错，不过也可能是暴烈的逃兵。*看来他们只有这么两种行为方式*，凯拉什想道。*我要做的只是激起他们嗜血的暴戾。今天我得把他们都集合起来，告诉他们英国佬不再是他们的盟友，而是敌人。*

那些英格兰基督徒外强中干，凯拉什想着，自己笑起来，他们根本没什么实力。他已派格罗格力士和橡木精去中央王国，召唤其他希族停止旅程，返回爱尔兰。爱尔兰将再一次重归希族的治下。如今凯尔特人已败，莫里甘女神也被击退，对付那些羸弱的英国佬不费吹灰之力。*我自己的手下就能搞定一切*，凯拉什琢磨着，*不过最好还是率领一支由全体希族组成的军队开战，这样我希族大帝的位置才能稳固。*

凯拉什向一根较低的树枝跳过去，却发现自己还待在原来的那根。他嘲笑自己估错了步幅，又跳了一次。可是他无法离开原初的树枝。他尽力伸出腿去，感觉到了阻力。他试着只跳向空中，可立刻又被拽回那根树枝。

“我的王！”邻近的一个斯基格树精嚷起来，“我不能离开这棵树！”

“我也是！”另一个也叫喊道。整片树林都骚乱起来。

凯拉什闭上眼睛，摒除杂音，开始施展反制术。

六个小时过去，他费尽力气，大汗淋漓，依然无法抵消那股将他困在树上的力量。周围的斯基格树精们看着他，一直在等待。东边的树林又有些骚动，朝他的方向过来了。几名伟士力跑进视线，又飞奔而过，并未停留。围在他树边的伟士力扔出了投枪，举起他们小小的盾牌。箭雨飞来。伟士力纷纷倒地。他的头领仰头看了看凯拉什，然后命令手下撤退，他们热忱地服从了。英格兰弓箭手骑兵奔驰着追过去。六位穿着黑色兜帽长袍的伏魔会成员骑马来到树下，站住了。他们身后跟着好多个农夫，从凯拉什的位置很难数清。那不是农夫，凯拉什突然意识到。更糟糕。他们是伐木人，闪着寒光的斧头绑在马上。空载的马车跟了过来。

奥尔西尼在这棵最大的橡树边下了马，抬头望着他：“您一定就是凯拉什，斯基格树精之王以及，据我所知，全体希族的新任大帝，只是不知道他们是不是都听说了。”

“你做了什么？”凯拉什从牙缝里问道。

“令人惊叹的壮举，对吧？”奥尔西尼环顾着四周布满斯基格树精的树木，“您会发现是您和我共同完成的。”

“你不可能把我困在这儿。任何人类都不可能维持如此强大的法术太久。然后我就要杀了你。”

“我只是简单地——哦，也不算太简单，不过我确实把你困在树上了。并且现在已经做到了，除非我撤销，否则你将一直留在上面。别担心。我不必再费力维持它。”

“我不相信你。你要知道我的真名才能对我施展这样的法力。”

奥尔西尼的一个兄弟递给他一只象牙小盒。他揭开盖子，露出一只巨大的独眼。“您的朋友弗魔安大帝犯了个错，他误以为只要把你的真名告诉我，我就有本事把眼睛安回到他的脸上。”

忧虑重重地击中他的心脏，爆裂成强烈的恐惧。“我是更加强大的盟友，”他恳求说，“我会告诉你那个弗魔安的真名。”

“他的真名对我已经没用了，对他自己也是。”奥尔西尼把那只眼睛丢到地上，用脚踢远。

凯拉什试图对奥尔西尼施出一个法术，然而它消失在树枝里。

“和困住恶魔一样，要是困住个希族还能让他施法，那就是白费劲了。你们任何人也无法离开你们挚爱的树。”奥尔西尼说着，拍了拍格罗姆希奥拉那宽阔的树干。“这个驱魔术最有趣的地方，也是我无法确保生效的部分，是困住你的同族。不过它的确生效了。是你帮了大忙。”奥尔西尼伸长手臂，转了一圈，“通过他们对你的誓约，你将他们与你绑在一起。只要你还困在你的树上，只要你还活着，他们就也将困在他们的树上。他们会和他们的树一起死去。”

奥尔西尼转身时，长袍从他的手臂上褪下，露出了皮肤下面一块小小的黑斑。他赶紧拉下了袖子。

“我的手下会来救我！”凯拉什的声音尖起来，“你不可能砍掉所有的树！”

“啊，不过你将听说我能做到。恐怕每棵树被砍倒时你都能感觉到。爱尔兰的森林已经全部卖给英格兰的造船工和箍桶匠了。”他拍着巨大的树干。“是的，当你的死期来临，它将做成许多上好的木桶。”奥尔希尼转向他的兄弟们说道，“搭个栅栏把这棵树围住，确保其他斯基格树精都死了再来砍它。栅栏的木头用它周围的树做。这儿是个开工的好地方。”

命令大声传了下去。伐木人纷纷下马，解开斧头。

26

那时，有几个游行各处、念咒赶鬼的犹太人，向那被恶鬼附的人擅自称主的名，说："我奉保罗所传的耶稣，敕令你们出来！"作这事的，有犹太祭司长士基瓦的七个儿子。恶鬼回答他们说："耶稣我认识，保罗我也知道。你们却是谁呢？"恶鬼所附的人就跳在他们身上，胜了其中二人，制伏他们，叫他们赤着身子受了伤，从那房子里逃出去了。

——《使徒行传》19:13-16

务要谨守、警醒，因为你们的仇敌魔鬼，如同吼叫的狮子，遍地游行，寻找可吞吃的人。

——《彼得前书》5:8

爱尔兰，戈尔韦

两个月后

在爱尔兰西海岸，康诺特王国的疆域从大西洋崎岖的海湾蜿蜒而出，避让着上千个幽暗的大湖，凯尔特人称之为澳。它们纵横交错，布满礁石，时常伴有沼泽和低矮、灰白、多石的山脉。这个王国潮湿的西半边由一些巨大的湖澳连线划为两个部分，它们从首都戈尔韦发源，一直延伸到东部的海边，包括：克里布澳、面具澳、库拉澳、卡伦澳和康澳。凯拉什曾将这片曲折的西部领土许给了弗

魔安。当其他四个王国都忙着抵抗理查德时，弗魔安占领了这里。如今，他们的大帝已死，他们分裂为好几个部落，小气的头领们终日在每个湖澳和沼泽里撕斗，只有最爱的事情能够让他们暂时休战：杀凯尔特人。

梅尔女王的容颜很快地老过她的实际年龄。每天当她返回戈尔韦，剑上都鲜血淋漓，而跟随的武士总是比出发时要少。某天清晨，她骑马率领一列军队，向被围困的伦维尔堡进发，那是她唯一的儿子试图抵抗弗魔安的地方，之后就再也没有回来。没有一个人回来。戈尔韦的居民退回到城墙内，等待着神灵赐予的任何结局。因此，当诺丁汉的军队在3月的暴风雪中骑马而至，这些幸存的市民不知道他们打开城门迎接的，究竟是救赎还是最终的厄运。在一长列载有戴黑色兜帽驱魔师的四轮马车跟着士兵们入城后，他们怀疑是后者。

奥尔西尼从领头的马车下来，从口袋里掏出一块布，咳嗽着，黑色的飞沫弄脏了布面，他把它折了起来。“把我带去女王的卧室，我要在那儿休息。”他对城中的长官命令道，那人正跪在他面前的泥沼里。当天傍晚传来指令，要求市民在清晨前将市政大厅里所有的家具搬空，并建起一座隔离墙。城里有许多废弃的空房，可拆卸的建筑材料充足，那道墙按时完工了。

第二天中午，雨夹雪转成了大雨，奥尔西尼和诺丁汉走进这座已隔成两半的大厅，擦拭着靴子上的泥点。几百只木桶摆在尽头的石头地板上，盖子已经掀开。它们后方临时垒砌的墙直达木屋顶。木桶前面，几位伏魔会成员正在等候。其中一个将一部大开本的《圣经》递给奥尔西尼。剩下的跪倒在地。

奥尔西尼翻到用红色丝带标记的地方，《以弗所书》中的一页。他双手与肩齐高，大声用拉丁文读道：“要穿戴神所赐的全副军装，就能抵挡魔鬼的诡计。因我们并不是与属血气的争战，乃是与那些执政的、掌权的、管辖这幽暗世界的，以及天空属灵气的恶魔争战……”奥尔西尼飞快地诵读这熟悉的经文，思绪已飘到其他地方。“……拿着信德当作藤牌，可以灭尽那恶者一切的火箭。”

“阿门”的喊声回荡在整个大厅，驱魔师们起身开始工作，一半的人来到新隔开的另一间房内，在身后关上了门。其他的从一个桶走到另一个桶，手上划着十字架，口中用拉丁文低声念着：

“我们将这油归于他名下，那位受难的、被钉十字架的、死而复生的人，那位坐在非受造者右边的人……”

“他们在做什么？”诺丁汉问道，他跟着奥尔西尼巡视整间屋子，视察着那些木桶。

“这里面装的是我自己庄园里产的橄榄油。我的兄弟们正在祈福。”奥尔西尼回答。

“……令每个恶灵溃逃……”

一个兄弟端着口铁坩埚，为每个木桶里小心地倒入一勺不同的、琥珀色的油。它散发出甘甜的、麝香般的味道。

“闻起来不错。”诺丁汉说，朝桶里望去。

“甘松香油。它就是耶稣将拉撒路复活后，拉撒路的姐妹涂抹在耶稣脚上的香膏。我希望它能给橄榄油增大些冲劲。”

“这种混合物能阻拦弗魔安是吗？”

“可以，不过那不是我们的目的，对吧？我们来这儿是为了杀掉他们。跟我去另一间房。”奥尔西尼打开房门，“快点，我不想让任何祝福溜进去。”

第二个房间同样摆满了敞开盖子的木桶。“记住，弗魔安属于埃利奥德族，唯一一支脱离了堕落天使父亲血统的魔族。”奥尔西尼继续说道，“他们依然服从某些古老的法则。”

这间房里的驱魔师不是低语，而是高喊着拉丁文：

“……我们驱逐你，污鬼，不论你是原初之蛇的后裔，或是他的背叛天使，他的恶魔军团……”

木桶中闪着白色的微光。

“……走开，你这邪恶的生灵，走开，你这挥霍基督慈爱的怪物。我抑制对手的力量，打破他狡诈的诡计……”

“你们在驱逐盐?”诺丁汉大声喊着问。

“不太准确，”奥尔西尼回答说，“我们在向盐里注入一种法术。盐是如此美好，真正来自上帝的恩物。”

“……自此，小心些，颤抖吧，你这致病的生灵，我要拔除你的力量，将你困在盐里，即便它已消融。我剥夺你的能力，荒废你的王国。以耶稣基督之名，令唯一真神的所有敌人灭亡……”

“所有这些是要做什么？”诺丁汉问。

“夹在受祝福的油和受诅咒的盐之间，弗魔安将在真正意义上被彻底粉碎。我们只需等待一个晴天就好。”奥尔西尼说。

……

两天后，乌云终于散去，天清气朗。在前女王阳光普照的会客室里，奥尔西尼跪下祈祷：祈祷上帝允许自己结束由他肇始的一切；祈祷上帝赐予力量度过之后的十分钟。当他脱去长袍放在一边时，身后传来一声吃惊的喘息，他暗暗记下要责罚那个弄出动静的兄弟。在奥尔西尼的皮肤底下，一便士大小的黑斑遍布全身；后背下方还有块巴掌大小的斑点，伸展出上百条卷须。

奥尔西尼身后，除了那个即将后悔的兄弟，还有另外两名驱魔师，以及前一天刚到戈尔韦的特使。特使俯身附在奥尔西尼耳边，柔声问道：“您确定要现在就在这里做吗？请让我带您回罗马。您的兄弟们可以对付弗魔安。”

“不，别动摇我。”奥尔西尼用战栗的声音回答，那颤抖似乎要通过他的喉咙传遍全身。他努力让自己平复下来，“想想吧，特使大人，最后一支主要的拿非利族已在我们掌握中。上帝对以诺的测试即将完成。我们即将向上帝证明我们才是他唯一的至真教会。其他教会都要拜倒在我们面前，湮灭成灰。我必须留在这儿，必须确保我的计划奏效。这是我一生使命的至高点。”

“听从您吩咐，主教大人。”特使站直身子退了下去。

奥尔西尼俯卧在地上：“祛除我体内的堕落之物，足以让我完成今天的事就够了。”

特使从桌上拿起宝剑，抽出剑鞘，剑尖指向驱魔师。他们伸出手，围着它形成一个环。他们用亚拉姆语念起咒语。

“特使大人，这是我最有才华的三名学生，”奥尔西尼说，“万一我……万一圣洁之我失去控制，确保由他们继续完成。不用费心救我。”奥尔西尼诵读起主祷文。

剑尖开始发亮，散发出橘色的光芒。特使将剑尖抵在奥尔西尼背部的黑斑上。一股浓厚的黑烟冒了出来。奥尔西尼祈祷的声音更加响亮。黑斑蠕动起来，从背部皮肤下匍匐爬向他的肩膀。

“好的，”特使松了口气，“它明显小了。”

“再来。”奥尔西尼命令道。

反复四次之后，黑斑缩小到原来的一半，而且显得不再有生气。“够了！”奥尔西尼喊道，费力地坐起身来。“够了。谢谢你们，我的兄弟，还有您，特使大人。我想我又能奉献一段时间了。”

奥尔西尼准备期间，戈尔韦的居民们在做弥撒。他们被以死相挟，必须参加。小小的基督教堂里根本容不下这么多人，人群挤满了教堂外的广场。大量平民听不清也听不懂拉丁祷文，躁动难安。他们仰起头，向自己的神灵而非基督上帝祈祷，祈求天气终日晴朗，因为他们已发现弗魔安总是尽可能避免阳光直射，在这样的晴天里，弗魔安会潜入湖澳的水底，不再上岸。弥撒终于结束，城门大开，人们成群结队，冒险小心地走出城外为他们的灶台采集炭火，去浅滩为他们的饭桌寻觅小鱼。

太阳升至头顶时，奥尔西尼和他的同伴及一小队护卫，乘着马车出城而去。*我没注意戈尔韦还有这么多凯尔特人活着*，特使看着那群参与其中的人想道，*太好了。待他们亲眼目睹奥尔西尼败退弗魔安后，根本不用被逼参加弥撒，他们会自觉向这异教国度里的其他人传播福音。*

他们向东沿着克里布河一直走，到克里布澳边又突然转了方向。一小时后，他们来到较小的希拉澳。

“这就是我们测试的湖澳。”奥尔西尼说着走下马车，“拿一桶油和一桶盐来。”

“这里面有多少弗魔安？”特使问。

“报告说有二十到三十个。”奥尔西尼回答。

护卫们把桶抬到了水边。“先倒油。”奥尔西尼下令。一名护卫用匕首撬开桶盖。桶里的油尽数倒入澳中，水面光辉四溢，在阳光的映射下散发着虹彩。

“现在倒盐。”

有一阵子水面毫无动静。接着一道短纹泛起，翻过整片湖澳，涌出一道道涡流和漩涡。湍流在加剧。一个弗魔安从远处的岸边爬出水面，跑远了。其他的沿岸尾随而出，特使估算着约有四五个。又一个弗魔安只探出半截身子便倒在岸边，发出一声低沉的哀号。他用手臂奋力将自己抬高一些，暴露出他已经没有下半截身体了。再无弗魔安出现。

特使着迷地望着翻滚的水面。十五分钟后，它再次恢复了平静。“那些东西怎么办？”他指着水上漂浮的白色污迹问道。

奥尔西尼派一名护卫去打捞一些。那名护卫有点迟疑，奥尔西尼推了他一把。“你不会受伤的，除非你背叛了我。”护卫小心地把脚伸进水里。什么也没有发生，他便蹚水而入，捞出了一捧。那是些牙齿。

奥尔西尼拍拍特使的肩：“成功了。我们要为所有的湖澳驱魔。”

“可是逃走了一些。”特使说。

“只有几个而已，几个。我会许以更残酷的死法，让他们宁愿待在澳里。”奥尔西尼喊道，“拿些罐子来。”

马车上的木条箱撬开了盖子。“阁下需要多少？”一名兄弟问道。

“十二总是个好数字。”十二只青铜罐在奥尔西尼面前摆成一排。他念出第一个罐子上雕刻的名字，从口袋里掏出笔记翻找着。“格剌希亚拉波斯，他来做这个真是太完美了。多么令人兴奋。”

奥尔西尼接过递来的蜡板，用口袋里的刻笔刻上了象征恶魔真名的符印，并用亚拉姆语吟唱起来。瓦罐里升起一股黑烟，形成一个长着狮鹫翅膀的大黑狗。

“去，”奥尔西尼用一种久远到不知名的语言命令道，“让弗魔安待在他们的澳里。逃跑的一律剥皮吃掉。”恶魔嗥叫一声，径直向逃跑的弗魔安奔去。

奥尔西尼依次走过瓦罐，一次放出一只恶魔，给予命令，他的声音一次比一次虚弱，直到他来到第十二个瓦罐前。他读完名字，慢慢站起身来，他不必再查笔记了。

“拜帕。我该先检查一遍的。我本该先控制他。”他用匕首从笔记里切下了一页牛皮纸，递给一名兄弟。“这是拜帕那页，万一你用得上。准备好你的蜡板和笔。”

“您还好吗？”特使问道。“或许这个可以不必放出来。”

奥尔西尼摇摇头。“有段日子里，我驾驭他这等级的恶魔易如逗猫。现在我仍能应付。”他开始施法。拜帕成形了，是一条长着人头和肩膀的巨虫。奥尔西尼发出指令。拜帕先是滑行了一段，然后自己转回身来。奥尔西尼重复了命令。拜帕笑了，露出尖利的牙。奥尔西尼赶紧重新画上拜帕的符印。“我将你困回——”然而没等他说完，拜帕跳起来炸裂了，重新变回烟雾状，窜进奥尔西尼的嘴里。奥尔西尼扑倒在地。

没有人动。

奥尔西尼跳起来跑了。

“拦住他！”特使大喊。一名护卫拔剑向奥尔西尼猛刺过去，命中了他的脚踵，跟腱断了。奥尔西尼再次跌倒在地。他的背上隆起一团黑物，撑得长袍凸了出来。护卫们纷纷跪下来，狂热地祈求自己能得救。驱魔师已刻完拜帕的符印，开始念诵牛皮页上的词语。黑灰相杂的烟雾在奥尔西尼的皮肉上旋转着，将他盖住。驱魔师们齐声合唱起来。黑烟从奥尔西尼的长袍涌向拜帕的瓦罐。凸起的长袍塌了下来，烟雾拖着一颗闪光的小球钻进了罐里。长袍下空空如也，奥尔西尼和拜帕都不见了。瓦罐纹丝不动。

特使和驱魔师们惊魂未定地喘着粗气。耳边全是护卫们疯狂的祈祷声。“安静！”特使喊道。他对驱魔师说：“把剩下的木桶搬出来，对付湖澳里的怪物。我要把奥尔西尼带回罗马。基督母堂会拯救他的。”特使蹑手蹑脚地抬起瓦罐向里面望去。黑影和黑雾绕作一团，有颗闪光的亮点远远地避在一边。

★★★

5月，罗马。特使和四名驱魔师被引入教皇卜尼法斯九世的办公室。驱魔师们抬着一个蚀刻符印的玻璃箱子，里面装了个青铜罐。他们站着等待被引见。教皇被两位秘书围住，坐在那儿听代理主教读一份特赦令出售的价格。特使想起来，教皇目不识丁。

“很好，很好。”教皇说，“下发敕令前，要确定所有的金子都收到了。”

一名秘书在文件上签署了教皇的名字，另一名盖上了罗马教会的封印。代理主教离开后，教皇招手让特使上前。“告诉我，特使大人，爱尔兰教会现在属于我了吗？”

特使走上前去，亲吻了教皇的渔人权戒。“不再有爱尔兰教会了，教皇陛下。爱尔兰所有的修道院，包括他们曾在不列颠和欧洲拥有的那些，如今都为您所有了。”

“希族呢，他们都死了吗？”

“像老鼠一样，您永远不可能杀掉最后那个。不过，仅存的那些已经遁入地下洞穴，再也控制不了爱尔兰。他们不会再困扰陛下了。”

“干得好，特使大人。有如此多的修道院来充实我的财库。这个又是什么？你从爱尔兰带来的礼物吗？”

“这是装着恶魔拜帕的罐子，陛下。”

教皇缩回椅背上。“你为什么要把它带来？”

“非常抱歉，陛下，红衣主教奥尔西尼大人被拜帕掠去，现在也困进罐里了。”

“真的？”教皇站起来小心地往玻璃箱里瞅着。他弯下腰查看着里面的青铜罐。“奥尔西尼在这里？真有趣。”

“陛下，我请求允许伏魔会尝试把他救出来。”

“我们不能冒险放出恶魔。让他待在那儿，直到我任命一位新的高等驱魔师。他会把他放出来的。”

“是，陛下。请不要等太久。很难想象与拜帕困在一起，奥尔西尼痛苦的灵魂能忍耐多久。”

教皇看着特使和驱魔师把箱子抬出去。“我饿了。把我的午饭送来。”他对一名秘书说。对着另一名秘书，他大声地耳语道：“老实说，奥尔西尼总是让我感觉……不自在。既然已经打败了希族，我不认为目前还需要新的高等驱魔师。把这次会见记录删掉。”

27

法兰西，巴黎

1396年3月

若阿娜位于巴黎王室住所的起居室比巫女团其他成员的都要大，这是为了匹配她新近升为次席大巫女的地位。一名太监推开门，伊萨波王后，即大巫女本人，走了进来。若阿娜穿着睡衣，从壁炉前的椅子上站起来。

“成了，”大巫女宣布说，“我已经和理查德谈妥了。”她在若阿娜腾出的位子上坐下，太监收拾着大衣橱里的衣服。

“那么我们也将拥有爱尔兰了？”若阿娜问道。她脱掉了睡衣。几道细长平滑的粉色伤疤盘在她右臂上，穿过肩膀，布满了她的半边身体。它们是在她初学火焰术时留下的，诉说着她付出的巨大代价。

“我们必须保持警惕和耐心。”大巫女回答，啜了一口若阿娜的半杯红酒。她一直觉得若阿娜的伤疤有种奇异的美感，像是精致的纹身。“理查德打败爱尔兰是个奇迹，不过他失去了国内许多领主的支持。我们不仅要控制住他，还要控制英格兰的王室，之后爱尔兰就唾手可得了。”

太监帮着若阿娜穿进一条垂地的黄色丝绸连身睡衣，镶着蕾丝的领口和长袖足以遮盖她的伤疤，然后披上了一件紫色天鹅绒长袍。女巫团成员们放弃了日间限制重重的时尚交际，专心于夜晚的私人聚会。“您觉得那儿还有多少希族？”若阿娜问。

“足够完成我的目的，却不足以阻止我。没有比这更好的了。我要征服他们、打乱他们，拿走他们的魔法。之后我的女巫团就不必躲在这些病快快的国王身后了。没人能对抗我们，梵蒂冈也不成。”

“伏魔会是个难惹的对手。”若阿娜在镜中审视了一番，随着王后走出去。

大巫女不屑一顾地挥挥手，继续轻盈地走着。“奥尔西尼已经不见了。他们阻止不了我。”

太监举着一支大烛台，照亮了她们身前长长的走廊。他推开一间私人会客室的门，在她们走进去时深深地鞠躬。

大巫女的三个女儿和她们的导师、里帕班卡的女巫，坐在房间中央地板上一个白垩画成的圆圈里。导师正为琼安演示，如何在一个白蜡木钵里调制黏稠黑暗的药剂。5岁的琼安已被许配给布列塔尼公国的“智者”约翰，将在夏天举办婚礼。4岁的玛丽手忙脚乱的，跟不上复杂的魔法程序，在这方面她不如长姐、6岁的伊莎贝拉。圆圈中间躺着一只羊羔，喉咙切开，血已流干，毛皮也剥掉了。导师把钵递给伊莎贝拉，她呼噜噜喝下一大口那浓稠的绿色液体。女孩闭上眼睛，大巫女知道她能从羊羔身上看到她需要的一切。伊莎贝拉猛地睁开眼睛，鼓起嘴巴，把变红了的药液吐在羊羔身上。

“醒来！”她命令。

那只大大的、没有眼睑的眼睛转动起来，然后注视着伊莎贝拉。

“站立！”她说，直起了身子，抬起手心。

羊羔努力站了起来，像刚刚出生一样摇摇晃晃的，摆了摆那根剥了皮的尾巴。

“前进！”

羊羔那精巧的偶蹄吧嗒吧嗒地踩在木地板上，几乎走完了一整圈，直到它跌倒在大巫女面前，一动不动了。

玛丽和琼安欢呼着鼓起掌来。“非常好，我的小鸽子。你越来越棒了。”大巫女说，“现在，大家都过来。我有个关于英格兰的大好消息。”

伊莎贝拉开了口，经过刚才的施咒，她的声音还有些嘶哑：“那说明谈判已经结束了吗，母亲？”

“是呀，我的小鸽子。我已经诱使理查德娶你做他的新王后。”女巫们爆发出一阵大笑，惹得大巫女也忍不住笑起来。“每年支付我们一百万法郎，”她忍着笑说完，“并承诺和平。”笑声更响亮了，伊莎贝拉跳起来拥抱了她的母亲。

11月，支付聘金之后，理查德迎娶了伊莎贝拉，令她成为英格兰、威尔士、爱尔兰的王后，也是这片土地史上最年轻的王后。再过五天才是她的7岁生日。

伊莎贝拉从法兰西离开的当日，大巫女叫来女儿，对她做最后的叮嘱。大巫女将她带入塔迪娅之烛长燃的秘密房间，说道：“要始终记着，女巫团创立者塔迪娅的血在你的血管里奔涌，一百二十年来我们的团矗立不倒。”她从口袋里拿出一个施过咒的红色小玻璃盒。她小心翼翼地掀开盖子，露出一道小缝，盒子里燃烧的火焰作势要熄灭塔迪娅的蜡烛，然而盖子立刻合上了。

大巫女把这个不透光的玻璃盒递给伊莎贝拉，里面的火焰隐约闪烁着。“你要按照塔迪娅的方式在英格兰重建一个女巫团。不过，他们的王室血脉要比法兰西的更加脆弱。许多家族都意图染指王位。你必须牢牢地建起控制和权力的基础。当你完成了，用人脂做一支蜡烛，用这里的火焰点燃它。我会知道的，会送更多的女巫到英格兰宫廷帮助你。之后我们就去爱尔兰。”

“是，母亲。”伊莎贝拉回答道，兴奋难抑。

★★★

次年，都柏林城外，一名戴着软帽身穿罩袍的女人拿着一篮芜菁，站在脏兮兮的路边阴影里望着对面一幢平常无奇的，由立柱和金合欢树枝编连而成的房子。一个3岁的女孩披散着红发在10月泥泞蓬乱的院子中玩耍。她身前的房子里传来一个女人闷声的叫喊。房门打开，叫喊声响亮起来，约翰·科珀队长从里面匆匆走出来。“一定要洒开我的庇护水，否则你会后悔的！”艾丝琳在他身后喊着，声音愈发尖厉。“等你回来的时候——”约翰一言不发地关上门，艾丝琳的声音又模糊了。约翰听话地搬起一个陶壶，将里面明亮的黄色液体围着院子泼洒了一圈。头戴软帽的女人知道它是种药剂，用艾丝琳的尿液浸泡压碎的山楂树叶整整七天，并施加了诅咒，这是阻拦希族偷盗人类孩子的古老方法。

约翰甩出了最后一滴液体和用过的叶渣，然后轻轻地把陶壶放在门边。他向迪尔德丽走去，从口袋里掏出一个苹果，切开一半放进女孩伸出的小手里，冲她微笑。她满脸笑容。他揉了揉她的头发，便轻快地向都柏林堡走去，嘴里啃着另一半苹果。

那个半张脸掩藏在软帽下面的女人，向相反方向回去了。沿路走了两公里后，她转向一个农场。她在马厩外找到了坐在一段木头上的利亚姆和厄恩南，正在跟农夫和他的妻子聊天，等着她回来。特蕾莎摘下借来的软帽，还给农夫。

“她变得更糟了，”特蕾莎说着，从头上脱去宽大的罩衫，露出下面的锁子甲，“我们干脆杀了她吧。我知道她丈夫一定会感激不尽。”

利亚姆把特蕾莎的剑递给她。“那个决心早就下了，是不是正确呢。”

“不正确吧，我猜。”厄恩南说，给了特蕾莎一个飞快的吻。

特蕾莎抓着厄恩南的衣领把他拽过来，长长地吻着他。“你要是为我疯狂，我会毫不犹豫地切断你讨厌的喉咙。”

“迪尔德丽怎么样？”利亚姆问。

“看上去挺开心。约翰显然很宠爱她。”

“那就好。”利亚姆叹了口气。

利亚姆总是定期来看看自己之前守护的主人，他不会丢掉这项永久持续的责任。三人骑上马背，骑向西边的家，小心地避开大路和英格兰巡逻兵。

离开艾丝琳的房子前，特蕾莎看见迪尔德丽蹒跚地走向一丛低矮的灌木，约翰曾将艾丝琳的庇护水泼洒在那里。女孩好奇地靠近那丛植物，上面的尿液还没干透。一个火星闪烁着，飞溅到她的食指上。她赶紧收回手，被干坏事的灌木惹恼了，皱起眉头。几束火苗燃起来，在叶片间飞舞。灌木丛发出噼啪的声音，蜷曲着，在她眼前枯萎了。迪尔德丽满意地笑了，走回到她的泥土馅饼那儿，并不清楚自己刚才做了什么。

在高木伐尽、残根徒存的林子里，利亚姆、特蕾莎和厄恩南骑行了半日。从傍晚的地平线上，他们看见了凯拉什所在的大橡树格罗姆希奥拉那孤独的轮廓，底部被一圈栅栏围着。落叶从未在它的树枝上重生。

“那儿有个死有余辜的斯基格树精。”厄恩南说。

“伏魔会还在戏弄他，”利亚姆说着，移开了视线，“我肯定他现在渴望死亡。”他们径直向北骑行，寻找当晚宿营的地方。

次日，他们绕过了塔拉，根据理查德的命令，这里已被废弃。权力机关都被转移到都柏林，各大行会的总部则在戈尔韦重建。塔拉的大多数建筑都毁掉了，英格兰军推倒它们，把石料搬去修自己

的城堡和庄园。山上唯一还在用的房子是座新的基督修道院，毗邻塔拉过去的主城门，伏魔会的成员们就住在这里。

他们又花了三天翻越多尼戈尔北部的德里维格山脉，那里是爱尔兰的西北角，人迹罕至，地势艰险，很少有英格兰人冒险前往。他们顺着顿勒韦湖澳的岸边一路骑行，在艾里格峰山脚闪光的石英岩上歇脚，然后沿欧文厄本河逆流而上，直至来到药毒谷，利亚姆在那儿用石头和茅草盖了座只有一间房的小屋。利亚姆掏出匕首，将刀尖刺入大拇指，又略微扭了扭，确保他走向家门的时候，一路有鲜血滴入地面。这是向地灵的献祭，以求它们隐藏房屋的存在。特蕾莎和厄恩南也照做了。

第二天清晨，利亚姆在填满羊毛的地铺上被吵醒，身上盖着他的斗篷。他把床让给特蕾莎和厄恩南，从那儿传来了窸窣的响声。利亚姆决定给他们留点空间，便披上斗篷，振作精神走到清冷的室外。东方，拂晓的天空隐约有一抹蓝色。他沿河岸走下去，在一块巨石上坐下，等待着。太阳终于照亮了谷壁，他把脸转向阳光，感受着那股暖意。

当阳光缓慢移入河水里，利亚姆脱去衣服，仔细地叠好堆在巨石上，然后涉水走向齐腰深的河中央。他逐渐放松自己，直到河水漫过了他的脖子。他能感到自己身体的温度激烈地对抗着冰冷的河水，看着阳光洒满整片山谷，思考自己的生命里还剩下什么。

英格兰领主们对自己在爱尔兰新得的领地大小始终不满意，都与加洛格拉斯签了雇军协定。不过作为混血种的他并不受欢迎，他不能为他们工作。领主们互相间小打小闹的摩擦看起来也用不着他。

或许费尔格哈尔是对的。或许是时候从这段生命向前进，去往生世界，或是永恒大陆提尔诺格，或是任何真正接纳死人的地方。为此他需要一场史诗般的战斗，值得他为之赴死的战斗。在最近的格斗练习中，他越发确定，自己原本拥有的半希族能力，那种预测对手下步行动的能力日渐减退，就和爱尔兰的激愫一样，让他变得越来越脆弱。他嘲笑起自己来。这块战败的土地依然存在希望和梦想，不过已衰退为微不足道的意愿。今天就有可能收到这样一场战争的消息，他暗自想道，由已被他发觉出现在山谷里的人带来。他凝神感受着他们的能量，断定有两个人，其中一个是希族。他已经快一年没见过希族了。他决定留在河水中等待他的访客，便直起身子，让他的胸膛和手臂重获太阳的温暖，从身体流下的水珠在阳光下熠熠生辉。

利亚姆很高兴地看到，骑马顺河而来的是罗斯温。她带来的第二匹马上驮着一个驱魔师，他面如死灰，嘴被堵住，绑了双手。十根手指都被切掉，残肢黑红浮肿，被粗粝地烧过。作为艾德恒女巫，罗斯温身上的油彩没有利亚姆上次见她时那么鲜艳，似乎最近没有重新描画过。罗斯温跳下马走进河里，在距离利亚姆几英寸远的地方停下来。她掬起一捧河沙擦拭身上的油彩，露出了白皙的皮肤。

“我都开始以为最后的希族已经离开了。”利亚姆打破了两人的沉默。

“有些还留着，”罗斯温回答，“我们这些很少的希族依然忠于誓约，依然相信莫里甘女神会完整地回来。我们坚守漫漫长夜。”

“只要艾丝琳还活着，我不觉得你们的守夜有什么用。”

“她不会永远活着。”

“我很惊讶你们希族居然让她活了这么久。”

“如果我们取走她的性命，我担心莫里甘女神再也不会回来。我们必须等待莫里甘女神自己带走她。在女神的永恒之眼中，一生不过一瞬。”

“在那之前，你搜寻驱魔师来打发时间。”利亚姆说着，涉水向那个倒霉鬼走去。

“他挡住我的路了。”

“你来找我谈话的路？”

“是。”

“伟母达弩！”利亚姆走近马匹时惊呼道，“他真臭。”

“我切掉他的手指时，他拉在长袍里了。我可不能让他对着我画符印。”

“那我最好给他洗个澡。”利亚姆把驱魔师从马上拽下来丢进河里。“如果莫里甘女神回来，她会把爱尔兰还给希族吗？”他问道，抓着驱魔师一上一下地浸入水里，就好像那人是一件衣服。

“难道爱尔兰真的属于过我们？”罗斯温反问道。她洗着光头，露出些新长出的发茬。“希族从弗魔安手里抢来了它。凯尔特人又从希族手里夺走一些。如今英格兰人占据了大半部分。不论莫里甘女神回来的目的是什么，我们这些留下的希族都会在这儿敬奉她。”

利亚姆想着她的话，却被她刚清洗好的身体分了神，赤裸、白皙、粉嫩。罗斯温走回她的马，从那里拿下一个大衣服包，取出鹿皮靴、一件简单的黑色羊毛外衣、厚重的绿色裹腿和一条棕色斗篷，这套三色服饰可以表明她来自某个不确定的中产阶层。她穿衣时，利亚姆感到热烈的欲望传遍全身，这种感觉自布丽吉德死后还是第一次。他庆幸自己站在冰冷的水里，手上还有个驱魔师，否则他不得不想法遮掩自己的情欲。

“你是来邀请我加入守夜的吗？”他问，“我还希望你能带来战争就要打响的消息，告诉我一队希族军正在集结。”他把那个气喘吁吁的驱魔师扔到岸上。

罗斯温用一枚铁胸针将斗篷固定在肩上。她架起手臂假扮男人，戏谑地问他：“你觉得怎么样？”

利亚姆穿着自己的衣服，回答说：“很适合你。”

“要想活命，我们希族就得学会如何融入人类，”她靠近利亚姆，“没有战争要发生。我们要面对的更加危险。虽然残存的激愫

之光如此之弱，威胁仍展现在我的整个视野中。一个我信任的诺曼底精灵也提供了信息，现在我可以肯定。”

“所以究竟是什么？”

“黑暗的、恶毒的生物。一个从法国来的人类女巫团，庞大且组织严密。她们挖出了古老的巫术知识，并因获得的法术而堕落。如今她们正在篡夺英格兰的权位，她们中的一个是王后。不过她们最终的目的是夺取爱尔兰。她们对这里垂涎欲滴，渴望希族的知识，渴望迫使我们泄露自己的法术。她们相信自己能接入这里的激愫，接入存在于希族体内的能量。为了得到它，她们不惜杀掉我们。”

驱魔师终于不再透过堵口物喘气，挣扎着让自己坐了起来。罗斯温观察了他一会儿。“奥尔西尼没了，也没有新的高等驱魔师来这儿，我们希族可以躲过像他这样的驱魔师。不过大巫女会带一支英国军队来搜捕、奴役我们这些没有逃走的希族。那样就不再有希族为莫里甘女神守夜了。这里的激愫将真正彻底消亡。爱尔兰将变成海中一块平淡无奇的礁石。”

利亚姆的心沉了下去。“这可不是我擅长的战斗。我不知该怎么帮你。”

“在我施泰格艾姆占卜术时，莫里甘女神亲自命令我和我的子孙准备迎接她的归来，无论我们要冒多大的风险，无论要等多少年甚至多少世纪。你的母亲是希族。难道你现在不对莫里甘女神尽忠了吗？”

利亚姆沉思着摩挲自己的脸。“我可以为你引荐一对夫妻，对这类事他们比我在行。”

罗斯温点点头，把手放在他的胸口。“你在河里看我的时候，我感觉到你身体发热了。”她凑近吻了他，“我也想让你教教我如何更像个人类女人。”

28

爱尔兰，药毒谷

当日下午

告别小屋里的特蕾莎和厄恩南，利亚姆、罗斯温和驱魔师骑马离开药毒谷，向巨岩走去。当他们穿过爱尔兰中心，刺耳的、时断时续的伐木声成为寻常的背景音。斯基格树精的尖叫声反而不见了。在被砍伐前，他们与之同生同死的树木已经繁衍了很久。他们经过一队返回营地的伐木工，斧头搭在疲惫的肩上，利亚姆惊讶地听出他们在用法语交谈。理查德的新亲戚已经开始利用权力了。

经过几天漫长的骑行，三个人终于在地平线上看到了那座山头大小的巨岩。在圣帕特里克和传说是萨麦尔的大恶魔之间，曾有过一场激烈的战斗，战斗中它从二十英里外的一座山脉被扯下，丢到了这里。当时刚建立爱尔兰基督教会的帕特里克是被一名德鲁伊哄骗卷入战斗的，不过帕特里克最终力克对手，并拥有了第一位王室赞助人，明斯特国王。那位国王将这座巨岩命名为凯袖宫，在山顶修建了王室城堡，并为帕特里克建了一座修道院。不过人们只是简单地称它为巨岩[1]。*一座失落之物的纪念碑*。利亚姆想道。如今，一名男巫已不可能接入足够的激愫打败恶魔，世上也不再有足够的激愫能将恶魔拖拽至此。这是双重的悲剧，他在心里说道。发生史

1　Rock of Cashel 是爱尔兰著名景点，由一系列建筑群构成，一般翻译为凯袖宫。这里为了上下文意通顺，将单独出现的“Rock”译为巨岩。——译者注

诗般的魔法之战的时代已经过去了。除非罗斯温关于莫里甘女神归来的信念能成真，不过就算如此，以罗斯温漫长的生命或许还能经历，他对自己不报期望。

他不可避免地想到了艾丝琳，最后一个战胜恶魔的人。爱尔兰的惨败在多大程度上要归咎于他坚持保护她活下来，不让她跟随安雅回到莫里甘女神那儿？很大，他承认。每个决定在当时看来都是荣耀的，然而回顾过去，他意识到自己是被立志保护她的誓约困住了。这样的想法在每个最难熬的夜晚都纠缠着他。

英军入侵后，巨岩上的城堡和修道院都已被荒废。利亚姆骑马走近后，发现这些建筑已成废墟。“食墟鬼？”他问罗斯温。

“不。在这儿忙活的还多着呢。是某种法术。”

他们骑马走上通向大门的台阶。利亚姆明白她是对的。看上去这些建筑成为废墟已有上百年了，而不是仅仅三年，残破石头的边缘已被风化，长满了苔藓。利亚姆问驱魔师：“是你这种人干的？”

驱魔师的嘴仍是堵上的，只能摇摇头。

他们慢慢地在碎石间骑行，寻找着主人的踪迹。一声巨响，利亚姆警惕地抬起头，看见在一堵本该是城堡一部分的墙顶上，有块石头摇摇欲坠。它落了下来，砸在驱魔师的肩膀上，令他跌下了马。驱魔师努力站起来，脱臼的肩膀耷拉着，逃跑了。当他经过修道院的一个墙角，另一块石头松动起来。这一次砸开了他的脑袋。

利亚姆下了马，推了推脚边的一块巨石：“真的有必要这样吗？”

那块巨石变成了格罗格力士埃尔丹，他回答说：“是巨岩之主的命令。不许英格兰人进来，尤其是驱魔师。”

“约丹这么称呼自己？”利亚姆说，“你最好带我们去见他。我们本想带那个驱魔师去教会讨赎金来着。”

“他们依然会为他付钱的。”埃尔丹答道，他的声音低沉平稳。他领着他们穿过城堡废墟空荡荡的走廊：“最好别当着约丹的

面叫他‘巨岩之主’。他不喜欢那个绰号。”

“这些都是你们干的？”罗斯温指着周围的断壁颓垣问道。

“为了避免英格兰和基督徒利用它。”埃尔丹更像是嗫喏了什么，而不是说一个短咒，地板上两块巨大的石头退下了，露出一道台阶。从地下透出温暖的光。

“你怎么会来服侍约丹？”利亚姆问，跟着埃尔丹走下了台阶。

“服侍一个人类，甚至并非凯尔特的人类，是我的赎罪。”

“赎什么罪？”

埃尔丹向后望了望。“我要守住这个秘密，才能保住我的命。”

他们来到台阶底下，它连着一个在石基里挖出的房间，装修豪华。利亚姆认出了那些织锦、地毯和家具，他曾在上面的城堡里见过一次。精灵之光在天花板附近盘旋着，照亮了几条通向更深处的走廊。埃尔丹指引他们向右走，经过了一个尚在开掘的房间，两名格罗格力士唱着歌在干活；接着走进一个墙上摆满书架的房间。成箱的书籍和卷轴，成摞的牛皮纸手稿堆在房间中央。橡树精忙忙碌碌的，为书卷分门别类，一一摆到书架上去。穿过房间尽头的门，他们来到最后一个房间，依然全是书架，只是都已经装满了。房间中央的桌子上，约丹和纳吉雅正埋首于一份莎草纸古卷。

“利亚姆，又看到你太好了，”纳吉雅说着，站起来伸出手，“上次见面的时候真是……是个悲剧。”

利亚姆眼前浮现出布丽吉德的身体被火焰吞没的场景，胸口那熟悉的痛又来了。不过那也同样提醒了他纳吉雅曾做过的一切。“致敬，纳吉雅，”他回答说，握住她的手，“我想让你见见罗斯温。你们如此相似。”

纳吉雅鞠了一躬。“我从不敢奢望能与一位艾德恒的法术相媲美，更不用说是艾德恒女巫了。”

“谢谢。我听说你对我家乡的激愫充满敬意。”罗斯温说着，回以鞠躬礼，“有些人类巫师试图控制激愫，将其据为己有，我们是来请你们帮忙的。”

利亚姆将手放在罗斯温瘦小的背上。“要想表现得像个人类，你得在请人帮忙前，学会怎么客气地说话。”

“罗斯温和我有很多事情要谈，不用客套了。”纳吉雅说。

约丹急匆匆地誊完一行字，终于抬起头，冲利亚姆点头示意。“请原谅我。我必须先完成这一节，”他说话时仍用食指点着刚才写到的地方，“如果你们留下来吃午饭，我很快会来陪你们。”

纳吉雅领着他们走回那个豪华的房间。两名橡木精往午餐桌上堆着西西里葡萄酒、新鲜的烤猪肉、上好的白面包、蜂蜜以及美味的咸黄油。伴着葡萄酒，两个小时很快过去了，他们谈论的主要话题是爱尔兰遭受的厄运。约丹终于走来了，手里还拿着卷起的古卷，好像他一刻也离不了它。他在纳吉雅的脸颊上吻了一下：“非常抱歉这么晚来。我翻译得入了迷。”

“我想这意味着你收到了我的消息，关于布丽吉德在德鲁姆·克莱伊的藏书馆？”利亚姆问。

约丹坐进椅子里，给自己倒了一杯葡萄酒。“是啊，在格罗格力士朋友的帮助下，我和纳吉雅成功地赶在伏魔会之前找到那里，抢救了所有的藏书。我们同时也救回了帕特里克在阿尔马的藏书处。当那些驱魔师打开房门，发现帕特里克全部的藏书在一夜之间消失的时候，你真该看看他们的脸。”约丹从尾部切下一段面包，沾了些黄油，“要想保护现存的激素，还有许多研究工作要做。或许我穷尽一生也完不成。”

“我可不要在这个地窟待一辈子。”纳吉雅说。

“当然了，我亲爱的。我确定我们能在地面上找到安全的住处，总有一天会的。利亚姆，你应该看看这些图表。”约丹在桌上展开了书卷的一部分，“我相信这份书稿来自亚历山大图书馆。它

一定是在千年前那场浩劫前被带走，或被偷出来了。纳吉雅和我还在破译随附的文件，不过可以看出，在罗马人驱退他们的拿非利时，埃及人也注意到了激愫的丧失。”

“有什么能帮到我们的吗？”利亚姆说，发现约丹兴奋起来。

“他们的某些理论可能会有帮助，”约丹回答，“我会试着找出他们行动的记录，以及可能有过的成功。还有许多地方需要研究。让我为你读读这个——”

纳吉雅把手放在莎草纸上。“罗斯温和利亚姆为了更紧急的事情而来，需要我们帮忙对付一些法兰西女巫，她们计划攻击希族。”

“一定是女巫团。”约丹说着，把古卷重新卷起来。

“你和欧洲那边还有联系吗？”利亚姆问。

“当然。”约丹回答，开始吃起烤猪肉。

“那你一定知道女巫团已经渗入英格兰宫廷了。”

“我听说了。伊莎贝拉是新任童女王后。非常轰动。不过记住，不管女巫团有多强大，她们仍然只是人类女巫而已。我可不怕女巫。”约丹一边嚼着一边说。“当然，除了你。”他急忙对纳吉雅补上了一句。在罗斯温的注视下，他又补充道：“当然还有你，不过你不是人类。”

“女巫团如今比你料想的要强大得多。”罗斯温说道，“她们一旦控制了英格兰，就会率领英军追杀剩余的希族。我们剩下的人不足以抵御她们，有理查德的弓箭手在就不成。没被她们奴役或杀掉的希族也会逃离这个世界，那么爱尔兰就再也没有自由的希族了。那样的话，你认为你想保护的激愫会如何？”

约丹喝了一大口酒。

利亚姆问：“我们能接触到理查德并行刺他吗？”

“有可能，”约丹回答，“不过理查德最近指定了新继承人，那人已经被伊莎贝拉迷住了。由于这位继承人才5岁，理查德的死只会壮大女巫团的权力。杀掉理查德或许也在女巫团的计划之中。”

纳吉雅轻抚着约丹的脖子后面，靠近了他：“如果你已经决定要阻止这些女巫，你的计划是什么？”

“嗯，任何策略都是在冒险，不过最好让英格兰贵族去做他们最合适做的事情：互相厮杀，改变王室继承的顺位。将王位从受女巫团控制的理查德家族转到其他未受控制的家族手里。或许能转移到一个不赞成占领爱尔兰的家族。”约丹靠在椅背上，“有些英格兰贵族更倾向于将军事资源用于攻打苏格兰。”他盯着石头天花板，陷入了沉思。

其他人静静地看着思考中的约丹，然后纳吉雅和罗斯温重新讨论起来。利亚姆想着自己的事，不是关于保护爱尔兰免遭女巫团毒手，而是关于复仇。为布丽吉德复仇。为艾丝琳复仇。为所有从他的土地上被夺走的人复仇。他的胸中激荡着一个全新的念头。

当天晚些时候，约丹穿过巨岩上那些阴冷黑暗的废墟。他在一块落石上坐下，脱掉靴子，光脚踩在地面上，让脚趾深深陷入泥土。他感到厚重的激愫沁入全身。月亮还没有升上来。山下的郊野在点点繁星下像是一片黑海，连接着崎岖的地平线。他感受着自己新故乡的土地，仰望太空。东方出现一道深紫的光，如果不是周围够黑，几乎无法辨认。深紫色渐渐亮起来，变成了深蓝色。终于，一道银光显现，越来越亮，上弦月升起了。纳吉雅严严实实地裹在斗篷里，悄悄走到他身边坐下来。月亮照亮了地平线，驱走了之前的繁星。

“我曾为了生存参与过利亚姆提议的那种斗争，”约旦说，“远渡重洋去另一片土地颠覆、篡权、杀戮。现在我只想待在这里，沉醉在尚存的激愫中。”纳吉雅拿起他的手。约丹问：“你觉得女巫团到底有多危险？”

“据说她们的魔法非常粗糙，而且缺乏控制，不过有种强大的蛮力。”纳吉雅说，“她们毫无仁慈地使用法术，只想攫取权力。我相信如果她们来爱尔兰，希族的日子会很难过，我们也是。”

“我们能从这里施什么法术帮他们吗？”约丹问，抬头看着月亮。

“我很怀疑，”纳吉雅说，“激愫消退得太厉害了，而女巫团又如此强大。她们能转移所有直接飞向自己的咒语。任何试图挫败她们计划的尝试都将惊动她们，她们会更加警惕。”

“我也是这么想，”约丹说道。他用脚趾把泥土推来推去，“那么我别无选择。只要有任何机会能够阻止女巫团摧毁我在这片土地上的挚爱，我都会试一试。”

“你在英格兰和欧洲会很危险。梵蒂冈会放出可观的赏金缉捕你，然后会把你作为叛徒或巫师烧死。”

“那就是你必须留在这儿的原因。”

“还记得你命令我留在威尔士的时候吗？看到我没有听从你的指示，你有多么高兴。我还是你的奴隶吗，还是你已归还了我的自由？”

“你知道你是自由的。”

“那么我就要和你一起去。”

约丹直视纳吉雅的眼睛，它们在月光下几乎不可辨认。他知道争论也没有用。“你确实拥有独一无二的能力，而且非常有用。”他用手臂搂住她，吻着她的脖子。“跟我说实话——你登上我的船那天，是不是对我施了咒语？”

“或许我还在对你施咒呢，”纳吉雅说，回应着他的吻，“没有。我立刻就看出，你会发现我在施法，而我并不想被泰撕成碎片。我们之间的一切都是真的。”她把他推开了几英寸。“除非你对我施了某种咒语。”

他还没来得及回答，利亚姆和罗斯温从黑暗里出现，向他们走来。“有什么主意了吗？”他问，“还是我就去召集武士，跟女巫团派来的无论什么巫师硬碰硬？”

“那没有用，”约旦回答，“要是干等着她们来，一切就太迟了。你认为你们两个能搞出足够大的乱子，迫使理查德率军重返爱尔兰吗？”

利亚姆看着罗斯温，后者点点头。“试试肯定会很有意思，”他说，“然后呢？”

“兰开斯特家族觊觎王位已经有两代人了。最近他们的族长，亨利·博林布鲁克，一直在煽动舆论，指责理查德对王国管理不善。只要你们将理查德引出英格兰，我就能说服亨利相信国王远征是夺取王位的最佳时机。”

“不过梵蒂冈和英格兰都在悬赏你的人头，接近他肯定很难吧？”

“有一位兰开斯特欠我个人情，”约旦说，“托马斯·阿伦德尔。他曾是坎特伯雷的大主教，直到被放逐佛罗伦萨。他和理查德或教皇都不是盟友。”

“是你能托付性命的朋友？”罗斯温问。

“我相信他的恐惧。我抓到他在练习巫术，而他也知道我能作证。我觉得让他欠我人情比看着他烧死要划算，于是替他保守了秘密。你看，托马斯总是习惯性地坠入爱河——他是这么说的，爱上那些向他忏悔的新婚女性。不过那个可怜人自始至终毫无魅力，说实话是令人厌恶。他学了两种咒语，一种能让他变得不可抗拒，另一种能在事后让女人忘了曾经出轨过。他会安排我与亨利见面。”

“所以我们挫败女巫团的办法是在英格兰制造一起叛乱？胜算渺茫啊，”利亚姆说，“不过即便成功了，新王难道就不会把贪婪的眼光投向爱尔兰吗？”

“至少可以为我们赢得些时间。”约丹回答。

“或许我们在英格兰的时候可以扶植一些兰开斯特家族的敌人，进一步转移新王的注意力。”纳吉雅补充说。

“很好，”利亚姆说，“我会完成我那部分。这是崇高的任务，值得为此献身。”

罗斯温把手放在利亚姆的脸上：“崇高的任务，值得为此活下来。”

“是的。活下来，如果我们成功的话。或是献身，如果我们失败了。”

三天后，四名骑手在一个阴雨的清晨离开了巨岩。约丹和纳吉雅向东南出发，骑向阿德莫尔的一个海边小村落，确保前往欧洲的通道顺畅。

利亚姆和罗斯温向西南出发，骑向诺阿罗男爵的领地。当他们接近了前大帝在基尔代尔南部的庄园，利亚姆说：“我最后一次见到阿尔特，是他不愿帮助任何人。这是白费工夫。”

“如果由我们召集军队抵抗英格兰，”罗斯温说，“那我们就只是强盗和罪犯。如果是一位大帝这么做，我们就是反叛者和爱国者。”

“阿尔特是男爵，不是大帝了。”

“如果他还是大帝，我们就不需要反叛了。”

利亚姆对着罗斯温笑了：“你学到了人类的路数。”

罗斯温催马向庄园跑去。他们找到了悄悄进入大厅不惹起注意的办法。那里几乎没有仆人，而且对他们的到来视而不见。大厅十分肮脏。廉价的牛脂蜡烛在烛台里冒着黑烟，混合着腐烂食物和尿的味道，其中一些尿来自在桌下啃骨头的狗，另一些，利亚姆猜测，来自阿尔特本人。

阿尔特，比利亚姆上次见他时还要胖，正在桌上摸摸索索的，好像要从桌上的残羹冷炙里搜寻还能吃的东西。当他注意到他们时，他几乎在椅子里缩成一团："利亚姆，你在这里做什么？"

"我们带来了一个提议，如果你身体里还住着国王的灵魂。不过似乎已经没有了。"

阿尔特猛地用手撑住桌子试图站起来，可是又跌回了椅子里。他抓起一个装满酒的水罐，没有用桌上散落的脏酒杯，而是直接往嘴里灌，不过嘴角溢出的酒要多过喝下去的。他攒了更大的劲儿又试了一次，终于成功站了起来，摇摇晃晃地绕过桌子去迎接利亚姆。

"欢迎，不过我不需要你的侮辱。"阿尔特四周望了望，好像第一次留意到大厅的情形，"抱歉这么乱。我遣散了大部分仆人。"

"英格兰给你的钱呢？"利亚姆问。

"该死的英国佬。那叫征税和管理费，他们说。提供保护的钱。我的钱包里啥也不剩。"阿尔特摇晃着身子。"没关系，只要我的酒还够喝，酒很便宜。"阿尔特呕吐起来，手脚并用地跪倒在地，胃里丰富的内容物喷涌而出，在石头地板上留下一摊臭气熏天的污水。

罗斯温走进那摊呕吐物里，把手放在阿尔特的后颈上。他吐得更厉害了，剧烈的反胃让他的脊背都弯了下去。一股稀薄透明的液体带着酒精味儿从他嘴里喷出来，在地板上形成一个又一个小湖。当没有什么可吐的了，阿尔特从那堆污迹里爬出来，筋疲力尽地坐在地板上喘着气。"你对我做了什么？"他气喘吁吁地说。

"让你清醒片刻，"罗斯温说着，也从污物中退了出去。"别担心，你一会儿就恢复了，还能接着喝酒。"

"这样你活不下去的。"利亚姆说。

阿尔特用手擦着嘴巴。"你说得对，"他的声音有力了些，眼睛也清亮了，"不过也没什么值得活下去的。"

罗斯温从桌上拿起一个脏酒杯，用斗篷边擦干净，倒满了酒。

然后她回过身，站在干燥的石头上，伸手把酒杯递给他。

“你想死在这儿吗？”利亚姆问，“或是走出去，为你的祖国而战？就算要交钱换取保护，也应该交到你的手里。”

阿尔特没有接酒杯。“你知道，他们说我的小弟弟在回伦敦的路上得痢疾死了。撒谎。可能是理查德将他鸡奸致死。你有计划吗？”

利亚姆能够听出他声音里的渴望。“理查德的军队大部分都跟随他和领主们回英格兰了。我们袭击驻军最薄弱的地方，在援军赶到前消失。我们将耗尽他们的斗志。而你将重夺大帝的权力。”

“可是怎么阻止理查德带着他的军队回来，把我们全杀掉？”阿尔特站直了身子，这一次几乎没有摇晃。

“那就是我们的目的：让理查德回来。”利亚姆说，“那是我们计划的关键。”

阿尔特凝神看着四周的污秽。“要向我保证，这一次不许再投降了。我们战斗到死。”

“我向你保证。”

29

爱尔兰，凯尔斯顿

1398年7月

德·维尔穿着他最坚固的盔甲，手里拿着头盔，从二楼窗户里向外望去，环顾着凯尔斯顿四处散落的房子。所有的房子都是新盖的，这幢属于一位有钱的英格兰羊毛商人的房子也一样，它还是镇上唯一的二层楼房。凯尔斯顿位于沃特福德和都柏林正中间，在入侵时被夷为平地，如今被赐予一位英格兰小领主的儿子、新任命的福斯男爵，并由他重建。这些木质灰泥的房屋宣告着，英格兰是如何为这些落后的村落带来了秩序，德·维尔心想，要是理查德能派些援军就好了。在过去的七个月里，莫蒂默和他提出的请求都一无所获：请求理查德增派军队或是资助更多的钱来雇佣士兵。在他的上一封信里，德·维尔已开口请求理查德亲率军队前来。

阿尔特恼人的游击战演变成了声势浩大的反叛。德·维尔紧紧抿住嘴唇，摇着头。阿尔特，本该已经把自己喝死的，却在迫使英占城镇和村落交黑钱、保护费，确保不受袭击。

哼，我阻止了福斯男爵缴纳凯尔斯顿的保护费，德·维尔想着，*今天阿尔特要是来强收，会遇到出其不意的致命打击*。德·维尔在楼下安排了一队枪兵，毗邻的两幢房子里藏着长弓手，莫蒂默带着弓箭手骑兵躲在马厩和羊毛工棚里。他感到自己胜券在握。

远处有什么在动。是的，是阿尔特，没想到还带着一小队叛

军。德·维尔心跳在加快。一旦阿尔特死了，叛军溃败，我就要回伦敦去。他暗忖，我不在乎理查德有没有增派援手。他被那个8岁的王后婊子迷住了。她没准也长得像个男孩。可怜的，亲爱的理查德，如此容易受他喜欢的人摆布。我要回去赢回他的心。那个小女孩可不懂我取悦他的办法。

德·维尔注视着阿尔特小心翼翼地接近城郊。楼下传来了喊声。他一下子怒了；他还没下令出击呢。

德·维尔从窗前转过身，惊住了。利亚姆就在他身后。头盔从他手里滑落。他没有听见它落在地板上的声音。房间突然变得寂静而明亮，每个细节都异常清晰：石膏墙的质地、木梁的纹理，还有远处墙边那个希族女人尖利的身形。为什么利亚姆站得这么近，好像要凑过来吻他？德·维尔感到有种力量迫使他向下看。他惊讶地看到利亚姆的剑穿透了他的护胸甲。一定是刺进肚子里了，他脑海里冒出了个念头。德·维尔失魂落魄地看着利亚姆拔出剑，鲜血从盔甲中间的洞口喷涌而出。然后一阵剧痛，像糖浆般黏稠，从他的五脏六腑流向他的胸口、手臂、脖子、脸、头。他的鼻孔里充斥着源于自己肚肠的恶臭。德·维尔试图尖叫，以为自己能够尖叫，然而他用尽力气只发出一声无力的呜咽。他把两只手伸进护胸甲下，按住伤口，然后离开利亚姆向门口迈了一步。他的双腿瘫软，跪倒在地。他感到利亚姆拽着他的头发把他的头拖回来。他向利亚姆的眼睛看进去，里面没有仁慈。恐惧加重了疼痛。绝望令他爆发了力量，他喘着气说道："求求你，不要。"利亚姆的剑猛然刺向他的脖子。痛苦随着光亮一起消失了。

★★★

伦敦，理查德蹦跳着走入自己的会客室，手里拉着新指定的继承人、6岁的爱德蒙、罗杰·莫蒂默的儿子。在迎娶伊莎贝拉后不久，理查德就改变了主意，用爱德蒙替换掉罗杰担任下一位国王。谣传说，理查德死后，爱德蒙不仅要继承王位，还要继承伊莎贝拉做自己的妻子和王后。

8岁的伊莎贝拉王后坐在王座的小型复制品上，穿着王袍，手里握着根小节杖，正在等待他们。“你们穿的是什么？”她问理查德。

“我们的王袍呀，甜蜜的王后。”理查德回答，在蹦跳中停下。

“你称这些叫王袍？”伊莎贝拉冷笑，“它们对我的丈夫或是继承人都不合适。把它们脱了，两个人都脱。”

理查德和爱德蒙顺从地脱掉衣服，丢进角落里。

“羊皮纸和油彩。”伊莎贝拉命令说。

光着身子的国王和男孩应声而去，从橱柜里拿来一叠羊皮纸和一个装着油彩和画笔的盒子。她指着地板。“我要给你们讲讲国王应该穿什么。”理查德和爱德蒙扑通一声趴在地上，打开了盒子。当伊莎贝拉描述想象中的长袍时，他们开始粗糙地画起来。

乔叟打开门匆忙跑进来，然后停住脚，为眼前的景象尴尬不已。这不是第一次了。“王家陛下。”乔叟向理查德和伊莎贝拉先后鞠了一躬，“我带来了重大消息。”

“出去，”理查德说，“我们很忙。”

“致以我最深的歉意，王家陛下。不过我必须向您报告，罗杰·莫蒂默在爱尔兰被谋杀了，”乔叟说道，“肮脏的死亡，小爱德蒙大人，不应该降临在您深爱的父亲身上。”

爱德蒙继续画画，他父亲的死好像没有对他造成任何影响。理查德抬头望了一眼。“让德·维尔接手做爱尔兰总督。”

“不行，”伊莎贝拉坚定地对她的丈夫说，“我不——您不再喜欢德·维尔了。派别的人去。”

乔叟向理查德走近了些。“王家陛下，还有其他事我必须报告。”

“我累了，”伊莎贝拉说，不屑一顾地瞥了眼自己的小手，“今天不听别的消息了。”

“德·维尔也死了。”乔叟脱口而出，“被阿尔特·麦克默罗率领的一队叛军杀死了。他又自称大帝了。”

理查德停下画笔，身体明显颤抖了一下。

“我甜蜜的国王，德·维尔对我不重要。”伊莎贝拉说。

理查德卷起他的羊皮纸，上面的湿油彩蹭脏了他的手，向乔叟扔过去。他把剩下的羊皮纸撕成了碎片。他跳起来叫喊着：“我要亲自杀了阿尔特！召集军队！集合船只！”理查德穿上了衣服。

当天夜里，伊莎贝拉给她的母亲写了封信。大巫女在回信中要求伊莎贝拉用一切办法拖住理查德，直到她能掌握英格兰王室更大的控制权。

伊莎贝拉说服理查德亲自挑选一批吟游诗人，陪同他一起前往爱尔兰。之后又举办了一场王室绣花工的全国遴选，然后是制作一份可携带的圣母玛利亚双联画，一位长相酷似伊莎贝拉的玛利亚。要提高征税组建新军队同样拖延了理查德的启程；由于梵蒂冈已全部控制了曾是爱尔兰教会属下的修道院，感到没有必要再资助一场新战争。

在这几个月里，理查德的理智日渐不受自我控制，然而也不再受伊莎贝拉控制。于是她调整了药剂，可似乎也不起作用。好像她所有的努力都被某种力量挡了回去，某个她辨认不出的女巫或术士。她试图影响的宫廷里其他领主和贵妇，也奇怪地抵御了她的法术。她只得用金子收买了护卫，为她从孤儿院偷来一个婴儿，她以此烧成油脂做了一支女巫团之蜡，却怎么也点不燃。

最终，绝望地试图求援却无法按指示点亮蜡烛，伊莎贝拉只得紧急向母亲求助。大巫女派次席大巫女若阿娜带着她的魔法之火去伦敦。然而，1399年6月初，女巫还未到达，理查德就突然带着他最忠诚的领主和骑士，还有新任绣花工和吟游诗人登上一支小船队，由诺丁汉再次领军向爱尔兰出征了。

***

阿尔特和利亚姆将指挥所建在一个人工岛上，就在基尔代尔城外的一片沼泽中。在狭小拥挤的大厅里，罗斯温递给利亚姆一封由纳吉雅从伦敦写来的便笺："理查德已经出发，没有带伊莎贝拉。约丹将很快和托马斯·阿伦德尔、亨利·博林布鲁克一同起程，由诺曼底海岸登陆英格兰。他们将同一群心怀不满的伯爵和男爵会合。他们的军队不大，不过约丹相信足够了。要确保安全——理查德肯定会派人找你的。"

"这次战争可能会更加危险。"利亚姆说着，把便笺折成小方块放进口袋里。

"我觉得时候到了。"罗斯温说。

"我依然不同意。"

"我们需要艾丝琳站在我们这边。"她强调说。

"你没见到她变成什么样子了，"利亚姆说，"她完全帮不上忙。"

"艾丝琳骑马走进英军营地的那天，我预见她未来还会发挥作用，"罗斯温说，"相信我。她将为你的反叛成功做些事，尽管我不知道是什么。"

"帮助我们，你是说。"

"它与你有关。"

"只有这些，没有其他细节吗？"

"没有。"

"至今也没有任何征兆？"

“没有，”罗斯温承认，“不过那个幻像非常强烈。如今感觉仍很真实。”

“好吧，”利亚姆说，“我至少该警告她理查德就要回来了，为了迪尔德丽。”

“想让我陪你去吗？”

利亚姆摇了摇头。

都柏林西北方，暮光投在一条林间小路上，在这片英军仍牢牢掌控的地区里，它是仅存的一座树林。一对松鸡惊惶失措地从接骨木丛里扑扇翅膀窜出来。艾丝琳爬出一条女巫之路，拍打着黑色羊毛裙上的尘土和细枝。她走到一片空旷的土地上，一圈石墙围起的农场里，十二头奶牛正在吃草，沉甸甸的乳房等着人们傍晚来挤奶。

艾丝琳张开手掌向奶牛们伸过去，口中喊着，“**西卡塔佩里**”，然后半握拳头翻转着。一头牛痛苦地哞叫起来，乳房瘪了下去。它摔在地上，浑身颤抖，然后便不再动了，双目圆睁，厚厚的舌头摊在草地上。

艾丝琳笑了。她意识到有人在，又说道：“这跟对抗恶魔可不一样，对吧？”

“对。”利亚姆说，从她身后走近。

“没错，不过干这个也挺好玩。你看，隔壁的领主看中了这个农夫的农场。如果他的牛死了，他可卖不上好价钱了。”

“你为什么要操心这些？”

“自然是为了银子，”她拿出一把硬币，“也许只是因为我能做到，我也不是很清楚。”她让硬币从指间滑落到地上。

“理查德就要回来了，”利亚姆温柔地说，“我认为应该告诉你。更多的战斗即将爆发。如果他认为你很危险——哪怕他觉得你可能会危险，他都会把你关起来或是杀掉。迪尔德丽也不安全。”

艾丝琳翻转手掌，另一头母牛痛苦地倒地而死。“你在你那支小叛军队伍里过得有意思吗？”

“艾丝琳，离开英格兰人吧，”他去碰艾丝琳的肩膀，却被她甩开了。“你不必成为莫里甘女神，甚至不用做祭司。只要回来，和你的同族在一起就好。”

“我没有同族！”艾丝琳尖声大叫，“我不是凯尔特人，不是希族，甚至不是人类。我曾是女神。”她转过脸来看着利亚姆，“我曾是女神，直到你毁了我，让我变成这半死不活的样子。你让安雅死了，却不让我死。”她转回身对着农场。又一头牛倒在地上。

“我只是为了信守誓约，试图保护你。”

“别再来看我了。去毁掉别的什么人吧。”

利亚姆转身走了。

他一走，艾丝琳的脑子里全是她本来想说的话。*同族？他怎么敢让我跟他回去？*两头母牛瘫倒了。她丧气地颤抖着。*他怎么能对她提要求？不行。不可以*，她想道，*他还不能走。他要为对我做过的事后悔*。她愤怒地转身沿着小路跑去，又改变主意穿过林间近道去追。眼前不自觉地出现了个幻像，是她和康纳一起穿过树林追寻一头牡鹿。她努力将它抛开。

快走出树林时，她发现靠近林边的地方有两名柴郡弓箭手。前方的空阔地，利亚姆颠颠地骑着马。她小心跟在他们身后。

“认识他吗？”第一个弓箭手轻声问。

“没见过，而且他没戴任何领主的徽章，”第二个回答，“一定是爱尔兰人。”

“你知道这意味着什么？”

“练手的靶子。”

“一壶麦芽酒，赌我射中他的心脏。”

“赌两壶。”

他们从箭袋里抽出箭来。

*不能这样，*艾丝琳想，*利亚姆不能就这样死了。*

弓箭手拉开长弓，瞄准了利亚姆的背。

艾丝琳瞬间出手，弓弦碎了，长弓啪的一声弹了出去。那两人被这突如其来的变故弄懵了。艾丝琳一跃而至，轻轻一触就弄断了一个人的脖子，切开了另一个人的背。艾丝琳有种愉快的感觉，想起了另一段回忆，关于她和康纳对抗树人的回忆。利亚姆翻过小山消失了，没有意识到艾丝琳救了他的命。

“比起牛，我更喜欢杀人。”她对那个蹒跚着试图逃命的弓箭手说，“更让我觉得自己至关重要。或许是因为我救了那个恶棍的命？应该弄清楚。我是怎么杀那个树人来着？”她冲那名弓箭手的后背挥了下手，他的心顿时停住了跳动。艾丝琳试图止住笑，却依然不可抑制地笑出声。

“对不起，”她对那个死人说道，“不过那感觉……很对路。我被训练成为武士，生来就是。比贩卖咒语要好。人们总希望让对手毁容，脖子长个大肿块。那有什么用？我更喜欢干这个。”

她停住了。*我在说些什么？*她想，靠在一棵树上叹了口气。*我刚才做了什么？我的黑暗面已经磨去了最后的意志。我认不出自己在做什么了。*她惊讶地发现自己在考虑加入叛军。或许那给了她一个理由，让她还能与过去的自己保持联系？杀戮本身即是力量——躺在脚边的那两具尸体提醒了她这一点。她能由此将内心的黑暗引向完全不同的结果吗？想到要重新加入凯尔特人，恐惧袭入了喉咙，那味道像是胆汁。*不，我不能那么做，不能与他们和解，现在还不行。*她心想，最重要的是保护迪尔德丽。

她看着死去的弓箭手，做了个决定。她可以从内部打击英格兰人，当他们背朝她的时候，就像这两人一样，或是在夜深人静的时候。她先得找个地方把迪尔德丽藏起来，不能被英格兰人或是凯尔

特人发现。利亚姆可以帮忙。哪怕他们没有和解，利亚姆也会帮忙的。她急忙向女巫之路走去，想在自己改变主意前先做点什么。

她正要爬进女巫之路时，裙子被一根低矮的树枝挂住了。她用力把它扯开。另一根树枝绕上了她的胳膊。她试着挣脱。一团树枝和嫩枝将她密密缠住，推向一棵支离破碎的树干，所有的树枝都是由碎木头组成的，这整个儿就像是个偶然为之的谜。她施出一个咒语，砍断了一些枝条。它们迅速地重新聚合，回到了树干上，又紧紧地缠住她。

“你逃不出去了。”从树后走出一个斯基格树精。

“你要干什么？”艾丝琳问。

“完成我的王最后的愿望。我用被英国佬砍碎的木条聚成了这棵树，在每一块碎片里注入为之而死的斯基格树精的仇恨，赋予了它生命。然后我收买那个农夫雇你施法，你就一定会走这条女巫之路。”

“让这树放开我，否则我就把你脚下的土地烧焦。你没有能力控制我的法术。”

“没有人能中止已经开始的事。这棵树要的不多也不少，只要你的死。而它会得到的。我是我们族里最后一个。这是我最后的任务。现在我要去往生世界了。”斯基格树精拿出一把匕首划开了自己的喉咙。

艾丝琳一个接一个地施展法术。树枝破碎又聚合，碎成灰烬又再生，每一次都缠得更紧。她放弃反抗。“求你了，”她向那棵树恳求，呼吸艰难，“求求你。我已经决定要对抗英国佬，那些伤害你的人。再给我一次机会帮助你的土地。帮助我们的土地。求求你。”

那棵树毫无怜悯。它收紧了绕着她的树枝，死死挤压。她试图召唤激愫，然而附近所有的激愫都被这棵树吸收了。树枝不停地紧缩，她感到有根肋骨断了。她试着呼喊求救，却只发出一声喘息：“利亚姆……”

★★★

刚到都柏林堡，理查德就立刻下令将德·维尔的尸首送进他的卧室。伏魔会成员从地窖里抬出棺材，摆在房间里的两根支架上。

“把盖子移开，”理查德命令，“现在滚出去。滚开！滚！”他胡乱拍打着那些驱魔师，他们退出了房门。他伏在棺材边，望着旧日的爱人。他怎么能忘了这个人？他怎么能把他留在这里？

德·维尔的半边脸颊已经没有了，露出瘦削的肌肉和乌黑的牙齿。尽管地窖里温度寒冷，尽管驱魔会尽了最大的努力，可是没有奥尔西尼关于埃及人如何保存尸体的知识，德·维尔的尸体还是开始腐烂了。理查德褪下自己的金戒指，戴在德·维尔的手指上，他精心地为那干枯的手指摆好姿势，防止戒指滑落。然后他亲吻了德·维尔尚存的那部分嘴唇。

理查德的军队没有收到国王的指令，便乐得将巡逻范围局限于都柏林附近的低地，以免与叛军交火。理查德令人意外地罕有进攻，利亚姆和罗斯温便大起胆子，在都柏林附近也开始袭击英军。

理查德抵达都柏林已经三周了，从未离开过卧室，直到诺丁汉带来不受欢迎的消息。理查德在棺材边的地上躺着。画成伊莎贝拉模样的圣母玛利亚双联画，在角落里碎了一地。“你为什么要来打扰我？”理查德喃喃地说。他努力站起来，衣冠不整，低头凝视着德·维尔日渐腐化的脸庞。

诺丁汉没有行礼便说道：“信使刚刚送来消息，亨利·博林布鲁克已经在约克郡登陆并向伦敦进军，沿途未遭到抵抗。托马斯·阿伦德尔和他一起。”

理查德抬起头，一脸困惑。“亨利？登陆？”

“是的。兰开斯特家族的。记得吗？您放逐了他和托马斯？”

“未遭到抵抗？”理查德站直了身子。

“所有效忠您的领主都跟随您来这里了，”诺丁汉说，“您在柴郡的最后几个封臣都被亨利的同党干掉了。亨利已经提请议会任命他为国王。他囚禁了您的继承人和王后。”

“不。不。这不可能。”理查德双拳在棺材边拼命砸着，直到它从支架上翻倒，德·维尔的尸体滚落在地板上，一条手臂折断了。

理查德冷静得可怕。他绕过尸体，走到诺丁汉脸前几英寸的地方。“备船。”他命令道。

“王家陛下，”诺丁汉说道，恢复了往日的语气，向后退了一步，“我们不能再回伦敦了。我们能去哪儿？”

“我还掌控威尔士吗？”理查德问。

“我没有听到关于威尔士反叛的消息。”

“哼，那就去弄清楚。”理查德下令。

怒气冲天地抵达爱尔兰不到两个月后，理查德返回了不列颠，于7月24日登陆威尔士。他爬上海边的台阶，穿过花园，走入康威城堡的后门。他的船停在河口。没有其他船同行。显然，听说了议会倾向于支持亨利获得王位，所有曾忠心耿耿伴随理查德出征爱尔兰的领主和骑士们，为了保住自己的爵位和脑袋，都抛下他转向效忠亨利了。许多人登上船在夜里偷偷溜走了。诺丁汉和其他仍珍视荣誉的人，当面对理查德表示，他们不再效忠于他。他一反常态地以宽容接受了他们的背叛。如今，他躲在康威城堡里，身边只有两队柴郡弓箭手。他在静候围攻。他不会等太久。

五天后，十六条飘着亨利旗帜的船到了。河口挤满了下船的士兵，港口的围墙毫不费力就被占领了。城堡大门外被团团围住。托马斯·阿伦德尔的船第二天清晨也到了。他在临时征召为指挥所的旅店里会见了队长，然后便上楼来到自己的房间。

约丹和纳吉雅站起来迎接他，并在他身后关上了门。“我本该知道——不，你本该预见到理查德会躲进康威的。”托马斯气冲冲地说。“我们没时间围攻了！议会一天不承认亨利的王权，那些反对亨利的伯爵们掀起反抗的几率就更加大一些。他们甚至会试图救出理查德作为傀儡。理查德必须退位或被杀掉，要快。”

托马斯深深坐进椅子里，给自己倒了一杯酒。“就在我离开伦敦前，亨利召见了我。他表示了……”他斟酌着合适的字眼，“对继续使用你们的魔法表示了厌恶。他还告诉我，梵蒂冈已经提出，只要把你们交出去，他们就承认他是真正的国王。”

“当我们解决伊莎贝拉的咒语和魔药的时候，亨利对我们的法术可是喜欢得不得了。而现在他要背叛我们？”约丹厉声说道，“要是我们被烧死，你也会被烧死。”

“还不到担心的时候。我已经让亨利相信，比起梵蒂冈，你和你的女人对他获取王位要有用得多。”托马斯喝干了杯里最后的酒，“现在你们要证明我是对的。”

纳吉雅凑近约丹对他耳语。他们商量了一会儿。

“托马斯，理查德还信任你吗？”约丹问。

“他知道我说一不二。”

“那就向他发誓，只要他出来密谈，就不会伤害他。

托马斯从边柜里取来一叠羊皮纸、一支鹅毛笔和墨水，潦草地写起一封信。“如果这个奏效，你们两个必须尽快回爱尔兰去。这是为了你们的命，也是为了我的。现在跟我说说，如果理查德出来密谈，我们要怎么做。”

30

英格兰，伦敦

1400年2月

“你是来做我情人的吗？”当纳吉雅拿着一个火把和一个木头盒子，走进那间位于约克郡庞蒂弗拉克特城堡地下室的阴暗、无窗的牢房时，理查德疯疯癫癫地大笑起来。他的笑容突然止住了，他看见纳吉雅关上门，把火把插入墙上的架子里。

与此同时，在伦敦西敏寺的大厅里，乔叟正站在台上朗读他的七百行长诗：“汝之所知，圣瓦伦丁日……”这是一年里乔叟最喜欢的几天之一，对英国宫廷里大多数人来说也是如此：2月14日。多年前，乔叟说服如今被篡位的理查德将这一天定为庆祝宫廷之爱的节日。他的新王、亨利四世，是新兴英语的强烈支持者，以至于用英语而非法语完成了自己的加冕礼，三百年来他是第一个这么做的国王。也正因如此，他继续聘任乔叟做御用诗人，这个节日也保留了下来。

乔叟瞥见一对从边门溜进大厅的情侣，他继续朗读：“汝避世而至，访侣寻眷。汝之翩然，余心所向——”

乔叟为英语新创了几百个词，“愉悦”是其中令他引以为傲的一个。它表达的是一种与食欲无关的快感。事实上，在这一天，所有人都可以背弃婚姻或婚约，允许和自己看中的任何人寻求纯粹的肉体欢愉。乔叟选择将这个放荡的节日定为古老的圣瓦伦丁日。公元3世纪，圣瓦伦丁将羊皮纸做的红心送给即将步入死刑场的基督徒。乔叟盼着赶紧念完诗稿，好加入宫廷那些男男女女。他们每人都藏着纸做的红心，当一颗心被送出并接受，就将有两个人钻入宫殿无数角落和裂隙中的一个，享受几分钟的激情。

理查德的牢房散发着恶臭，它源自腐臭的稻草、角落里的便溺桶，以及许久不曾洗澡的理查德。他的长袍破旧发霉，一条长锁链将他血淋淋的一个脚踝连在身后墙面的支架上。

他望着纳吉雅，思绪回到上一次见她的时候。那是七个月前，托马斯·阿伦德尔欺骗了他。“狡猾的托马斯。”他嘲讽地对自己说，又笑起来。他明知道自己在康威城堡里能扛得住几个月的围攻，哪怕身边只有一小队弓箭手。然而托马斯送来一封信：“我只想与您商谈退位一事，”托马斯写道，“您知道我并不爱您，可您也知道我对基督的爱不可动摇，我向真十字架发誓，只要您走出城堡参加密谈，没有人会伤害您，或对您出手。”

于是他便出去了，身着自己最气派的长袍，而这个女人——他的瓦伦丁——走近了他。他被她深沉的眼眸和黝黑婀娜的身姿迷住了，他还从未对一个女人有过这种感觉。她伸出手来亲抚他的脖颈，沿着他的脊背有股微刺般的兴奋，出乎意料又异常愉快。那微刺感逐渐加剧，几乎要痛起来。他想知道发生了什么，然而他瘫倒在地，意识清楚却动弹不得。这个女人便把他绑起来，拖上了一辆敞篷马车。

理查德的笑声转为呜咽。泪水在他肮脏的脸上冲出了几条湿痕。

……

纳吉雅看着痛哭流涕的理查德。她并不恨他。他曾是个国王，做了国王该做的事——侵略和毁灭。不过他不曾入侵大马士革，或把她拘为奴隶；可是有人做过。他只需要消失，为了保护她的新故乡，那片还给她和爱人自由的土地，尽管他甚至不知道自己曾被奴役。

纳吉雅蹲下来，打开盒子，取出里面的七根蜡烛，在理查德面前的地上摆成一排。它们并不明亮，在火把投向四周中的光芒中更显黯淡。理查德止住哭声，盯着她看。

“你曾经英明勇武，”纳吉雅说，“许多领主曾向你效忠，其他人则畏惧于你。我不能释放你的身体，却能释放你的灵魂，让你再次战斗。”

“我不会为亨利战斗的。”理查德声音嘶哑地说。

“很好。我将给你机会与篡位者开战。不过，你必须全身心地渴望这件事。你必须自愿放弃你的身体。没有你的欲望，我的法术不会成功。”

理查德凝视着她，思考她的提议。“除了向亨利复仇，我别无他求，哪怕要为此变成魂灵。”

纳吉雅感受到他的真心，便用食指触碰第一支蜡烛的烛芯，说道，“战争”。一束光从理查德的胸口飘进蜡烛，将它整个变为红色。他低头看着烛光，微微一笑。她又触碰第二支蜡烛，说，“切断”。从理查德的一只眼睛里飘出了光芒，令蜡烛变成了黑色。纳吉雅依次触碰每只蜡烛，光芒分别从理查德的另一只眼睛、他的嘴巴、胃、阴茎，最后是额头中飘出来。他动不了了；他枯朽了。

纳吉雅小心地将蜡烛收回盒子。三支呈深红色，三支是灰扑扑的暗黑色，还有一支通体纯白。她从墙上的架子取下火把，停了一下，低头看向理查德的眼睛。那双眼睛平和而冷漠地盯着她，一双属于干尸的死人之眼。

约丹牵着马在城堡外等她，从苏格兰秘密地长途跋涉而来的疲惫未消。纳吉雅把盒子交到他手里，凑近给了他一个吻。她感到久

违的轻松。用了这么久，他们终于做到了，一切即将了结。他们向北朝着罗伯特·斯图尔特的家骑去，他是罗伯特二世的非婚生哥哥，苏格兰之王。作为王国的保护人，斯图尔特公开使用魔法履行自己的职责。

当理查德牢房里那具干瘪朽枯、难以分辨的尸体被发现后，猜测演化为谣言，很快流传起一个传说：理查德没有死，活得好好的，还与苏格兰结了盟。新加冕的亨利王已经决定，在镇压阿尔特的爱尔兰叛军前，先出征苏格兰。这是他深信不疑的谏臣托马斯·阿伦德尔提出的策略。早在他们筹划推翻理查德的政权时，托马斯就已经不动声色地从约丹那里接受了这一做法。然而，每当亨利的军队马上就要打败苏格兰军时，一名浑身散发光芒的骑士便会出现，好似体内燃着一团火，这名骑士的格斗技巧和出其不意的作战方式活脱脱就是年轻时的理查德，当他的身体和头脑还完整的时候。这名骑士的出现总是很短暂，只有一支蜡燃尽的时间，不过对他的信赖令苏格兰军士气高涨。关于理查德还活着的传说在亨利统治期间始终折磨着他，而他也确实不曾再派军进入爱尔兰。

***

纳吉雅和约丹将附着理查德魂灵的蜡烛带去苏格兰两个月后，乘坐一条小船离开斯特兰拉尔港，穿越一段狭窄海峡前往爱尔兰北部。这是个明媚的4月午后；纳吉雅揽着约丹的腰亲吻他的脖子，都是咸咸湿湿的汗珠。他们前方是爱尔兰的拉恩渔村，再前方，是他们的家。

“这会是我们的最后一战，你觉得呢？”她问，“我已经开始思念爱尔兰，虽然不是我们的地下洞穴。我们是时候找个真正的家了。”

“只要它放得下我所有的书。你觉得我的图书馆会思念我吗？”

一只褐色的鹰在桅杆上盘旋，冲着他们啸叫，然后飞向岸边。

他们将船停在码头，登上岸去。利亚姆和罗斯温正在那里等他们。约丹惊讶地发现罗斯温手里抱着一个婴儿。“你们的？”他向利亚姆问道，罗斯温让纳吉雅抱抱婴儿。

“我们的。”利亚姆回答，微笑地看着罗斯温。

“他真美，”纳吉雅说，温柔地看着那个躺在怀里的小东西，“更像是希族而不是人类，我觉得。”

“在这个日益基督教化的世界，沾点人类血统对他肯定有好处。”罗斯温说。

“他的名字是拉瑟尔。我们用布丽吉德的名字为他命名。她的本名是丽瑟。”利亚姆补充说。不过女人们并没有在听。她们沿着码头漫步，轻声细语地逗弄着婴孩。约丹的目光追随着纳吉雅，被她怀抱婴儿的景象迷住了。

“你不必说出来。”约丹说。

“你们也该有自己的孩子了。”利亚姆还是说了。

“是啊，”约丹说，“我只是在等纳吉雅同意。或许她现在会松口的，我们不必再躲进地下了。”

他们跟在罗斯温和纳吉雅后面。约丹沉浸在浓郁的爱尔兰激情中。利亚姆理解地走在他身边，默不作声。

“有艾丝琳的消息吗？”约丹终于问道，“你还会去探访她吗？”

“自从理查德大败而归，就再也没人见过她了。”

在第二个满月的银光中，约翰·科珀被拍门声吵醒。门廊上站着一个黑皮肤的女人，说自己叫纳吉雅，声称有关于他失踪妻子的消息。她催促他拿了斧子跟她走。在密林深处，他们加入了一个加洛格拉斯人和一个西西里岛人的活计，他们在砍一个奇怪的死树上缠结的坚硬而稠密的枝条。还有一个女人在帮忙，他觉得她是个希族。经过一个小时的紧张劳作，他们终于放出了艾丝琳伤痕累累的尸体。应他们的要求，约翰躲了起来，让他们秘密为她举办了异教葬礼。然而在那之后，他们回避了他的问题，让他独自将妻子带回家去。她的身体损毁得非常严重，以至于他都没有发现她身上有道新伤，心脏被取走了。

约翰还没有张口，牧师就拒绝了将艾丝琳葬入教堂墓地的请求。不过约翰也清楚，艾丝琳在那里无法安然长眠。于是他找了一片美丽的牧场作为她的墓地。他并没有自欺欺人地认为自己爱她，不过他确实希望她死后能够获得安宁，他知道她一生都不曾有过那种安宁。他爱的是迪尔德丽，有意遗忘了她并不是自己的亲生女儿。

部队解散时，他们都被要求返回英格兰，他也计划带迪尔德丽回去。那时艾丝琳已失踪了很久，他认为她已经死了。不过，当启程之日到来时，他不能忍受让迪尔德丽分离故土的念头，于是他留了下来，盘了一个旅店。

如今约翰站在牧场上，看着一个普普通通的棺材降入墓穴，五岁的迪尔德丽抓着他的裤腿站在身后。挖墓人开始铲土洒在艾丝琳的棺材上。送葬者——都是雇来的，艾丝琳没有朋友——则打开酒桶灌满酒杯。当他们为死者祝酒时，一只褐色的鹰落在了人群身后的草地上。它站在那儿盯着迪尔德丽看，直到她转过身，直视着它。约翰没有注意她，她走出人群，小心地朝那只鸟迈出了几步。它跳开了。她又快走了几步。它始终保持在她触手不及的地方。很快她们就进了森林。

迪尔德丽看着那只鹰伸展成了一个女人。罗斯温拿起斗篷裹住自己，她之前把它和其他衣服都叠好放在了地上。

“你真的是只鸟吗？”迪尔德丽问。

“不要害怕。我是你母亲的一位故友。”

“我不害怕。我知道你不会伤害我。”

“你怎么知道？”

迪尔德丽大大地耸了个肩。“你怎么变成鸟的？”

“嗯，那是我的特别本领。或许你也有，”罗斯温回答，“你妈妈没有教过你这样的事吗？”

迪尔德丽摇了摇头。

“你想知道你的特别本领是什么吗？”

“哦，是的，请告诉我。每个人都有特别本领吗？”

“不，不过你和大多数女孩不一样。”

约翰焦虑的声音传来，呼唤着迪尔德丽。

“无论何时，只要有鹰向你冲来，像这样抓着你的头发……跟着它。那会是我，而我会教你。现在，回你父亲那儿去吧。”

迪尔德丽有些犹豫。

“去吧。”

迪尔德丽蹦跳着穿过树林向葬礼走去，很快就在视线中消失了。

“那样做真的明智吗？”利亚姆问，在罗斯温穿衣时从阴影中走出来，“我以为我们来这里只是为了表达敬意。”

“迪尔德丽拥有强大的法力，而且没有人能够教她。她必须学会控制它，否则会给她惹麻烦的。对女巫来说，爱尔兰的大多数地方都恢复安全了。何况，我确定莫里甘女神希望我照料她。她能将女神的血统带入未来。”

他们等在森林里，直到送葬队伍消失，约翰和迪尔德丽也离开了。然后罗斯温和利亚姆来到艾丝琳的墓前，用一块石头而非十字架标记了它。

“很高兴我们救出了她的尸体，”罗斯温说，“不仅是为了取回心脏，也是为了安慰她的丈夫和迪尔德丽。他们应该有道别的机会。”

利亚姆叹了口气。“说实话，我不知道该说什么，也不知道该怎么想。”

“我们找到她的尸体时，我感觉到她在我们反叛中的任务已经完成了。艾丝琳一定为我们做过什么，而我们永远也不会知道了。”罗斯温说，“不论是什么，我都对她充满感激。”

“那我也要试着同样感激她，”利亚姆说，“我应该带份祭品来，留在她的墓前。”

罗斯温拿起他的手。“我有个更好的主意。帮我一起保护她的女儿。”

萨温节，次年秋天的最后一日，埃尔丹如滚石般走进半建成的图书馆，将一个石盒递给罗斯温。她滑开盒盖，将艾丝琳干枯的心脏放了进去。

“你得把它切成十四片。”那个格罗格力士的声音隆隆作响。

“你要怎么切十四片？”罗斯温问，“那样做太冒险了。”

“需要我唱咒将它锁闭吗？”

罗斯温瞪了他一眼。

“什么时候我才能赢回你的信任？”埃尔丹抗议说。

“差不多要一千年吧。”罗斯温亲自念咒锁闭了盒子，“石板准备好了吗？”

“当然，不过请让我再把它做大一些，打磨得再精致些。”

罗斯温没理会他的唠叨，走进了暮色中。她和利亚姆已决定，他们的新武士学校规模要比之前的小上许多，这样两人才能专心去养育一个大家庭。另外，学校的建址要远离都柏林，那儿的小气领主依然在为零星土地和英格兰人争夺不休；也要远离戈尔韦的湖澳，那里偶尔还会有弗魔安滋事扰民。这座名叫因尼斯法林的小岛，位于爱尔兰西南部的基拉尼澳中，完全符合他们的要求。他们

便将校址选在这里，目前正在修建图书馆。他们还在试着继续研究和试验，寻找保护爱尔兰激愫的办法，并积极劝说剩下的希族重返中央王国。

埃尔丹笨重地走在罗斯温身后：“你听过最近关于艾丝琳的传说吗？”

“我也想听。”纳吉雅跟了过来，向通往岛中心的小路走去。

“据说她的魂灵仍在爱尔兰漫游。她能现出真人的形貌，每晚引诱一名男子，早上就把他杀了。都柏林的基督徒老婆们都这么对丈夫说，阻止他们跟爱尔兰女孩睡觉。”埃尔丹说。

纳吉雅笑了。“你从哪儿听来这些故事的？”

“他们旅店的石头告诉我的。它们中有些仍会跟我聊天。”埃尔丹回答。

“萨温节有魂灵现身吗？”纳吉雅问。

“只有一个。”罗斯温回答。

随着最后一抹余晖消逝，他们来到林间一处小小的空隙，那儿称不上是空地。利亚姆和约丹举着火把等在那里。地上有块小小的、粗糙的石板，下面是个方形的洞。罗斯温跪下来，将手里捧着的盒子放入石板下，并在石头上画了个符印将它们联接。石板看上去完好如初。

“心脏将安眠于此，直到人们需要它。”她向朋友，也在向自己和莫里甘女神宣告。

天上，有个形似天鹅的幻影盘旋不去，在火光中熠熠生辉。

尾　声

而我，贤者，愿主的光芒普照，震慑和威胁所有毁灭天使之魂、恶棍之魂（拿非利人）、恶魔、魔女、猫头鹰和胡狼，还有将知识之魂意外引入歧途的一切。

——死海古卷，4Q510-511，残章1（约公元前300年）

爱尔兰海上的渡轮

2016年，莎拉·希尔的尸体被发现的前夜

祖母的秘密照片和库姆兰古卷译本一直萦绕在心，莎拉·希尔昨晚彻夜难眠，精疲力竭。于是在去爱尔兰的渡轮上，她花高价住进了单间舱房。然而这是徒劳，她焦虑得难以入眠。对祖母安危的担忧，以及那些拿非利的样子，一刻不停地在她的脑子里打转。衣衫未除，她干脆从床铺上坐起来。透过舷窗，她看到利物浦的灯火渐暗，只有渡轮昏黄的灯光在漆黑的海浪上摇曳。夜风吹过，渡轮晃动起来。莎拉决定去甲板上呼吸新鲜空气。

她穿上大衣，拿起皮包，将祖母的绝密资料装进去，一起夹在胳膊底下，离开了房间。她在走廊里走了一小段,又爬上又陡又窄的梯子,来到了封闭的甲板上。这里挤满了没有房间的旅行者，他们将睡袋铺在长椅上，或直接铺在地上。醒着的绝大部分是年轻人，玩着牌或是在看书。莎拉小心地穿过人群，推开厚重的舱门，来到外面的廊道上。冰冷湿咸的海风吹乱了她的头发，吹透了她的羊毛外

套，但她感觉不错，冷风让她更加清醒。她独自站在廊道上，倚着栏杆，望向船外的黑暗。

她以为那儿只有自己，直到感觉有人擦着她的肩膀走过，并挨着她站在栏杆旁边。莎拉望过去，一个女人转过头来笑着看她。祖母？不，是某个很像老照片中祖母的人。

“你好，亲爱的。”那女人说，好像她们认识似的。

莎拉后退了一步，问：“你想要什么？”

“你在步入一个陷阱，亲爱的。由希族人布下的陷阱，他们正在贝尔法斯特等你，他们要找你带的东西。要是发现你已经读过了，他们不会高兴的。”

“希族？”莎拉倒吸了口气，把皮包抱进怀里。

“一小波激进分子会不择手段地保住他们的秘密，主要是棕仙和矮妖精，如果想想他们经历过些什么，不难理解他们为何嗜好暴力又满腹牢骚。我姐姐真不该让你卷进来。”

莎拉又退了一步。“你的姐姐？”

女人的目光穿过莎拉向她身后看去，莎拉猛地转过身，面前站着一位她有生以来见过最英俊的男人。危险的气息夹着致命的诱惑袭来，莎拉的呼吸漏掉了一拍。他是希族人，她不清楚自己怎么知道，但她就是知道。“你想对我做什么？”她试着轻声问道。

“我们不会伤害你，亲爱的。”女人的声音带着股令人安心的力量从身后传来，“别害怕，我是你祖母的孪生妹妹，克莱尔。我知道我看起来很奇怪，太过年轻，但在我去的那个地方，容貌不会随年龄增长变化太多。”

“到底发生了什么？我祖母知道你还活着吗？”

“虽然我姐姐和阿利格诺博士关系亲密，但我是他的学生，直接在古卷研究团队中工作。对于拿非利，我比她的了解多得多，因此当一个叫罗斯温的希族接近我时，我心甘情愿地跟她走了。不

过，我不能告诉姐姐。她当时已和阿利格诺博士分手，并疯狂地爱上了你的祖父。她梦想一毕业就组建家庭，如果我和她分享太多，她一定也会抛下这些。”

“可现在怎么办？”莎拉打断了她，“她安全吗？”

“她很安全，别着急，今早我亲自去接回了她。”克莱尔说，“这事说来话长，现在我们得赶紧想想，怎么解决你的险境。”

那个希族用浑厚饱满的嗓音说：“我们是来为你提供逃生之路的。”

“这是拉瑟尔。”克莱尔解释道，“罗斯温的儿子，有一点人类的血统，你绝对不会相信他有多少岁了。他们领导着一支希族和混血的联盟,与那些要伤害你的人无关。那些人为保住你手中照片的秘密，会不择手段。罗斯温这一派在处理方式上要温和许多。他们仍在为莫里甘女神回归守夜。这些年来我一直和他们住在一起。”

莎拉努力理解刚刚听到的一切。她抓住了一个关键，那就是她猜对了，这个优雅的男人的确是希族人。他会有多大呢？随着恐惧的消退，她对他的兴趣逐渐加剧。她在想他是不是对她施了希族的某种咒语，不过她又想到，即便如此她也并不介意。她强迫自己将注意力收回到还在讲话的克莱尔身上。

“接下来会发生什么，完全取决于你，亲爱的。你可以冒险会会那帮激进的希族，但是一定不会有好结果。或者你可以跟我们走，我们会带你去一个能够保护你的地方。”

拉瑟尔抿嘴笑着看向她：“我很乐意带你看看我的家。”他摊开双手。

莎拉几乎立刻回答说：“我要跟你走。”

“太好了，”克莱尔说，“现在我们必须快一点，那些激进的希族可能会派一两个巨人截住这条船。”她紧张地朝两边看看，走开了。

拉瑟尔领她走回她的舱房，她没有问他怎么知道她住在哪个房间，或是如何打开她明明锁好的门。“你都带了什么？”他问。

“只有那个。”她指着那个角落里小小的、破旧的手提箱说。

“很好，你要把它扔了。现在我需要你的衣服。”

“它们还在我的箱子里收着呢。”她犹豫地回答。

拉瑟尔又向她笑了一下，这笑让她觉得自己有机会引诱他，或恰恰相反，他正在引诱她。她觉得在某种程度上是的。

“不，我需要你身上穿的衣服。”他说道，“这很重要。”

“好吧，”她脱下外套，坐在床板上，踢掉她的鞋和袜子，然后站起身，扭身脱掉牛仔裤，再将上衣从头上脱下，接着解开衬衫，顺着身体滑下，把它丢到衣服堆上。

他看着她，她迎向他的目光。“全部脱掉。”他说。

莎拉仰起脸看着他，踮起脚尖亲吻了他的嘴唇，他回应了这个吻，她觉得自己在亲吻一块要融化在她口中的巧克力。“现在，我有理由脱光衣服了。”她说着，把内衣和内裤脱下放在衣堆上，然后直视他的眼睛，期待着另一个吻。

然而拉瑟尔捡起这些衣服，在床板上分类整理了起来，他将内裤放在牛仔裤里，内衣放进衬衫中，然后套上毛衣和外套，直到他把一切都完好归位，连鞋子也不例外。他俯身向袖子里吹了口气。令莎拉惊奇的是，她的衣服像气球一样膨胀起来，然后气球变成了她，或者说是她的幽灵，躺在床上。

门开了，克莱尔钻进了舱房，“天啊，你已经出落得如此迷人了。”她说着，递给莎拉一叠折好的衣服，鞋子摆在最上面。

床上那个很像莎拉的东西站了起来，在狭小的舱房中，她撞到了他们，然后摇晃着走向敞开的门口，蹒跚地经过走廊，爬上楼梯。克莱尔在她身后关上了门。

“她要去哪儿？”莎拉问。

“她要跳船，亲爱的。现在把衣服穿上，如果你这样一丝不挂，我们可没法悄悄地带你混出去。”

莎拉突然意识到自己还全身赤裸，她急忙穿上衣服。“那些激进的希族是怎么找到祖母和我的？”

“圣书之龛曾经过一次翻新，有人在阿利格诺的旧文件中找到了一部儿童的精灵故事集。他一定是遗漏了它，或是还没来得及把它藏起来就去世了。那些激进的希族时刻监视着圣坛之龛，对于他为什么要留着这样一本书，他们起了疑心。于是他们发现了里面隐藏的照片，并据此找到了你们。”

“我真不敢相信这一切。”莎拉边系鞋带边说。

“你的血统，我们的血统，总会让我们与有关拿非利的事情产生关联，即便我们并不知情。它比命运还不可抗拒。”克莱尔说。

“我的血统？”

“这就是为什么罗斯温的人要关注你。是他们帮助你的祖母成功逃脱。不过你现在必须走了，等我们到了再详谈这一切，亲爱的。”

莎拉跟着克莱尔和拉瑟尔走出房间，皮包牢牢夹在胳膊底下，“逃出这条船后，我们要去哪里？”

“去中央王国啊，毫无疑问。”

后记

杰弗雷·乔叟 死于理查德去世八个月后，其伟大著作《坎特伯雷故事集》尚未完成。关于他死于谋杀的说法未引起重视。乔叟是首位安葬在西敏寺诗人角的作家。

特使 科西莫·德·米格里奥拉蒂，1404年10月17日当选为教皇，作为对他将爱尔兰教会并入罗马教廷的奖赏。他取号英诺森七世教皇，不过两年后就被发现死亡，终止了他的暴政。

红衣主教奥尔西尼 伏魔会前高等驱魔师，一直待在梵蒂冈山的英诺森堡地窖里，与恶魔拜帕关在同一个青铜罐中。特使当选教皇后，曾打算让伏魔会想法解救他，可未及着手就去世了。奥尔西尼家族的荣耀日渐黯淡，大部分土地和权力均已散尽，原因是家族离奇地生不出男性继承人。

伊莎贝拉 其英格兰王后之位被废。在新王亨利四世牢控王权后，她被释放并送回法兰西。人们对她在那里的情况知之甚少，只知道她在19岁时去世，伏魔会带走了她的尸体。他们用银粉覆盖的亚麻绳带将她捆住，这是防止女巫死而复生的古老办法，并将其埋进位于布洛瓦的圣楼梅尔修道院地下。1624年，梵蒂冈获得了关于伊莎贝拉重现人世的报告，便打开墓穴，发现她的尸体毫发无损，仿佛只是睡着了。安全起见，尸体被转移至巴黎的塞莱斯廷教堂。女巫团中很多成员都被葬在那里，严加守卫。不过，也有些女巫只有内脏被看守于此。当时的伏魔会认为，巫师不可能复活一个缺少内脏的女巫，内脏几乎占据了整个人体。

法兰西的伊萨波王后 大巫女，两次试图永久控制英格兰王权。纳瓦拉的若阿娜，次席大巫女，杀掉了自己的丈夫，借此于1403年嫁给理查德的继任者亨利四世。婚后不久，亨利四世就罹患足以毁容的皮肤病，并开始发作癫痫，时常让王后代为执政。亨利死后，若阿娜被审讯并判以行巫罪。她被囚禁在位于英格兰苏克塞斯的佩文西堡。之后，瓦卢瓦的卡特琳，伊萨波王后的另一个女儿，被派去引诱并最后成功嫁给了亨利四世的继位者，亨利五世。1422年，婚礼两年后，亨利五世死于过量服用卡特琳的药剂。卡特琳在一次行巫时被欧文·都铎当场发现，并被处死。

瓦伦蒂娜·维斯孔蒂 女巫团的“国王守护者”，在意图篡夺女巫团对法兰西王权的控制时，被勃艮第公爵指控使用占卜纸牌和巫术。瓦伦蒂娜被处以流放，死因不明。

梵蒂冈 试图扫清欧洲的女巫势力，掀起一系列声势浩大的猎巫运动，在1428年对瓦莱女巫的追捕中达到高潮。成百上千的女巫和术士被烧死。还有上千名被囚禁并很快致死，大多惨遭酷刑。这场追捕由教皇马丁五世的特使、红衣主教盖布瑞尔·康杜尔主导。此后特使康杜尔自己也当选为教皇，即教皇尤金五世。当选的原因是，他向其他红衣主教允诺，自己将把教会收入的一半分给他们。

玛特西娅·德·弗朗西斯科 里帕班卡的女巫，为大巫女的女儿担任导师。在追踪瓦莱女巫的第一年就被抓住，并活活烧死。

卡特琳·德·图阿尔 伊莎贝拉还在女巫团学习时，卡特琳在贝娅特丽克丝·德·蒙让哺育下长大，后来嫁给了法兰西司令官吉勒·德·雷，逃脱了追捕女巫的行动。英法百年战争中，他因与圣女贞德并肩作战而受封英雄称号，卡特琳教会了吉勒黑魔法。之后，他因虐杀超过八十名儿童被绞死。孩子的尸块被用于行巫和喂养恶魔。卡特琳再一次逃脱了追捕。

圣女贞德 被谣传是法兰西王后伊萨波、大巫女的私生女；不过，从未有记录表明贞德曾加入过女巫团。

凯瑟琳·西蒙 那个被红衣主教奥尔西尼指控为女巫，又被允诺只要甘当性奴便可免遭火刑的小女孩。当送至梵蒂冈时，她或许还不是一名真正的女巫。然而，在奥尔西尼的卧室度过两年后，她学会了足够的法术，并于奥尔西尼出征爱尔兰时成功逃跑。她在安德马特和瓦伦波登施行了自己的新本领，并教给了自己的女儿。在瓦莱女巫追捕行动中，她们双双被捕并烧死。

布丽吉德、帕特里克和科姆基尔（即近现代英文中的"高隆巴"） 被梵蒂冈封为圣徒，既为安抚爱尔兰民众，也为将历史篡改为神话。

科姆基尔 从曼岛回到爱尔兰，并在都柏林建立了至圣三位一体修道院。他终日活在对恶魔的恐惧中，饱受梦魔折磨，从未出过城墙。最后，他将自己幽禁于修道院内，而在生命的最后五年未曾离开过卧室。他死后的几百年来，许多修道士声称听到他乞求宽恕的哭号回荡在石头走廊中。

帕特里克的滴血圣钟（也叫血之钟，或克洛纳弗拉） 消失了四百多年，直到1841年才重见天日，它被封在一个镶满宝石、由铁金银三种金属制成的圣物箱中，受法术保护。初为马库斯·贝雷福斯德教士所有。很快，其所有权便提升为阿玛大主教和全爱尔兰主教长所有。如今，在爱尔兰北部的阿玛图书馆里，仍能看到滴血圣钟。

弗魔安 仍偶然会被发现在戈尔韦的湖澳中出没。他们分布的水域太多，驱魔师很难将其全部捕获并杀掉。

致　谢

魔法真的存在！否则很难解释，我是如何与这支才华横溢、充满激情的团队共同促成本书的完成与问世。

早在《末日魔法》尚未成书、还只有一个不成熟的想法和几章零散片段的时候，艾德丽安·布鲁德就坚信我可以完成。她的引导、编辑智慧和友情是我多年来坚持创作的动力。如果没有她的支持，本书可能无法问世。承蒙蒂姆·赖安及其家人的恩惠，感谢他为本书付出的努力及家人在此期间的陪伴。

在本书还是晦涩难懂的手稿时，有幸得到了卡萝尔·德桑蒂、维京企鹅公司的副总兼执行编辑的青睐与跟进。我很幸运有她担任我的主编，也很感激她总把我关在各种屋子里逼我创作（以完全可以接受的方式），拒绝我对任何章节、段落和字句的将就与妥协。我还要感谢克里斯托弗·拉塞尔，是他孜孜不倦的贡献和刻苦工作才使此书得以问世。同时还要感谢维京企鹅团队的其他成员，感谢他们的不懈努力和热忱工作，他们是：布莱恩·塔特、安德雷·舒尔茨、凯特·斯塔克、卡罗琳·科勒波恩、莉迪娅·赫特、林赛、普雷维特、艾莉森·卡尼、安吉·梅西纳、托里·克洛斯、莫琳·萨格登、弗朗西斯卡·贝朗格，以及他们在宣传部、市场部、销售部和产品部的同事。

斯蒂芬尼·卡伯特是一位在书稿出版和市场推广方面均有敏锐洞察力的杰出书稿代理人，在此向格纳公司的全部成员致谢，包括埃伦·古德森、安娜·沃勒尔、丽贝卡·加登、塞思·菲什曼，以

及弗洛拉·哈克特，是他们推进了本书从媒体覆盖、市场销售到作者外版权益的一系列事宜。

阿斯本协会的文学巨匠们，阿斯本语汇的项目策划和员工们，是这部作品的催产师，特别鸣谢莫里斯·拉米、杰米·克拉维茨、卡罗琳·托里，以及勒尼·普林斯。

我想将最深的感谢赠予那些花时间阅读和评论书稿的卓越的朋友们。当我自认为已经完成本书的时候，是他们的意见和建议让我精益求精：莉萨·凯斯勒和詹纳·约翰逊。感谢勇敢地阅读我前期手稿的读者们：汤姆和布里奇特、汤姆林森、凯西·瑙曼、芭芭拉·本迪斯、乔森纳·扬、玛丽和拉里·汤普金斯（我亲爱的父母），还有谢丽·塔克。

在爱尔兰，戴尔德丽·沃迪向我分享了极有价值的关于精灵和魔法的藏品信息。爱尔兰国家博物馆的安迪·哈尔平博士，每次当我提出模糊不清的问题时，他都给出了有意义的解答。

维多利亚·哈夫曼和约翰·贝蒂允许我“驻扎”在他们咖啡馆的一隅，那儿是赐予我无限灵感的源泉，店名为“维多利亚的意式浓咖啡”，位于科罗拉多州的阿斯本。这本书大部分是在这里完成的。如果没有他们的咖啡和甜点，天知道我还能不能写得完。我对巴黎克勒街的拉马什咖啡馆也情有独钟，我就是在这里写出了本书最初的主线。

我永远对我亲爱的朋友里克·麦科德心怀感激，在本书的创作过程中，乃至更久之前，他都对我的人生给予了莫大的支持。

谨以此书献给我的妻子，塞琳娜·凯尼格女士。她知道原因。